누아르 레버넌트 2

NOIR·REVENANT

©Akinari Asakura 2012, 2021

First published in Japan in 2021 by KADOKAWA CORPORATION, Tokyo.

Korean translation rights arranged with KADOKAWA CORPORATION,

Tokyo through JM Contents Agency Co.

누아르
레버넌트 2

아사쿠라 아키나리 장편소설 | **양지윤** 옮김

BOOK PLAZA

차례

7월 25일 셋째 날
옛날이야기와 '미션'

✦

7월 26일 넷째 날
영웅

✦

7월 27일 마지막 날
만약 협력하지 않으면

✦

조금 긴 에필로그
더블 에스프레소와 쇼팽과 명언,
그리고 등 뒤의 숫자 '85'

✦

회상

✦

후기

7월 25일
셋째 날

...

옛날이야기와
'미션'

아오이 시즈하

"알겠죠, 언니. 누차 말하지만, 절대 실패해서는 안 돼요. 말하자면 이건 우리에게 부여된 '모스트 임포턴트 미션'이니까요."

논은 기합이 들어간 표정으로 말하며 걸음에 좀 더 속도를 올렸다. 마치 보이지 않는 무언가에 끌려가는 것처럼 척척 앞으로 나아갔다. 어제의 축 처진 모습은 상상도 할 수 없을 만큼 힘찬 전진이었다. 아마 상당히 애쓰는 거겠지. 하룻밤 지났다고 해서 오래전 친구의 죽음을 완전히 잊어버릴 만큼 인간의 머리는 간단히 이루어져 있지 않으니까.

어제에 이어 이틀 연속으로 논은 시나가와행이었다. 우리 두 사람은 레종전자 본사로 향하는 길이었다.

어제 화재에 관한 신문 기사를 훑어본 논은 정말이지 무척 당황해했다. 처음에는 아무것도 믿지 못하겠다는 듯이 몇 번이고 계속 기사를 되풀이해 읽으며, 필사적으로 그 사실을 수용하려 노력하고 있었다. 눈빛에서 기사의 한 글자 한 구절도 놓치지 않겠다는 집중력이 느껴졌다. 자신의 오판이기를 바라는 듯한 간절한 기색이 보였다. 동그란 눈은 마치 쇼팽의 「강아지 왈츠」처럼 어지러이 움직이며 약동했다. 논은 네 번이나 기사를 훑은 뒤에야 내용을 파악한 듯했고, 마침내 실이 끊어진 꼭두각시처럼 소파에 털썩 쓰러졌다.

우리는 논이 '구로사와 사쓰키'와 어떤 관계였는지 물어보려 했다. 하지만 그때의 논은 완전히 넋이 나간 상태여서 누구의 목소리도 들리지 않는 것처럼 보였다.

"죄송해요……. 잠깐 실례할게요."

논은 잠긴 목소리로 이 한마디만 남기고 침실로 휙 들어가 버렸다. 평소 밝고 생글생글한 이미지가 강한 논의 얼굴에서 보기 힘든 차갑게 군은 표정이었다. 마치 심장을 쏙 도려낸 것처럼.

논이 들어가 버리자 오스가는 우리에게 '삿짱(구로사와 사쓰키)'의 이야기를 대신 들려주었다. 구로사와 사쓰키는 논에게 친구 같은 존재이면서도 동시에 스승과 같은 존재라고 했다. 오스가는 하나하나 정성껏 이야기해주었다.

그로부터 한 시간쯤 지났을까. 논이 우리가 모여 있는 거실로 돌아왔다.

"이거야 원, 실례가 많았네요. 잠시 이성을 잃었나 봐요. 이젠 괜찮아요."

논의 눈가는 희미하게 불그스름했지만 아무도 거기에 대해 언급하지 않았다. 그것은 열심히 억누른 감정의 마개가 뚫린 흔적으로, 그것을 막기 위해 투쟁한 증거이기도 했다. 논의 어색한 미소 앞에서는 누구도 쉽사리 말을 꺼낼 수 없었다.

논은 우리에게 '삿짱'의 이야기를 들려줬다. 물론 조금 전에 오스가가 했던 이야기와 다소 겹치는 부분도 있었지만 우리는 묵묵히 귀를 기울였다. 논은 몸짓을 섞어가며 세세하게 삿짱을 묘사했다. 우리는 '삿짱'이라는 존재에 대해 점차 마음이 움직이기 시작했다. 수 차례 고개를 끄덕이며 각자 상상하고 있던 '구로사와 사쓰키'라는 인물상에 '삿짱'이라는 요소가 스며들도록 했다. 피아노 콩쿠르에서 「혁명」을 연주했던 구로사와 사쓰키는, 논에게 독서를 가르쳐준 전도사 '삿짱'이기도 했다.

그런 다음 우리 넷은 다음 날(즉 오늘)의 작전을 세웠다. 조금씩 이런저런 내용을 알게 됐다고는 해도 여전히 미궁 속에 있었다. 대답에 가까이 다가가고는 있었으나 아직 손에 넣지는 않았다. 그리하여 에자키의 제안으로 우리는 앞으로 밝혀내야 할 사항을 크게 두 가지로 좁혔다.

1. 구로사와 사쓰키에 대해
2. 레종전자라는 기업에 대해

두말할 필요도 없이 '구로사와 사쓰키'가 이 사건에서 커다란 열쇠를 쥐고 있다는 건 분명했다. 화재로 인한 그녀의 죽음과 우리의 '변화'가 같은 시기에 일어났다는 사실만 봐도 그건 확실했다. 한편, 나와 논은 '구로사와 사쓰키'와의 관련성이 명확히 입

증되었지만 에자키와 오스가는 아직 연결고리가 보이지 않았다. 그렇다면 우리는 좀 더 깊게 '구로사와 사쓰키'에 대해 조사할 필요가 있었다. 그게 첫 번째로 밝혀야 할 핵심이었다.

두 번째로, 에자키는 레종전자에 대한 조사도 필요하다고 말했다. 오스가와 논이 어제 인터뷰를 통해 레종전자에 관한 몇몇 이상한 소문을 듣기도 했고, 무엇보다 구로사와 사쓰키의 아버지인 '구로사와 고스케'가 레종전자의 사장인 점도 놓칠 수 없었다.

그리하여 우리는 구로사와 사쓰키와 레종전자에 대해 조사하게 되었는데, 나와 논이 '레종전자 조사팀'이 되었다. 어제 나는 논과 함께 치밀한 논의 끝에 레종전자에서 정보를 빼내오는 작전을 세웠다. 솔직히 말해 그 작전은 상당히 허술해서 처음에는 선뜻 받아들이기 힘들었다. 과연 이런 유치한 수법이 통할까.

'괜찮아요. 내가 직접 본사 견학을 해봤는데 이 작전이라면 틀림없이 먹힌다니까요. 어제 만났던 전직 사원 분도 동의해주셨거든요. 겉만 그렇지 꽤나 허술한 회사라고요.' 논은 자신만만하게 말했지만 나는 여전히 불안한 마음이 더 컸다. 이 작전은 의심을 살 만한 구석이 너무 많은 데다가 상당한 연기력과 대단한 배짱이 필요하다. 수상 자전거 하나에 의지해 태평양을 횡단하는 일에 비견될 만큼 이 작전은 무모해 보였다.

'아오이 언니, 우리는 여고생이잖아요. 이렇게 나이도 얼마 되지 않은 젊디젊은 여자애들이 나쁜 짓을 할 거라고 누가 생각이나 하겠어요? 그런 방심이야말로 이 작전을 성공으로 이끌어줄 거예요.' 그런데도 내가 자신 없다는 듯 곤란한 표정을 짓자 논은 진심으로 호소하는 눈빛으로 나를 바라봤다. '삿짱을 위해서예요. 아무쪼록 협력 부탁드려요.' 잘할 자신이 있다고 한다면 거짓말이다. 완벽한 작전이라는 생각도 들지 않는다. 그러나 약한 소리를 내는 건 허락되지 않았다. '삿짱'을 향한 논의 간절한 애도와 깊은 우정에 내가 무너지고 만 것이다. 나는 논의 계획을 약간 수정했다. 그리고 이제 막 우리는 레종전자 본사가 있는 시나가와에 도착했다.

논이 이런 말을 해주었다. 〈무릇 사업을 할 때 중요한 것은 실행하는 힘이 아니라 끝까지 달성하겠다는 결심이다〉라고. 만주사변의 조사 위원장으로 유명한, 영국의 정치가 리턴의 말이란다.

"다시 확인할게요, 아오이 언니. 잠입에 성공하면 언니한테 내용이 없는 문자를 보낼게요. 문자가 수신될 때 '진동'이 몇 번쯤 울리죠?"

"세 번쯤일 거야." 나는 대답했다.

논은 고개를 끄덕였다. "그럼 '진동'이 세 번 울리면 성공했다는 신호예요. 신호를 받으면 재빨리 철수해 주세요. ……하지만 만약 내가 '곤란한 상황에 처했을' 때는 **전화를 걸게요.** 눈치챘겠지만 전화는 안 받아도 돼요. 다만, 전화가 네 번 이상 울린다면 그건 '내가 위급한 상황'이라는 신호예요. 가능하면 날 구하러 와주세요."

이번에는 아까보다 천천히 고개를 끄덕였다. 그리고 지금 머릿속으로 다시 이번 작전을 그려봤다. 처음에 어떻게 움직이고 다음에는 어떻게 움직이며 마지막에는 어떻게 해야 할지. 내가 맡은 임무를 확인하면서 심호흡을 했다. 극도의 긴장감이 나를 덮쳐왔다.

수많은 청중 앞에서도 이제껏 긴장한 적은 없었다. 그러나 피아노 연주회 때와는 뭔가 달랐다. 이건 그야말로 딴 전쟁터이자 경기인 셈이다. 나는 주머니에서 어제 정리한 메모장을 꺼내 마지막으로 확인했다. 이름을 틀려서는 안 된다. 그게 첫 관문이다.

"출정이에요, 언니."

눈 앞에는 유리로 된 거대한 빌딩이 우뚝 솟아 있었다. 정말 잠입이 가능할까. 소심한 나를 타이르며 허리를 쫙 펴고 마음을 다잡는다. 마치 즉흥적인 에드럽으로 곡을 부분 변조하는 것처럼.

티끌 하나 없이 새것 같은 자동 유리문이 스르르 열렸다. 마치 빙하기가 찾아온 것처럼 안에서 서늘한 바람이 새어 나왔다. 논이 말했던 것처럼 접수처에 있는 예쁜 여직원이 모범답안 같은 인사를 했다.

우리처럼 기업과 인연이 없어 보이는 여고생의 방문에도 접수처 여직원은 일절 표정을 찌푸리는 일이 없었다. 풀로 붙인 것처럼 생기 있는 미소로 최상의 접대를 연출하고 있었다.

레종전자 직원을 마주하니 급기야 심장이 미친 듯이 쿵쾅거리기까지 했다. 더는 되돌릴 수 없다는 생각에 온몸이 꽉 옥죄어오는 기분이었다. 나는 미리 정해둔 대사를 입에 올리며 최대한 연기에 집중했다.

"죄송한데요. 아버지가 집에 서류를 놓고 가셨다고 해서 갖다 드리러 왔어요."

여전히 접수처 여직원은 가만히 미소 띤 얼굴로 고개를 끄덕였다.

"알겠습니다. 아버님의 성함을 여쭤봐도 될까요?"

"이노우에 고헤이입니다. 아마 기획부에서 근무하실 거예요."

접수처 여직원은 힐끔 내 얼굴을 살핀 뒤 말했다. "알겠습니다. 잠시만 기다려주세요."

그 말에 나는 거짓말을 들킨 건 아닌지 뜨끔했지만, 아무래도 기우였던 모양이다. 접수처 여직원은 일사천리로 가까이에 있던 터치패널 단말기를 두드려 사원명부를 열었다. 철저하게 훈련된 완벽한 미소 속에서도 경쾌하게. 나는 극도의 긴장감으로 **목**이 타는 듯한 느낌을 받았다.

얼마 지나지 않아 접수처 여직원이 패널 두드리던 손을 멈췄다.

"기획부의 '이노우에 고헤이' 씨라고 하셨죠?"

나는 고개를 끄덕였다. "네, 맞아요."

'이노우에 고헤이 씨'는 우리와 아무런 상관도 없었다. 논이 어제 읽었던 사원명부 중에서 본사에 근무하는 적당한 사람을 골랐다. 어쨌든 무사히 단말기에서 '이노우에 고헤이 씨'를 찾은 모양이었다.

접수처 여직원은 눈을 거의 깜빡이지 않은 채 말했다. "그럼 이쪽에서 전달해드릴 테니 서류를 맡겨주시겠어요?"

나는 많지도 않은 침을 짜내듯이 삼켰다. "……알겠습니다. 감사합니다."

그러고는 어제 준비해둔 가방 속의 서류 봉투에 천천히 손을 댔다. 일단 접수처의 이런 반응은 예상 범위 안에 있었다. 하지만 만사가 그리 간단히 풀릴 리 없다는 건 우리도 알고 있었다.

나는 시간을 벌기 위해 서류를 찾지 못하겠다는 듯이 가방 안을 뒤적거리며 마구 들쑤셨다. 괜히 손수건을 만져보고 파우치를 더듬으면서. 적당한 틈이 생기자 그때 논이 등장했다.

"뭐라고?! 그건 싫은데. 아빠한테 직접 전해주고 싶단 말이야!"

실감 나는 연기였다. 논은 **깜짝** 놀랄 만큼 커다란 목소리로 양손을 획획 저으면서 투정을 부렸다. 갑작스러운 큰소리에 접수처 여직원도 철벽이던 표정이 무너지며 처음으로 동요하는 기색이 보였다. 나는 논이 써준 대본대로 다음 대사를 말했다.

"제멋대로 이럴래? 민폐잖아."

"싫어, 싫어, 싫다고! 직접 전해줄 거야!"

논은 연기가 아니라 진심으로 떼를 쓰는 것처럼 보였다. 조금 어려 보이는 외모도 한몫한 덕분인지 중학생, 각도에 따라서는 초등학생으로도 보였다. 논은 땅바닥에 엎드리더니 더욱 열연을 펼치며 떼굴떼굴 구르기 시작했다.

"싫어, 싫어, 싫단 말이야!"

"알……겠습니다." 접수처 여직원이 얼 빠진 표정으로 말했다. "아, 안내해드릴 테니 이쪽으로 오세요."

논은 벌떡 일어나더니 시치미 떼는 표정으로 웃었다. "고맙습니다, 언니."

접수처 여직원은 논의 당돌한 변모에 씁쓸한 표정을 지은 채 우리를 로비 구석에 있는 엘리베이터홀 쪽으로 데려갔다.

일단 첫 번째 관문은 돌파다. 논의 각본대로 상황이 진행되며 장기 말이 한 칸씩 앞으로 나아가기 시작했다. 그나저나 논의 너무도 완벽한 연기는 감동스럽기까지 했다. 나로서는 저런 연기가 도저히 불가능하다(참고로 논이 처음 제시한 시나리오에서는 내가 떼를 쓰는 역할이었다).

하이힐을 신은 접수처 여직원은 대리석 바닥을 콩콩 찧으면서 유려한 몸짓으로 우리를 안내했다. 엘리베이터홀 앞에는 지하철역의 개찰구처럼 생긴 보안 출입구가 늘어서 있었는데, 접수처 여직원이 사원증 같은 것을 대자 단박에 출입구가 열리며 우리를 안으로 들여보내 주었다.

출입구를 통과하며 논의 이야기를 떠올렸다.

'어제 사내 견학할 때 들었는데, 빌딩 5층의 **자료 보관실**에서 일괄적으로 사내 정보를 관리하고 있댔어요. 그러니까 분명히 그곳에 뭔가 중요한 비밀이 잠들어 있을 거예요.'

기업의 심장부라고 할 만한 그런 장소에 능숙히 잠입할 수 있을까.

우리 세 사람은 엘리베이터를 탔다. 접수처 여직원은 기획부가 자리한 18층 버튼을 우아한 손짓으로 눌렀다. 엘리베이터가 소리 없이 미끄러지며 움직이기 시작했다. 버튼의 가장 아랫부분에 '레종전자 빌딩 시스템'이라는 글자가 적혀 있었다. 엘리베이터의 부드러운 움직임만 보더라도 레종전자의 높은 기술력이 엿보였다.

자료 보관실이 있는 곳은 5층. 이 속도대로라면 눈 깜짝할 사이에 지나쳐버리고 만다. 현재 엘리베이터는 18층을 향해 올라가고 있으니까.

이번에도 역시 논이 연기할 차례였다. 전광판 숫자가 천천히 상승하고 있었다.

2층……3층……4층……. "잠깐!"

논이 천연덕스럽게 표정을 완전히 바꾸더니 민첩한 움직임으로 5층 버튼을 힘차게 눌렀다. 엘리베이터는 갑작스러운 정지 사인에 놀란듯이(물론 놀라지는 않았지만) 5층에 급정지했다. 접수처 여직원은 느닷없이 벌어진 일에 당황하며 눈을 끔뻑거렸다.

"무, 무슨 일이신가요?"

논은 문이 열리자마자 대답도 없이 5층으로 뛰쳐나갔다. 마치 조금 우스꽝스러운 느낌의 탈옥수처럼 가벼운 발걸음으로 달려갔다. 당황한 접수처 여직원은 사태를 파악하지도 못한 채 논을 쫓아갔다. 물론 나 역시 그 뒤를 쫓았다. 논의 기행에 놀란 척하면서.

"왜 그래, 논?! 멋대로 내리면 안 돼!"

당연히 논이 멈추는 일은 없었다. 논은 술래잡기라도 즐기는 것처럼 웃으며 뛰어가 버렸다.

'엘리베이터에서 내리면 난 화장실로 전력 질주할 거예요. 그 층에는 사원이 상주할 만한 시설이 아무것도 없는데 화장실만은 제대로 갖춰 놨더라고요. 그러니까 난 **느닷없이 술래잡기가 하고 싶어진 철없는 여자애**를 연기하며 쏜살같이 화장실로 **이스케이프** 할게요. 가능하면 자연스럽게요.'

상황 자체는 상당히 부자연스러웠다. 순조롭게 18층으로 향하던 엘리베이터를 멈춰 세우더니 돌연 뛰쳐나가 달리기 시작했다. 좀처럼 있을 수 없는 행동이다. 그런데 논이 달려가는 모습은 정말 훌륭할 만큼 자연스러웠다. 천진난만한 미소를 띤 얼굴은 시도 때도 없이 떠들고 싶어 하는 연령대의 아이 그 자체로 보였다. 어지러이 움직여대는 팔 동작부터 이쪽을 향해 '메롱, 나 좀 잡아 봐라' 하고 말하는 듯한 시선까지 모든 게 완벽한 연기였다. 정말 논은 갑자기 달리고 싶어진 게 아닐까. 나 역시 착각할 정도였다. 아직 선악 판단도 불가능한 어린애가 신이 나서 저지르는 천진난만한 행동 같았다. 심지어 초등학생 같기도 했다.

계획대로 도망치고 있는 논. 그 뒤를 몇 보쯤 늦게 쫓아가는 접수처 여직원. 마지막 술래는 나였다. 하지만 나는 **시늉**만 하고 두 사람의 뒤를 끝까지 쫓지는 않았다. 내게는 해야 할 일이 있었으니까. 화장실 쪽으로 향하는 두 사람의 모습을 확인한 뒤 나는 흘끗 자료 보관실 쪽으로 시선을 돌렸다. 논의 말대로 너무도 튼튼한 철제문이 모든 것을 단단히 걸어 잠그고 있었다. 문 옆에는 보안장치가 달려 있었다. 터치패널 식의 입력 장치에서 희미하게 빛이 반짝거렸다. 아마 비밀번호 입력이나 사원증 터치 같은 게 필요하겠지. 나는 화장실 쪽으로 사라진 접수처 여직원의 눈을 피해 슬며시 자료 보관실 입구 쪽으로 다가갔다.

정말 아무도 없을까. 재차 오른쪽, 왼쪽, 다시 오른쪽과 그 주변을 모두 확인했다. 괜찮다. 육안으로 봤을 때 어디에도 보는 사람의 시선은 없었다. 나는 주뼛주뼛 보안장치의 터치패널 앞에 섰다. 거기에는 예쁜 명조체로 메시지가 떠 있었다.

▶ 사원 번호를 입력해 주세요

메시지 밑에는 0~9까지의 숫자키가 떠 있었다. 사원 번호 입력이라……. 그거라면 문제없다. '이노우에 고헤이 씨'의 번호만은 메모해 두었으니까. 물론 사원 번호를 입력하는 것만으로 문이 열리지는 않겠지. 아직 한두 개의 비밀번호가 더 필요할 것이다. 그렇게 간단히 열릴 거라면 이토록 거창한 기계를 설치하지는 않았을 테니까. 하지만 최초에 입력해야 할 숫자를 파악하고 있다는 사실은 내게 적잖은 용기를 주었다.

시간이 흐르고 있다는 사실에 신경 쓰였다. 화장실로 뛰어간 논은 지금도 접수처 여직원의 주의를 끌고 있겠지. 그동안 일을 끝내야 한다. 접수처 여직원이 언제 되돌아와도 이상하지 않은 상황이니까.

▸ 사원 번호를 입력해 주세요

나는 다시 한번 주위를 확인한 뒤 가방에서 메모지를 꺼냈다. 이노우에 고헤이 씨의 사원 번호가 적힌 메모지를.

'058-9654-8891'

이노우에 고헤이 씨의 사원 번호였다.

떨리는 손가락으로 첫 숫자인 '0'을 터치했다. 터치패널 위의 숫자가 검정으로 바뀌며 입력 확인음이 '삐이' 울렸다. 그런 사소한 음에도 동요하면서 서둘러 다음 숫자를 눌렀다. 589654…….

▸ 입력이 승인되었습니다

"좋았어." 무심코 작게 중얼거렸다.

▸ 개인 비밀번호를 입력해 주세요

그러나 불쑥 장벽이 눈 앞에 나타나고 말았다.

'개인 비밀번호.'

역시 입력해야 하는 번호는 하나가 아니었다. 물론 그런 비밀번호까지는 논의 사원명부에 나와 있지 않아서 우리는 모른다. 나는 지푸라기라도 잡는 심정으로 이노우에 고헤이 씨의 개인정보가 적힌 메모지를 집어삼킬 듯이 바라봤다. 거기에 힌트는 없을지 어슴푸레한 희망을 품으면서.

화면을 보니 개인 비밀번호에 필요한 숫자는 네 자리인 듯했다. 네 칸의 공란이 내 앞에서 점멸을 반복하고 있었기 때문이다. 나는 이노우에 고헤이 씨의 개인정보에서 연상되는 네 자리 숫자를 떠올려 봤다. 전화번호 끝 네 자리, 주소의 번지수, 생년월일. 퍽 무모한 예상이었다. 만들 수 있는 숫자가 너무 광범위했다. 애초에 자료 보관실의 열쇠가 되는 중요한 비밀번호를 개인정보에서 연상할 수 있을 숫자로 설정할까 싶었다. 머릿속에서 이런저런 생각들이 뒤엉키기 시작했다. 어쩌지. 어떻게 해야 할까.

나는 밑져야 본전이라는 심정으로 이노우에 고헤이 씨의 전화번호 끝 네 자리를 입력해보기로 했다. 한 번쯤 비밀번호를 틀렸다고 해서 무거운 패널티는 없겠지. 시험 삼아 숫자 '3'에 손을 댄다. 떨리는 손가락이 조용히 터치패널에 닿는 순간.

"이노우에 씨!"

그 목소리에 간담이 서늘해졌다. 나는 순간적으로 몸이 경직되는 걸 느끼면서도 허둥지둥 돌아섰다. 거기에는 숨 가빠하는 접수처 여직원이 서 있었다.

"동생 분이 화장실에서 나오질 않으셔서……." 접수처 여직원은 진심으로 곤혹스러운 듯한 표정으로 말했다.

나는 대답을 하는 둥 마는 둥 터치패널 쪽을 힐끗 바라봤다.

저질러버렸다. 접수처 여직원에게 내가 한 짓이 발각되지는 않았을까. 애써 평정을 가장하려 해도 자꾸만 등 뒤의 터치패널을 힐끔힐끔 쳐다보고 되고 만다.

접수처 여직원은 다행히 논과의 술래잡기로 기진맥진한 상태여서 터치패널의 변화를 알아차리지 못한 듯했다. 애써 나는 접수처 여직원과 터치패널 사이에 사각지대를 만들기 위해 가로막아 섰다.

"그, 그렇군요……. 죄송합니다. 정말 골치 아픈 여동생이라서……."

나는 멋쩍은 듯 웃으면서 그대로 화장실로 향했다. 접수처 여직원에게 터치패널이 보이지 않도록 각별히 주의하면서.

예상대로 화장실 안에서는 논이 농성전을 펼치고 있었다. 논은 대리석으로 꾸며진 청결한 화장실에서 칸 하나를 점령한 채 틀어박혀 있었다. 나는 문 앞으로 다가가 말을 걸었다.

"무슨 일이야?"

그러자 논이 기어들어 가는 목소리로 신음했다. "배……배가 아파."

나는 한숨을 내쉬었다(물론 연기였다). "그럴 리가 없잖아? 아까까지 기운 넘치게 뛰어다녔으면서."

"하지만 진짜 아프단 말이야."

"말도 안 되는 소리 그만해. 됐으니까 이제 나와. 저 언니도 곤란해하시잖니."

나는 미리 계획해둔 대화를 주고받으면서 접수처 여직원의 안색을 살폈다. 혹시라도 뭔가 미심쩍어하면서 우리에게 의심의 눈길을 보내고 있지 않나 하고.

다행히 접수처 여직원은 논의 기발한 행동에 진심으로 놀란 나머지 정신이 없을 뿐, 그 얼굴에는 속내를 파악하려는 의심의 표정 같은 건 전혀 보이지 않았다. 그 정도로 논의 연기는 완벽했다. 극단적으로 말하면 평소에도 논이 오늘처럼 모든 것을 연기하고 있는 것은 아닐까 의심이 들 정도였다. 나조차도 하마터면 속아 넘어갈 뻔했으니까.

아버지와 직접 만나고 싶다더니 5층에서 엘리베이터를 멈추고 수수께끼의 대탈주를 하다가 화장실에서 복통을 호소하며 농성이라니. 아무런 일관성도 논리도 없는 정체 불명의 행동일지라도 논이 주체가 되면 모두 그럴듯해진다. 이러한 사태의 한복판에 선 나는, 그 이상한 매력에 감탄할 수밖에 없었다.

"그럼 언니가 아버지한테 서류를 전달하고 올 테니까 여기에서 얌전히 기다릴 수 있겠어?"

"……응." 논은 풀이 죽은 아이 같은 목소리로 대답했다.

나는 접수처 여직원에게 몸을 돌렸다.

"죄송해요, 폐를 끼쳐서……. 어쩔 수 없으니 아버지에게 서류를 먼저 건네주고 와도 될까요?"

접수처 여직원은 당황하면서도 고개를 끄덕였다.

"아, 알겠습니다. 그러면…… 일단 저희끼리 18층 기획부로 가실까요?"

물 흐르듯이 제2관문도 돌파. 상당히 허술한 작전이긴 했지만 지금 상황에서는 모든 게 예상대로 진행되고 있었다.

우리는 논을 화장실에 남겨 둔 채 다시 엘리베이터로 향했다. 터치패널의 모습이 뇌리에 스쳐 지나갔다. 파랗고 선명한 불빛을 내뿜던 문자와 숫자키. 자료 보관실의 육중한 문.

과연 저대로 괜찮은 걸까. 나는 접수처 여직원의 안내를 받으며 빨려들 듯 엘리베이터에 올랐다.

'5층의 자료 보관실 이외에 모든 **플로어**에는 엘리베이터를 나오면 개찰구가 있었어요. 층마다 철저히 **시큐리티**에 힘을 쏟고 있는 것 같더라고요. 그러니 언니는 거기에서 시간을 좀 끌어 주세요. 그사이에 어떻게든 잘 처리해볼게요.'

엘리베이터는 우아한 움직임으로 소리 없이 18층에 도착했다. 조용히 문이 열리자, 그 사이로 업무 중인 사무실이 엿보였다. 우아하게 정장을 차려입고 쾌활하게 일하고 있는 레종전자 사원들과 정연히 늘어선 데스크 위의 컴퓨터들.

엘리베이터를 나오자마자 나는 일부러(가능한 한 자연스럽게) 빠른 걸음으로 접수처 여직원을 앞질러 가서 개찰구에 손을 댔다. **시간을 벌어야만 한다.**

나는 그 상태로 마음속 **레버**를 정중앙까지 쓰러뜨렸다. 그러자 사원증을 터치하는 방식이던 개찰구는 순식간에 기능을 멈춰버렸다. 빛이 들어오던 터치 부분과 그 옆의 액정화면도 모두 먹통이 되어 개찰구는 그저 장애물에 지나지 않는 문지기로 바뀌었다.

접수처 여직원은 곧장 이변을 알아차렸다.

"어머?"

그렇게 말하더니 몇 번이나 시험하듯 사원증을 터치했다. 터치했다가 떼고, 뗐다가 다시 터치하기를 반복했다. 물론 개찰구는 열리지 않았다.

"왜 그러세요?" 나는 시치미를 떼며 물었다. 내 마음속에는 타인의 자산이자 소유물을 망가뜨렸다는 죄책감이 확실히 자리하고 있었다. 아마 개찰구는 저렴한 설비도 아닐뿐더러 분명 기술이나 기능 면에서도 귀중한 자산임이 틀림없다. 그렇지만 지금은 나 역시도 내 임무를 완수할 수밖에 없었다.

"죄송합니다. 기계에 이상이 있는 것 같으니 잠시 기다려주시겠습니까?"

"알겠어요. 신경 쓰지 마시고 천천히 살펴보세요."

나는 접수처 여직원의 뒤에 서서 잠시 기다렸다.

시간은 호락호락하게 흘러가주지 않았다. 시간은 정작 필요한 순간에 턱없이 모자라면서도, 반대의 상황에서는 거짓말처럼 부풀어 오르며 그 부피가 늘어나기도 한다. 여기에서는 3분이라는 시간이 고작 1초인 것처럼 뭔가 이질적인 시간 관념이 흐르고 있었다. 초조함과 긴장의 틈에서 숨이 가빠 오는 느낌이었다.

접수처 여직원은 웅크린 자세로 기계 상태를 점검했다. 민첩한 동작을 보니 솜씨가 좋아 보였다. 기계 점검에 관한 지침서를 습득하고 있는 건지도 모른다. 그렇더라도 그건 고칠 수 없다. 결코

고칠 수 없을 것이다. '그 남자'처럼.

개찰구를 망가뜨리자마자 사무실 쪽에서 어떤 남자 직원이 다가왔다.

"이거 어떻게 된 거지?" 남자는 개찰구 쪽으로 시선을 던지며 의아하다는 표정을 지었다.

뭔가 외출해야 할 용무가 있는 걸까. 남자 직원은 짐을 겨드랑이에 낀 채 문을 통과하려고 했다. 접수처 여직원은 당황하며 자리에서 일어나더니 우아한 자세로 인사했다.

"죄송합니다만 아무래도 기계가 고장 난 것 같아요."

남자 직원은 오른손으로 머리를 긁적였다. "이런, 어쩌나. 곤란하게 됐군……."

나는 그런 두 사람을 곁눈질하면서 계속 시간이 경과하기를 기다렸다.

그때 내 가방에서 작은 진동이 느껴졌다. 틀림없이 휴대폰 진동이었다. 논에게서 연락이 온 것이다. 나는 가방의 진동을 감지하는 데 온 신경을 쏟으며 정확하게 진동수를 세려고 했다. 진동은 조용히 고동쳤다.

한 번, 두 번, 그리고 세 번. 멈췄다.

나는 말없이 고개를 끄덕였다. 도착한 문자를 확인했다. 바로 **내용이 없는 문자**다.

'그게 성공했다는 신호예요. 신호를 받으면 재빨리 철수해 주세요.'

나는 접수처 여직원에게 말했다.

"저기요. 죄송하지만 여동생 일도 신경 쓰이고 해서 이쯤에서 그만 실례할게요. 무리한 부탁을 드려서 일부러 여기까지 오시게 했는데, 죄송해요……. 저기, 이거 아버지한테 잘 부탁드릴게요."

"알겠습니다. 불편하게 해드려서 정말 죄송합니다."

"아니에요, 저야말로 폐를 끼쳤는걸요. 그럼, 수고하세요."

나는 아무것도 들어 있지 않은 서류 봉투를 건넨 뒤 천천히 엘리베이터 쪽으로 되돌아갔다. 괜찮아. 모든 게 잘 풀렸어. 논이 세운 계획대로 일이 진행되었으며, 작전은 훌륭하게 성공했다. 나는 엘리베이터 버튼을 누르고 승강기가 오기를 기다렸다.

엘리베이터는 좀처럼 오지 않았다. 다 합쳐서 네 대가 있었는데 모두 18층 아래로 내려가는 중이어서, 대낮의 두더지처럼 끈질기게 모습을 드러내지 않았다. 어쩌면 이 엘리베이터들이 나를 애태우려고 고의로 그러는 게 아닌가 싶을 만큼 전광판의 숫자는 느릿느릿 움직였다. 마음속으로 승강기가 빨리 올라오라고 간절히 빌었다.

지금 이곳은 묵직한 공기로 가득 차 있었다. 내 양심의 가책과 기업의 세련된 분위기, 그리고 이 작전의 허점이 드러나고 말지도 모른다는 긴장감이 절묘한 균형을 이루며 뒤섞인 채 떠다니고 있었다. 한시라도 빨리 이곳에서 벗어나고 싶었다.

하필이면 그때 가방이 다시 흔들리는 게 느껴졌다. 휴대폰이 또 진동하고 있었다. 나는 아까처럼 주의 깊게 팔의 감각에 집중했다.

진동이 고동치고 있었다. 한 번, 두 번, 세 번……네 번. 그러더니 진동이 멈출 생각을 하지 않았다.

전화가 온 것이다.

'그건 내가 **위급한 상황**이라는 신호예요.'

나는 입술을 세게 깨물었다. 논의 신변에 뭔가 일이 터진 모양이다. 재빨리 논이 있는 곳으로 가야 한다. 처음부터 모래 위에 세운 성처럼 불안정하고 허점투성이인 작전이었다. 결국 아이의 잔꾀일 뿐이다. 언제 일이 터져도 이상할 게 없었다.

그런데 좀처럼 엘리베이터가 오지 않았다. 이제야 겨우 1층에 도착하더니 다시 18층으로 올라오기 시작하는 참이었다. 제발 빨리 좀 와줘. 나는 더 간절히 빌었다.

"뭐? 난데."

등 뒤의 개찰구에서 목소리가 들렸다. 뭔가 놀란 듯한 목소리였다. 나는 논을 구하러 가야한다는 일념뿐이었지만 그 상황에서도 뒤를 돌아봤다. 그러자 접수처 여직원이 이상하다는 듯한 표정으로 나를 바라보고 있었다.

"따님이 저쪽에."

그러자 개찰구 앞에 서 있던 남자 직원이 나를 쳐다봤다.

"넌 누구지?"

발끝부터 머리카락까지 모든 세포가 얼어붙는 기분이었다. 하반신부터 순서대로 신경이 죽어가는 듯한 절망감과 상실감, 그리고 동요가 일었다.

나는 시선을 고정한 채 남자의 목에 걸린 사원증을 봤다. 개찰구를 사이에 둔 채 맞은편에 있었는데도 거기에 적힌 글자를 또렷이 확인할 수 있었다.

'이노우에 고헤이'

나는 말문이 막혀 멍하니 서 있었다. 무의식중에 눈을 깜빡이는 횟수가 늘었고, 입 주변 근육에 맥이 풀렸다.

"이봐, 누구냐니까?!"

이번에는 목소리에 힘이 들어가 있었다. 그는, 이노우에 고헤이는 자기 딸을 사칭하는 수상한 인물에게 명확한 불신과 분노를 느끼고 있었다. 악당을 쏘아보는 것처럼 눈빛이 적대적이고 날카로웠다. 지금 그의 내면에서 나란 존재는 확고한 '악'으로 인식되고 있었다.

그러나 나는 꼼짝도 할 수 없었다. 그저 동요하며 떨고 있을 따름이었다.

"이봐!"

드디어 남직원이 고장 난 개찰구를 넘어서 이쪽으로 발걸음을 옮겼다. 몇 센티미터쯤 거리가 좁혀졌을 뿐인데 남자의 몸은 너무도 거대해 보였다.

나는 '그 남자'에게 팔이 붙들렸을 때가 떠올랐다. 남자의 악력은 정말 너무 강해서 내가 대항할 수 있는 힘의 범위를 아득히 초월해 있었다. 내게 레버가 없었다면 그날 난 아마도 비참한 결말을 맞이했을 것이다.

지금 남직원이 그날처럼 내 앞으로 다가오고 있었다. 그때와 달리 지금은 내게 확실한 죄가 있고 악의가 있다. 발뺌할 수 없다.

그렇게 내가 절망과 패배와 실패를 받아들이기 시작했을 때 등 뒤쪽이 확 넓어지는 느낌이 들었다.

엘리베이터 문이 열린 것이다.

나는 있는 힘껏 그대로 뒷걸음질하며 뒤돌아서 엘리베이터 안으로 뛰어 들어갔다. 그리고 서둘러 '닫힘' 버튼을 눌렀다. 그러자 문은 속이 뒤집힐 만큼 느긋하게 닫히기 시작했다. 어떤 상황에서든 문은 소리 없이 천천히 미끄러지는 듯한 동작을 이어갔다.

"기다려!"

닫히려는 문에 남자의 손가락이 끼일 것 같았다. 고작 몇 센티미터, 어쩌면 몇 밀리미터의 차이로 문이 닫혔다. 간발의 차이로 남자는 문 밖으로 밀려났고, 엘리베이터는 완전한 밀실로 바뀌었다.

나는 안도의 한숨을 내 쉴 틈도 없이 허둥지둥 5층 버튼을 눌렀다. 내 안전이 확보되었다고 기뻐할 상황이 아니었다. 사태를 감지한 남자나 접수처 여직원이 곧장 뒤를 쫓을지도 몰랐다.

그리고 무엇보다도 논이 **위기에 빠져있다.** 엘리베이터는 천천히 하강을 시작했다.

오스가 슌

　나는 응접실에서 기다리고 있었다. 그곳은 대략 세 평쯤 되는 독실로, 검붉은색의 2인용 소파가 서로 마주 향하도록 놓여 있었다. 거기에 오도카니 앉아 있었다. 여기에서 기다린 지 대략 5분쯤 지났을까. 무료해진 나는 일단 시간을 때우려고 방 안을 무심히 관찰했다.

　벽에는 상장이 들어간 액자 세 개가 걸려 있었다. 선반 위에는 금색으로 반짝이는 트로피 두 개가 놓여 있고, 그 트로피의 주인공인 듯한 중학생들의 단체 사진도 놓여 있었다. 유니폼 분위기로 봐서 배구부인 듯했다. 부원들은 땀에 젖어 가느다란 다발이 된 머리칼이 얼굴에 드리워져 있는데도 하얀 이를 드러내며 손가락으로 브이 포즈를 취하고 있었다. 그 동아리의 활동 배경을 전혀 모르는 나조차도 무심코 축하해주고 싶어질 만큼 결정적인 행복의 순간을 훌륭하게 포착한 사진이었다. 분명 등에 떠 있는 숫자도 높겠지. 이 응접실에는 그런 과거의 영광이 세월의 흐름 속에서 조용히 잠자고 있는 것 같았다.

실내에 놓인 물건들 모두를 통해 세월의 흔적을 느낄 수 있지만, 방 안의 다른 물품들은 관리를 잘해서인지 보존 상태가 양호했다. 바닥에는 쓰레기나 먼지, 머리카락 한 올도 떨어져 있지 않았다. 시설의 청결 상태는 학교의 수준과 비례하는 걸까. 이 방에 오는 동안 몇몇 여학생(여기는 여학교니까)과 스쳐 지났는데, 다들 상당한 교양을 지닌 듯한 분위기를 풍기고 있었다. 허리를 바르게 펴고 걸으며, 가방은 깨지는 물건을 다루듯 조심히 어깨에 메고 있었고, 웃을 때는 반드시 입가를 가리고 웃었다. 좀 지나친 추측일지도 모르지만, 단정한 태도가 몸에 밴 인상을 받았다. 여학생들은 으레 희귀동물이라도 발견한 것처럼 신기하다는 표정으로 나를 힐끔힐끔 쳐다봤다. 내 얼굴이 그렇게나 개성적인 걸까. 어쨌든 '멋진 사람'을 봤다는 표정은 아니었다. 내게 누군가가 첫눈에 반할 만큼의 매력이 없다는 건 누구보다 잘 알고 있지만 그러한 시선들 역시 편치 않았다.

똑똑. 노크 소리가 들렸다. 드디어 온 모양이었다. 나는 슬며시 일어나 문 쪽으로 시선을 던졌다.

문이 열리더니 그 틈새로 여자가 얼굴을 내밀었다.

"많이 기다리셨죠. 제가 모치즈키입니다."

대략 오십 살쯤 됐을까. 입가에 깊은 주름이 있고 눈꼬리에도 또렷하게 잔주름이 드러나 있었다. 가볍게 파마를 한 머리는 중간 정도의 길이였다. 그런데도 표정에 생기가 있어서인지 활력이 넘치고 발랄한 사람이라는 인상을 받았다. 눈빛에도 상당한 힘이 있었다.

모치즈키 선생님은 입을 한껏 벌리며 시원한 미소를 지어 보였다.

"따분하게 앉아서 이야기하기보다 교정을 좀 걸으면서 이야기를 나눌까요? 그러는 편이 학창 시절의 구로사와를 상상하기가 쉬울 것 같군요."

나는 고개를 끄덕이며 일어섰다. "감사합니다. 시간을 빼앗아서 죄송해요."

모치즈키 선생님은 눈을 감은 채 천천히 고개를 가로저었다.

"〈친구가 멀리서 찾아오면 즐겁지 아니한가.〉 일부러 여기까지 들러주셔서 제가 도리어 고마운 마음이랍니다. 사실 이야기 상대를 찾고 있었거든요." 모치즈키 선생님이 다시 미소 지었다.

아쉽게도 그 말뜻을 온전히 파악하기 힘들었지만 어쨌든 그 고상한 울림에 나는 고개를 끄덕였다.

모치즈키 선생님은 구로사와 사쓰키의 중학교 담임이었다. 중학교 시절의 그녀를 잘 아는 인물 가운데 한 사람이다.

나는 모치즈키 선생님을 따라 응접실에서 나왔다. 그녀의 등에는 조금 행복하다고 할 만한 숫자인 '56'이 떠 있었다.

논은 구로사와 사쓰키(삿짱)가 늘 입고 있던 교복을 통해 그녀가 어느 중학교에 다녔는지 알고 있었다.

'굉장히 공부를 잘하는 중학교였어요. 우리 집 근처에 있었는데 엄청나게 특출난 천재들이 다니는 학교였죠. 그곳의 교복을 입고 있는 것만으로도 그 학교 학생들에게 선망의 눈빛이 **마구**

쏟아졌으니까요.'

우리는 해당 중학교에 수소문한 끝에 구로사와 사쓰키를 맡았던 당시의 담임을 알아낼 수 있었다.

'모치즈키 기리코'

여전히 같은 학교에서 현역 교사로 일하고 있다고 했다. 사립 중학교라서 인사이동이 없었던 건지도 모른다. 어쨌든 운이 좋았다. 내가 구로사와 사쓰키의 이야기가 꼭 듣고 싶다고 부탁했더니, 수화기 너머의 모치즈키 선생님은 잠시 고민하다가 뚝 부러지는 어조로 말했다.

'알겠습니다. 11시부터라면 시간을 낼 수 있을 것 같으니 그때 잠시 이야기 나누도록 하죠.'

나는 기쁜 마음으로 약속을 잡은 뒤 구로사와 사쓰키의 모교인 스이도바시 여자중학교에 왔고 지금에 이르렀다.

"사실 이런 상황을 만드는 건 그리 내키지 않아요." 모치즈키 선생님은 복도를 걸으며 말했다.

나는 다음 말을 재촉하는 듯한 표정을 지었다.

"외부 사람과, 그것도 남자 고등학생과 개인적으로 접촉하는 건 교사라는 입장에서 그리 칭찬받을 일은 아니거든요. 오해하지는 마세요. 물론 우리가 함께 걷는다고 해서 연인 사이로 생각할 사람은 아무도 없겠죠. 그렇더라도 여차저차한 이유에서 이런 상황은 가능한 한 피하는 게 좋아요. 게다가 학생의 개인정보를 지켜야 할 때는 더욱더요." 모치즈키 선생님은 나를 돌아봤다. "하지만 이번에는 사정이 그러하니까요. 구로사와 사쓰키의 이름이

나온 이상, 저도 이야기하지 않을 수가 없네요. 제 교사 생활을 통틀어서 정말이지 유일하게 마음에 남는, 그리고 마음에 걸리는 일이었으니까요……. 오스가 군은 구로사와의 초등학교 시절 동급생이라고 하셨죠?"

나는 고개를 끄덕였다. "네."

모치즈키 선생님에게는 구로사와 사쓰키의 초등학교 시절 동급생이라고 나를 소개하면서 그녀가 죽었다는 이야기를 최근에야 전해 듣고 어찌할 바를 모르는 상황인 척해두었다. 거짓말이기는 해도 일단 그럴듯했다.

모치즈키 선생님이 물었다.

"어땠을까요. 오스가 군의 눈으로 봤을 때 초등학교 시절에 그 애는 어떤 학생이었죠?"

그 질문에 나는 당황했다. 논이나 아오이 누나와는 달리, 나는 그녀를 만난 적도 없었다. 그러니 상상하는 것 또한 어려웠다. 어쩔 수 없이 변변찮은 정보에 의지해 어떻게든 대답을 쥐어짜 냈다.

"글쎄요……. 늘 책을 읽고 있었던 것 같아요."

모치즈키 선생님은 깊이 고개를 끄덕였다. 마치 그게 유일한 정답이라는 것처럼.

"그건 그 아이의 커다란 특징 중 하나였다고 할 수 있죠. 구로사와는 늘 교실에서 책을 읽다가 방과 후 학교 개방 시간이 끝나면 공원으로 자리를 옮겨서 독서를 이어갔으니까요. 그야말로 '책벌레'였죠. 그건 교사로서 기쁘기도 하고 슬프기도 한 부분이었어요."

"슬프기도 하셨다고요?"

"네." 모치즈키 선생님은 고개를 끄덕였다. "물론 책을 읽는다는 건 인격 형성, 나아가서는 감수성을 기르는 데 상당히 중요하다고 할 수 있어요. 어떤 의미에서는 가장 좋은 수단과 마찬가지죠. 그런데 아무래도 '독서'는 **혼자서 하는** 일이잖아요. 집단 속에서 살아갈 '사회인'을 양성하는 교사로서는, 너무 독서에만 몰입하는 모습이 사회성이라는 면에서 좀 걱정스러워 보이기도 하니까요."

"그렇군요." 나는 말했다. "결국 구로사와는 그리 '사회적'이진 않았다는 뜻인가요?"

모치즈키 선생님은 긍정하는 듯한 미소를 지었다. 멋쩍어 보이기도 했다.

"반에서 하는 활동이나 그룹끼리 학습할 때는 어쩐지 조금 시간이 걸렸어요. 그 애는 무척 과묵한 탓에 오히려 고독을 즐기는 것 같기도 했죠. 그러니 혼자 그룹에서 제외당해도 불안감 같은 걸 느끼지 않았어요. 좋든 나쁘든 그 나이에 이미 모든 것을 달관한 듯한 인품조차 갖추고 있던 학생이었죠. 그 애의 눈빛이 내게 이렇게 말하는 것 같았어요. '혼자일지라도 자립해서 살아가기만 하면 되는 거죠?'라고 말이에요." 모치즈키 선생님은 복도를 계속 걸었다. "무엇보다 그 애는 우수한 학생이었어요. 어떤 과제든 혼자서 쓱쓱 끝내버렸죠. 어려운 입시를 통과해서 본교에 입학한 학생 가운데에서도 유독 놀랄 만한 수준이었어요."

모치즈키 선생님은 어느 교실 앞에 멈춰 섰다.

"이곳이 구로사와가 2학년 때 사용했던 교실이에요. 벌써 4년이나 지난 이야기네요……."

여름방학 중인 이곳 교실에는 아무도 없었다. 게다가 놓여 있는 물건도 거의 없었다. 하지만 그 안에는 왠지 여학생들의 단체 생활에서만 엿볼 수 있을 것 같은 부드러운 공기가 자욱이 깔려 있었다. 모치즈키 선생님은 마치 그런 분위기를 깨지 않으려는 듯 천천히 교실 안으로 발걸음을 옮겼다. 나도 세 발걸음 뒤에서 뒤따랐다.

"그들에겐 미안한 일이기도 하고 한편으로는 무척 괴로운 일이기도 하지만, 교사로서 매년 여러 학생을 만나다 보니 아무래도 잊어버리는 학생이 있기 마련이죠. 오히려 그런 학생들이 더 많다고도 할 수 있어요. 매년 담당하는 학생이 40명, 그걸 30년 동안 해왔으니…… 단순 계산해도 1,200명이네요. 다른 반 학생까지 합하면 그 수는 거듭 몇 배로 불어나죠. 그러니 제가 지금 한 학생에 대해 떠들어댈 수 있다는 건 퍽 드문 일이라고도 할 수 있어요. 그만큼 구로사와는 인상적이었으니까요."

"선생님이 보셨을 때 구로사와는 어떤 학생이었나요?"

모치즈키 선생님은 막힘없이 술술 말을 이어갔다. "한 인간을 간단히 한마디로 표현하기란 무척 어려워요. 그래도 군이 해보자면 '이상한 아이'였다고 할까요. 좀 유치하고 평범한데다가 추상적인 답변이라서 적절한 대답은 아닌 것 같지만요."

이상한 아이라.

만난 적이 없는 나로서도 동감하는 부분이었다. 구로사와 사쓰키는 **상당히** 이상했다. 틀림없다. 만약 세상에서 가장 이상한 여중생을 뽑는 대회가 있다면 적어도 그녀는 충분히 출전권을 따낼 수 있을 게 틀림없다. 준준결승전쯤부터 등장이 가능할 정도다.

모치즈키 선생님은 말을 이었다.

"구로사와는 누구보다도 빨리 등교하는 학생이었어요. 아직 아무도 오지 않은 아침에 그 애 혼자 교실에서 책을 읽고 있는 광경을 여러 차례 목격했죠. 게다가 그 애는 꼭 맨 마지막으로 귀가했어요. 이유는 몰라요. 그렇게나 학교라는 장소를 좋아해 줬던 거라면 선생인 나로서는 숙원 같은 일이겠지만 딱히 그래 보이지는 않았답니다. 어쨌든 그 애는 가장 먼저 등교하고 제일 늦게 하교하는 스타일이었던 것 같아요."

꼭 누구와 닮았다. 기억이 떠올랐다. 어디에든 그런 이상한 습관을 지닌 사람이 존재하는 모양이다.

모치즈키 선생님은 교실 창문으로 보이는 스이도바시의 빌딩들을 바라보고 있었다. 그곳에서 4년 전의 구로사와 사쓰키를 떠올리고 있는 건지도 모른다. 아련하고 허무해 보이는 시선이었다.

"구로사와의 부모님을 알고 계세요?" 나는 물었다.

"글쎄요……." 모치즈키 선생님은 시선을 창 너머로 고정한 채 대답했다. "아쉽지만 전혀 뵌 적은 없답니다. 그 애의 가정은 상당히 복잡한 상황이었던 터라 입학 절차를 밟을 때 얼핏 아버님의 얼굴을 본 게 다예요."

"어머니는 어떤 분이셨을까요?"

모치즈키 선생님은 모르겠다는 뜻으로 고개를 흔들었다. "구로사와는 편부 가정에서 자랐어요. 어머님은 그 애가 어릴 적에 병으로 돌아가셨다고 했죠. 아쉽지만 그 이상은 모른답니다."

편부 가정. 나와는 완전히 반대다.

편모 가정에서 자란 나는 아버지가 있는 가정, 나아가 오직 아버지 밑에서 자라는 기분은 상상할 수 없었다.

일단 내 이야기는 제쳐두고, 구로사와 사쓰키가 편부 가정에서 자랐다는 사실은 화재 기사가 실린 신문에 어머니에 관한 내용이 없었던 점을 봐서도 짐작할 수 있었다. 아오이 누나의 말로는 예전 구로사와 저택은 상당히 넓은 부지 면적을 자랑하고 있었다는데, 그곳에서 두 사람만 살았다니 정말 인구밀도가 낮은 집이었던 셈이다. 대저택에 부모와 자식, 그것도 아버지와 딸 둘이서만 살아가는 나날은 과연 어땠을까. 거기에는 농밀한 부모 자식 사이의 애정이 있었을까, 일상의 단란함이 있었을까. 아니면 말하기 힘든 마찰이나 확고한 거리감이 있었을까. 가난한 연립주택의 편모 가정에서 자란 나로서는 가늠조차 할 수 없었다.

교실 구석에는 피아노 한 대가 놓여 있었다. 내가 다니던 중학교에도 교실에 자그마한 전자 오르간이 있었지만, 여기 있는 건 진짜 멋진 피아노였다. 꽤 호사스러웠다. 아무래도 사립학교 정도 되면 돈의 쓰임새가 다른 모양이다.

"구로사와도 여기에서 피아노를 쳤나요?" 나는 물었다.

그런데 의외로 모치즈키 선생님이 고개를 갸웃거렸다. "피아노요?"

나는 고개를 끄덕였다. "네. 구로사와는 피아노를 굉장히 잘 쳤으니까 여기서도 연주를 했나 싶어서요."

모치즈키 선생님은 시선을 조금 낮추며 기억을 더듬었다. "미안해요. 전 구로사와가 피아노를 쳤다는 건 처음 들었어요. 그 애는 필요하지 않으면 되도록 개인 사정을 함구하는 학생이었으니까요. 실력자는 함부로 그 능력을 드러내지 않는다는 말도 있으니 그런 거였을지도 모르겠네요. 그나저나…… 그랬군요. 피아노라. 만약 알았다면 합창대회 반주를 부탁했을 텐데."

모치즈키 선생님의 엷은 미소에서 이룰 수 없는 소망이 묻어났다.

"구로사와는 어떤 곡을 연주했죠?"

"아…… 그게요." 나는 어제 들었던 제목을 떠올리려고 했다. 뭐였더라. 역시 기억나지 않는다. 하는 수 없이 나는 일단 작곡가 이름만 말했다. "쇼팽……이었던 것 같아요."

모치즈키 선생님은 감탄한 듯 고개를 끄덕였다.

"정말 멋지네요. 저도 피아노 음악 듣는 걸 즐기는데 쇼팽은 각별하답니다. 「화려한 대 원무곡」, 「즉흥 환상곡」, 「영웅 폴로네즈」, 에튀드라면 「이별의 곡」, 「올림 다단조」 어느 작품이든 유명한 명곡이죠. 쇼팽을 연주할 수 있었다니, 그 재능이 빛을 못 본 채 끝나버린 게 너무 아쉽군요."

너무 아쉽다. 맞다, 그녀는 이미 죽어버렸다. 고요한 주택가를 덮친 갑작스러운 화염에 휩싸여서. 15년이라는 너무 짧은 생애는 이미 막을 내렸다.

나는 물었다. "화재에 대해 뭔가 알고 계신 게 있나요?"

모치즈키 선생님은 그다지 기억해내고 싶지 않은 듯 말 없이 눈을 가늘게 떴다.

"비통한 사건이었답니다. '죽는 방법'은 무수히 많지만 그중 익사하거나 불에 타 죽는 게 가장 고통스럽지 않을까 싶어요. 그 애는 고작 중학교 2학년이었어요. 총명한데다 희망이 가득한 젊은이였죠. 정말 슬프고 한탄스러운 일이에요." 모치즈키 선생님은 견딜 수 없다는 듯 고개를 천천히 흔들었다. "전, 안타깝게도 화재의 '원인'에 대해서는 모른답니다. 당시 그 애의 담임으로서 경찰과 소방 관계자를 번갈아 만나봤지만, 하나 같이 다들 입을 다문 채 대답해주지 않았죠. 왜 이야기해주지 않은 건지는 저도 몰라요. 제게는 그것에 대해 물을 권리와 의무가 있는데 말이죠. 지금껏 그 애의 죽음은 수수께끼인 채 미궁에 빠져 버렸답니다. 어떤 '함구령' 같은 게 깔려 있었을 거란 생각이 들 수밖에 없었죠. 그 사건은 간단히 설명할 수 없는 **무언가**가 있었어요. 말하자면 판도라의 상자 같은 거죠."

모치즈키 선생님은 학생 책상 하나를 손가락으로 부드럽게 쓰다듬었다. 마치 뭔가 해로운 먼지를 없애려는 것처럼.

"다만, 한 가지 사실을 말하자면 화재가 있기 한 달 전쯤부터 구로사와의 상태가 어딘가 부자연스러웠어요."

"무슨 뜻이죠?"

"어찌 표현하면 좋을지." 모치즈키 선생님은 손을 바라보며 생각했다. "평소 그 애는 언제나 늠름한 심지 같은 걸 내면에 갖고 있었어요. 예를 들면 연의 뼈대 같은 거죠. 평소 그 애는 자신의 지배자로서 스스로를 단단한 뼈대로 지탱하고 있었어요. 그런데 어느 날부터, 지금 생각하면 화재가 있기 한 달 전부터였는데, 그 애는 그

지지대를 잃어버렸어요. 뼈대가 부러진 연은 하늘을 날 수 없죠. 그 애는 수업 중이나 쉬는 시간에도 어딘가 불안한 것처럼 창밖을 바라보거나 교과서를 펼쳤다가 펴기를 반복하는 등 행동이 불안정했어요. 책도 읽지 않게 되었죠. 물론 책을 부적처럼 손에 들고는 있었지만 절대 읽지는 않았어요. 다만 주변을 바라보고 있을 뿐이었죠. 며칠 정도는 드물게 조퇴도 하고 결석도 했어요. 뭔가에 겁을 먹은 것처럼, 혹은 무언가에 절망한 것 같기도 했죠. 어쨌든 그 한 달 동안 그 애의 내면에 분명 어떤 '변고'가 일어났다는 건 꽤 명백했어요. 아니, 의심할 여지도 없었답니다. 그래서 전 슬슬 그 애와 개인 면담을 해야겠다고 생각하던 참이었어요. 그 애 안에 고여 있는 어떤 '고름'을 짜내줘야 한다고 생각했으니까요. 하지만……" 모치즈키 선생님은 눈을 감았다. "화재가 먼저 일어나고 말았죠."

그녀는 어조에 약간 힘을 주었다.

"심지어 전 단언할 수 있어요. 그 사건은 '평범한 화재'가 아니랍니다. 거기에는 감춰야만 하는 **무언가**가 있었던 거예요."

그 말에 나는 살짝 몸을 보르르 떨었다. 무언가가 있다. 그렇다면 뭐가 있었던 걸까. 나는 물었다.

"화재 당시 구로사와의 아버지도 피해를 입었나요?"

"네, 아무래도 그런 모양이에요. 아버님이 레종전자 사장이라는 소리를 들었을 때는 저도 놀랐답니다. 슬픈 현실이긴 하지만, 사람은 나이를 먹을수록 적 또한 많아지는 법이죠. 어쩌면 그런 건가……. 이따금 그런 생각이 들고 말아요. 조금 지나친 억측일까요."

적이 많은 사장. 결국 모치즈키 선생님은 화재의 원인이 방화가 아닐까 짐작하고 있는 건지도 모른다. 방화. 충분히 있을 법한 일이다. 오히려 이토록 복잡하게 상황이 얽혀있을 때는 화재 원인이 튀김 기름 때문이었다는 것보다는 훨씬 어울린다. 그렇다면 누군가 불을 질렀다는 건가.

어느새 이야기의 규모가 커져 버린 것을 느끼자 약간 현기증이 일었다. 나는 세상의 어두운 음모를 시원스레 파헤칠 만큼 총명하지도 않고 어른도 아니었다.

종소리가 울려 퍼졌다. 교실의 벽시계가 12시 반을 가리키고 있었다.

"벌써 시간이 이렇게 됐군요……. 죄송하지만 오후부터는 용무가 있답니다."

"별말씀을요. 귀한 이야기를 들려주셔서 정말 기뻤습니다. 바쁘실 텐데 시간 내주셔서 감사했습니다."

모치즈키 선생님은 생긋 웃었다. "정문까지 배웅해 드리죠."

교내는 무척 청결했다. 기둥부터 벽, 바닥까지 성한 곳은 어디에도 없었지만 딱 적당히 낡은 느낌이었다. 훌륭하게 나이를 먹은 거라고 표현할 수 있을지도 모른다. 어디든 세월의 흔적이 느껴졌지만, 결코 허름해 보이지는 않았다. 살짝 멋스러워서 고풍스러운 느낌조차 들었다.

나는 모치즈키 선생님의 안내를 받으며 건물에서 나왔다. 두 여학생이 동아리 활동 중인지 밭을 걷고 있다가, 그녀에게 인사를 하며 역시나 나를 의아한 표정으로 바라봤다.

"제 얼굴이 뭔가 특이한 걸까요?" 불안한 마음에 모치즈키 선생님에게 물어봤다. "다들 절 이상하다는 듯 바라보고 있어서요……."

그녀가 작게 웃었다. "젊은 남자애가 있으니 신기한 거겠죠. 여긴 여학교니까 교내에서 볼 수 있는 남자는 그리 젊다고 할 수 없는 교사들뿐이니까요. 삼십 대 교사조차 학생에게는 귀한 보물 취급을 받는답니다."

"……그렇군요."

그러고 보니 내가 교내를 활보하는 모습은 단순히 그 광경만으로도 정말 이상해 보일지도 모른다는 생각이 들었다. 여학교. 그건 남자가 없는 사회다. 지금 난 남자의 출입이 금지된 세상에 당당히 발을 들인 셈이다. 아무리 그렇기로서니 자꾸 힐끗힐끗 쳐다보니 왠지 불안해진다. 마치 동물원의 판다가 된 기분이랄까.

"다들 일상생활이나 익숙한 환경 속에서는 귀중한 것들을 쉽사리 인식하지 못한답니다. 부호가 돈의 고마움을 잊어버리거나, 일본인이 물의 소중함을 잊어버리는 것과 같아요. 어떤 의미에서 그건 감각의 마비 같은 거죠. 그러니 오히려 스스로를 평소와 다른 비일상의 환경에 두는 것이야말로 역설적으로 일상을 탐색하는 거라고 할 수 있을지도 몰라요."

나는 살짝 웃었다.

비일상이라니, 그야말로 현재 내가 처한 상황이 아닌가. 지금 내 눈에는 뭐가 보이는 걸까. 평소에는 아무 생각 없이 누리고 있던 무언가에 의해 깨달음을 얻어가고 있는 걸까. 그건 결코 잊어서는 안될 중요한 명제처럼 느껴졌다. 비일상에서 일상을 바라봐야만 한다. 나는 그 말을 내면에서 차분히 곱씹었다.

모치즈키 선생님은 정문 앞에 멈춰 서며 말했다.

"오늘 고생 많으셨습니다."

"아뇨, 그런 말씀 마세요." 나는 깊이 고개를 숙였다. "저야말로 갑자기 찾아와서 죄송했습니다. 정말 감사합니다."

묵직한 여름 바람이 우리 앞으로 시원하게 휘몰아쳤다. 모치즈키 선생님의 머리카락이 바람에 나부꼈다.

"오스가 군. 한 가지 물어봐도 될까요?"

"그럼요." 나는 대답했다.

모치즈키 선생님은 잠시 망설이는 것처럼 입을 다물더니, 다짐한 듯 말을 꺼냈다. "그 애는…… 구로사와 사쓰키는 행복했을까요?"

"네?" 무심코 반문하고 말았다.

모치즈키 선생님은 난해한 표정을 짓고 있었다.

"그 애는 스스로 의지할 곳을 거의 끊어버린 채 살아가는 것처럼 보였어요. 아직 중학생인데도 자립하고 독립한 상태였죠. 그 애는 거기에 대해 전혀 불만이 없어 보였지만, 일반적인 기준에서 봤을 때 그건 '행복'이라고 정의하기가 어려워 보여요. 누구든 본질적으로는 자진해서 고독을 즐기기는 않는 법이니까요. 그랬던 그 애의 인생이 맹렬히 타오르는 불길 속에서 막을 내렸어요. 어땠을까요……. 그 애는 과연 행복한 인생을 보냈을까요?"

나는 잠자코 있었다.

"실제로 전 구로사와의 사건 때문에 이곳을 방문해주는 이가 있다는 사실에 상당한 놀라움과 기쁨을 느꼈어요. 그건 제게 그 애가 완벽히 '고독'하거나 '고립'된 게 아니었다고 말해주는 것 같았으니까요. 적어도 오스가 군은 초등학교 시절의 친구로서 그 애를 염려해주었죠. 제게 있어서 그건 작지만 확실한 구원이었어요. ……어떤가요? 구로사와를 염려해준 당신의 눈으로 봤을 때 그 애는, 구로사와 사쓰키는 과연 행복했을지 생각을 듣고 싶어요."

눈물을 보이지는 않았지만 모치즈키 선생님의 목소리가 작게 떨렸다. 마치 말에 감정의 찌꺼기가 섞여 있는 것처럼.

물론 난 구로사와 사쓰키의 초등학교 시절 동급생이 아니다. 오히려 일면식도 없다. 모치즈키 선생님의 말은 모두 내 거짓말에서 비롯되었다. 그러니 내가 구로사와 사쓰키의 행복 여부를 가늠할 수 있을 리 없었다.

하지만 나는 거짓말을 하는 걸 망설이지 않았다. 실제로 **구로사와 사쓰키에게는 친구가 있었으니까.** 그 사실은 변하지 않는다. 단지 그 대상이 내가 아니었을 뿐, 구로사와 사쓰키에게는 소중한 친구가 있었다. 사실 오늘 여기에 왔어야 할 사람은 논이다. 그래야만 상황이 훨씬 자연스레 전개되고 서로 이야기가 더 잘 통했을 것이다. 그러나 이런저런 사정으로 그 만남은 이루어지지 않았다.

그러니 지금은 내가 논이 되어야 한다. 구로사와 사쓰키의 친구이자 사에구사 논으로서 생각을 말해야만 한다. 나는 일단 야단스레 헛기침한 뒤 모치즈키 선생님의 질문에 대답했다.

"셰익스피어가 말하길 〈세상에는 행복도 불행도 없다. 그저 사고에 따라 바뀌는 것이다〉라고 했다죠. 행복했는지는 본인밖에 몰라요. 하지만……." 나는 모치즈키 선생님의 눈을 바라봤다. "전 그 애가 행복했다고, 그렇게 믿고 싶은 사람 중 하나예요."

그녀는 주름인지 보조개인지 알 수 없는 걸 입가에 깊게 드리우며 활짝 웃었다. "고맙습니다."

"그 애의 등을 볼 수 있었더라면 좋았을 것 같네요."

모치즈키 선생님이 머리 위로 물음표를 띄웠지만 난 그저 웃으며 자리를 떠났다.

오늘 그녀의 이야기를 통해 여러 사실을 알게 되었다.

구로사와 사쓰키는 학교에서 늘 혼자였다. 어릴 적에 엄마를 잃고 편부 가정에서 자랐다. 그리고 무엇보다 **화재 원인은 여전히 모른다.** 게다가 화재가 일어나기 한 달 전부터 구로사와 사쓰키의 상태가 이상해 보였다.

우리가 손에 넣은 정보를 시간순으로 나열하면 다음과 같다.

1. 논은 구로사와 사쓰키의 친구다. 이게 화재 1년 전의 일.

2. 구로사와 사쓰키의 상태가 달라졌다. 이게 화재 한 달 전의 일.

3. 구로사와 사쓰키는 논에게 '전학 가게 되었다'고 고백했다. 이게 화재 2주 전.

4. 피아노 콩쿠르에서 아오이 누나와 만났다. 이게 화재 2주 전.

그리고 마지막으로 화재가 일어났다.

구로사와 사쓰키의 이변과 화재 사이에는 어떤 인과관계가 있는 걸까. 잠시 생각해봤다. 하지만 그건 너무 어려운 문제였다. 일단 호텔로 가서 나머지 세 사람이 돌아오길 기다리자. 에자키는 개별행동을 하는 중이고, 아오이 누나와 논은 특별임무를 수행하는 중이다.

에자키와 내가 여자애 둘이서 본사에 잠입하는 건 너무 위험하다며 말렸지만 두 사람은 막무가내였다.

'미안하지만 오스가 오빠가 있어도 딱히 도움은 안 돼요. 아쉽게도 이번 상황에서는 등 뒤로 훌륭한 등번호가 보인다고 해서 득될 게 없으니까요. 그에 비해 나랑 아오이 언니가 **2인조**로 움직이면 퍽 훌륭한 소수정예 **엘리트** 군단이 되지 않겠어요? 더군다나 여자애들끼리만 가는 게 오히려 안전할 수 있어요. 상대도 설마 이런 귀여운 여자애들이 자료 보관실을 침입하리라곤 꿈에도 생각하지 못할 테니까요.'

예정대로라면 이제 슬슬 임무가 끝나가고 있겠지.

논의 지적은 가차 없었다. 내가 있어도 도움이 되지 않는다는 건 명백히 맞는 말이지만 좀 더 다른 방식으로 표현해줬더라면 좋았을 텐데. 나는 약간 불쾌함을 느끼며 논을 떠올렸다.

과연 지금쯤 논은 뭘 하고 있을까.

나는 여학교를 뒤로 한 채 논의 고향을 터벅터벅 걸었다.

사에구사 논

삿짱.

잘 정돈된 부드러운 검정 머리칼을 바람에 흩날리며 물 흐르는 듯한 시선으로 팔랑팔랑 책장을 넘기던 삿짱. 문장의 마디마디마다 친절하게 틈을 줘가며 마치 그림책을 읽어주듯 세심하게 끊어서 이야기해주던 삿짱. 그 누구보다도 명언을 많이 알고 있던 삿짱. 단어를 사랑했던 삿짱. 조용하고 우아하고 예쁜 삿짱.

나는 삿짱의 본명을 몰랐다.

애초에 처음 내가 말을 걸었을 때 삿짱은 분명 자신의 이름을 가르쳐줬을 것이다. 그런데 난 구로사와 사쓰키라는 이름을 듣자마자 '삿짱'이라 부르기로 마음먹고 본명은 기억 저편으로 날려버렸다. '사쓰키'라는 발음을 하기가 조금 힘들었던 거겠지.

화재 현장에서 장녀 구로사와 사쓰키 씨(15세)의 사체가 발견되었다.

샷짱이 화재를 당했다. 그리고 죽었다. 그것도 4년 전에.

게다가 전학을 가게 되었다고 내게 고백하고 난 몇 주 후에.

샷짱은 자기 신변에 불행이 일어나리란 걸 알고 있었던 걸까. 어쩌면 전학 가기로 되어 있었는데 그러기 바로 전에 불행히도 화재를 당하고 만 걸까. 어느 쪽이든 샷짱은 돌아올 수 없는 사람이 되어버렸다. 그 사실만은 변함없다.

샷짱과 마지막으로 만난 뒤 벌써 4년이 흘렀다. 난 그때보다 키가 2.1센티미터 자랐고 그만큼 몸무게도 조금 늘었다. 머리는 여전히 짧은 상태. 샷짱처럼 중간 길이로 머리를 길러 볼까 고민하던 시기도 있었지만, 곧 어울리지 않는다는 판단이 서서 단념했다. 책은 많이 읽었다. 눈으로도 손가락으로도. 한 권을 읽을 때마다 나라는 존재가 발전해 나가는 걸 깨달았다. 책을 읽으면서 나는 조금씩 다른 존재로 바뀌어 갔다. 때로는 친절해졌다가 때로는 차가워지고 때로는 똑똑해졌다가 때로는 요염해지기도 했다. 제각각 완전히 다른 방향으로의 변화였지만, 장담하건대 틀림없이 더 나은 나로 나아가고 있었다.

나는 변했다. 그리고 전진했다.

언젠가 꼭, 이렇게 나은 사람이 된 나를 샷짱에게 보여 주고 싶다고 간절히 바랐다. 나는 이토록 많은 책을 읽었어요. 이렇게나 변했어요, 라고. 한층 성장한 내 모습을 보여 주고 싶었다. 물론 발전한 건 나뿐만이 아닐 것이다. 분명 샷짱도 발전해 나가고 있겠지. 같은 세월 속에서는 누구든 자신이 바라는 방향으로 전진해 나가는 법이다. 변한 나를 보여 주면서, 또한 달라진 샷짱을 보고 싫었다.

그러나 삿짱의 시간은 계속 멈춰 있었다. 그 이별 후로부터 불과 몇 주 뒤, 마치 수명이 다 된 카세트테이프처럼 뚝 끊어지며 끝나버렸다.

'그건 당신께 맡기겠습니다. 그러니 그날까지 마음껏 사용해주세요. 다만 혹여나 그날이 오면 제게 협력하셔야 합니다.

그날이 왔는데 협력을 거부한다면 당신은……'

그건 삿짱의 목소리였을까. 충분히 가능성이 있는 일이었다. 내가 그 목소리를 들었던 날에 삿짱은 불길 속에서 목숨을 잃었다. 거기에 어떤 인과관계를 발견한다 해도 이상하지 않다. 오히려 자연스럽기까지 하다.

후우. 나는 힘차게 숨을 내뱉었다. 몸에 정체된 나쁜 가스를 전부 토해내는 것처럼.

이러면 안 돼. 이토록 우울하게 구는 건 나답지 않잖아.

난 볼을 철썩 때렸다.

양변기 위에 앉아 무릎을 세운 채 양팔로 감싸 안았다. 변기 뚜껑까지 닫고 나는 그 위에 넉살 좋게 앉아 있었다. 칸막이 화장실 안은 마치 비밀기지처럼 꽉 막힌 밀폐감을 줘서 어쩐지 마음이 안정되었다. 사방의 벽에 의해 보호받고 있다는 생각에 여유가 생겨난 건지도 모른다.

워밍업도 하지 않은 채 전력 질주했더니 숨을 조금 헐떡거렸다. 접수처 언니는 태어난 이래 전력 질주라는 걸 해본 적이 없는 것처럼 연약한 탓에 과거 육상부였던 내 적수가 될 턱이 없었다. 너무 식은 죽 먹기 같다고나 할까. 대기업 사원의 체력이 고작 저 정도라니. 입사 시험에 단거리 달리기는 포함되어 있지 않은 건가.

"무슨 일이야?" 아오이 언니의 목소리가 들렸다.

접수처 언니가 아오이 언니를 데려온 모양이었다. 모두 계획대로였다. 순간 나는 다 죽어가는 목소리를 냈다

"배……배가 아파."

아오이 언니가 문 맞은편에서 한숨을 내쉬었다.

"그럴 리가 없잖아? 아까까지 기운 넘치게 뛰어다녔으면서."

"하지만 진짜 아프단 말이야."

"말도 안 되는 소리 그만해. 됐으니까 이제 나와. 저 언니도 곤란해하시잖니."

내가 잠자코 있자 아오이 언니가 조금 질린 듯한 목소리로 말했다.

"그럼 언니가 아버지한테 서류를 전달하고 올 테니까 여기에서 얌전히 기다릴 수 있겠어?"

나는 다시 어린아이 같은 목소리를 냈다.

"……응."

곧이어 화장실에서 두 사람의 기척이 사라졌다. 나를 여기에 둔 채 18층의 기획부로 향했으리라. 됐어, 작전대로다.

나는 두 사람이 없어진 걸 확인하고 나서도 머릿속으로 재차 30초까지 셌다. 불쑥 뛰어나갔다가 접수처 언니가 있으면 곤란하니까. 서두르고 싶을 때일수록 주의해야 하는 법이다.

〈별처럼 서두르지 않고, 그러나 쉬지도 말며. (요한 볼프강 괴테)〉

음. 아무도 없는 게 틀림없다. 그런데도 나는 최대한 숨 죽이며 조용히 화장실에서 나왔다. 그러자 나를 감싸던 안정감도 사라지고 말았다. 이제 무방비 상태다. 나는 지금 무기도 없이 적진에 서 있다. 그 사실이 따가울 만큼 절실하게 피부로 느껴졌다. 일반적으로 볼 때 우리는 그리 **좋지 않은 일**을 하려고 한다. 하지만 그런 걸 따질 여유가 없다. 이건(삿짱도 포함해서) 우리에게 있어 모스트 임포턴트 미션, 즉 가장 중요한 임무니까.

나는 화장실을 나와서 자료 보관실로 향했다.

어제 사내 견학을 할 때 이 층에는 상주 근무자가 없다는 걸 이미 확인해놓은 상태였다. 아마 괴상한 보안장치의 존재만 믿은 채 다들 방심하고 있을 테지. 경비원도 없는 터라 사원들이 있을 사무실도 따로 없었다. 보안장치를 피해 잽싸게 침입할 수 있으리라고는 꿈에도 생각하지 못하는 거겠지. 어제 만난 구로사와 류노스케 씨로부터 레종전자가 의외로 허술한 기업이라는 말을 들었는데 과연 거짓말은 아닌 모양이었다.

역시나 자료 보관실은 금색의 묵직한 문으로 닫혀 있었다. 어느 필통 광고에 빗대자면 '코끼리가 돌진해도 망가지지 않는다'고 묘사할 수 있으려나. 해볼 테면 해보라는 듯 단단하고 육중하고 튼튼한 인상을 풍겼다.

바로 옆에는 보안 장치. 문과는 대조적으로 이지적이고 논리적이며 쿨한 인상을 준다. 흡사 힘을 자랑하는 남동생(문)과 지식을 자랑하는 형(기계)의 콤비라고 표현할 수 있겠다. 둘은 서로 절묘한 균형을 이루고 있었다. 상부상조, 공존공영, 상호의존. 한

쪽만으로는 아무 쓸모 없는 잡물이나 마찬가지다. 나는 현재의 보안 상태를 확인하기 위해 터치패널 앞으로 다가갔다. 계획대로라면 형제의 상부상조 관계는 무너진 상태겠지. 내가 전력 질주로 뛰어다닐 때 아오이 언니가 처리했을 테니까.

나는 터치패널을 들여다봤다. 예상대로 이미 숨이 끊어진 상태였다. 먹물을 흘린 것처럼 화면은 새까맸다. 시험 삼아 패널을 건드려 봐도 아무런 반응이 없었다. 아오이 언니가 **망가뜨린 것이다.** 앞서 말한 그 레버를 사용해서.

흐음, 여기까지는 예상대로다. 그러나 터치패널을 망가뜨렸다고 해서 그대로 '잠금장치가 해제'될지는 미지수다. 그 부분에는 어느 정도 모험의 요소도 포함되어 있었다. 우리는 '열쇠(보안장치)'가 망가지면 '잠금장치가 해제'되리라는 가설을 세웠는데 과연 그 예상이 맞을지. 만사가 술술 풀리기를.

나는 중후한 문에 손을 댔다. 이지적인 형을 잃은, 억센 럭비선수 같은 남동생을 부드럽게 만져봤다.

손잡이를 잡고 아래로 밀어젖혔다. 싱거우리만치 아무런 저항도 없이 딸까닥 소리를 내며 손잡이가 돌아갔다. 싱글벙글 웃음이 멈추지 않았다. 제갈공명도 파랗게 질릴 만큼 완벽한 내 계략 앞에서 모든 길이 열렸다. 으하하하.

재차 나는 조심스레 주위를 휙 둘러보며 어딘가에서 레종전자 사원들의 눈이 번쩍이고 있지는 않은지 확인했다. 괜찮다, 올클리어다. 자, 이제 잽싸게 들어가 볼까요. 나는 문을 최대한 구석으로 밀었다.

문은 무거웠다. 처음에는 잠금장치가 해제되지 않은 건 아닌지 착각마저 했다. 그러나 내가 체중을 실어 힘껏 밀자 남동생은 최후의 발악을 하며 천천히 몸을 내게 내주었다. 느릿느릿 문이 열리며 속속들이 내부가 드러났다.

자료 보관실 안은 어둑어둑했다. 마치 와인셀러나 노래방의 룸 같은 종류의 어둠이었다. 종이가 누렇게 바래는 걸 예방하기 위해 주의를 기울이고 있는 건지도 모른다. 어쨌든 시야가 불편하기 짝이 없었다. 좀 더 침입자에게 친절한 설비로 해뒀으면 얼마나 좋아.

면적은 어느 정도일까. 입구에 서서 내다보는 것만으로는 그 전모를 헤아릴 수 없었다. 어두워서 앞이 잘 보이지 않는 탓이었다. 게다가 시야를 가로막듯 키가 큰 서가가 빽빽하고 면면히 늘어선 채 여유 공간 없이 정연하게 파일을 보관하고 있었다. 마치 커다란 도서관의 폐가식서가 같은 느낌이었다.

우선 나는 적당히 내부를 둘러봤다. 대형 서점 안을 걸을 때처럼 가능한 한 느릿느릿하고 세심하게 살피면서 빠뜨리는 것이 없도록. 어느 파일이든 폭이 10센티미터는 되지 않을까 싶을 만큼 두껍고 견고하며 중요해 보였다. 파일 책등에는 간단한 제목이 붙어있었다.

디지털 오디오 부문 브랜딩 리포트

00년도 결산보고 서류—에센셜

제품 이동 정보(멘톨제약)

이처럼 한눈에 봐서는 뭔지 모를 자료가 몇천에서 몇만 권씩 가득 꽂혀 있었다. 진열 순서에 규칙이 있는지 비슷한 제목의 파일이 같은 장소에 나란히 꽂혀 있었다.

그렇다면 난 어떤 걸 읽으면 좋을까.

분명 아오이 언니는 내가 자료 보관실 안을 종횡무진 뛰어다니며 압도적인 스피드로 모든 자료를 다 읽어 내리라고 생각하겠지만 유감스럽게도 그건 불가능하다. 아오이 언니에게는 말을 꺼낼 기회를 놓쳐버렸지만 한 권을 읽는 것만으로도 상당한 체력이 소모된다. 하물며 이렇게 두꺼운 파일은 오죽할까. 아마 금세 지쳐버리겠지. 기껏 세 권, 기를 써도 다섯 권쯤이려나.

일단 나는 잠입에 성공했다는 걸 보고하기 위해 예정대로 아오이 언니에게 내용 없는 문자를 보냈다. 휴대폰을 꺼내 번호를 눌렀다. 삑삑삑.

얼마가 걸리든 차분히 자료를 고르고 싶었지만 아쉽게도 그리 시간이 많지 않았다. 접수처 언니가 이노우에 고혜이 씨에게 자료를 건네주는 순간, 그야말로 우리의 거짓말은 설날 해돋이처럼 온 천하에 드러나고 말 테니까. 타임 리미트는 짧았다.

그런 와중에 문득 파일 한 권으로 시선이 머물렀다.

레종전자 기업정보—상세

오호라. 상당히 도움이 될 법한 제목 아닌가. 저장된 자료가 너무 방대해서 어디부터 손을 뻗어야 할지 망설이던 내게 무척이나 매력적인 제목이었다. 이 파일이면 기업의 기본과 근간을 알 수 있을 듯했다.

어제 설명회에서 직원이 이렇게 말했다. '정보의 디지털화는 상당히 많은 위험을 내포하고 있습니다. (……) 최선의 수단으로서 아날로그 보관이라는 길을 선택한 겁니다.' 나는 무적함대가 된 양 미소를 띠며 파일과 정면으로 마주 섰다. 유감 천만이네, 레종전자. 나는 이 세상에서 단 하나뿐인 아날로그 해커다. 정보를 지면에 보관해두는 건 커다란 실수라고요.

나는 평소처럼 파일 책등의 꼭대기에 오른손 검지를 댔다. 그리고 눈을 감았다. 의식을 집중시키기 위해.

호흡을 가다듬은 뒤 손가락을 아래로 천천히 쓸어 내려갔다. 되도록 체력 소모를 줄이기 위해 느릿느릿 차분하게.

역시 정보량은 방대했다. 손가락이 책등의 중간 부근에 다다랐을 때는 이미 숨이 끊어질 듯 가빠오며 땀이 날 만큼 더워졌다. 정보는 스콜처럼 격렬하게 쏟아져 내리며 내 몸에 흡수되어 갔다. 아무리 빨아들여도 정보의 비는 멈출 기미가 보이지 않았다.

묵직했다.

손가락을 움직이는 게 고통스러울 만큼 양이 많았다. 예전에 백과사전을 읽었을 때와 필적할지도 모른다. 아니, 그 이상일까. 나는 흐트러진 호흡을 애써 가다듬으면서 겨우 손가락을 책등의 맨 아래쪽으로 옮겼다.

그리고 나도 모르게 쭈그리고 앉아버렸다. 그대로 지면에 엉덩이를 붙인 채 뒤로 벌러덩 쓰러지지 않도록 양손으로 몸을 지탱했다.

확실히 이 파일에는 유용하고 우수한 정보가 가득 담겨 있었다. 기업의 초창기, 내력, 주주 비율, 연도별·제품별 실적, 각 공장의 개요, 수출입금액, 제품 연표, 각 제품의 세부 사항, 주요 사원 일람 등등.

그러나 이 파일에는 '사외 비밀'이라고 할 만한 레종전자의 어두운 이면에 대해서는 나와 있지 않았다. 전부 깨끗하고 평범하기 짝이 없는 정보뿐이었다. 동종업계의 기업 스파이였다면 승리 포즈를 취했을지도 모르지만, 내가 바라는 건 아쉽게도 이런 정보가 아니다. 되도록 나쁜 음모의 일면 같은 정보를 원했다. 간절하게 감추고 싶을 만큼 새카만 정보 말이다.

얼추 호흡이 가라앉은 나는 자리에서 일어나 구석으로 걸음을 옮겼다. 새로운 자료를 찾기 위해.

구석을 향해 걸었더니 그제야 벽과 맞닥뜨렸다. 정말 넓은 곳이었다. 입구에서 반대쪽 벽까지 대략 30미터쯤 되지 않을까(어디까지나 눈대중이지만). 이토록 많은 자료를 질서정연하게 보관할 수 있다니. 거듭 감탄이 흘러나왔다. 막다른 벽에 다다르자 나는 왼쪽으로 꺾어서 다시 끝 쪽으로 향했다. 단순한 발상이긴 하지만 감추고 싶은 것일수록 구석에 있지 않을까 싶어서였다. 자고로 어느 RPG 게임이든 던전의 최심부에 가장 귀중한 보석이 잠자고 있기 마련이다. 그렇다면 구석의 구석으로 가야 한다.

그런데 내가 다다른 곳은 던전의 최심부가 아니었다. 자료 보관실 끄트머리에 도착하니 데자뷔라고 여길 만큼 견고한 문이 눈앞에 장승처럼 **우뚝** 버티고 서 있었다. 무겁고 단단해 보이는 은색의 문. 거기에는 커다란 글자로 이렇게 적혀 있었다.

'제2자료보관실'

이럴 수가. 나는 얼굴을 찡그린 채 팔짱을 꼈다.

대체 이건 무슨 경우입니까. 문 안에 또 문이라뇨. 자료 보관실 구석에 자료 보관실이 또 있을 줄이야. 중요한 것일수록 구석에 감춰질지도 모른다던 내 짐작이 적중하긴 했으나 이렇게나 만전을 기울이고 있을 줄은 예상 밖이었다. 흐음. 확실히 보물이 있는 마지막 관문에서는 힘이 센 보스와의 결투가 기다리고 있는 법. 아쉽게도 지금 내겐 보스와의 결전을 이겨낼 만한 마력도 공격력도 팀원도 부족했다.

문 옆에는 앞서 봤던 보안용 터치패널이 설치되어 있었다. 어둑한 실내에서 새파랗게 빛나는 터치패널을 들여다봤다. 거기에 커다랗게 글자가 떠 있었다.

Being alive as a HUMAN

흐음, 이런 곳에까지 카피 문구라니. 멋있긴 해도 전혀 모르겠다. 영문의 의미를 모르겠다는 게 아니라 이 터치패널을 어찌해야 좋을지 모르겠다는 뜻이다. 나는 한숨을 내쉬었다. 아오이 언니를 부를 수밖에 없다. 이것도 망가뜨려 달라고 하자.

나는 휴대폰을 꺼내 전화 발신 화면을 눌렀다. 분명 전화를 받은 아오이 언니는 내가 절체절명의 위기 상황에 처해 있다고 착각한 나머지 굉장히 당황한 채로 달려오겠지. 하지만 어쩔 수 없다. 지금은 무엇보다도 이 제2자료보관실의 문을 여는 게 최우선이니까. 이렇게나 엄중히 문이 닫혀 있으니 이곳에야말로 진짜 감추고 싶은 중요기밀이 널려 있을 게 틀림없다. 이 문 건너편이 바로 우리가 가장 원하는 정보의 소굴일 것이다. 분명하다.

나는 통화 버튼에 손을 댔다.

"뭐지? 망가졌잖아, 이거."

그때 느닷없이 남자 목소리가 들렸다. 입구 쪽이었다. 급격히 몸이 얼어붙더니 동요하다 못해 소리 없이 창백해졌다.

누군가 왔다. 오고야 말았다.

게다가 보안장치가 망가졌다는 게 들통 나버렸다. 나는 숨을 죽인 채 웅크리고 앉아서 곧장 통화 버튼을 눌렀다.

위험해, 위험해, 위험해, 위험해. 아오이 언니, 도와줘요.

다행히 이곳은 친절하게도 서가로 균등한 크기의 구역으로 나뉘어 있는 데다가 시야도 나빴다. 잘만 옮겨 다니면 어떻게든 발각되지 않고 도망갈 수 있을지도 모른다. 나는 입술을 세게 깨물고 몸을 굽힌 다음 기어가듯이 입구 쪽으로 향했다.

안으로 들어온 직원의 발소리가 들렸다. 괜찮아, 아직은 멀리 있다.

"누구 계세요?"

남자의 목소리 톤이 조금 높았다. 어쩐지 느긋한 말투로 어림 짐작하건대 그가 허술한 인간이라는 게 느껴졌다. 방심한 상태라면 이보다 운이 좋을 수는 없다. 나는 소리가 나지 않도록 일어서며 탈출 준비를 시작했다. 가능한 한 단숨에 전력 질주해서 탈출하고 싶었다. 이쪽을 눈치채기 전에. 모습이 발각되기 전에.

남자의 발소리가 옮겨 갔다. 기쁘게도 남자는 내게서 멀어져가는 듯했다. 나쁘지 않다. 나는 침을 삼키고 몸을 구부렸다. 마치 중거리 달리기의 스탠딩 스타트처럼.

그러다 문득 생각한다.

과연 이래도 되는 걸까.

정말 이쯤에서 도망쳐버려도 되는 건가.

현재 내가 이곳에 침입해서 얻은 정보라고 해봤자 고작 파일 한 권 분량의 회사 개요일 뿐이다. 그리고 실제 그 자료는 그다지 도움이 될 것 같지도 않다. 그런데 나는 여기에서 꼬리를 내리고 도망쳐도 되는 걸까.

아니, 결코 그러고 싶지는 않다.

기껏 이런 성과뿐이라니. 위험을 감수한 채 협력해준 아오이 언니와 늘 미적지근한 태도의 오스가 오빠, 붙임성이라곤 전혀 없는 에자키 오빠, 그리고 화재로 목숨을 잃은 샷짱에게 면이 서지 않는다.

나는 내 뒤에 있는 제2자료보관실의 문을 쏘아봤다. 분하지만 아오이 언니가 없는 지금으로서는 혼자서 억지로 문을 여는 건 불가능하다. 저쪽은 포기할 수밖에 없다. 그러나 지금 내 눈앞에 있는 이 막대한 양의 자료들은 어떤가. 내 기력이 다할 때까지 읽어내야 하지 않을까.

게쓰쇼 스님의 한시에도 이런 구절이 있다. 〈인간 도처에 청산(青山)이 있다.〉

나는 남자에게서 몸을 숨긴 채 제목도 보지 않고 눈앞의 파일 한 권을 손가락으로 기세 좋게 읽어나갔다. 마치 카드를 긁듯이 손가락으로 슥 책등을 훑었다.

지금껏 이런 속도로 손가락을 움직인 적은 전혀 없었다. 두려운 마음에 시도할 수 없었다. 천천히 손가락을 움직여도 그토록 피로감에 휩싸이는데, 기세 좋게 손가락을 쓸어내렸을 때는 그 충격이 대체 어느 정도일지 감이 오지 않아서 두려웠다.

아니나 다를까, 그 반동은 어마어마했다. 뇌를 양손으로 직접 잡고 흔드는 것 같은 현기증에, 따라잡을 수 없을 만큼 호흡이 가빠오며 피로감이 몰려왔다. 어느새 서 있을 수조차 없었다. 그런데도 나는 가능한 한 소리를 내지 않으려 주의하면서 바닥에 무릎을 꿇었다. 괜찮아, 평소처럼 정보는 모두 머릿속으로 흘러들어갔다. 어떤 그늘도 어둠도 없이 선명한 정보가 머릿속에서 숨 쉬고 있었다.

파일 내용은 '접객 대응 매뉴얼'이었다. 실소가 터져 나올 만큼 필요 없는 자료였다. 흐트러진 호흡 탓에 내 위치가 들통 나지 않을까 걱정하면서도 다음 자료에 손을 댔다.

웅크리고 있던 내 눈앞에 때마침 놓여 있던 파일. 아까처럼 기세 좋게 손가락을 훑었다. 책등에 달라붙은 먼지를 떼어내듯이, 슥.

내용은 '사내 보안의 상세'였다. 괜찮은데. 직접적인 정보는 아니더라도 나중에 충분히 도움이 될 것 같다.

게다가 이번 충격은 좀 전에 비해 어느 정도는 견딜 만했다. 익숙해진 걸까. 호흡이 다시 재가동을 시작하며 일순간 의식이 멀어지는 듯한 기분조차 들었지만 견디지 못할 만큼은 아니었다. 나는 이를 악물고 다음 자료에 손가락을 댔다. 뺨으로 땀이 흘러내리는 게 느껴졌다.

"누구 안 계세요? 문이 고장 났어요."

목소리는 아까보다 좀 더 가까워진 느낌이었다. 그러나 신경 쓸 겨를은 없었다. 나는 몇 걸음 이동해서 무작위로 고른 파일 한 권을 다시 손가락으로 쓰다듬었다.

그제야 내 몸에 감당할 수 없는 충격이 덮쳐왔다. 마치 운석에 충돌하거나 덤프트럭에 치인 것 같은, 혹은 프레스기로 목구멍 안쪽을 짓누르는 것처럼 상상을 초월하는 반동이었다. 이미 내가 어떻게 호흡하고 있는지조차 알 수 없었다. 내가 지금 어떤 자세로 있는지도 파악이 불가능했다. 다만, 지금 상황으로 봐서는 서 있을 만한 상태 같지도 않았다. 아마 난 바닥에 엎드려 있겠지. 그저 괴롭다는 감각만이 나를 지배했다. 지금의 나는 단순히 하나의 개념이 되어 우주를 떠돌고 있는 느낌이었다. 육체를 벗어나 고통을 동반한 채 둥둥 떠다니는 듯한 감각이랄까.

놀랍게도 방금 손가락으로 읽은 자료는 트럼프 놀이법에 관한 가이드 같았다. 뭐야 이건. 웬 트럼프냐고. 왜 이런 장소에 그런 자료가 놓여 있는 거지. 설마, 아니겠지. 아무리 생각해도 그럴 리가 없다. 잠시 졸았나 보다. 아무래도 지금 내 머리는 제대로 가동되고 있는 것 같지 않았다. 이젠 생각한다는 행위조차 암벽등반처럼 고통스럽게 느껴졌다. 까딱하면 지금 나는 내 이름마저 정확히 대답할 수 없을지도 모른다. 모든 게 붕 떠 있었다. 우주로 둥둥.

트럼프 게임 같은 건 벌써 몇 년째 해본 기억이 없는데. 오랜만에 놀음을 하는 갑부 행세를 해보는 것도 하나의 재미겠지. 아니다, 그것보다 책을 읽고 싶다. 최근 영문을 알 수 없는 일에 휘말려서 독서와는 상당히 멀어져 있었다. 읽다 만 책도 아직 호텔에 내버려 둔 상태이고, 당장 사고 싶은 책도 산더미처럼 쌓여있는데. 아아, 책을 읽고 싶다. 흐음, 책이라고? 그러고 보니 뭔가 읽어야만 하는 게 있었던 것 같은데.

희미해져 가는 의식 속에서 나는 눈앞에 휙 들어온 파일 한 권에 손가락을 댔다. 맞다, 자료였지. 이걸 읽어야만 한다. 나는 책등을 기세 좋게 훑었다.

그러자 뭔가 커다랗게 쿵 하는 소리가 났다.

무슨 소리지. 아픔이 느껴졌다. 그나저나 이게 뭘까.

꽃병이다. 꽃병이 떨어진 것이다. 부엌 찬장에 들어가 있던 물방울무늬 꽃병이 느닷없이 떨어져 있었다. 지금 일어난 지진이 원인인가 보다. 이러면 안 되는데. 굴러간 꽃병 안에서 고양이 한 마리가 튀어나왔다. 고양이는 빙글빙글 꽃병 주변을 돌더니 살랑살랑 꼬리를 흔들기 시작했다. 귀엽네, 귀여워. 정말 귀엽잖아. 그러나 정신을 차려보니 고양이는 거북이로 바뀌어 있었다. 거북이는 별로 좋아하지 않는데. 싫은 건 아닌데 딱히 좋아할 이유도 없었다. 거북이는 머리를 집어넣었다가 꺼내는 동작을 반복하며 즐거워 보였다. 어딘가 모르게 외설스럽고 상징적인 동작이다. 거기에 뭔가 커다란 의미가 있는 걸까. '괜찮으세요?' 거북이가 말한다. 거북이 씨, 뭐가 말인가요? '괜찮으세요?' 거북이 씨, 무슨 말을 하는 거냐고요. '괜찮으세요?' 아아, 진짜 답답해 죽겠네. 말하고 싶은 게 있으면 확실히 말해 달라니까요.

"괜찮으세요?"

그 목소리에 갑자기 눈이 떠졌다. 몸은 납덩이처럼 무겁고 이마에서 둔통이 느껴졌다. 웅크린 자세로 목소리가 들리는 쪽을 올려다보니 거기에는 정장 차림의 남자가 서 있었다.

"이제야 정신이 드나 보네. 괜찮으세요?"

나는 당황하며 상황을 파악하려 애썼다. 어둑한 실내. 주변으로 보이는 서가. 거기에 나열된 무수한 파일. 그리고 눈앞의 회사원. 사원…… 레종전자 사원이다.

"이거야 원, 이런 곳에 쓰러져 있어서 어찌나 놀랐는지. 어떻게 된 거죠? 입구의 자물쇠가 열려 있던데."

그제야 나는 사태를 파악했다. 아무래도 기절했나 보다. 정신을 잃은 건 다행히도 아주 잠깐이었던 모양이지만 직원에게 들켜 버렸으니 본전도 못 찾게 생겼다. 서둘러 말을 하려고 했는데 목소리가 나오지 않았다. 대체 어쩌면 좋단 말인가. 그렇게나 조심했는데 단번에 발각되고 말다니. 나는 우물우물 입을 움직일 뿐 어떤 말을 해야 할지 알 수 없었다. 이미 호흡은 안정된 상태였지만 피로 후유증은 심상치 않았다.

"어느 부서 분이세요?" 남자가 물었다.

나는 여전히 또렷하지 못한 정신으로 신중하게 말을 해독해본다. 어느 부서 분이냐고?

이 녀석. 그러고 보니 내가 레종전자 **직원이라고** 생각하는 건가. 나는 남자의 목에 걸린 사원증을 들여다봤다.

재무부 : 다케다 마모루

그렇다면 이 호기를 놓칠 수야 없지. 여기에 올라타서 이 난국을 극복해내야 한다. 남자의 어리숙함에 감사하며, 레종전자의 허술함에 경의를 표하며.

"그, 그게…… 총무부예요."

"아, 그러시군요. 그런데 어쩌다 이곳에 쓰러져 계신 거죠?"

"그만 발이 걸려 넘어져서……. 헤헤."

남자가 내게 손을 내밀었다. 나는 가볍게 인사하며 남자의 오른손을 잡고 일어섰다.

"가, 감사합니다."

"아뇨, 별말씀을요."

이 남자, 정말이지 완전히 경계심 제로다. 내가 외부 사람일 거라고는 꿈에도 생각하지 못하는 듯하다. 직접 말하기도 울화통이 터지지만, 도저히 어른으로는 보이지 않는 내 동안을 보고도 그런 말이 나올까 싶었다. 더구나 나는 정장 차림도 아니었다. 참으로 얼빠진 녀석이다. 그런 남자를 앞에 두고 보니 약간 탐이 났다. 이 꺼벙이를 이용해야 한다. 아직 완전히 원상태로 되돌아오지 않은 머리를 억지로 재가동시켜서 돌발 작전을 짰다.

〈역경은 청년에게 빛나는 기회다. (시인, 에머슨)〉

나는 제2자료보관실의 문을 가리키며 말했다.

"저, 저기…… 저쪽 문 말인데요……."

"저게 왜요?"

"저 문은 멀쩡한가요?"

남자가 눈을 동그랗게 떴다. "그럴 거예요. 왜 그러시는데요?"

"그게 말이죠. 여기 자료보관실 입구가 고장 나 있어서요. 저 문도 고장 난 게 아닐까 싶은데……. 총무부에서 조사를 하러 왔는데 시험 삼아 잠깐 열어봐 주시겠어요?"

남자는 경쾌하게 고개를 끄덕였다. "그렇군요. 알겠습니다."

나는 의기양양한 얼굴을 필사적으로 감춘 채 철저하게 사무적인 표정을 유지했다. '맞아요, 다른 뜻은 전혀 없어요. 난 어디까지나 조사차 온 것뿐이에요'라는 듯이. 그나저나 얼마나 쉬운 남자인가. 이토록 경계심 없는 인간을 고용한 레종전자의 인사제도 개선이 시급해 보인다. 이게 류노스케 씨가 말하던 '허술함'의 한 단면인 건가.

나는 남자의 뒤를 따라 제2자료보관실 앞으로 걸어갔다.

남자는 익숙한 손놀림으로 터치패널을 조작하여 패스워드 같은 걸 차례로 입력해나갔다. 하나에 이어 또 하나, 자물쇠를 열기 위한 길로 나아갔다. 남자의 배후에서 나는 히죽 웃었다. 그래, 그거야, 열어버려요. 문이 열리자마자 나는 안으로 스르르 잠입해서 기밀 정보를 빼낼 것이다. 체력적으로 한계일지도 모르지만 그런 말을 할 처지가 아니다. 이번에야말로 멋진 실적을 올려서 귀환해야지.

딸칵. 아주 기분 좋은 소리가 울려 퍼졌다. 남자는 나를 바라보며 말했다.

"보세요, 제대로 열리네요."

나는 크게 고개를 끄덕였다. "정말 다행이군요. 그럼 잠깐 안을 확인해 볼게요."

완벽하다. 모든 게 완벽해.

나는 가능한 한 차분한 태도로 천천히 문에 손을 댔다. 드디어 해냈다. 흉악한 보스가 보물 앞을 가로막고 서 있자, 즉석에서 만난 팀원과 함께 물리친 것이다. 으하하하. 이젠 보물을 가져가는 일만 남았다. 나는 손잡이를 아래로 내렸다.

그때였다.

어디선가 멀리서(복도 쪽이었을까) 우렁찬 발소리가 들려왔다. 점점 발소리는 이쪽으로 가까워져 왔다. 아무래도 누군가 달리고 있는 모양이다.

콩, 콩, 콩, 콩.

마침내는 자료보관실 문이 열리는 소리가 들렸다. 발소리의 주인은 맹렬한 스피드로 이쪽으로 다가왔다.

"논!!"

아오이 언니였다. 그러고 보니 그녀에게 SOS를 보냈었다. 그걸 깜빡했다. 이제 괜찮다고요, 언니. 모든 문이 열렸어요. 그러니 그렇게 당황한 채 땀으로 젖은 머리칼을 뺨에 붙이면서까지 달릴 필요는 없어요. 청초한 모습이 다 망가지잖아요.

아오이 언니의 등장에 나는 오히려 남자에게 의심을 사는 게 아닌가 싶어 불안해졌다. 애써 여기까지 잘 속여 왔는데. 모처럼의 계획이 수포로 돌아가게 할 순 없다. 나는 아오이 언니가 분위기를 파악할 수 있도록 먼저 말을 걸었다.

"저기요…… 총무부의 아오이 씨. 사실은요……."

그러나 아오이 언니는 아무것도 귀에 들어오지 않는지 말을 가로막듯이 내 팔을 잡았다. 그러더니 그대로 기세 좋게 입구 쪽으로 끌고 갔다. 어떻게 된 걸까. 아오이 언니는 곤혹스러워하는 나는 개의치 않은 채 놀라운 속도로 그대로 달리기 시작했다.

피로에 절어 있던 나는 저항도 하지 못한 채 그대로 끌려갔다. 남겨진 남자는 어리둥절한 표정이었다.

"아, 언니, 잠깐만 기다려주세요. 이제 조금이면⋯⋯."

"미안, 논. 지금은 서둘러야 해!"

"네?"

아오이 언니는 나를 잡아끈 채 자료 보관실을 나와 그대로 엘리베이터홀로 계속 달려갔다.

타이밍 좋게도 여러 엘리베이터 중 한 대가 열려 있⋯⋯다고 생각했는데, 아무래도 그게 아니라 아오이 언니가 자기 가방을 엘리베이터 문에 끼워둔 채 다음 층으로 이동하지 못하도록 조치해둔 모양이었다. 엘리베이터는 아오이 언니가 내린 뒤에도 송영 택시처럼 여기에서 기다리고 있었다. 그녀의 가방이 엘리베이터의 걸림돌 역할을 하고 있었다.

우리는 미끄러지듯 엘리베이터 안으로 올라탔다. 아오이 언니는 황급히 '닫힘' 버튼을 누른 뒤 1층 버튼을 눌렀다.

모든 게 순식간에 일어난 일이었다. 나는 저항도 항의도 불가능한 채 엘리베이터 안에 갇히고 말았다. 뭐가 뭔지 모르겠다. 이게 뭐야. 대체 무슨 상황이지.

아오이 언니의 옆모습을 보니 이거야말로 '끔찍하다'는 듯 무척이나 험악하고 심각한 표정을 지은 채 내게 발언의 여지를 주지 않았다. 연달아 자료들을 읽어낸 피로와 갑작스러운 탈주극에 대한 곤혹스러움, 목표가 임박한 상태에서 닫혀버린 제2자료보관실에 대한 미련 때문에 내 머릿속은 적잖이 혼란스러운 상태였다.

결국 엘리베이터가 1층에 도착하자 아오이 언니는 다시 내 손을 붙잡고 허들처럼 보안개찰구를 점프해서 뛰어넘은 뒤 그대로 쏜살같이 회사 밖으로 뛰쳐나갔다. 나는 사태 파악도 하지 못한 채 그녀에게 계속 끌려갔다.

그 기세로 밖에 나오니 좀 전의 일들이 모두 꿈속에서 일어난 것처럼 느껴졌다. 화장실로 도망간 일과 자료 보관실에 잠입한 일, 남직원에게 발각되어버린 일, 그리고 제2자료보관실의 존재까지. 그 모든 것이.

하지만 내 머릿속에는 슬쩍 훔쳐 온 자료 다섯 권이 조용히, 그리고 확실하게 저장되어 있었다. 좀 전에 일어났던 일련의 사건들이 틀림없이 현실에서 일어난 일이라고 증명하는 것처럼.

에자키 준이치로

나는 처음부터 속마음을 떠볼 작정이었다.

애초에 아부하듯 굽실대며 저자세로 나가는 건 자신이 없었다. 상대가 누구든 나는 내 능력에 맞는 방식으로 대응한다. 만약 태도가 나쁘다며 걷어차인다 해도 어쩔 수 없다. 그게 내 한계니까.

다만, 내심 걷어차이지 않을 자신도 있었다.

- 그 후로 벌써 7년이나 지난 건가.
- 입막음 대가로 나름 받은 게 있어서 말이지.
- 형제간에 뭔가 골육상잔의 갈등이 있었던 게 아닐까.
- 단순히 난 이미 나이를 먹을 만큼 먹은 상태였네.
- 무슨 게임이었는데?

적어도 서로 어울리는 말들인 것 같았다. 말의 단편에서 어쩐지 대화의 골자가 드러났다.

나는 어느 저택 앞에 서 있었다. 우리 집처럼 화려한 고급 자동차는 없지만 대문이나 분위기는 상당히 훌륭했다. 자못 품격 있어 보이는 하얀색 바탕의 건물에, 앞마당의 잘 손질된 식물이 색채를 더하고 있었다. 정원 손질에도 취미가 있는 건가. 노랑나비와 배추흰나비가 팔랑팔랑 주위를 날아다니는 광경에서 어딘지 모르게 우호적이고 평화로운 향기가 떠다녔다. 집주인은 퇴직 후 은거 생활에도 상당히 충실한 듯 보였다.

나는 재차 주소를 확인한 뒤 인터폰을 눌렀다. 집 안에서 희미한 소리가 새어 나왔다.

"네. 누구시죠?"

조금 나이가 있어 보이는 여자 목소리였다. 적대적이거나 미심쩍은 기색이 없는, 따뜻함이 묻어나는 톤이다. 나는 의심을 사지 않도록 차분한 목소리를 내려고 의식하면서 대답했다.

"남편분과 아는 사이인데요, 댁에 계십니까?"

"아하, 네. 있어요. 잠깐만 기다려주세요…… 여보, 손님이에요."

그러더니 통화가 끊겼다.

내가 대문을 열어 들어가 현관까지 가면, 아내는 그럭저럭 내 이야기를 곧이곧대로 믿으며 이대로 현관문을 열어줄 것이다. 일이 순조롭게 진행되는 건 좋은 징조인데다가 기쁜 일이다.

나는 멋대로 대문을 열고 꽃과 텃밭이 어우러진 정원을 벗어나 당당히 안으로 전진해나갔다. 곧이어 현관 앞에 도착했다. 거기에서 나는 문이 열리기를 가만히 기다렸다. 이끼가 돋아난 채 시골길에 서 있는 지장보살처럼 숨을 죽이고.

얼마 지나지 않아 찰칵 소리가 나면서 현관 열리는 소리가 들렸다. 안에서는 남편인 듯한 남자가 얼굴을 내밀었다. 벌레 한 마리 죽이지 못할 것처럼 온화한 둥근 얼굴에 볼륨감 있는 백발 머리를 하고 있었다.

남자는 현관 앞에서 마주한 뜻밖의 내 모습에 순간 멈칫했다. 불규칙하게 두세 번 눈을 깜빡이면서 순간적으로 내 정체를 파악하려 애쓰는 모습이었다. 하지만 알아볼 리가 없었다. 우리는 그야말로 초면이니까.

나는 남자의 동요를 놓칠세라 재빨리 열린 문틈으로 오른쪽 다리를 끼워 넣었다. 필요 이상으로 경계심을 부채질하지 않도록 자연스럽게, 그러면서도 스토퍼 기능을 정확히 달성할 수 있도록 단단히.

남자는 반사적으로 문손잡이를 당기려 했지만 하필이면 내 발이 방해하고 있었다. 남자는 내 발 쪽으로 시선을 떨어뜨렸다가 다시금 내 얼굴을 쳐다봤다. 남자는 거듭 눈을 다섯 번이나 깜빡여보지만 내가 누구인지는 알지 못한 채 그제야 입을 열었다.

"……대체 누구길래. 왜 이러는 거지?"

"조금 난폭하게 들이닥친 건 사과하지. 미안하군. 하지만 이렇게라도 하지 않으면 제대로 상대해주지 않을 것 같았거든. 당신은 '모리시게 아키라'가 맞겠지?"

남자는 곤혹스러운 표정으로 천천히 고개를 끄덕였다. 단번에 사태를 파악할 요량으로 일단은 두고 보겠다는 듯이. 그런 세세한 표정 변화에서 이 남자의 상당한 지성과 빠른 두뇌 회전력이 엿보였다. 현역에서는 은퇴했어도 중역으로서의 지성은 여전히 건재해 보였다.

"잠깐 물어볼 게 있어. 단지 그것뿐이야. 레종전자 전 부사장님."

남자가 미간에 힘을 줬다. "뭘 말인가?"

나는 많은 뜻이 내포된 용건을 이야기했다. 마치 거기에 광대한 수맥이라도 존재하고 있는 것처럼.

"**진짜 구로사와 고스케**에 대해 이야기하고 싶은데."

내 안에 확고한 승산이나 근거가 있었던 건 아니다. 내 발언은 최대한 겉 포장만 꾸민 말일뿐, 실제 '핵심' 같은 건 전혀 없었다. 허세였다. 하지만 현상을 고찰해보면 아무리 생각해도 '구로사와 고스케'는 중요 인물이었다. 그가 예사 인간이며 평범한 인생을 걸어왔다고 한다면 이런 식으로 우리에게 영향을 끼칠 리 없었다. 그렇다면 거기에는 분명 꿍꿍이가 있다. 우리가 모르는, 하지만 알아야 하는 구로사와 고스케의 진짜 모습이.

경계하던 표정의 모리시게는 서서히 얼굴에서 힘을 빼더니 빈정거리는 듯한 미소를 보였다.

"재밌는 소년이군."

남자는 손잡이에서 손을 떼고 문을 내준 뒤 뒤돌아 세 걸음 안으로 들어갔다. 신고 있던 슬리퍼를 벗고 들어가다가 나를 돌아봤다.

"들어오게."

너무 싱거운 전개에 어쩐지 불안해졌다. 모리시게는 그런 내 모습을 바라보며 말을 덧붙였다.

"이런, 경계하지 말게. 잡아먹진 않을 테니까. 이쪽도 진귀한 손님의 등장에 진심으로 호기심이 들 정도야. 자네 바람대로 잠깐 이야기를 해보지."

나는 말없이 고개를 끄덕이고 모리시게의 저택 안으로 걸음을 옮겼다. 외관보다 더 청결한 내부 여기저기에 건축가의 취향이 엿보였다. 구조 면에서 여러 가지로 구상을 많이 했는지 도처에 여름 햇살이 비쳐서 조명을 켜지 않아도 상당히 밝았다. 그러면서도 시원했다. 복도와 방의 구석에 배치한 관엽 식물이 공간과 하나로 어우러졌다. 자연과의 조화가 콘셉트인지도 모른다.

내가 안내받은 곳은 모리시게의 서재였다. 5평 정도 되는 공간으로 서재치고는 널찍했으며 책장이 사방의 벽을 둘러싸고 있었다. 진열된 책의 주제는 경영이론 같은 비즈니스부터 역사, 도덕 등 여러 장르에 걸쳐 있었다. 그런 서재의 한가운데에 놓인 소파에 앉았다.

"커피는 좋아하나?" 모리시게가 물었다.

"그럭저럭." 모리시게는 미소 띤 얼굴로 아내에게 커피 두 잔을 갖다 달라고 말했다. 모리시게의 아내는 만면에 미소를 띤 채 커피를 끓이기 위해 서재에서 나갔다.

모리시게는 연륜이 느껴지는 여유로운 걸음걸이로 서재 문을 닫은 뒤 내 맞은편 소파에 앉았다. 동작 하나 하나가 전성기를 지나온 인간의 모습이었다.

"자네는 몇 살이지?" 모리시게가 물었다.

"열여덟." 나는 딱히 감흥도 없이 대답했다.

그러나 모리시게는 그 수치에 굉장한 흥미를 품은 듯 빙긋 미소를 지었다. 그러더니 "열여덟이라" 하고 되뇌었다. 그 어감을 굴리면서 즐기는 것처럼.

"나이가 무슨 문제가 되나?"

"아닐세, 처음 봤을 때 상당히 젊어 보여서 조금 신경이 쓰였을 뿐이야. 다른 뜻은 없네." 모리시게는 등받이에 몸을 기댔다. "그런데 **열여덟**인 자네가 여기엔 왜 온 건가? 그것도 **구로사와 고스케**에 관해 물으러."

"이야기하자면 길어서 말이야. 요령 있게 설명할 자신도 없고. 미안하지만 생략하고 싶은데."

"알겠네." 모리시게는 작게 코웃음을 치며 말했다. "그럼 질문을 받아볼까. 자네는 뭐가 궁금한 건가?"

• 그 후로 벌써 7년이나 지난 건가.

"일단 7년 전 레종전자에서 무슨 일이 있었는지 알고 싶어."

7년 전. 그때는 사에구사 논의 말에 의하면 레종전자에서 많은 사람이 퇴직한 해다. 사내에 불온한 소문이 퍼지기 시작한 해이기도 하다. 무엇보다 당시 부사장이었던 이 모리시게 아키라도 7년 전에 퇴직했다. 의미 깊은 예언의 내용으로 짐작해 보면 더더욱 그냥 지나칠 수는 없다.

"하나⋯⋯둘⋯⋯셋." 모리시게는 오른 손가락을 하나하나 접으며 세월을 거슬러 올라갔다. 그는 손가락 하나를 접을 때마다 시간을 음미하면서 시대를 천천히 역행해 갔다. 그렇게 손가락을 일곱 번 굽혔다 펴기를 마쳤다.

"흐음……." 모리시게가 고개를 들었다. **"그 후로 벌써 7년이나 지난 건가."**

"그 7년 전 이야기를 듣고 싶어."

그는 커다랗게 숨을 토해내더니 까다로운 문제라는 듯 팔짱을 꼈다.

"한 마디로 '7년 전'이라고 한들, 그건 너무 막대하고 복잡한 사정을 내포하고 있다네. A가 B가 되었다는 식으로 끝낼 수 있는 이야기가 아니란 말일세. 다만, 이야기를 지극히 간단히 정리해 버린다면 '내가 퇴직한 해'라고 말할 수도 있겠지."

나는 모리시게의 눈을 보고 말했다. "당신뿐만이 아냐. 더 많은 인간이 퇴직했지."

그는 알 듯 말 듯 작게 고개를 끄덕였다. "맞네. 많은 인간이 회사를 떠났어. 자넨 거기까지 알고 있군."

"그래."

"하지만 거기까지**밖에** 모르는군."

나는 고개를 끄덕였다. 그 말대로다. 나는 거기까지밖에 모른다.

"정말 빠르군. 벌써 7년이라니." 모리시게는 혼잣말처럼 중얼거리며 천장을 바라봤다.

무심코 눈길을 준 책장에 《텃밭 추천》이라는 실용서가 보였다. 역시 정원 가꾸는 일이 남자의 취미인 모양이다.

모리시게는 앞쪽으로 자세를 고쳐 앉으며 나를 쳐다봤다.

"그런데 자네는 어디까지 알고 싶은 건가?"

나는 눈살을 찌푸렸다. "어디까지?"

"그래, 어디까지."

"질문의 의도는 모르겠지만 가능하면 '전부' 들려줬으면 좋겠어."

모리시게는 고개를 저었다. "그건 불가능하네. 시간적인 의미에서나 내게 주어진 **의무**라는 의미에서도. 자네에게 모든 걸 말할 수는 없어. **입막음 대가로 나름 받은 게 있어서 말이지.**"

"그렇다면 할 수 있는 데까지. 당신이 이야기할 수 있는 데까지 듣고 싶어. 7년 전 집단 퇴직의 비밀, 불온한 소문의 진상, 그리고 진짜 구로사와 고스케에 대해서."

모리시게는 한 번 신음하더니 되뇌었다. "할 수 있는 데까지라." 그의 내면에 자리한 컴퓨터가 소리 없이 '한계'를 산출해내는 게 느껴졌다. 앉은뱅이 테이블 위로 시선을 떨어뜨린 채 그는 조용히 연산을 해나가고 있었다.

서재의 문에서 두 번쯤 노크 소리가 들리더니 모리시게의 아내가 쟁반에 커피를 담아 나타났다. 그녀는 한두 마디 보태면서 우리 앞에 커피를 내려놓았다. 마스터의 커피만큼은 아니었지만 갓 내린 커피만의 깊고 그윽한 향이 희미하게 풍겼다. 그녀는 커피크리머와 스틱 설탕을 테이블 가운데에 올려놓은 뒤 미소 띤 얼굴로 서재에서 나갔다.

서재 문이 닫히자 침묵과 커피 향이 뒤섞이며 뜻밖에도 왠지 기분 나쁜 분위기가 조성되었다. 괴롭고 묵직한 침묵.

"독 같은 건 안 들어 있다네. 마시게." 모리시게는 커피크리머를 하나 넣었다. 까만 커피에 하얀 액체가 나선형으로 섞였다.

나는 블랙인 채로 커피를 마셨다. 늘 마시는 커피보다는 역시 맛이 연했다. 혀 위로 약간 품질이 낮은 쓴맛이 서서히 퍼졌다. 나는 한 모금만 마시고 컵을 조심스레 찻잔에 내려놓았다.

모리시게는 스푼으로 커피를 다 저은 뒤 시선을 떨어뜨린 채 입을 열었다.

"먼저 구로사와 고스케의 **됨됨이**에 대해 잠시 이야기해볼까."

모리시게는 여전히 미미한 회전을 이어가는 커피의 수면을 바라보고 있었다. 절대로 거기에서 눈을 떼면 안 된다는 약속이라도 한 것처럼.

"한 마디로 그를 표현하자면 '카리스마'라네. 일은 잘하지, 얼굴도 남자답게 생겼지, 여기저기서 인용이나 비유를 끌어다가 이야기하는 화법까지 모든 게 완벽했네. 일이나 작업은 흠잡을 데 없을 만큼 확실히 처리하면서도 재치가 있어서 늘 주변을 매료시켰지. 특히 젊은 사람들은 모두 그 녀석에게 심취되어 있었네. 그야말로 새로운 시대의 리더라고 말일세. 그보다 난 열 살이나 나이가 많았지만 그러한 실력은 인정할 수밖에 없었지. 아무리 발버둥을 쳐도 노력만으로는 채울 수 없을 것 같은 지식과 경험이 나에겐 부족했지. 녀석은 다른 파벌에서 가하는 질척질척한 압력을 모두 극복해냈으니까. 마흔쯤의 나이로 회사의 정상에 오르는 건 그리 쉽지 않아. 그건 전적으로 그가 실력과 매력으로 이뤄낸 공로였지. 부정은 안 하겠네. 그는 언뜻 봐도 매력적인 인물로 보였으니까."

"하지만 결점도 있었겠지."

모리시게는 커피에서 시선을 들고 나를 쳐다봤다. 그러더니 눈을 감은 채 고개를 끄덕였다.

"녀석은 어린애 같았네. 나한테는 그래 보였지. 굉장히 어린애 같았다네. 확실하고 건실해서 누구보다도 현실적인 인간처럼 보였지만 종종 초등학생도 입에 담지 않을 공론을 퍼트리는 경우가 있었다네. 목구멍이 따끔따끔할 정도로 바보스러운데다가 바람만 잔뜩 들어간 이상론을 말일세."

"예를 들면?"

"미안하지만 입에 담는 것조차 정말 한심스러워서 말이야. 글쎄. '세계정복을 하고 싶다'고 말하는 편이 어느 정도 현실적일지도 모르지. 어쨌든 녀석은 종종 딴 사람이라도 된 것처럼 의미를 알 수 없는 실없는 소리를 하곤 했다네. 그게 녀석의 결점이자 7년 전 '그것'의 발단이 되었지."

나는 묵묵히 그의 이야기를 들었다.

"예를 들면 그저 그런 백수라면 거짓말이든 이상론이든 제아무리 허풍 섞인 말을 퍼트린다 한들 전혀 문제가 되지 않는다네. 아무도 그런 말에 귀 기울이지 않는 데다가 그 내용도 신뢰하지 않을 테니까. 다만 불행하게도 녀석에게는, '구로사와 고스케'에게는 확고한 직함이 있었어. 비즈니스맨으로서의 품격, 경영자로서의 실적, 그리고 타인을 매료하는 카리스마. 모든 것이 일류였네. 그러니 신기하게도 녀석의 입에서 튀어나오는 구역질 치미는 공론은 어느새 모든 일류 경영자가 떠드는 최고의 새로운 제안으로 변모하고 말았다네. 구로사와의 말이라면 틀림없다고들 하면서. 권위주의의 특징이지. 지금 생각해도 정말 바보 같은 일이야."

모리시게는 컵에 남은 커피를 단번에 마셔버렸다. 마치 유독 맛이 좋지 않은 한약이라도 마시는 것처럼, 지극히 바라던 바가 아니라는 듯한 표정으로.

"우리는 '레종'이야. 국내에서는 1위지. 세계에서는 3위의 점유율을 자랑하는 **전자기기 제조 회사**라네. 전자기기 제조 회사 말일세. 그런데 녀석이 터무니없는 제안을 하기 시작했어. 그게 7년 전이라네."

"어떤 제안이었는데?"

"거기에 대해서 자네는 아무것도 모르는 건가?"

나는 고개를 끄덕였다.

"전혀?" 모리시게가 진지한 얼굴로 확인했다.

나는 재차 천천히, 그리고 명확하게 고개를 끄덕였다. "그래. 전혀 몰라."

그는 마치 급격한 졸음에 휩싸인 것처럼 천천히 눈을 감더니 잠시 고개를 숙이는 자세를 취했다.

"틀림없이 자네가 그 사실을 거슬러 올라가다가 나한테까지 온 거라 생각했는데. 그건 아니라는 말이군……."

"어서 말해봐. 구로사와 고스케가 뭘 제안했지?"

"미안하지만 그건 말할 수 없네." 모리시게가 벌떡 고개를 들더니 눈을 떴다. "자네가 그 사실을 알고 있다면 문제없었겠지만, 모르고 있는 거라면 내 입으로 그걸 말할 수는 없네. 그게……."

"말할 수 있는 한계라는 건가?"

"그렇다네."

"그럼 그건 제쳐둬도 상관없어. 말할 수 있는 부분을 이야기해줘."

"흐음." 모리시게는 팔짱을 끼고 부루퉁한 표정을 지었다. "7년 전 어느 날, 나는 본사 빌딩의 꼭대기 층에 있는 회의실로 불려 갔네. 나뿐만이 아닐세. 관련회사의 사장과 임원을 포함한 중역 열두 명이 레종전자 사장인 구로사와 고스케에게 불려갔지. 썩 좋지 않은 예감이 들었다네. 대단한 중역들을 일부러 한 자리에 모아놓고 신제품 기획 회의가 열릴 리는 없으니까. 뭔가 커다란 결단이나 발표가 있을 거라며 다들 이마의 땀을 닦았지."

모리시게는 슬며시 웃었다.

"그런데 뚜껑을 열어 보니 구로사와 고스케의 입에서 튀어나온 건 꽤 유치한 제안이었다네. 앞에서 말한 거 같은 실없는 소리였지. 난 질색했네. 평소 지시를 내릴 때는 불평할 여지가 없을 만큼 훌륭한 리더에다 비즈니스맨인데, 어째서 이 녀석은 종종 이런 모습을 삐죽 내미는 걸까, 하고 말이야. 구로사와도 당시에는 족히 마흔이 넘은 나이였어. 어지간히 하라고, 진짜 어른이 되라고 말해줄까도 생각했네. 하지만 구로사와도 그때만큼은 지금까지처럼 어중간한 이상론이나 꿈속 이야기로 '그 계획'을 끝낼 마음이 없어 보였다네. 녀석은 철저하게 세밀한 계획을 제시하며 타고난 요설로 능숙하게 프레젠테이션을 했어. 그러더니 그는 열변을 이렇게 마무리 지었네. 'Being alive as a HUMAN'이라고."

"광고 카피로군."

"아닐세. 당시에는 아직 그게 광고 카피는 아니었네. 그 후로 구로사와가 광고 카피로 그 문구를 채용한 거지. 정말 제멋대로

인 사장이었어. 'Being alive as a HUMAN.' 내게는 종잡을 수 없는 말이야. 어쨌든 그날 구로사와는 중역 열두 명에게 그걸 제안했어. 그는 우리에게 단도직입으로 물었지. '찬성'인지 '반대'인지 말일세."

"그래서 당신은 거기에 반대했겠군."

모리시게는 **부끄러워했다.** "명확한 반대는 표명하지 않았다네. 하지만 난색은 표했지. 그 방식이 기업의 중역이 가져야할 덕목이지. 노, 라고 말할 수 없는 건 아닐세. 그저 말하지 않는 거지. 이런저런 사정을 감안해서 말이야." 그는 긴장이 풀린 표정을 다잡았다. "하지만 내가 놀랐던 건 그 이후 구로사와의 코멘트였어. 그는 이렇게 말했다네. 반대한다면 하루 속히 퇴사해주길 바란다고. 우리는 일제히 부들부들 떨었어. 그런 비인도적인 처사가 일어나서야 되겠느냐면서 말일세. 하지만 구로사와는 이런 말도 덧붙였어. 퇴사할 경우에는 앞으로의 비즈니스 라이프를 최대한 지원해주겠다고. 재취직할 곳도 마련해주고 비교적 현재와 비슷한 생활 수준을 유지할 수 있도록 기반을 만들어주겠다고 했네. 결국 그 제안에 정면으로 반대한 사람은 다섯 명이었어. 주로 그와의 접점이 희박한 사람들이었지. 그들은 구로사와의 이야기를 폭론이라 힐책하며 그대로 회사를 떠났어. 하지만 구로사와는 약속대로 그들의 재취직 자리를 정성스레 알선해주고 수배해줬다네. 이런 실례, '한 사람만 빼고'였어. 딱 그 한 사람을 제외하고 구로사와는 나머지 사람들의 뒤를 봐줬어. 하긴 뒤를 봐주지 않았더라도 다들 중역이었으니까 내버려 둔다고 한들 스스로 일자리 찾기가 힘들 만한 이들은 아니었지."

"한 사람을 제외했다는 건 무슨 말이지?"

"음? 아아. 당시 자회사 사장이었던 사람 하나만 꽤 가혹한 처사를 당했네. 구로사와는 그 사람만은 재취직은커녕 오히려 동종 업계를 비롯해 온갖 방면에 손을 쓴 뒤 두 번 다시 일할 수 없게 만들어버렸어. 옆에서 봐도 그건 정말 잔혹했다네. 하긴, 구로사와가 왜 유독 그 사람한테만 그런 짓을 했는지는 명확한 이유가 있었는데, 그 자회사 사장이라는 자가 바로 구로사와의 형이었다네. **형제간에 뭔가 골육상잔의 갈등이 있었던 게 아닐까.** 내막은 모르지만 말이야. 어쨌든 그러한 이유로 반대표를 던진 중역들 중에는 구로사와의 형이었던 사람만 잔인한 제재를 받고 회사를 떠났다네. 뭐, 그건 일단 제쳐두지. 그리 중요한 이야기는 아니니까. 결국 구로사와는 중역뿐만 아니라 회사의 사원 전원에게 자신의 제안에 대해 찬성인지 반대인지를 정하라고 했네. 하지만 구로사와가 제안한 프로젝트는 일급기밀이었어. 따라서 그걸 모든 사원에게 누설하지 않고 설명하려니 쉽지 않은 일이었지. 거기에서 구로사와는 넌지시 찬성인지 반대인지의 의사를 가늠하는 질문을 준비했어. 그리고 모든 사원이 거기에 골고루 답할 수 있도록 한 뒤 반대표로 보이는 사람에게는 퇴사 명령을 했네. 물론 이들에게도 아까처럼 제2 비즈니스라이프를 위한 지원을 약속했지. 물론 사원과 기업 간에 조금 복잡한 부분도 있었겠지만 많은 사원이 원만하게 회사를 떠났어. 그게 7년 전의 개요라네."

모리시게는 이야기의 끝을 알리듯 양손을 펼쳐 보였다.

나는 박자를 맞추는 것처럼 커피를 다시 한 모금 마신 뒤 가능한 한 시간을 들여 천천히 잔을 내려놨다. 그의 이야기에는 핵심이 숨겨져 있었지만, 나는 일정 부분 이상으로 유익한 정보를 얻었다. 사에구사 논이 말한 집단 퇴사의 이유도 가늠할 수 있었고, 구로사와 고스케의 인간성에 대해 희미하게나마 윤곽이 잡혔다. 그러나 역시 이야기의 핵심을 모른다면 여전히 정보는 불충분하다. 나는 입을 열었다.

"당시 구로사와가 했다는 '그 제안'에 대해서는 절대 말해줄 수 없나?"

"무슨 일이 있어도."

"그렇다면 그 제안이 실제로 실행에 옮겨졌는지 아닌지 그것만이라도 가르쳐줄 수는 없나?"

"미안하지만 그건 나도 **모르네. 정말로 모르는 것일뿐 대답해줄 수 없는** 것도 아니지. 난 그 회의 이후 몇 개월쯤 후에 회사를 떠났네. 당시 나의 퇴사는 녀석의 제안에 반대한 게 원인은 아니었어. **단순히 난 이미 나이를 먹을 만큼 먹은 상태였네.** 꼰대는 일찌감치 자리에서 물러나야 하는 법이니까. 좋은 기업에는 젊은 힘이 필요해. 사장이 저렇게나 젊은데 늙은이가 언제까지 회사에서 자리를 차지하고 있을 수는 없잖나. 그래서 그 이후 회사가 어떻게 돌아가고 있는지 아무런 정보도 가지고 있지 않아. 다만, 그의 제안은 사나흘 만에 실행할 수 있을 만한 건 아니었어. 분명 녀석의 계획으로는 '5년'이 목표였지. 5년 안에 계획을 완성해내자고 했었네."

"그로부터 이미 7년이 지났어."

"그런가. 이미 완성한 건지 여전히 안달복달하고 있는 건지, 아니면 마침 **완성한 참**인지. 어느 쪽이든 예상뿐이라네. 그런데……." 모리시게는 스틱 설탕으로 나를 가리켰다. "자네의 목적은 뭔가?"

나는 생각했다. 내 목적이란 건 뭘까. 난 왜 여기에 온 거지. 최종적으로 나는 어떻게 말해야만 하는가.

"몰라."

"모른다고?" 모리시게는 반문했다.

"그래, 몰라. 솔직히 난, **우리는** 상당히 혼란스러워. 이런저런 이유를 알 수 없는 사건에 휘말렸으니까. 하지만 일단은 '구로사와 고스케'와 만나고 싶어. 만나서 이야기를 해본 다음에 다시 생각하고 싶어. 구로사와의 딸이라도 만나고 싶었는데 그 애는 이미 죽어버렸으니까."

"딸?" 모리시게는 뭔가 크게 놀란 듯이 상체를 일으켰다. "구로사와에게 딸이 있었던가?"

나는 그 태도에 의문을 품으면서도 대답했다. "그래. 4년 전에 화재로 죽었지. 당시 열다섯 살이었어. 그게 왜?"

"아니……." 모리시게는 애써 진정하려 노력하면서 다시 소파에 상체를 떨어뜨렸다. "그랬군, 딸이 있었다니. 그건 참으로 잔혹한 이야기가 아닌가……. 그렇다면 혹시 구로사와는……."

뒷부분의 절반은 거의 혼잣말이나 마찬가지여서 잘 들리지 않았다. 모리시게는 한동안 생각에 잠겼다가 잡념을 쫓듯이 고개를 흔들고 이쪽을 바라봤다.

"그래서 자네는 구로사와 고스케를 만나고 싶다, 이건가?"

나는 고개를 끄덕였다.

"하지만 상상하기 어렵지 않듯 한 기업의, 그것도 대기업인 레종전자의 사장쯤 되면 하루하루가 굉장히 다망하다네. 자네 같은 고등학생이 잡담이나 하듯이 만날 수는 없지."

"연결해 줄 순 없을까?"

"불가능하진 않네. 자네가 꼭 그러길 바란다면야, 뭐, 가까운 시일 내에 자리를 마련해보는 것도 불가능은 아니겠지. 여름이 지나면 녀석도 조금은 시간 여유가 생길 거야."

"그건 안 돼." 나는 말했다. "가능하면 내일이나 모레 안에 만나고 싶은데."

나는 오스가 슌의 이야기를 떠올렸다. 그는 우리에게 시간제한이 있는 것 같다고 말했다. 그리고 그건 틀림없이 티켓에 적힌 5일 동안인 것 같다고. 시간제한을 전적으로 믿는 건 아니다. 하지만 완전히 묵살할 수도 없었다.

"어떻게 좋은 방법이 없을까?"

모리시게는 눈을 감은 채 쓸쓸한 표정을 지었다. "그건 무릴세. 사장이 아니라 평사원이라도 그렇게 만나는 건 어려워. 자네도 그렇지 않나? 갑작스레 일정을 잡으려고 한들 순조롭게 상황이 맞아 떨어질 리도 없고."

나는 당연한 대답에 시선을 떨어뜨린 채 아직 조금 남은 눈앞의 커피를 바라봤다. 커피 크리머도 설탕도 넣지 않은 투명한 검은색이 작게 원을 그리며 흔들리고 있었다. 마치 불가역적으로 지나가는 시간을 상징하고 있는 것처럼.

"그러고 보니…… 한 가지 가능성이 없지는 않은데."

나는 그 목소리에 고개를 들고 모리시게를 바라봤다.

"정말이야?"

"그렇다네. 가능성은 지극히 적지만 말이야. 그래도 좋다면 한 가지 흥미로운 이야기가 있지."

"어떤 이야기인데?" 나는 무의식적으로 몸을 앞으로 기울였다. 모리시게 쪽으로 약간 빨려 들어갈 듯이.

그는 의미심장한 미소를 띠며 느릿느릿 일어나 서재 중심에 놓인 책상으로 향했다. 지팡이라도 짚게 하고 싶을 만큼 불안한 걸음으로 책상 앞까지 걸어가더니, 서랍에서 자그마한 금색 핀 배지를 꺼내 다시 돌아왔다. 그는 핀 배지를 내 앞에 조용히 내려 놨다. 물론 순금은 아닌 듯했지만 그에 못지않은 고급스러움과 중후함을 겸비한 멋스러운 핀 배지였다. 디자인은 단순한 원형. 중심에는 'R'이라는 글자가 깊게 새겨져 있었다. 나는 그 의중을 묻는 듯한 시선을 던졌다.

모리시게는 깨지는 물건을 다루듯 신중하게 소파에 앉은 뒤 입을 열었다.

"생각해 보면 이것도 7년 전의 일이군. 그 제안이 있고 나서 많은 퇴직자가 나온 후에도 난 몇 개월은 회사에 남아 있었네. 안 그래도 많은 인원이 퇴사해서 인수인계로 정신이 없는 와중인데 일부러 같은 시기에 퇴사하는 게 걸려서 말이야. 그래서 그 이후에도 아주 잠깐 회사에 남아 있었지. 그때 일어난 일이야. 그 제안 이후 어째선지 구로사와는 자꾸만 휴대폰을 만지작거리면서 누군가와 연락을 취하더니 날이면 날마다 뭔가를 염려하더군. 전화나 문자로 말이야. 비즈니스맨이 휴대폰을 손에서 놓지 않는 건 딱히 드문 모습도 아니지. 오히려 영업사원 정도 되면 종일 휴대폰과 시간을 보내기도 하니까. 그러니 그건 커다란 문제는 아냐. 그런데 녀석의 경우에는 연락 상대가 조금 수상쩍었다네. 나도 처음에는 구로사와가 주식이나 어음의 시세 변동이 신경 쓰는 건가 싶어서 그다지 주의를 기울이지 않았는데, 점점 그게 아닌 것 같다는 느낌이 드는 거야. 녀석은 전화기에 대고 '그럴싸한 건 없었나?'라든가 '오늘은 안 나타났나?'라는 식의 말을 빈번히 지껄이고 있었다네. 아무래도 누군가가 오기를 기다리고 있는 듯한 모습이었지. 나는 그게 신경 쓰였어. 하물며 회사의 수장이란 사람이 외부의 무언가에 집착한다는 건 부하의 사기와도 관련이 있으니 말일세. 그래서 큰맘 먹고 물어봤지. 누구와 통화하는 거냐고. 하지만 녀석은 말을 흐리고 웃으며 '모리시게 씨에게도 언제가 알려 드리죠'라고만 하더군. 정말이지 의미심장하고 이상했어. 나는 잠시 고개를 갸웃거렸지. 그러던 어느 날이었네. 내 퇴사가 눈앞으로 다가온 날이었지. 녀석이 그걸 내게 건네더군."

모리시게는 내 앞에 놓인 핀 배지를 가리켰다.

"당연히 이게 뭐냐고 물었지. 그랬더니 입장권이라고 했네."

"입장권?"

"그렇다네. 도대체가 무슨 영문인지 알 수 없었어. 무슨 입장권이냐고 물어도 결국 구로사와는 대답하지 않았어. 내게 어떤 주소만 알려주고 거기에 가면 알게 될 거라고 말했지."

"그래서 거기에 갔나?"

"물론." 모리시게는 눈에 힘을 줬다. "기억해두게나. 신주쿠역 동남쪽 출구에서 에스컬레이터를 타고 내려가 그대로 밖으로 나가게. 쭉 직진하면 작은 건널목이 있을 거야. 자주 길거리에서 공연하는 무리가 있는 곳이지. 거기를 건너서 왼쪽으로 돌아가게. 그러면 포르노 극장이 늘어서 있는데, 그대로 지나쳐서 그 구석의, 구석의 구석 건물이라네. 다시 말해서 세 번째 구석 건물이야. 보기에는 낡아빠진 회색의 상가건물이지. 거기 입구 부근에 있는 계단을 내려가서 지하로 가게나. 거기가 구로사와가 말하던 장소야."

"대체 뭐가 있었는데?"

모리시게는 어깨를 으쓱하며 작게 고개를 저었다. "나 역시 놀랄만한 게 있었다네."

나는 대답을 재촉하듯 강하게 쏘아봤다. 그렇게 긴 여흥은 성가시다. 그는 내 시선의 의미를 민감하게 감지하더니 간단명료하게 대답했다. 어쩐지 하얀 이를 의기양양하게 드러내 보이면서.

"카지노라네."

"뭐?"

"말 그대로야. 카지노라고, 카지노. 룰렛, 바카라, 블랙잭, 슬롯 같은 다양한 오락에 사람들이 빠져 있었지. 나중에 들은 이야기인데, 구로사와는 어딘가 수상한 조직폭력배들로부터 거기를 사들여서 개인적으로 비밀리에 운영하고 있었던 모양이야. 참나, 놀라면서도 질려버렸지. 회사의 리스크는 안중에도 없이 자기 하고 싶은 대로 뭐든 저지르다니. 역시나 녀석은 애 같아. 나도 한번 가게 안을 터벅터벅 둘러봤지만 유감스럽게도 베팅금은 장난으로 할 수 있는 수준이 아니었다네. 마음의 준비라든가 승리를 향한 집념이 있어야만 할 수 있는 금액이었지. 그런데 가장 메인 테이블에서는 아주 생소한 카드 게임이 벌어지고 있었는데, 참 이상한 분위기였어."

모리시게의 눈은 거짓말을 하는 것 같지는 않았다. 애초에 거짓말로 뭘 얻을 수 있을 만한 상황도 아니었다. 그런데도 나는 무턱대고 그 이야기를 받아들이기가 힘들어서 충분한 뜸을 들인 뒤 입을 열었다.

"그걸로 당신은 내게 뭘 어쩌라는 거지?"

그는 웃으며 몸을 앞으로 내밀었다.

"구로사와는 **누군가를** 기다리고 있었다네. 카지노에 누군가가 오기를 늘 기다렸지. 난 그게 누군지 모르지만 예상하기는 어렵지 않아. 아마 구로사와는 거기에서 인생을 건 한판 승부를 벌일 강자를 찾고 있었던 것 같아. 틀림없네. 성격상 녀석은 그런 강력한 운을 지닌 사람을 높이 평가하는 경향이 있었지. 누구보다도 구로사와 자신이 그야말로 강력한 운을 지닌 인물이었으니까. 그 나이에 척척 승진한다는 건 실력은 물론이거니와 운 또한 필요하지. 녀석은 동지를, 동류의 인간을 찾고 있었다네. 카지노를 열어서 호시탐탐 그 기회를 엿보고 있었어."

"정말 그런 이유로 카지노를 열까? 정상으로 보이진 않는데. 이유가 너무 황당해."

"뭐, 그렇게 생각하는 것도 당연하겠지." 모리시게가 말했다. "믿든 안 믿든 자네 마음이야. 단, 이것만은 말해두지. 첫째, 녀석은 비밀리에 카지노를 경영하며 매일 악착같이 그곳과 연락을 취하고 있었어. 둘째, 녀석은 거기에 누군가가 나타나기를 쭉 기다리고 있었다네. 셋째, 녀석은 자네가 상상하는 것보다 훨씬 어린애 같아. 이 세 가지는 틀림없는 진실이지. 이것만큼은 분명히 말해두겠네."

나는 팔짱을 낀 채 눈을 감고 생각에 잠겼다. 믿을 만한 이야기인지, 그 줄거리에 일관성이 있는지, 뭔가 이치에 맞지 않는 점은 없는지, 그러한 점을 총체적으로 고려해봤다. 그러다 문득 깨달았다. 내게는 정보를 취사선택할 여유 따위가 없다는 사실을. 오스가 슌의 가설을 바탕으로 생각하면 남은 시간은 고작 이틀. 지금 내게는 정보를 가릴 권한도 시간도 없다. 나는 눈을 떴다.

"이 핀 배지는 받아도 되는 건가?"

"좋을 대로 하게. 난 여생을 이 집에서 미모사나 기르며 지내는 걸로 만족하니까. 도박 같은 건 동맥경화 위험이 있는 혈관에 적잖이 해로워서 말이야. 자네에게 넘겨주는 것도 난 좋아. 그나저나 내 이야기를 믿어주는 건가?"

"믿을 수밖에 없어." 나는 말했다.

"믿을 수밖에 없다……." 모리시게는 되뇌었다. "재미있는 표현이군. 뭐, 우선 사회 경험이라고 생각하고 가는 게 좋겠지. 그 자체만으로도 상당히 흥미로운 시설이니까. 단, 카지노에 참가하려면 나름의 '자금'을 준비해둬야 할 걸세. 무턱대고 돈을 걸었다간 30분 만에 100만 엔은 족히 손해 볼 수 있을 만큼 터무니없이 베팅금이 높았거든. 혹여 이기기라도 하면 구로사와를 만날 수 있을지도 모르지. 그것도 확실한 건 아니지만. 심심풀이로 파친코를 하러 가는 것과는 차원이 다르다네."

"돈이라면 일단 방법이 있어."

"오호, 부모님에게 뜯어내기라도 할 생각인가?"

"……아니." 나는 얼굴을 찌푸렸다. "우리 집은 가난하진 않지만 이유 없이 아들에게 가볍게 돈다발을 건네줄 만큼 나한테 호의적이지는 않아. 돈은 아는 애한테 빌릴 거야. 태평하게 **현찰로 20만 엔을 가지고 있는 여자애**를 한 명 알거든."

"하하핫." 모리시게는 크게 웃었다. "나쁜 남자로군. 열여덟 살."

나는 아무런 대꾸도 하지 않은 채 남은 커피를 단숨에 마셨다. 커피가 바닥나자 실내 공기는 한층 가벼워졌다. 마치 사포질을 한 나뭇조각처럼.

"어쨌든 조심해야 할 거야. 상식적으로 생각하면 평범한 열여덟 살한테는 좀 낯선 세계니까."

나는 고개를 끄덕였다. "동감이야. 익숙해지기 힘들겠지. 그것도 **평범한** 고등학생에게는. 그런데 한 가지 질문해도 될까?"

"얼마든지."

똑똑. 그때 갑자기 노크 소리가 들렸다. 모리시게는 조금 떨떠름한 표정을 지은 뒤 살짝 퉁명스레 대답했다. 열린 문 맞은편에는 그의 아내가 무선전화기를 한 손에 들고 서 있었다.

"미안해요, 여보. 한사코 급한 전화라고 해서요."

"누군데?"

아내는 넌지시 '말하기 힘들다'는 듯 미안한 기색을 내비쳤다. 모리시게는 그녀의 표정을 보고 얼굴을 찡그리면서 보류상태의 전화기를 받았다. 그러고는 다시 나를 바라봤다. "계속 질문하게."

나는 고개를 옆으로 저었다. "먼저 전화부터 받으라고. 그 뒤에 물어봐도 되니까."

"아냐, 그럴 순 없네. 어쨌든 자네가 이 전화보다 먼저 질문을 했잖아."

나는 그가 눈치채지 못할 정도로 슬며시 웃었다. "그렇다면 사양하지 않겠어. 어째서 당신은 본 적도 없고 알지도 못하는 내게 그토록 여러 이야기를 해준 거지? 그런다고 해서 당신한테 이익은 없을 텐데?"

모리시게는 입을 옆으로 크게 벌리며 의미심장한 웃음을 지었다. "딱히 이렇다 할 대단한 이유는 없네. 다만, 자네가 '진짜 구로사와 고스케'라는 말 따위를 하니까 그만 집에 들이고 말았지. 난 말이야, 예전부터⋯⋯." 그는 목소리를 조금 낮췄다. "구로사와가 마음에 들지 않았거든. 순조롭게 진행되는 녀석의 일이 예기치도 못한 지점에서 조금씩 어그러져 가는 모습을 살짝 엿보고 싶다고나 할까."

모리시게는 나이에 어울리지 않게 장난기 어린 표정으로 웃더니 수화기의 보류를 해제하고 전화를 받았다. 목소리 톤은 이미 업무용으로 바뀌었다. "누구신지?"

역시나 전화로 무슨 이야기를 나누는지 알 수 없었다. 다만 전화기 너머의 누군가가 사정을 설명하자마자 그의 표정이 어두워졌다. 너무도 명백하게. 그러더니 그의 시선이 어느새 나를 향하기 시작했다. 떨떠름하고 매서운 눈빛이 내 얼굴로 쏟아졌다.

"……아냐. 이쪽엔 아무것도. 이변은 없네." 모리시게는 내게서 시선을 떼지 않은 채 말했다. "어이, 이보게. 지금에 와서 이런 늙은이가 한바탕 소란을 피운다 한들 무슨 메리트가 있겠나. 게다가 그런 이름은 금시초문이야. 난 결백해."

모리시게는 그 후에도 여러 차례 말을 주고받은 뒤에야 조용히 전화를 끊었다.

"하아, 이거 참 놀랍군. 그것도 이런 타이밍에……."

"무슨 일이지?"

"그건가?" 그는 지쳤다는 듯 천천히 무선전화기를 테이블에 털썩 내려놓고 서재 창문을 통해 바깥을 바라봤다. 격자형 창문에 담쟁이덩굴이 어지러이 휘감겨 있었다. 햇볕이 무척 빽빽이 우거진 채 잎 전체를 부지런히 내리쬐고 있었다. 모리시게는 혼잣말처럼 중얼거렸다. "자네는 단체행동을 하고 있나?"

나는 가만히 동요했다. "무슨 말이지?"

"레종전자에 금고털이가 다녀간 모양이야. 그것도 한참 어린 여자애 둘."

"그렇군." 나는 대답했다. 긍정도 부정도 아닌, 어디까지나 제삼자의 입장은 견지하면서.

그러나 그다음 말을 듣고 나는 머리를 감싸 쥐었다. 커다란 한숨과 함께 혀를 차면서.

모리시게가 말했다. "붙잡힌 모양인데."

내 안에서는 분노와 후회와 반성과 초조함이 격렬하게 뒤섞여서 하나의 덩어리가 되었다. 마치 우유가 섞인 불순한 에스프레소처럼.

아오이 시즈하

호텔 방으로 돌아오자 우리는 누가 먼저랄 것도 없이 거실 소파에 쓰러졌다. 나는 비틀거리며 등을 대고 누운 채, 논은 기세 좋게 그대로 엎드린 채. 둘 다 육체적으로나 정신적으로 극도의 피로를 느끼며 기진맥진한 상태였다.

이노우에 고헤이 씨의 딸로 신분을 위조한 것이 들통 난 뒤, 나는 황급히 엘리베이터를 타고 내려가 논을 데리고 레종전자 본사에서 뛰쳐나왔다. 주위 사원들이 필사적으로 도망치는 우리를 일제히 이상하다는 듯한 시선으로 바라보고 있었지만, 대부분 사정을 모르는 터라 뒤쫓지는 않았다. 덕분에 우리는 일단 순조롭게 회사를 탈출한 뒤 그대로 시나가와역으로 직행했다. 서둘러 전철을 타고 어떻게든 무사히 호텔로 돌아올 수 있었다. 한창 전철로 이동하는 중에도 방심할 수 없는 분위기에 쪼들린 나머지 우리는 거의 말을 나누지 않았다.

"······무슨 좋은 정보라도 얻었어?"

나는 방에 도착해서 5분쯤 여유를 둔 뒤에야 논에게 물어봤다. 그녀는 소파에 얼굴을 묻은 채 약간 분명치 않은 목소리로 말했다.

"거의 코앞이었어요."

애매한 답변에 나는 대꾸하지 않고 다시 다음 말을 기다렸다. 그러자 논은 갑자기 휙 얼굴을 들고 나를 쳐다봤다.

"자료 보관실의 열쇠는 언니 덕분에 완벽히 망가져 있었어요. 아주 완벽하게요. 그런데 자료 보관실의 더 안쪽에 제2자료보관실이라는 게 소리 없이 등장한 거예요. 그게······ 그래서 말이죠." 논도 지친 모양이었다. 어쩐지 눈빛이 멍했다.

"어쨌든 거의 다 됐었다고요. 언니가 조금만 늦게 왔더라면······."

"미, 미안해."

나는 그 이상 묻지 않고 침묵하기로 했다. 서로 얼마간 휴식이 필요했다. 아직 에자키와 오스가는 오지 않았다. 두 사람이 돌아올 때까지 조금 눈을 붙여야겠다. 나는 속으로 중얼거리며 살짝 눈을 감았다.

"그보다, 아오이 언니."

나는 감았던 눈을 번쩍 뜨고 논을 바라봤다.

"응?"

"저기, 뭐라고 해야 할까요. 제대로 표현할 수 없는 빈약한 내 어휘력이 너무 부끄럽지만요, 냉정하게 생각해서 말이죠. 그게,

우리 **큰일** 난 게 아닐까요?"

나는 그 말의 의미를 곧장 이해하지 못하다가 서서히 속뜻을 파악할 수 있었다.

어쨌든 나는 한 기업의 내부에 거침없이 잠입하여 자료 보관실의 보안장치와 18층의 보안 문을 망가뜨리고 말았다. 게다가 많은 사람에게 거짓말까지 하고 잔뜩 나쁜 짓을 하면서 태연히 민낯을 드러내고 만 것이다. 법은 잘 모르지만, 아마 우리의 행동은 범죄가 틀림없었다. 지금 생각해 보면 오싹해질 만큼 무모하기 짝이 없는 계획이었는데, 실행하는 도중이나 계획 단계에서는 그다지 공포감이 느껴지지 않았다. 알게 모르게 우리는 뭔가에 홀려 있었는지도 모른다. 상황은 이상한 티켓을 계기로 순식간에 불가사의하게 전개되어 갔다. 좋게 말하면 그 과정에서 우리는 상당히 거침없는, 나쁘게 말하면 막무가내인 인간이 되어가고 있었던 것 같다. 썰물이 밀려 나가듯 현실에 눈이 떠진 지금, 새삼 우리가 저지른 행동의 대담함과 무모함에 경악과 공포를 느꼈다.

'우리 큰일 난 게 아닐까요?'

나는 쓴웃음을 지으며 대답했다.

"벼, 별로 생각하고 싶지 않아."

우리는 억지 미소를 지은 채 웃어넘기며 서로를 다독였다. 실내에는 우리의 어색한 웃음소리가 건조하게 울려 퍼졌다.

그때였다. 딩동. 우리의 웃음을 저지하듯 차임벨이 울렸다. 우리는 서로의 얼굴을 바라봤다. 대체 누굴까. 에자키와 오스가도 카드키를 각자 가지고 있으니 일부러 차임벨을 누를 이유가 없었다. 그렇다면 차임벨을 누른 이는 다른 누군가다.

방금 전 이야기의 흐름 탓에 우리 사이에는 왠지 모를 긴장감이 흘렀다. 우리가 호텔로 돌아온 지 채 10분도 지나지 않았다. 만약 레종전자를 도망칠 때 누군가 뒤를 밟은 거라면 딱 지금의 시간 차이로 여기에 도착한들 이상하지 않았다. 우리는 서로의 눈을 바라보며 침을 꿀꺽 삼켰다.

"실례합니다. 프런트에서 왔습니다만, 잠시 시간 괜찮으십니까?"

우리는 문 너머로 들려온 목소리에 그제야 미소를 머금은 표정으로 안도의 한숨을 내쉬었다. 호텔 종업원이었다. 실내 청소나 석식 때문에 안내 사항이 있는지도 모른다. 나는 살짝 큰 목소리로 대답하며 입구로 달려갔다. 잠금장치에서 카드키를 빼내고 문을 열었다. "네."

절반쯤 열린 문밖에는 제복을 입은 젊은 객실 안내원이 서 있었다. 그는 웃는 얼굴로 작게 인사했다.

"갑자기 방문해서 죄송합니다."

나는 손사레를 치며 문제없다는 제스처를 취했다.

"괜찮아요. 그런데 무슨 용건이시죠?"

"네, 실은 좀 전에 손님의 지인이라는 분께서 꼭 손님께 인사를 드리고 싶다고 부탁하셔서 함께 모셔왔습니다."

"……지인이요?"

"네, 이분이십니다만……."

그러자 사각지대에 있던 문 뒤편에서 정장 차림의 남자가 훌쩍 모습을 드러냈다. 180센티미터가 넘어 보이는 큰 키에 넓은 어깨의 다부진 체형이었다. 나이는 마흔 전후일까. 짧게 자른 머리 때문인지 체육 계통의 사람처럼 보였다.

나는 바깥에서 새어 들어오는 찬바람에 살짝 께름칙한 서늘함을 느꼈다. 좋지 않은 예감이 들었다. 나는 이 남자를 만난 적도 없을뿐더러 어디선가 본 기억도 없었다.

객실 종업원이 당황하는 내 시선을 눈치챘는지 조금 곤란한 표정으로 물었다.

"저어…… 지인이 아니신가요?"

"그럴 리가요, 틀림없는 지인입니다. 그것도 엄청 친하죠. 맞지?"

정장 차림의 남자는 내가 대답하기도 전에 힘찬 목소리로 대답하더니, 객실 종업원의 어깨에 손을 올렸다. 그리고 곁눈으로 나를 내려다봤다.

"이 애는 내 **동료의 딸**이라고."

확실한 전율이 내 오장육부를 휩쓸고 지나갔다. 목소리는 나오지 않는 데다 뒤로 물러서지도 못하고 호흡조차 제대로 되지 않았다. 나는 있는 힘껏 떨리는 몸을 억제하기만 할 뿐 아무런 액션도 취하지 못했다.

정장 차림의 남자는 서글서글한 웃음으로 객실 종업원을 제압하더니 평화로이 우리 방에 침입했다. 그리고 조용히, 하지만 확실하게 문을 닫았다. 자동잠금장치가 작게 소리 내며 우리의 절망을 암시했다.

그제야 나는 후퇴하기 시작했다. 남자의 압도적인 기세에 눌리지 않으려고 한 걸음, 물 흐르듯이 또 한 걸음, 급기야는 균형을 잃으며 질질 뒤로 밀려났다.

어느새 자리에서 일어난 논도 굳은 표정이었다. 오로지 남자에게 시선을 빼앗긴 채 미동도하지 못했다. 눈조차 깜빡일 수 없었다.

"정말 반갑군요. 레종전자의 야부키라고 합니다. 여러모로 이쪽에도 사정이 있어서 미행을 좀 했습니다. 잘 부탁해요."

남자는 섬뜩한 미소를 머금은 채 자기소개를 했다. 우리는 더는 견디지 못하고 그대로 바닥에 털썩 쓰러졌다. 카펫 위에 엉덩방아를 찧은 채 키 큰 남자를 떨리는 눈으로 올려다봤다. 남자는 시선을 맞추려는 듯 우리 앞으로 다가와 쭈그리고 앉았다.

"어쩌자고 그런 일을 벌인 걸까, 아가씨들?"

우리는 아무런 대답도 하지 못한 채 질문을 묵살했다. 있는 그대로를 털어놓을 수는 없었다. 애초에 솔직하게 모든 걸 이야기한다고 한들, 지금 상태에서는 나나 논이나 제대로 입도 떼지 못할 것이다. 야부키라는 이름의 남자는 우리가 대답을 회피하자 조금 차가워진 눈빛으로 재차 거짓 웃음을 흘렸다.

"오케이. 그럼 질문을 바꿔 보자고. 왜 이런 곳에 묵고 있는지 그 목적을 들어볼까?"

나는 떨리는 목소리를 힘껏 억누르고 바닥을 내려다본 채 대답했다.

"……과, 관광이요."

"흐음." 남자는 낮은 탄성을 내뱉은 뒤 내 얼굴을 들여다봤다. "정말이야?"

나는 떨면서도 고개를 끄덕였다. 남자가 웃었다.

"그럼 다음 질문. 어째서 우리 회사에 몰래 들어온 거지?"

이번에는 논이 긴장한 나머지 심하게 몸과 손을 떨면서도 고개를 들고 대답했다.

"그게, 우, 우린, 시, 시골에서 왔는데…… 도쿄에 오면 레종전자 빌딩은 꼭 봐야 한다고 친구가 그래서요. 꼬, 꼭 한번 보고 싶어서…… 그, 그만…….'

"그만?" 남자의 눈은 웃고 있지 않았다. "몰래 들어왔다?"

논은 타는 듯한 시선을 견디지 못하고 결국 고개를 떨궜다. 남자는 논은 단념하고 눈을 부릅뜨며 나를 주시했다.

"그럼 다음 질문으로 넘어가 볼까. 어떻게 우리 사원의 개인정보를 알고 있었던 거지?"

"그, 그건……." 나는 시선을 고정하지 못한 채 더듬더듬 변명했다. "이, 인터넷 게시판 같은 곳에서 우연히 이름을 발견했어요. ……그, 그래서 멋대로 이용해버렸어요……. 죄송합니다."

"정말이야?"

나는 입술을 꽉 깨물고 몇 번이나 고개를 끄덕였다. 시선을 오른쪽 아래로 피하면서.

그러자 남자는 크게 숨을 들이쉬었다. 콧구멍을 1센티미터쯤 더 넓히며 방 안의 산소를 모조리 흡입할 기세로 공기를 빨아들였다. 그러더니 섬뜩할 만큼 천천히 질문을 던졌다.

"오케이. 그럼, 마지막 질문이다. 왜 자료보관실에 들어간 거지?"

실내에는 에어컨이 충분히 돌아가고 있었는데도 공기가 거짓말처럼 무겁게 느껴졌다. 이마와 겨드랑이, 목덜미, 손바닥뿐만 아니라 온몸 여기저기에서 땀이 배어 나왔다. 나는 꿀 먹은 벙어리처럼 뚫어지게 바닥만 바라봤다. 그러자 논이 남자의 얼굴과 마주치지 않도록 주의하면서 기세 좋게 머리를 숙였다. 딱 무릎을 꿇는 모양새였다.

"……죄, 죄송해요. 정말 단순한 호기심이었어요. 우, 우연히 입구가 열려 있었기 때문에 안에 들어가 보고 싶어져서, 그래서……. 그, 그러니까 아무것도 훔치거나 들여다보지 않았어요. 맹세해요. 신께도 맹세할게요. 나, 나쁜 짓은 안 했어요. 믿어주세요!"

논은 말이 끝났는데도 여전히 고개를 숙인 채 바닥을 바라보고 있었다. 시선은 카펫을 모조리 태워버릴 만큼 강렬하게 바닥을 향해 있었다. 그제야 남자는 다소 누그러진 숨을 토해냈다.

"자료보관실의 문은 처음부터 열려 있었다, 그 말인가?"

"마, 맞아요."

그때 논은 번쩍 고개를 들더니 떨리는 시선을 남자의 눈에 맞췄다. 자신의 정당성을 토로 하듯 열심히 눈을 떼려고 하지 않는다. 강적에 맞서는 초식동물의 자세처럼 연약하면서도 어딘가 용맹함이 느껴졌다.

"흐음." 남자는 한 번 고개를 끄덕였다. "분명 자료보관실에서 뭔가가 유출된 흔적은 없더군. 게다가 우리 쪽의 멍청한 사원이 제2보관소 문까지 열어준 모양이지만 안에는 들어가지 않았다는 보고를 받았다. 네가 자료보관실 안에서 뭔가를 '훔치지' 않았다는 것만은 일단 믿어주지."

거기에서 남자는 크게 손뼉을 쳤다. 손뼉 소리가 뭔가의 끝을 암시하는 것처럼 방 안에 울려 퍼졌다. 남자는 생긋 웃으며 입을 열었다.

"우리로서도 일을 크게 만들고 싶지는 않아. 우리 측이 완벽한 피해자라고 해도 사건이라는 건 적잖이 기업의 평판을 떨어뜨리기 쉽지. 우리에게도 과실은 있다. 어찌 됐든 너희가 오자마자 **우연히도** 보안 관련 장치가 두 군데나 원인불명으로 다운되어 버린 미비점도 있으니까. 되도록 원만하게 처리하고 싶다고. 아가씨들을 상대로 신문이나 고문을 하고 싶지 않고 상처를 입히거나 **죽이고** 싶지도 않아. 그 점은 동의하나?"

우리는 목에 스프링이 달린 장난감처럼 까딱까딱 고개를 위아래로 흔들었다. 남자는 다시 뭔가의 본보기처럼 싱긋 미소를 지어 보였다.

"오케이. 이 객실은 상당히 비싸 보이는데 머무는 사람은 너희 둘뿐인가? 다른 누군가가 더 있는 거 아냐?"

"그, 그럴 리가요! 저희 둘뿐이에요. 다, 다른 사람은 아무도 없어요." 논이 미소로 얼버무렸다.

남자는 어딘가 수긍하기 힘들어 보이는 표정이었다. 그럼에도 별수 없다는 듯 고개를 끄덕이더니 손에 들고 있던 가방에서 A4 크기의 종이를 꺼냈다. 그리고 우리 앞에 종이를 내밀었다.

"그럼 일단 너희 두 사람의 주소와 이름, 나이, 전화번호를 여기에 적어볼까? 서로 원만하게 사태를 수습하고 싶겠지?"

남자는 종이를 클립보드에 끼운 뒤 볼펜과 함께 내 앞에 내려놨다. 종이에는 남자의 말대로 주소, 이름, 나이, 전화번호를 쓰는 칸이 제대로 된 형식으로 기재되어 있었다. 종이를 말똥말똥 바라보고 있으니, 뭔가 커다란 결단을 내리라고 강요당하는 기분이었다.

대체 이 종이에 뭘 적으면 좋을지 재치 있는 대답이 떠오르지 않았다. 진짜 정보를 정성껏 적기에는 위험하다. 그렇다고 완전히 엉터리 정보를 적을 수도 없었다. 처음부터 논이 시골에서 왔다고 말해버렸으니 필연적으로 '시골'이라고 생각될만한 지명을 적어야 했다. 나는 겁 먹은 채 그저 고민에 빠져서 벌벌 떨며 종이를 바라봤다.

그러자 논이 내게서 종이를 낚아채더니 오른손으로 볼펜을 쥐었다.

"내, 내가 적을게." 떨리는 손으로 논이 이름 칸을 메워가기 시작했다. 오들오들 떨면서 나는 논이 적는 내용을 곁눈질로 쫓았다. 논이 두 사람분의 이름을 모두 적었다.

이름… 구니스 료코, 19세
구니스 교코, 17세

완벽한 엉터리였다. 게다가 둘 다 같은 성을 쓴 걸 보니 우리는 계속 자매라는 설정인 모양이었다. 어찌 됐든 함부로 지어낸 것 치고는 성씨가 조금 특이해서 마음에 걸렸다. 스즈키라든가 사토처럼 더 흔한 성씨 쪽이 위장하는 데 효과적일 것 같았다. 하지만 그렇게 느긋한 생각을 할 때가 아니었다. 나는 조용히 숨을 골랐다. 애써 논이 용기를 내 거짓으로 내용을 꾸며냈는데 내가 동요해서 거짓말이 들통이라도 났다간 모든 게 허사가 되어버린다. 최대한 나는 평정을 가장했다.

잠시 후 논이 모든 공란을 채워 넣었다. 예상대로 전부 새빨간 거짓말로 도배되어 있었다.

주소…야마가타 현 사카타 시모야스초 9-××

전화번호…0234(29)××56

"상당히 보기 드문 성씨로군." 남자가 눈을 가늘게 뜨며 논에게 물었다. 명백히 의심하는 시선이었다.

"아, 네. 자주 들어요." 논이 웃으며 대답했다.

남자는 클립보드를 논에게서 빼앗아 거기에 적힌 정보를 찬찬히 점검하는 작업에 들어갔다. 시선이 왼쪽에서 오른쪽으로, 위에서 아래로 바쁘게 움직이고 있었다. 나는 저 시선이 아무런 거짓도 발견하지 않은 채 모든 걸 그냥 넘어가 주길 기도했다. 이대로 무사히 남자가 방에서 나가게 해주세요.

"좋아." 남자는 납득한 미소를 지었다.

나는 그 반응에 무심코 가슴을 쓸어내릴 뻔했다. 크게 숨을 내쉬고 몸속의 긴장감을 해방시키고 싶어졌다. 하지만 어떻게든 심각한 표정을 유지하면서 남자의 대답을 기다렸다. 그러나 남자가 취한 다음 행동은 무척이나 예상 밖의 일이었다.

남자는 그 종이를 클립보드째 힘껏 바닥에 내동댕이쳤다. 카펫 위라고는 해도 바닥에 부딪힌 클립보드는 처참한 충격음과 함께 방 안을 진동시켰다. 돌변한 남자의 모습에 우리는 등골이 서늘해졌다. 남자는 그 폭력적인 행동과는 모순되게 아까부터 변함없이 우리를 보며 웃고 있었다.

"만약 여기 적힌 정보가 거짓이라면……. 무슨 말인지 알겠지?"

위협이었다. 넌지시 남자는 이렇게 말하고 있었다. '거짓말이라면 언제든 우리는 비정하게, 그리고 폭력적으로 변할 수 있어'라고. 남자는 말을 이었다.

"일단 지금 여기에 전화해볼까 하는데, 문제없겠지?"

"그……그건!" 나는 무심코 갈라진 목소리로 반응하고 말았다. 어떻게든 계속 거짓말을 이어나가야만 한다. 허둥지둥 나는 다음 말을 찾았다. "저기…… 이 시간에 부, 부모님은 항상 집에 안 계셔서 전화를 걸어도 소용이 없을 것 같……."

남자는 아무런 말도 없이 그저 내게 날카로운 시선을 쏘아 보냈다. 그 눈빛이 내 심장을 단번에 찌르며, 나는 모든 것을 빼앗겨 버릴 듯한 착각에 사로잡혔다. 더 반론할 말도 없었다.

남자는 덤덤히 가방에서 휴대폰을 꺼내 번호를 눌렀다. 입력이 끝나자 전화를 귀에 대고 우리를 차가운 시선으로 쏘아보면서 응답을 기다렸다.

어렴풋이 전화에서 신호음이 새어 나왔다. 뚜르르르. 귀에 익숙한 소리가 절망의 마지노선처럼 들려왔다. 상대가 전화를 받으면 모든 게 끝장이다. 끝나고 만다. 혹여 엉터리 전화번호에 누군가 응답한다 해도 그 사람이 우연히 '구니스 씨'일 가능성은 희박했다. 만약 아까 종이에 '사토'나 '스즈키'라는 성씨를 썼다면 (물론 가능성은 굉장히 낮겠지만) 사토 씨나 스즈키 씨가 전화를 받을지도 모른다는 희망은 있었다. 나는 눈을 감은 채 논과 함께 절망으로 향해 가는 시간을 온몸으로 견디고 있었다.

"……아, 여보세요?"

전화를 받은 모양이다. 남자는 가벼운 영업 톤의 음색으로 인사했다.

"전화로 실례가 많습니다. 사카타 시청입니다만, 구니스 님 댁인가요?"

나는 바닥을 보며 계속 입술을 깨물었다. 입 안에서 피가 흘러나올 만큼 힘껏, 오감을 모조리 없애버리려는 것처럼.

'상처를 입히거나 죽이고 싶지도 않아.'

앞으로의 일을 생각하니 내 안에서 한층 공포가 엄습해왔다. 역시 레종전자는 단순한 기업이 아니었다. 뚜껑을 열어보니 폭력적이고 비인도적인 민낯이 드러났다. 그만큼 자료보관실 안에는 알리고 싶지 않은 정보가 잠들어 있는 거겠지. 그러나 이미 늦었다. 우리의 거짓말은 너무도 확연히 백일하에 드러났다.

"……그러십니까. 한 가지 더 여쭤볼 게 있습니다만, 따님은 댁에 계시나요? 료코 님과 교코 님 말입니다."

그 대화에 나는 기묘한 감각에 휩싸였다. 어찌 된 일일까. 구니스 씨가 전화를 받기라도 했다는 건가. 남자는 수긍한 것 같으면서도 어딘가 불만스러운 것처럼 애매한 표정으로 통화 상대에게 인사한 뒤 조용히 종료 버튼을 눌렀다.

"어찌 됐든 거짓말은 아닌 모양이군. 너희가 정직한 사람이어서 다행이야."

나는 놀란 표정이 떠오르려는 걸 필사적으로 억눌렀다. 어떻게든 평정을 가장하려고 얼굴 근육을 바들바들 부자연스럽게 떨었다. 스스로를 애써 억제하기 위해서.

다행히도 남자는 내 동요를 눈치채지 못했는지 서둘러 다시 휴대폰을 만지작거렸다. 전화번호부에서 찾던 번호를 발견하자 곧장 통화버튼을 누르고 진지한 표정으로 휴대폰을 귀에 갖다 댔다.

"지금 막 신원을 파악했다. 일단 문제는 없어 보이지만 만일을 위해 확인 부탁한다. 시기가 시기인 만큼 무시할 수는 없으니까. 구린 놈들한테 모조리 연락을 취하도록."

남자는 전화를 끊고 일어서서 웃는 얼굴로 우리를 내려다봤다.

"그럼 난 이만 가보도록 하지. 여러 가지로 미안했다. 앞으로 다시는 남의 회사에 몰래 숨어드는 못된 짓 같은 건 하지 마라. 그런 짓을 저지르면 언젠가 큰 벌을 받을 테니까. 일단 너희의 개인 정보도 받았으니 그런 짓을 다시는 저지르지 않으리라 생각한다만. 이 시간 이후로 **뭔가 이상한 낌새가 보이면,** 그때는 알겠지?"

우리는 다시 장난감처럼 굽실굽실 고개를 끄덕였다. 남자는 재차 요란스레 웃었다.

"오케이. 그럼, 적당히 분별력을 가지고 도쿄 관광을 즐기라고."

남자는 마지막에 한층 더 섬뜩한 미소를 남기고서야 방을 나갔다. 문이 열렸다가 다시 천천히 닫히며 자동잠금장치가 딸깍 하는 순간, 우리는 긴장의 끈이 툭 끊기면서 동시에 손으로 바닥을 짚었다. 숨을 멈추고 있었던 것도 아닌데 둘 다 어깨를 들썩이지 않고는 숨을 쉴 수 없을 만큼 녹초가 되어 있었다.

"겨, 겨우 돌아갔네요." 논이 눈물을 글썽이며 말했다.

"어떻게든 넘겼네. 그런데 넌 그 이름이랑 주소랑 전화번호를 어떻게 거짓으로 꾸민 거야?"

"그, 그거요? 그게 말이죠." 목을 가다듬듯 논은 잠시 틈을 뒀다.

"'타운 페이지'를 손가락으로 읽은 적이 있으니까 그 정도 조작하는 건 비교적 간단해요. 내 기억력의 승리인 셈이죠."

"그럼 그 애들이 부재중이었던 건 우연이야?"

"아뇨, 아뇨." 논이 힘없이 웃었다. "〈사카타의 별. 레슬링 구니스 자매, 료코와 교코. 목표를 향해, 자매가 올림픽에.〉"

논은 내가 멍한 표정을 짓자 지쳤으면서도 애써 의기양양한 표정을 지어 보였다.

"종종 읽곤 했던 도호쿠 지역의 평범한 회보지예요. 어쩌다 읽었는지는 기억나지 않지만 정말 '운이 좋았'어요. '타운 페이지'에 따르면 '구니스'라는 희귀한 성씨는 사카타 시에 한 세대밖에 기재되어 있지 않아요. ……사실 그렇잖아요? 올림픽을 목표로 하는 체육 계통의 억척스러운 자매가 이런 시간에 집에서 빈둥거리고 있겠어요?"

논은 마지막 힘을 짜내며 주먹을 내게 내밀고는 그대로 카펫에 벌러덩 누워버렸다. 그야말로 완전히 지친 상태였다.

"정말 고마워. 나였다면 분명 아무것도 못 했을 텐데."

"고마워해 주니 기쁘네요. 서로서로 도우면서 가자고요. 만약에 혹시라도 그 야부키라는 인간이 '유턴'해서 돌아온다면 이번에는 언니가 상대해주세요."

"아하하하." 나는 웃었다. "그건 좀 곤란할지도 몰라. 그래도 노력은 해볼게."

그때였다.

갑자기 우리 객실 문의 잠금장치가 해제되는 소리가 났다. '삐삐'라는 해제 음이 들리자 나와 논의 시선은 반사적으로 문 쪽으로 향했다. 두 사람의 뇌리에는 최악의 시나리오가 얼굴을 내밀고 있었다. 거짓말에서 나온 진실. 나는 침을 꿀꺽 삼키고 문을 계속 바라봤다. 어째서 되돌아온 걸까. 심장은 이미 수없이 오르내리길 반복한 나머지 지친 축 늘어져서 그 기능을 다 해가고 있는 듯한 기분이 들었다.

오스가 슌

　나는 간신히 호텔 입구에 도착했다. 자전거 통학이 일상인 나로서는 복잡하게 뒤얽힌 도내의 노선 사정이 조금 까다롭게 느껴졌다. 전철과 지하철을 구별하거나 저쪽에서 이쪽으로 환승하느라 고생한 탓에 부끄럽게도 호텔로 돌아오는 게 조금 늦어지고 말았다. 이것만은 꼭 익숙해질 필요가 있을지도 모른다. 하긴, 결과적으로는 무사히 돌아와서 다행이지만. 현재 근거지인 호텔의 모습을 발견한 것만으로도 자그마한 성취감에 휩싸였다.

　입구로 들어가자 호텔직원 모두가 친절하게 인사하며 환영해주었다. 단순하지만 기분은 나쁘지 않았다. 풍속 15미터 정도의 바람이라도 불면 날아가 버릴 듯한 낡은 연립주택에 사는 나로서는 별세계의 환대다. 곧장 나는 가장 높은 층으로 연결된 엘리베이터로 향했다.

　버튼을 누르니 잠시 후 엘리베이터 한 대가 내려왔다. 안에는 정장 차림의 남자 한 명만 타고 있었다. 나는 엘리베이터 밖에서 '오름' 버튼을 누르며 남자가 내릴 때까지 문이 열린 상태가 되도록 잡아주었다. 딱히 의도적으로 취한 행동은 아니었지만 남자는 버튼을 누르는 날 보더니 웃으며 인사했다. "고마워요." 역시 괜찮은 기분이었다. 사소하더라도 다른 사람과 마음이 오가는 건 기분이 따뜻한 일이다. 다만, 스쳐 지나간 남자의 등에 '41'이라는, 어쩐지 애처로운 숫자가 떠 있었다는 게 조금 아쉬웠다. 모처럼 인품이 좋아 보이는(말하자면 내가 지향하는 '신사' 같은) 사람이었는데 오늘은 그리 운이 좋지 않은 모양이다. 나는 조금 어두워진 표정으로 엘리베이터를 타고 최상층으로 올라갔다.

엘리베이터가 꼭대기 층에 도착하자 카드키를 꺼내 들고 객실로 직진했다. 벌써 누군가 돌아와 있을까. 에자키는 그리 위험에 노출될 염려가 없어 보이지만 논과 아오이 누나는 살짝 걱정이었다. 무사히 돌아왔으면 좋겠는데. 그런 생각을 하며 삽입구에 카드를 넣고 문을 열어 안으로 들어갔다.

문을 연 순간 나는 무심코 소리를 지르고 말았다. 왜 그런지 객실 안에서 논과 아오이 누나가 카펫 위에 무릎을 꿇은 채 심상치 않은 표정으로 나를 바라보고 있었다. 경직되어서 꿈쩍도 하지 않았다. 둘 다 어딘가 지쳐 보였고 기분 탓인지 눈에는 물기가 가득 어려 있는 것 같았다.

"왜, 왜 그래?"

내 질문에 두 사람은 그제야 경직된 몸을 풀더니 카펫 위로 축 늘어졌다.

"거, 거참 엄청난 '타이밍'이네요! 깜짝 놀라서 심장이 멈출 뻔했다고요!"

논이 어째선지 무척이나 사나워져서 내게 퍼부어댔다.

"하지만, 다행이야……." 아오이 누나는 볼에 땀을 흘리며 중얼거렸다. 진심으로 안심한 듯한 표정으로.

나는 전혀 상황 파악이 불가능해 그저 서 있었다. 내가 이 타이밍에 돌아와서 뭔가 곤란하기라도 했던 걸까. 나는 약간 초조한 마음으로 두 사람이 진정되기를 한동안 기다렸다.

"……그러니까 일단 문제는 없는 것 같지만 호텔의 위치도 들통나버렸고 우리 얼굴도 제대로 봐버렸어. 하지만 구체적으로 우리가 한 일은 아무것도 모르는 것 같아."

아오이 누나의 입에서 두 사람의 모험담을 전해 들으며 나도 모르게 손에 땀을 쥐고 말았다. 역시 여자 둘이 본사에 잠입하겠다는 계획은 에자키와 함께 뜯어말렸어야 했다. 하긴, 나중에 후회하며 이러니저러니 떠들어봤자 아무 소용없는 일이지만.

"그래서 내가 방에 돌아왔을 때 그 레종전자 사원이 되돌아온 거라고 억측한 거군요?"

아오이 누나는 힘없이 웃었다. "그 남자가 카드키를 가지고 있을 리도 없고, 애초에 냉정하게 생각했다면 열쇠로 문을 열 수 있는 사람은 너랑 에자키라는 걸 곧장 알아차릴 수 있었을 텐데 말이야. 나나 논이나 상당히 당황했으니까."

"죄송해요. 설마 두 사람이 그렇게까지 위험한 일을 당하리라고는 생각도 못 해서……. 아침에 두 사람의 등을 봤을 때 누나는 '48'이었고 논도 '46'이어서 딱히 문제는 없을 거라 여겼는데. 확실히 '50' 아래이긴 했지만, 대체로 40이어도 후반대를 유지하고 있으면 그렇게까지 이상한 일은 일어나지 않으니까……."

아오이 누나가 부드럽게 웃었다.

"네가 책임감을 느낄 필요는 전혀 없어. 우리 스스로 결정한 일이니까."

논도 크게 고개를 끄덕였다.

"정말로 그 말이 맞아요. 동정한다면야 어쩔 수 없지만요. 오스가 오빠가 걱정하지 않아도 우리는 보다시피 무사히 '컴백'해서 돌아왔으니 문제없어요."

물론 억지로 괜찮은 척한다는 생각은 들었지만, 일단 건강해 보이는 표정으로 가슴을 편 두 사람의 모습을 보며 안도의 한숨을 내쉬었다. 논의 말대로다. 무사해서 다행이다.

"그런데 잠입한 결과, 뭔가 성과는 있었어?" 내가 물어봤다. 깜빡 잊어버릴 뻔했는데 그것이야말로 최우선의 문제다.

논은 미간을 찌푸리며 떨떠름한 얼굴을 했다.

"글쎄요, 좋은 것도 없고 나쁜 것도 없고 그러네요. 자료보관실에서 훔쳐 온 파일은 전부 다섯 권인데요. 그중에 쓸 만한 건 뭐, 실질적으로 두 권뿐이겠죠. 하나는 '레종전자 기업정보'인데 회사에 관한 기본정보가 세세하게 적혀 있었어요. 적어도 어제 모니터에서 받은 팸플릿보다는 훨씬 세세하고 양질의 정보가 포함되어 있는 것 같아요. 두 번째는 '사내 보안의 상세'에 관한 자료인데, 각 공장과 사무실마다 어떤 보안장치를 설치하고 있고 어떠한 업자에게 보안을 의뢰하고 있는지 등의 구체적인 내용이 실려 있었어요. 솔직히 나머지는 도움이 될 것 같지도 않아요." 논은 눈을 커다랗게 떴다. "그나저나 오빠는 뭔가 유익한 이야기라도 들었어요?"

"그 나름대로 가치는 있었다고 생각해. 구로사와 사쓰키라는 사람이 어떤 여자애였는지 어렴풋이나마 알 것 같은 기분이 들거든."

논은 어쩐지 쓸쓸한 표정으로 희미하게 웃었다. "그건 다행이네요. 삿짱이 얼마나 멋진 사람이었는지 오빠에게도 전해졌다면 그거야말로 다행이니까요. 뭐, 그건 그렇다 치고 뭔가 커다란 발견은 없었나요? 눈을 떼지 못할 만큼 새로운 거 말이에요."

"가장 흥미로웠던 건 구로사와 사쓰키가 화재가 있기 딱 한 달 전쯤부터 어쩐지 평소랑 상태가 달라 보였다는 거야. 담임선생님 말로는 그래. 그 점에 대해 넌 어떻게 생각해?"

논은 약간 차분한 표정으로 말했다. "글쎄요……. 당시 난 햇병아리 초등학생이었으니 솔직히 모든 걸 빈틈없이 선명하게 기억하고 있지는 않아요. 그런데 '전학 간다'고 말을 꺼냈던 삿짱의 모습은 왠지 이상해 보였어요. 삿짱은 늘 조용한 분위기였지만, 그 이상으로 의기소침한 것 같기도 했고 기운이 없어 보였던 것도 같고……. 그때는 '역시 전학 때문에 무척 충격을 받아서 그런 거겠지'라며 혼자 단정 지어버렸어요. 그런데 전학이 거짓말이었다면 그 이유는 분명치 않아요. 결론을 말하면 확실히 삿짱의 모습은 어딘가 부자연스러웠던 것 같아요."

그 대답에 나는 고개를 끄덕인 뒤 좀 전에 모치즈키 선생님에게서 들은 정보를 간추려서 두 사람에게 들려주었다. 구로사와 사쓰키가 편부 가정에서 자랐다는 것, 학교에서 구로사와 사쓰키는 늘 혼자였다는 것, 학교에서는 일절 피아노를 치지 않았다는 것, 화재 원인에 대해서는 소방 당국도 경찰도 입을 열지 않았다는 것, 모치즈키 선생님은 화재 원인에 뭔가 음모가 있는 게 아닐까 추측하고 있다는 것.

한창 이야기하던 중 여러 차례 논의 표정이 어두워지거나 슬퍼지곤 해서 나는 몇 번이나 이야기를 중단할 뻔했다. 하지만 모든 내용을 분명하게 전달하는 것이야말로 논을 위해서라는 생각에 마지막까지 최선을 다해 이야기를 전해주었다.

"……그렇다면 당시 삿짱은 역시 뭔가 '수상쩍은' 사정에 얽혀 있었다고 생각하는 편이 자연스럽겠네요. 화재에 대해서나 삿짱이 기운 없어 보였던 점에 대해서도."

논은 가능한 한 사심 없이 상황을 객관적으로 분석하기 위해 어색하게 팔짱을 낀 채 까다롭게 팩트를 검증하겠다는 듯한 표정을 짓고 있었다. 그러한 모습을 보고 있자니 역시 마음이 괴로워졌다. 툭 까놓고 말해서 나는 논이나 아오이 누나보다 이 사건과 거리가 멀었다. 피아니스트로서의 구로사와 사쓰키나, 독서가인 삿짱의 모습은 모두 남에게서 전해 들은 것뿐이다. 그 애의 몸짓과 목소리와 분위기, 어느 것 하나 모른다. 그러니 구로사와 사쓰키(삿짱) 때문에 침울해하는 논을 보며 그 마음에 공감할 수 없는 내 자신이 안타까워서, 한층 슬퍼졌다. 그조차 나 중심적인 사고라는 생각은 들지만.

"당시 구로사와 사쓰키가 고민을 털어놓을 만한 누군가는 없었을까?" 아오이 누나가 논에게 물었다.

논은 고개를 저었다. "내 입으로 말하기도 그렇지만, 난 상당히 삿짱과 가까운 '포지션'에 있었다고 생각해요. 그런 내게도 말하지 않았으니 누군가에게 털어놨을 가능성은 희박할 것 같아요. 물론 애초에 그때 난 초등학생이었으니까 상담 상대로는 다소 능력 부족이기도 했고, 누군가 다른 후보가 아예 없었을 거라 단정할 순 없겠지만요. 다만 오스가 오빠의 이야기를 들어보니 학교에도 친구는 없었던 것 같고, 그렇다면⋯⋯." 논은 곤란하다는 듯이 입을 꾹 다물었다. "부모님일까요."

부모님. ⋯⋯즉 구로사와 고스케인가. 이야기는 커다란 호를 그리며 다시 원점으로 되돌아갔다. 결국 구로사와 고스케를 만나지 않고는 다음으로 나아갈 수 없는 건가. 몹시 초조해진다. 어쩌면 좋을까.

"맞다, 삿짱은 늘 일기를 쓰고 있었어요!" 논은 머리 위로 전구가 켜진 것처럼 양손을 탁 쳤다. 이것이야말로 정말 좋은 생각이라고 말하는 것처럼. "그거예요! 일기를 찾으면 모든 게 적혀 있을 거예요. 만사 해결이죠!"

나는 흥분한 논을 내버려 둔 채 미간을 긁으며 물었다.

"그 일기가 어디에 있는데?"

"오스가 오빠, 무슨 말을 하는 거예요. 그거야 빤하잖아요. 삿짱의 집에 있겠죠. 지금 당장 찾으러 가요. 아, 맞다. 화재로 타버렸네요. 방금 한 말은 빨리 잊어주세요."

나와 아오이 누나는 쓴웃음을 지으며 논의 일인극을 내버려 뒀다. 어딘가 우스꽝스러운데다가 기운이 넘쳐 보였지만, 나는 지적으로 보이던 논의 모습을 가만히 떠올리고 있었다. 높은 지적 수준과 사고능력이 돋보이던 언변들. 그런 논이 지금처럼 가벼운 실수를 범하는 모습이 내게는 조금 신선하달까, 의외의 면이었다. 역시 논은 정신적으로 다소간 지쳐있는 건지도 모른다.

"……맞다." 갑자기 뭔가 생각해낸 쪽은 아오이 누나였다. "일기 말이야. 어쩌면 찾을 수 있을지도 몰라."

"엣?" 나와 논은 동시에 얼빠진 목소리를 냈다. 아오이 누나는 맑은 미소를 지으며 성모마리아처럼 우리를 따뜻하게 바라보고 있었다. 우리는 크게 흥분하면서 그녀의 설명에 귀를 기울였다.

어쩌면, 정말로 어쩌면 일기를 찾을 수 있을지도 모르겠다.

에자키 준이치로

나는 모리시게의 집을 나왔다. 그는 회사에 침입한 여고생 둘이 호텔에서 신문을 당하고 있다는 정보를 내게 흘리면서 딱히 걱정할 필요는 없을 것 같다는 말도 덧붙였다. 지금은 이미 풀려난 데다 회사 측에서도 '혐의가 있다'는 판단은 내리지 않은 듯하다고 했다. 게다가 내용을 들어보니 두 사람의 성이 '구니스'로 되어 있었다. 어떻게든 자력으로 위기에서 벗어난 거겠지. 예상치 못한 사태가 작은 출혈에 그쳐서 안도했다.

호텔로 돌아가는 전철 안에서 모리시게가 조금 전에 했던 이야기를 곱씹어 보았다. 새로운 사실, 사건의 실체, 그리고 역시 종잡을 수 없는 핵심. 나는 금으로 된 핀 배지를 꺼내 천천히 손 안에서 만지작거렸다. 아름다운 프리즘이 살짝 움직일 때마다 미묘하게 빛의 반사각을 바꾸면서 춤을 췄다.

모리시게가 제공한 수많은 정보는 대부분 내 안에 차곡차곡

저장되었다. 구로사와 고스케라는 인물의 됨됨이, 7년 전 사건의 줄거리, 구로사와 개인이 운영하고 있다는 카지노 이야기 등 모든 게 현실과 약간 동떨어져 있었지만 사리에는 맞아 보였다. 사실 현재 내 상황이야말로 가장 '평범'하지 않았다. 하지만 최근 며칠 동안 어지간히 상식에서 벗어난 일이 아닌 이상 적응하게 되었다. 물론 여전히 딱 맞아떨어지지 않는 부분도 있었다.

구로사와 고스케는 카지노에서 인생을 건 승부에서 살아남을 강자를 찾고 있다고 했다. 그 생각은 너무 진부한 나머지 빗나간 예상처럼 느껴졌다. 마치 사이비 학자가 팔짱을 낀 채 들려주는 가설처럼 기초가 견고하지 않아 붕 떠 있는 느낌을 받았다. 구로사와는 그런 모호한 목표를 달성하기 위해 정말 카지노를 운영한 걸까. 그렇게 보이지 않았다. 차라리 현재로서는 카지노 운영이 '취미의 연장'이라고 하는 편이 더 설득력이 있었다. 인생을 건 승부에서 살아남을 강자를 찾는 것뿐이라면 역대 고액 복권 당첨 자에게 연락하면 될 이야기다. 그런 목적은 너무 막연하고 비효율 적어서 충분한 동기가 아닐 것 같았다. 하차할 역이 가까워진 것을 깨달은 나는 핀 배지를 조심스레 주머니에 다시 집어넣었다.

한편, 구로사와 고스케 당사자와의 대면을 중개해준다는 확실한 보장이 없는 한, 그 존재조차 의심스러운 신주쿠의 카지노를 찾아갈 의욕도 크게 생기지는 않았다. 하지만 그 일을 실행할지 여부는 숙고를 거듭해 보았다.

호텔 객실에는 나머지 세 사람이 벌써 돌아와 있었다. 그들도 각자 모은 정보를 취합하여 나름의 회의를 시작하고 있었다.

"뭔가 좋은 정보는 있었어?" 오스가 순이 내게 물었다.

"그 나름대로." 나는 모리시게한테 들은 정보 가운데 긴요한 부분을 셋에게 들려주었다. 동시에 그들에게서도 정보를 들었다. 아오이 시즈하와 사에구사 논이 레종전자 본사에서 훔친 정보와 오스가 순이 구로사와 사쓰키의 모교에서 듣고 온 정보에 대해서.

"흠. 뭔가 상당히 이상한 이야기가 되어 가고 있네요. 카지노라니, 그건 너무 불순하잖아요. 알려지면 사회 전체가 '술렁거릴'만한 요소가 가득하네요." 사에구사 논이 말했다. "아니면 혹시 그런 걸까요? 무슨 이유에서인지 자료보관실에도 트럼프 카드놀이 방법에 관한 가이드가 놓여 있었어요. 그걸 보면 레종전자는 이상하리만치 트럼프를 좋아하는 기업일지도 모르겠네요."

"트럼프?" 오스가 순이 물었다. 사에구사 논은 고개를 끄덕였다.

"네. 나도 놀랐다니까요. 자료 보관실 안에서 죽을힘을 다해 손에 넣은 자료가 설마 트럼프 규칙에 관한 책일 줄은. 나도 처음에는 착각인 줄 알았죠. 당시에 난 금세기 역대급으로 만신창이였던 터라 모든 판단 능력을 잃어버린 상태였으니까요. 냉정함을 되찾은 지금에야 찬찬히 다시 읽어보니 명백히 트럼프 규칙에 관한 책이 맞더라고요. 자료의 처음부터 끝까지 온통 트럼프 이야기뿐이라니까요. 그것도 들어본 적 없는 게임이에요."

"무슨 게임이었는데?"

사에구사 논은 살짝 시선을 위로 올리더니, 게임 이름이 중요하게 기억해낸 역사의 연호라도 되는 것처럼 명확하게 대답했다.

"느와~르 레버넌트."

내 심장은 아주 살짝 고동쳤다. 아무리 사에구사 논의 불완전한 발음일지라도 그 말의 울림이 갖는 독특한 냄새는 커피의 그윽한 향과 하나가 되어 춤추듯 내게로 되돌아왔다.

'이 **누아르 레버넌트**는 이를테면 **차이**의 게임이지.'

밥의 목소리가 되살아났다. 이 시점에서는 몇 년째 만나지 못한 듯한 그리운 목소리. 밥이 마스터로 플레이했고 나 역시 도전했던 카드 게임이었다. 밥이 좋아하던 카드 게임.

누아르 레버넌트.

나는 내 몸 속에서 돌연 전류 같은, 혹은 기포 같은 것이 차츰 솟아오르는 게 느껴졌다. 기포가 피부 표면에서 보글보글 튀고 날면서 몸에 조그만 전기신호를 보냈다. 전기신호는 순식간에 뇌를 자극하고 말을 걸었다. 내 안에서 혁명적인 기억이 터져 나오려고 했다. 나는 밥의 말을 떠올렸다. 설령 시시한 서문 같은 말일지라도 밥의 말이라면 샅샅이 기억해낼 수 있었다. 밥이라는 존재는 내게, 다른 어떤 존재와도 비교할 수 없을 만큼 큰 존재였기 때문이다. 내게 밥은 친구 이상의 벗이자 교사 이상의 스승이며 육친 이상의 아버지나 마찬가지였다.

그날의 밥은 평소와 같은 목소리로 내게 말을 남겼다. 그때는 그의 말을 별생각 없는 잡담으로 치부했다. 그러나 지금은 통감한다. 그것이야말로 현재 우리에게 가장 중요한 핵심이라는 것을.

밥에게 티켓을 건네받았던 그 날, 나는 누아르 레버넌트라는 게임을 어디에서 알았는지 밥'에게 물었다.

'내가 아직 어렸을 적에 남동생이 가르쳐줬지. 재미있는 게임이 있다면서 말이야. 사실 내가 동생보다 훨씬 잘했어. 한판으로 본 때를 보여 줬던 순간이 지금도 또렷이 기억나는군. 그거참, 지금 돌이켜 보니 좋은 추억이야.'

밥은 틀림없이 **남동생이 가르쳐줬다**고 말했다.

밥의 남동생이 누아르 레버넌트를 밥에게 가르쳐줬고, 기묘하게도 밥은 남동생과의 승부에서 승리했다.

'그 이후로 하루도 빠짐없이 남동생이 내게 도전을 해왔어. 이긴 뒤에 내빼는 건 용납하지 않겠다면서 말이야.'

'그래서 재대결했나?'

'아니…… 이긴 뒤 그대로 내뺐지. 원체 남동생은 이상하리만치 지는 걸 싫어했어. 집념이 대단했지. 그걸 계산하지 못한 거야. 그 단 한 번의 패배를 계속 마음 속에 담아뒀던 모양이야. 참나, 기껏해야 트럼프를 가지고 그렇게까지 집념을 불태울 필요는 없잖아. 녀석에게 패배라는 건 어떤 형식이든 그 자체가 용납되지 않았던 모양이야.'

밥은 남동생에게 다시 게임에 참여하기를 강요당했다. 그것도 집요하고 격렬하게.

그때는 그것이 단순히 아이의 투정 같은 것으로만 보였다. 어디까지나 승부욕이 강한 철부지의 부탁 정도로 여겨졌다.

그런데 만약 그것이 더 도를 지나친 것이었다면? 트럼프 게임에서 패배한 정도로 끝나는 게 아니라 상식을 벗어난 것이었다면?

'녀석은 어린애 같았네. (…) 굉장히 어린애 같았다네.'

이번에는 아까 들었던 모리시게의 목소리가 들려왔다.

'(카지노의) 가장 메인 테이블에서는 생소한 카드 게임이 벌어지고 있었는데, 참 이상한 분위기였어.'

이야기를 구로사와 고스케로 옮겨가 봤다. 구로사와는 7년 전 한 제안을 통해 많은 사원을 해고했다. 아무것도 모르는 말단 사원부터 세안에 반대한 회사의 중역 다섯 명까지. 하지만 모든 사원이 제2의 비즈니스라이프를 이어갈 수 있도록 도왔다. 새로운 취직자리를 알선해주고 생활 수준을 유지할 수 있도록 하였다.

단 한 사람만 남겨 두고.

당시 레종전자 자회사의 사장이었던 구로사와 고스케의 형.

'어허, 그런데 **지금은 나의 패배로군.**'

몸 안의 기포가 모두 터져버렸다. 내 몸은 새로운 차원의 육체로 바뀌더니, 머릿속에서 맥락 없이 흩어졌던 조각난 파편들이 하나의 아름다운 오브제로 완성되었다. 모든 근원은, 모든 이유는 **거기에 있었다.**

"에자키 오빠, 왜 그래요? 평소보다 훨씬 난해한 표정을 하고 있네요." 사에구사 논이 진지한 표정으로 물었다.

그 말에 문득 정신을 차린 나는 지금 떠오른 가설을 표현하기 위해 신중히 입을 열었다.

"알 것 같군."

"뭐를요?"

내 얼굴에는 의도치 않게 빈정거리는 미소가 떠올랐다. 묘한 인과도 다 있군.

"내가 **여기에 있는 이유.**"

"오호." 사에구사 논은 입을 동그랗게 모으고 나를 집어삼킬 듯이 바라봤다. "그 이유가 뭔데요?"

나는 전부를 설명할 기분이 나지 않아서 고개를 저으며 그 질문을 흘려들었다. 대신에 제안을 하나 했다.

"원래 넌 여기에 책을 사러 왔다고 했지?"

사에구사 논은 눈을 크게 떴다. "네, 맞아요. 새삼스레 그게 왜요?"

"그리고 현금을 가지고 있을 테지."

"엣?" 사에구사 논이 황당하다는 듯한 탄성을 냈다.

나는 주저하지 않고 말했다.

"미안하지만 다른 방법이 없어. 그 돈 좀 전부 빌려줘. 그리고 너 말이야."

"으응, 나?" 지명된 아오이 시즈하는 본인을 가리키며 당황한 목소리를 냈다. 동시에 나는 부탁 하나를 했다.

"MP3플레이어 좀 빌려줘. 내일 쓸 거야."

구로사와 고스케는 기다리고 있었다.

그가 기다리고 있는 것은 '인생을 건 승부에서 살아남을 강자'가 아니었다. 좀 더 구체적으로 완전히 특정한 개인이었다. 바로 '누아르 레버넌트'에서 패배를 안겨줬던 자기 형. 지금은 니시닛포리의 후미진 곳에 위치한 변두리 찻집에서 블렌드 커피를 홀짝이는 일이 전부인 남자.

밥.

구로사와 고스케는 나잇값도 못 한 채 여전히 재대결을 바라고 있었다. 기껏해야 트럼프 게임의 패전을 복수하기 위해서였다. 그러나 그 패전이 구로사와 고스케에게는 몇 년이 흐른다 해도 퇴색하지 않는 패배감과 굴욕감을 안겨주었나 보다.

모리시게의 말대로 정말이지 어린애나 마찬가지였다. 그것도 **굉장히.**

나는 무심코 싱긋 웃으며 밥의 얼굴을 떠올렸다. 매일 하는 일 없이 그저 찻집에 죽치고 앉아서 가난의 상징처럼 근근이 커피를 홀짝이는 밥.

'이래 봬도 왕년에는 사장 자리에 앉아 있었다고.'

밥은 툭하면 그런 주장을 하곤 했다. 나는 물론이고 어쩌면 마스터조차 그 말을 허언으로 생각했다. 밥의 풍모와 분위기는 사장 따위와는 정반대로 보였다. 그게 설마 진실이었을 줄이야. 난 주머니에서 잠자는 핀 배지를 오른손으로 데굴데굴 굴렸다.

"그런데 말이야, 그 '누아르 레버넌트'라는 건 무슨 뜻이지?" 오스가 순이 모두를 향해 질문했다. "왠지 어딘가에서 들어본 적이 있는 소리 같은데 의미를 모르겠어."

그 말을 들은 사에구사 논은 "에헴" 하며 도발적인 헛기침을 한번 했다. "이런, 무지한 오스가 오빠 같으니라고. 그런 건 전부 나한테 물어봐야죠."

"넌 알아?"

"손가락으로 책을 읽으면 그게 영원히 기억에 남는 멋진 힘을 가지고 있는 내가, 단어사전 종류를 안 읽었을 것 같아요?"

"아하, 그건 그러네. 그래서 어떤 뜻인데?"

"뭐, 솔직히 말해서 그리 아름다운 단어의 조합은 아니에요. '누아르'는 프랑스어고 '레버넌트'는 프랑스어에서 파생된 영어거든요. 하지만 뭐, 사전적 의미를 말하자면 '누아르'는 프랑스어로 '검정'을 뜻해요. 아니면 약간 폭력적이고 피비린내 나는 느낌의 말이기도 하죠."

"그럼 '레버넌트'는?"

"정말 성격 급하시네요. 그러니까 '레버넌트'는 말이죠……."

【레버넌트 : Revenant】

1. (기나긴 부재 뒤에) 돌아온 사람

2. 죽음의 세계에서 돌아온 사람·망령

7월 26일
넷째 날

...

영웅

아오이 시즈하

오전 11시 12분. 밖은 쾌청했다. 나는 호텔 거실에서 MP3플레이어를 조작하고 있었다. 터치패널의 화면을 슬라이드로 움직이면서 저 음악에서 이 음악으로 옮겨나갔다. 구입한 지 여러 해가 지났지만 조작에는 막힘이 없었다. 미리 정해진 동작처럼 정체하는 일 없이 플레이리스트 하나가 만들어졌다. 에자키는 가능한 한 음이 도중에 잘 끊기지 않는 경음악을 선호한다고 말했다. 다행히 내 MP3플레이어에는 클래식을 바탕으로 하는 경음악들이 많이 저장되어 있었다. 늘 음악과 함께 시간을 보내온 터라 선곡이 어렵지는 않았다.

"가능할까요?" 화장실에 다녀온 오스가가 내 정면 소파에 앉으며 물었다. 그의 표정이 약간 걱정스러워 보였다.

"응, 괜찮을 거야. 노이즈캔슬링 기능도 있고, 이어폰도 블루투스가 탑재된 무선 형식이니까 눈에 띄지는 않을 거고."

"그렇군요, 다행이네요……." 그의 표정이 조금 밝아졌다. "에자키는 아직 방에 있어요?"

내 시선은 자연스레 침실 문 쪽으로 향했다. 문은 고요하고 무겁게 닫혀 있었다.

"응, 아직 자는 것 같아. 잘 풀렸으면 좋겠는데."

오스가는 묵묵히 고개를 끄덕였다. 어쩐지 기도하는 마음이 담긴 것처럼. 그럴 만도 하다. 어쨌든 오늘 에자키의 두 손에 모두의 운명이 걸려 있다고 해도 과언이 아니다. 아쉽게도 나와 오스가는 하루 종일 호텔을 지키고 있을 예정이다. 모든 과정을 지켜보는 방관자에 지나지 않는다.

"논은 혼자 보내도 괜찮을까요?" 오스가는 다시 조금 걱정스러운 표정으로 물었다.

"아마 괜찮지 않을까? 논의 등 뒤에 뜬 숫자가 얼마였다고 했지?"

그는 살짝 시선을 움직이더니 생각났다는 듯한 제스처를 취하며 말했다. "51이었어요."

"그렇다면 더더욱 걱정할 필요는 없겠네."

"그렇긴 한데, 어쩐지 역시 마음에 걸려서요. 만약 **그게** 잘 발견된다고 해도 이상한 내용을 알게 된다면 충격받지 않을까 싶어서. 논은 구로사와 사쓰키의 친구이기도 했고……."

"나도 잘은 모르지만 그래서 혼자 가고 싶었던 게 아닐까?"

"무슨 뜻이에요?"

"구로사와 사쓰키, 즉 삿짱에 관해서 만약 뭔가 슬픈 정보를 알게 되었을 경우 옆에 누군가가 있다면 조금 거북할 것 같다고 생각한 게 아닐까 싶어. 울고 싶어도 못 울고 화내고 싶어도 그러기 힘들잖아?"

"그렇군요……." 오스가는 작게 고개를 끄덕였다.

논은 오늘 단독행동이다. 어제 회의에서 결정한 대로 논은 혼자 목적지로 향했다. 오스가가 걱정하는 마음은 이해하지만 본인이 바라는 일이니 말릴 수도 없었다. 논은 호텔에서 조식을 먹은 뒤, 전날 손에 넣은 가방을 들고 활짝 웃으며 호텔을 나섰다.

"그나저나 우리말이야, 생각해 보면 상당히 엉뚱한 일에 휘말렸네." 나는 생각해왔던 말을 꺼냈다.

오스가도 쓴웃음을 지으며 "정말 그러네요" 하고 대답했다. "티켓을 시작으로 화재에다 구로사와 사쓰키랑 구로사와 고스케, 그리고 이번에는 카지노라니. 연달아 이상한 이야기뿐이어서 지금까지 내가 살아온 세상과 같은 세상 사람이라는게 좀 믿기지 않아요. 전 시골에서 느긋하고 여유롭게 살아왔거든요."

나는 웃었다. 그의 말대로다. 이전까지의 나와 지금의 나 사이가 확연히 이어져 있다는 사실에 놀라움마저 느낀다. 피아노를 치고 있던 나도, 물건을 망가뜨릴 수 있게 된 나도, 그 남자를 보살피던 나도, 요 며칠 사이의 나도, 모두가 다른 차원의 별세계에 사는 생물처럼 느껴졌다. 나는 거실 정중앙의 천장에 꾸며진 눈부신 샹들리에를 올려다보며 불가사의한 감각이 어디를 향하고 있는지 살폈다. 마치 초롱불에 마음을 맡기는 것처럼.

"저기, 아오이 누나." 오스가는 표정을 조금 단호하게 바꾸며 말했다. "내 나름대로 가설 같은 걸 생각해봤는데 들어볼래요?"

"가설?"

"네. 이번에 알게 된 일련의 불가사의한 사건에 관한 가설이에요."

나는 오스가의 표정이 순식간에 심각해지는 걸 느끼고 순순히 고개를 끄덕였다. 현재까지 모아온 조각조각의 단편이 그의 내면에서 '가설'이라는 하나의 대답으로 조합된 모양이었다. 나는 무릎 위에 양손을 모으고 오스가의 이야기를 들었다.

"정말 단순한 가설에 지나지 않는 데다가 어디까지나 나만의 생각일 뿐인데……. 어제 에자키가 예전 부사장에게서 들은 이야기를 통해서도 레종전자에서 수상한 음모를 꾸미고 있다는 사실은 틀림없는 것 같아요. 7년 전에 구로사와 고스케가 뭔가를 제안했다고 했으니까요."

나는 고개를 끄덕였다.

"물론 그 제안이 어떤 내용인지는 아예 짐작조차 할 수 없지만 '좋지 않은 일'이라는 것만큼은 확실한 것 같아요. 에자키도 부사장이란 사람이 대답하기를 상당히 꺼리는 눈치였다고 말한 데다가, 무엇보다도 카지노를 운영하는 사장이 경영하는 회사잖아요. 뒤로 어두운 음모 한두 개 정도를 꾸미고 있는 게 당연한 것처럼 느껴져요. 구로사와 고스케가 7년 전에 내세운 수수께끼 같은 제안은 '아무래도 회사 바깥에 알리고 싶지 않은 안 좋은 이야기'였다는 게 틀림없어요."

나는 다시 고개를 끄덕이며 다음 말을 기다렸다.

"그리고 이번에는 화재에 관해서인데요. 어제도 말했지만, 당시 담임선생님의 이야기에 따르면 구로사와 사쓰키는 화재가 있기

한 달 전부터 이상해 보였다고 했어요. 왠지 모르게 마음이 붕 떠 있었다고나 할까, 안절부절못했다고나 할까, '평소의 구로사와 는 아니었다'고 담임선생님은 말했어요. 게다가 '그건 방화였으며 구로사와는 그 화재를 예측했던 게 아닐까'라는 추측까지도 덧붙였으니까요. 구로사와 사쓰키가 죽은 화재는 지금으로부터 4 년 전……, 여기부터가 본론인데요."

오스가는 몸의 중심을 앞으로 이동하며 소파에서 조금 내밀었 다. 이야기가 결말 부분으로 향하고 있다는 걸 표현하는 것처럼 소파 가죽에서 끼익끼익 소리가 났다.

"어느 순간 구로사와 사쓰키는 아버지의, 즉 구로사와 고스케 가 했다는 그 제안이 무엇인지 알아버린 게 아닐까 하는 생각이 들어요. 아버지인 구로사와 고스케가 그저 숨기기만 했던 제안 을, 딸인 구로사와 사쓰키가 엉뚱한 계기로 알게 된 거죠. 그걸 눈치챈 아버지나 다른 사원이 입막음을 위해……."

"화재를 저질렀다?"

오스가는 입술을 깨물며 조금 망설이는 듯한 눈빛으로 약간 목소리를 낮췄다. "어디까지나 추측일 뿐이에요. 구로사와 고스 케 본인도 화재로 상해를 입은 걸 생각하면 조금 부자연스러운 가설 같기도 하지만, 어쩐지 이 가설에 입각한다면 사건의 전모 를 파악할 수 있을 것 같은 기분이 들거든요."

나는 그의 이야기를 곱씹어봤다. 당치도 않은 추측이면서도 현 재 우리가 손에 넣은 조각으로 만들 수 있는 가장 깔끔한 대답 인 것 같기도 했다.

구로사와 사쓰키는 아버지가 비밀로 하던 '좋지 않은' 음모를 알게 된 뒤 입막음을 위해 목숨을 위협당했다. 자신의 신변에 위험이 닥치는 걸 어렴풋이 느낀 그녀는 일상에서도 정신이 딴 데 팔려있기 일쑤였고 그 모습이 학교 선생님의 눈에도 띄었다. 그리고 결국 화재가 발생하면서 어른의 음모는 감춰지고, 기업에서 압력을 가하는 바람에 사건의 실체는 눈처럼 녹아서 깨끗하게 사라져버렸다. 그저 우발적으로 일어난 작은 화재로 취급되며 진실은 모습을 감추고 말았다.

그녀는 숨이 끊어졌지만, 사건의 실체를 알리기 위해 우리 네 사람에게 '평범하지 않은' 자선을 베풀어 메시지를 남겼다.

'그날이 오면 제게 협력하셔야 합니다.'

그날이라는 게 어쩌면 '지금'인 걸까. 그녀의 죽음으로부터 4년의 세월이 흐른 바로 지금, 현재. 모든 수수께끼가 선명하게 해소된 것은 아니지만 그게 대답이라고 한다면 흠잡을 만한 부분도 없었다. 마치 천재가 그린 개성 강한 추상화처럼 이해하려고 애쓴다기보다는 주어진 전제를 통해 그 완성도와 완결성을 인정해야만 하지 않을까. 그렇지만 역시 의문은 쏟아지는 물처럼 흘러넘쳤다.

예를 들면, 우리가 호출된 때가 왜 '지금'인 걸까 하는 의문이다. 여기에 대한 대답은 아무도 모른다. 4년 전, 즉 화재가 일어난 뒤에 왜 곧장 우리를 부르지 않았던 걸까. 세월이 지나면 여러 가지가 희미해지고 풍화되거나 소멸하여 사건의 본질은 금세 진위를 알 수 없게 변질되고 마는데, 그녀는 왜 4년이라는 뜸을 들인 걸까. '그날'이란 진정 무엇을 의미하는 것일까.

나는 줄어든 의문과 늘어난 의문을 머릿속에서 정리하면서 다시 MP3플레이어의 플레이리스트 작성에 착수했다. 일단 지금 내가 할 수 있는 일을 해야 한다. 우리는 그저 티켓 한 장 때문에 여기까지 당도할 수 있었다. 그것만으로도 이미 기적에 가까운 업적을 이룬 것이나 마찬가지다.

'제게 협력하셔야 합니다.'

어떤가요, 구로사와 사쓰키 씨. 우리는 당신의 바람대로 협력하고 있는 건가요. 나는 대답 없는 질문을 허공의 그녀에게 다정히 풀어놓으며 MP3플레이어의 설정을 마무리했다. 이것으로 에자키가 원하는 플레이리스트가 완성되었다. 약간 쓸데없는 배열을 한 듯한 기분도 들지만.

"아 참, 아오이 누나. 점심 사 올까요? 뭐라도 상관없다면 편의점에서 적당히 사 올게요." 오스가가 소파에서 일어나며 말했다.

"고마워. 그럼 에자키 몫도 적당한 걸로 사다 줄래? 아마 점심은 먹고 나갈 것 같으니까."

"알았어요. 그럼 다녀올게요. 괜찮으면 누나도 갈래요?"

나는 잠시 생각한 뒤 고개를 가로저었다. "둘 다 나간 사이에 에자키가 일어나면 미안하니까 난 여기에 얌전히 있을게."

"맞다……. 그것도 그렇겠네요. 그럼 금방 다녀올게요. 도시락을 사러 간 사이에 에자키가 일어나면 바로 연락해 주세요. 에자키는 이제 카지노에 갈 거니까 아무래도 제가 등 뒤를 봐줘야만 할 것 같아서요. '운' 같은 게 가장 중요할 테니까요."

"알겠어."

오스가는 휴대폰과 지갑만 주머니에 챙겨 넣고 호텔 방을 나섰다. 출입문이 닫힌 후 나는 거실에 혼자 남았다.

그제야 침실에서 소리가 들렸다. 아무래도 에자키가 일어난 모양이었다. 나는 닫힌 침실 문 쪽으로 시선을 보냈다. 연극을 앞둔 무대에 드리워진 장막을 바라보는 것처럼. 침실에서 들리는 발소리가 이쪽으로 가까워지는 게 느껴졌다. 나는 더욱 문을 주시했다. 그러자 문은 열리지 않고 종잇조각 하나가 문 아래쪽 틈으로 스륵 나왔다. 나는 허둥지둥 일어나 밀려 나온 종이를 받으러 갔다. 그 종이는 에자키가 사용하는 수첩을 찢은 것이었다. 연한 괘선이 몇 줄 그어진 종이는 수첩에서 아무렇게나 찢은 나머지 끝부분이 들쭉날쭉했다. 나는 곧장 거기에 적힌 지극히 간략한 문장을 읽어 내려갔다. 다 읽는 데 3초도 걸리지 않았다.

종이에는 결코 친절하다고는 할 수 없지만, 고등학생 남자애의 글씨라고는 도저히 믿어지지 않는 유려한 필체로 뭔가가 적혀 있었다. 나는 조용히 안도의 한숨을 토해냈다. 무뚝뚝한 글에는 그다운 면이 섞여 있는 것처럼 느껴졌다.

계획대로 잘 됐어.

나는 소리를 내지 않으려고 주의하면서 그 종이를 두 단으로 접어 테이블 위에 올려두었다. 마치 무언가의 주문처럼.

오스가 순

　호텔을 나와 가장 가까운 편의점으로 향했다. 먼 거리는 아니었다. 조금 여유롭게 걸었는데도 객실에서 나와 5분도 채 걸리지 않아 도착했다. 입구로 들어서자 놀라우리만치 서늘한 냉방이 내 몸을 감쌌다.

　시간대를 잘 맞춘 덕분인지 매장에는 종류가 풍부한 도시락들이 유혹하듯 가지런히 진열되어 있었다. 애초에 에자키와 아오이 누나가 무엇을 좋아하고 싫어하는지 모르지만, 나는 두 사람의 취향을 생각하며 도시락 세 개를 골랐다. 딱히 개성적이지 않고 취향 파악도 어려운 점을 고려하면서. 그런데 도시락을 집는 순간 지갑 사정이 걱정스러워졌다. 돈이 지금 얼마나 남았더라. 일단 도시락을 선반 구석에 놓고 주머니에서 지갑을 꺼냈다. 안을 들여다보니 천 엔짜리 두 장에 잔돈이 조금 들어있었다. 나도 모르게 침울해졌다.

요 며칠간 점심을 사 먹고 여러 차례 전철을 탄 탓에 아르바이트로 조금씩 모아온 비상금은 초유의 공황 사태에 직면했다. 기존의 가난한 삶을 새삼 통감했다. 그렇지 않아도 대부분의 아르바이트비를 가계에 보태고 있는 터라 내 손에 떨어지는 금액은 병아리 눈물 정도였다.

나는 어쩔 수 없이 비참한 기분 속에서 현재의 돈으로 도시락 세 개(되도록 녹차까지)를 무사히 살 수 있을지 휴대폰 전자계산기로 헤아려봤다. 다행히 그럭저럭 남은 돈으로 해결될 것 같았다. 안도의 한숨을 내쉰 뒤 나는 도시락과 녹차를 계산대로 들고 갔다.

왼손에는 도시락이 담긴 봉지를 들고, 할 일이 없어 무료해진 오른손으로는 휴대폰을 들여다봤다. 나는 유달리 휴대폰 만지는 걸 좋아하는 부류도 아닌데다가, 휴대폰을 들여다볼 때에도 딱히 생산적인 일을 하는 것은 아니었다. 예전에 주고받은 문자를 아무 생각 없이 거듭 읽는다거나 어딘가에서 찍었던 사진을 다시 본다거나, 그런 식으로 특별한 목적도 없이 언젠가 받았던 문자를 재차 읽었다. 그때 문자 하나가 눈에 들어왔다.

'발신인: 마카베 야요이'

나는 그 이름이 가진 특별한 울림에서 그날의 플라네타륨을 떠올렸다. '85'를 등에 진 야요이와 햄버거를 먹고 플라네타륨을 보고 커피를 마시고, 그리고……. 지금에 와서는 그 일들이 마치 머나먼 옛날 같았다. 어쩌면 영화나 만화 속에서 일어난 일처럼 그것과 현실이 평행한 것 같은 느낌이 들었다. 나는 그런 감정이 왠지 거북해져서 돌연 야요이에게 문자를 보내고 싶어졌다. 호텔에서 지낸 며칠 동안의 세상과는 다른, 지금까지 내가 확실히 생존해있던 현실과 교신하고 싶었다. 물론 그 이유만은 아니었다.

나는 떠오르는 대로 적당한 문장을 작성했다. 정말 이걸로 괜찮을지 몇 번이나 거듭 생각하면서 다섯 번에 걸친 퇴고 끝에 전송 버튼을 눌렀다.

— 오랜만. 요즘 어떻게 지내?

심플한 게 최선이다. 그런 결론 아래, 원래는 15줄이나 썼던 문장을 대부분 생략하고 줄일 수 있을 만큼 줄이기를 거듭한 끝에 문자를 보냈다. 나는 적당한 벤치를 발견해 앉았다. 그러자 얼마 지나지 않아 답장이 왔다. 나는 서둘러, 조금은 두근두근하며 문자를 확인했다.

— 오랜만이야. 최근엔 딱히 특별한 일은 없어. 여름방학을 만끽하는 중이야. 넌 지금 그 여행 중이지? 어때?

야요이의 문자에는 상당히 귀여운 이모티콘이 섞여 있었다. 그중에서 '만끽하는 중이야'라는 말의 끝에 붙은 판다 이모티콘이 상당히 귀여웠다. 양손을 파닥파닥 흔드는 판다의 모습은 평소 어딘가 머뭇머뭇하는 야요이의 모습을 연상시켰다. 거기다 내가 현재 여행 중이라는 사실을 인식하고 있다는 점도 살짝 기뻤다. 나는 급히 문장을 적어 답장을 보냈다.

— 여름방학을 만끽하고 있다니 그게 최고지. 여행은 상당히 자극적인데다가 좀 예상 밖의 사건이 연달아 일어나고 있어.

역시 곧장 답장이 왔다.

— 돌아오면 이런저런 이야기를 들려줘.

이번에는 눈을 찌푸리며 웃는 고양이 이모티콘이 인상적이었다.

그 후 몇 차례 야요이와 문자를 주고받은 뒤 호텔로 돌아왔다. 좀 더 밖에서 여유롭게 문자를 주고받았더라면 좋았겠지만, 더위에 도시락이 상해버리면 곤란할 뿐더러 너무 긴 시간 '일상'과 접촉하는 건 지금의 내게 좋지 않은 듯한 기분이 들었다. 나는 아직 녹차가 차가운 걸 확인한 뒤 엘리베이터를 타고 방으로 향했다.

방에 도착하자 아오이 누나가 조금 전과 똑같은 자세로 소파에 앉아 있었다.

"도시락 사 왔어요."

그러자 그녀는 조금 곤혹스럽다는 표정으로 돌아봤다. 나는 이상한 생각에 침실로 시선을 돌렸다. 조금 전까지 꾹 닫혀 있던 문이 열려 있었다. 나는 아오이 누나를 다시 바라봤다.

"에자키는 어떻게 된 거예요?"

그녀는 살짝 머리를 숙이더니 조금 미안하다는 듯이 시선을 위로 한 채 나를 바라봤다.

"그, 그게 말렸는데, 아무리 말려도 이제 가야 한다고 그래서……."

"가버렸어요?"

아오이 누나는 당황해하는 내 목소리에 무거운 짐을 움직이듯 천천히 고개를 끄덕였다. 나는 힘이 빠진 나머지 한숨을 내쉬었다.

"이럴 수가……. 만약 등에 '35' 같은 숫자가 적혀 있었다면 절대 못 가게 말렸을 텐데. 어쨌든 내가 할 수 있는 건 그 정도밖에 없으니까. 에자키도 조금만 기다려주지."

아오이 누나는 마치 본인에게 책임이 있는 것처럼 깊이 머리를 숙였다. "미안해. 하지만 에자키도 일단 '계획대로 잘 됐다'는 말은 했으니까 괜찮을 것 같긴 한데……."

나는 안타까운 심정이 뒤섞인 한숨을 내쉬며 그녀의 맞은편 소파에 털썩 주저앉았다. 문득 시선을 던진 테이블 위에는 에자키의 것으로 보이는 메모가 남겨져 있었다.

미안하지만 안 기다리고 간다. 희소식을 기다리도록.

나는 도시락을 테이블 위에 올려놓고 오른손으로 머리를 긁적였다.

에자키의 기분도 이해 못할 바는 아니다. 설령 등에 어떤 숫자가 적혀 있다고 한들 지금 우리에게 '철수'나 '후퇴'라는 선택지는 마련되어 있지 않기 때문이다. 어떤 운명이 기다린다 해도 그저 우리는 그 목소리에 '협력'할 수밖에 없다. 그건 알고 있다. 그래도 나는 역시 에자키에게, 나아가서는 모두에게 도움이 되고 싶었다.

논은 손가락으로 다양한 자료를 읽어 와서 이번 수수께끼를 푸는 데 커다란 공헌을 하고 있다. 아오이 누나는 레종전자 본사의 자물쇠를 부수고 자료보관실에서 멋지게 활약했다. 그리고 오늘 에자키는 예언을 들고 카지노로 향하는 중이다. 그에 비해 나는 어떤가. 난…… 무엇 하나 도움 되는 게 없는 것 같았다. 최근 며칠에 걸쳐 다들 상당히 유용하게 쓰인 스킬을 겸비하고 있는데, 난 고작 '등에 숫자가 보이는 능력'뿐이라니. 너무 초라하기만 한 힘이 아닌가. 이런 능력이 대체 언제 어떻게 도움이 된다는 건지.

'제게 협력하셔야 합니다.'

모든 일의 시작이기도 한 그 목소리를 향해 큰소리로 물어보고 싶어졌다. 어떤 식으로 협력하라는 거냐고. 이토록 평화롭고 안일한 힘으로 어떻게 해야 모두에게 힘이 될 수 있는 거냐고. 읽지도 못하고 들리지도 않고 망가뜨리지도 못하는데. 나는 스스로가 한심하게 느껴졌다. 너무 별 볼 일 없어서 이대로 몸이 툭 튕겨 날아가 버릴 것 같은 기분조차 들었다. 하지만 엄연한 현실 속의 나는 그저 가만히 눈을 감고 있었을 뿐이다. 조금도 의심할 여지 없이 한심한 존재인 채로 소파에 파묻혀 있었다.

"미안해. 내가 좀 더 에자키를 확실하게 말렸더라면……." 아오이 누나는 낙담하는 내 모습에 동조하듯 표정을 흐리며 말했다.

"아니에요, 누나 잘못이라뇨. 그냥 내 멋대로 의기소침해진 것뿐이에요. 신경 쓰지 마세요. 느긋하게 에자키의 '희소식'을 기다리죠."

"그러자." 그녀의 표정이 원래대로 조금 되돌아왔다. "맞다. 도시락 먹어도 돼?"

"그럼요. 모처럼 사 왔으니까 사양하지 말고 드세요. 의기소침해져봤자 어쩔 수 없으니까요, 게다가……."

아오이 누나는 고개를 약간 갸웃거렸다. "게다가?"

"누나는 오늘 운이 좋거든요."

"얼마나?"

"54."

그녀는 우아하게 웃은 뒤 녹차를 조금 마셨다.

에자키 준이치로

MP3플레이어의 작동법은 어제 아오이 시즈하가 알려줬다. 오늘부터는 다른 사람과 제대로 대화를 나눌 수 없으니 어제 모든 논의를 마무리 지을 필요가 있었다. 나는 어슬렁어슬렁 거리를 걸으며, 오른손 안의 MP3플레이어 리모컨을 굴리면서 그 감촉에 익숙해져 간다. 리모컨이라는 존재가 내 의지에 따라 충실히 움직이는 종이 되도록 조절하기 위해.

MP3플레이어를 구성하는 부품은 크게 세 가지로 나뉘어 있었다.

첫 번째는 MP3플레이어 본체이다. 터치패널 식의 검은 판처럼 생긴 기계로, 기능의 중추를 이루고 있었다. 지금은 내 주머니 안에 들어있다.

두 번째는 리모컨이다. 자그마한 액정 패널이 달린 세로로 긴 스틱형의 기계로, 현재 재생되는 곡명과 가수명(또는 작곡가, 연주자명)이 그때그때 표시된다. 리모컨은 무선으로, 본체와는 완전히 분리된 채 현재 내 손안에 얌전히 들려 있다.

세 번째는 이어폰이다. 두말할 필요도 없이 음악을 듣기 위해 귀에 장착하는 부품으로, 지금은 작동을 이어가며 내 귀에 낯선 클래식 음악을 들려주고 있다. 리모컨 액정 표시에 따르면 곡명은 「발키리의 기행」이고, 작곡가는 '바그너', 연주자는 '엘름 클라이버'란다. 당연히 어느 쪽의 정보도 내게 큰 의미가 없다. 지금 음악은 내게 단순한 귀마개일 뿐이다. 나는 시험 삼아 리모컨의 '재생/정지 버튼'과 '노이즈캔슬링 ON/OFF' 버튼을 손 안에서 꼼꼼히 확인한 다음 머릿속으로 예행연습을 해봤다. 엄지를 미묘하게 조절하여 재생과 정지 버튼을 조작하는 동시에, 검지의 마디로 노이즈캔슬링 스위치를 조작하는 방법을 점검한다. 두 개의 버튼이 불쾌할 만큼 바짝 붙어있어서 무심코 오작동을 범하기 일쑤였다. 그런데도 여러 차례 연습을 거듭하며 조작하는 감을 손에 익혀 갔다.

예언은 하루에 다섯 개.

최근 4년 동안 단 한 번도 바뀐 적 없는 절대 규칙이다. 그건 2시의 한 시간 후가 3시인 것만큼 확실해서 절대 변하지 않는다.

내가 중학교 2학년 때였다. 예언의 섬뜩함과 불가사의함, 그리고 그 시스템에 서서히 익숙해지기 시작했을 무렵이었다.

당시 나는 학교 지도에 따라 영어 경시대회에 나가게 되었다. 강제 참가였다. 원래 나는 영어 경시대회 따위에 흥미도 없었고, 시험장으로 이동하거나 시험을 볼 때 드는 수고스러움 때문에 이렇다 할 이유도 없이 시험이라는 행위 자체가 불쾌하게 느껴지기까지 했다. 시험장으로 향하는 발걸음도 무거웠다. 그런데 1차 시험을 치러보니 결과가 양호해서 순조롭게 패스했다. 2차 시험 일시와 장소를 통지하는 서류가 우편으로 배달되어왔다. 기쁘기는커녕 귀찮은 기분이 훨씬 컸다. 두 번이나 시험장에 가야만 하는게 짜증스러웠다.

2차는 면접이었다. 간단한 영어 문장의 낭독과 영어 질문에 대해 대답하는 형식이었다. 물론 의욕 따위는 없었다. 다행히 다니던 중학교에서는 시험을 보지 않았을 경우 벌점은 있을지언정 불합격에 대한 벌점은 없었다. 시험장에는 가더라도 아무 말 없이 시험관을 노려본 뒤 돌아온들 난처할 일은 전혀 없었다. 물론 시험관을 노려볼 생각은 없었으나 딱히 분발해서 면접에 임할 마음도 없었다. 하지만 나는 2차 시험을 앞둔 어느 날, 문득 호기심에 사로잡혔다.

이 '예언'이 시험에서 제대로 기능해주지 않을까.

하루의 예언은 '다섯 개'로 정해져 있다. 그렇다면 만약 하루에 '다섯 문장' 밖에 들을 수 없다면 예언의 내용은 어떻게 되는 걸까. 스스로도 예외라고 느낄 만큼 소소한 흥분에 사로잡힌 나는 서둘러 근처 편의점에서 귀마개를 사 꼼꼼하게 착용한 뒤 침대에 누워 2차 시험 날을 기다렸다.

결과는 예상대로였다. 만사가 술술 흘러갔다. 다음 날 아침, 내 손에 주어진 예언 다섯 개는 모두 '영문'이었다. 그것도 의문문. 틀림없이 이건 2차 시험에서의 질문이었다. 나는 귀마개를 제대로 착용한 채 시험장으로 향했고 면접실로 들어갈 때까지 결코 그것을 빼지 않았다. 그러자 아침에 일어난 뒤부터 시험장으로 향하는 도중까지 내 귀에는 아무런 말도 들리지 않았다. 필연적으로 예언은 면접실에서의 대화로만 이뤄지게 되었다.

물론 나는 흠 잡을 데 없는 솜씨로 면접을 마쳤다. 전부 사전에 알고 있던 질문이었으니까.

나는 면접실을 나오자마자 다시 귀마개를 착용하고 집에 돌아왔다. 면접 전후로 내 귀에는 어떤 대화도 들리지 않았다.

앞에서도 말했듯이 딱히 시험에 통과해야만 하는 이유도 없었고 그럴 의지조차 없었다. 당시의 내 행동은 모두 순수한 호기심만으로 이루어진 것이었다. 이 계획을 실행에 옮기면 대체 어떻게 되는 걸까. 어린 마음에서 비롯된 탐구심과 호기심. 그러다 보니 2차 시험의 합격통지서가 왔을 때에도 감개무량 같은 느낌은 커녕 예상했던 결과를 확인하며 자그마한 서글픔조차 느꼈다. 일련의 사건은 거듭해서 나에게 '불변적'이고 '정해진 결말' 같은 내 인생을 각인시키는 계기가 되었다. 그 이후 일상에서 두 번 다시 같은 수법을 사용한 적은 없었다.

오늘까지는.

나는 점심을 먹으러 들른 커피전문점에서 천천히 수첩을 폈다. 거기에는 익숙한 내 필체로 문장 다섯 개가 적혀 있었다.

• 하트 6입니다.

- 스페이드 킹.

- 다이아몬드 3.

- 클로버 7.

- 스페이드 7.

거기에는 내가 바라던 예언이 죽 나열되어 있었으므로, 앞으로 모든 것이 내 계획대로 흘러가리라는 생각이 들었다. 나는 소리 나게 수첩을 덮고 주머니에 넣었다. 베이글을 떼어 먹고 커피를 마셨다. 리모컨 액정화면에는 「코리올란 서곡」, 베토벤/토머스 로트마이어라'는 글자가 떠 있었다. 중후한 선율이 귀를 진동시켰다.

'하트 6' 따위를 시작으로 모든 예언에 트럼프와 관련된 것들이 쏟아져 나왔다는 점에서 우선 나는 '카지노'의 존재를 인정해야만 했다. 모리시게한테 처음 그 이야기를 들었을 때 일단 수긍한 척은 했지만, 마음 어딘가에는 여전히 어렴풋한 의구심이 남아 있었다. 카지노처럼 음산하면서도 비현실적인 시설이 정말 도쿄 한가운데에 존재할까. 하지만 실제로 지금 예언에는 트럼프를 연상시키는 말이 담겨 있었다. 길을 걷다가 불시에 '하트 6입니다'라는 말을 들을 가능성은 없을 테니, 분명 나는 앞으로 **카지노**에서 이 대사를 듣게 되겠지. 남은 커피를 다 마시자마자 자리에서 일어나 그대로 가게를 나왔다. 나는 모리시게가 일러준 대로 신주쿠로 향했다.

모리시게가 설명했던 길을 떠올리면서 신주쿠역 동남쪽 출구로 나왔다. 눈앞의 에스컬레이터를 타고 나와 출구에서 뱉어지듯

거리로 나갔다. 역시나 오가는 사람이 많았다. 양복에 땀 얼룩이 진 채 걷는 회사원부터 웃음이 끊이지 않는 학생 느낌의 커플까지 인파는 다양한 사람들로 구성되어 있었다. 나들이 복장에 두 꺼운 화장으로 힘을 준 중년여성, 짐을 실은 수레를 끌며 꼬질꼬 질한 모습으로 거리를 헤매고 있는 노숙자도 있었다. 나는 군중 속에 섞인 채 횡단보도에서 왼쪽으로 꺾었다.

왼편에는 포르노 영화관이 즐비했다. 모리시게의 말대로다. 가슴 을 노출한 여자 사진 위에 어마어마한 글씨체로 자극적인 선전 문 구가 적혀 있었다. 날이 저물면 한층 요염한 분위기가 이 부근을 떠 다니겠지. 영화관을 지나서 빌딩을 세 개까지 세었다.

잿빛의 상가건물. 아무래도 여기가 알려준 장소인 듯했다.

정말이지 아무런 생명력도 느껴지지 않고 전혀 개성도 없는, 말하자면 배경 같은 건물이었다. 적당히 금이 간 벽면이 우중충 한 분위기를 자아냈다. 나는 건물 앞에서 잠시 멈춰 섰다.

오스가 슌에게 등을 보여 주지 않은 채 여기까지 왔다. 그보다 '보여 주지 않도록 그를 배려해서' 빠져나왔다. 이유는 명확했다.

더 이상 나는 뭔가의 예상이나 예측, 예고, 예언 따위에 얽히고 싶지 않았다. 이미 미래가 산출된 상태에서 활동하는 건, 말하자 면 내게는 고문일 뿐이었다. 누군가에게 행복(혹은 불행)을 약속 당한 채 보내는 시간 같은 건 더 이상 자유로운 내 삶이 아니라 누군가의 보이지 않는 손에 끌려가는 부자유 안에서의 삶일 뿐 이다. 혹여 내 등에 '60'이라는 숫자가 떠 있어서 그날 내가 최고 로 행복할 것으로 예상되었다고 치자. 하지만 그건 어디까지나 **내**

등에 찾아온 행복일 뿐 **내가 스스로 만들어낸 행복**은 아니다. 따라서 등을 보여 주지 않았다. 보여 줄 수 없었다. 나는 내 시간과 내 삶을 주체적으로 소비할 것이다. 항상 나 자신의 지배자는 나여야만 한다.

볕도 들지 않고 조명도 없는 지하로 뻗은 어둑한 계단을 한 걸음씩 확인하듯이 내려갔다. 샌들이 자그마한 자갈을 짓밟으며 한 발 한 발 불쾌한 마찰을 만들어냈다. 귓가에는 아직도 커다란 소리로 클래식이 흐르고 있었다. 곡명은 리모컨을 보지 않으면 모른다. 하지만 나는 신경 쓰지 않고(애초에 제목 따위에는 흥미가 없었다) 계단을 내려갔다. 틈새에서 불어오는 바람 탓에 팔에서 냉기가 느껴졌다.

계단 아래에는 중후한 느낌이 흘러넘치는 문이 버티고 있었다. 게다가 그 앞에는 파수꾼 역할로 보이는 눈썹 없는 청년이 앉아 있었다. 남자는 나를 보더니 입을 움직이며 뭔가를 전했다. 표정을 보아하니 그리 우호적인 태도는 아니었다. 눈길은 마치 길을 잘못 찾아온 인간을 냉정하게 돌려보내는 것처럼 날카롭고 험악했으며, 입 모양은 송곳니를 드러낸 늑대처럼 압도적이었다. 하지만 내 귀에는 아무것도 들리지 않았다. 모든 것은 지휘자의 지휘봉에 따라 순식간에 소리가 지워지며 소실되어 갔다. 나는 말없이 남자에게 다가가 모리시게한테 받은 핀 배지를 손으로 튕겨서 던져 봤다. 남자는 조금 당황하면서도 핀 배지를 양손으로 붙잡고는 진위를 판별하듯 눈을 찡그리며 그것을 응시했다. 잠시 후 그 배지가 진짜라는 걸 확인한 남자는 조금 놀란 듯한 표정으로 나를 바라봤다. 아마 내 용모와 복장이 평소 이곳에 출입하는 인간들과는 크게 동떨어져 있겠지. 나는 늘 입는 청바지에 하얀 폴로셔츠 차림이었다. 뻣뻣한 머리털은 이어폰을 감추기 위해 귀까지 뒤덮여 있었고, 잠버릇 때문에 여기저기 흐트러진 채였다. 스스로 평가해도 부자로는 보이지 않았다.

말없이 경계하는 남성을 향해 나는 "그걸로 안에 들어갈 수 있겠지?"라고 물어봤다. "미안하지만 빨리 들여보내 주지 않겠어?"라면서. 애초에 귀가 완전히 막혀 있으니 제대로 발음이 된 건지조차 자신이 없었다. 자기 목소리에 대한 피드백이 없다는 게 이토록 대화에 지장을 준다는 사실에 놀라움과 초조함을 느꼈다.

얼마간 남자가 아무런 반응이 없었던 까닭에 나는 내 목소리가 제대로 전달되지 않았다는 생각이 들어 다시 똑같은 말을 반복하려고 했다. 입을 열려는 순간 남자는 내게 무언가를 말하면서 육중한 문을 열어주었다. 양쪽으로 갈라지듯이 나타난 가느다란 틈으로 금색 빛이 새어 나오기 시작했다. 어둑어둑한 무대와 짝을 이루듯 소음과 빛과 어둠의 세계가 내 눈앞에 막 펼쳐지려고 했다.

힐끗 엿본 리모컨에서는 '라흐마니노프 전주곡 Op.32 「종」, 안드레이 드미트리예프'라는 글자가 떠 있었다.

활짝 문이 열렸다.

사에구사 논

"정말 아직 가지고 있나요?"

"네, 물론이죠. 그게 저희 서비스의 포인트니까요." 앞치마를 두르고 머리를 빡빡 민 남자는 의기양양한 미소를 보이며 대답했다. "언제 어느 분이 찾아가실지 모르기 때문에 어떤 물건이든 대체로 그 원형이 보존만 되어 있다면 인수한 날로부터 5년 동안 보관을 약속하고 있습니다."

남자는 파워레인저의 레드라도 되는 것처럼 다섯 손가락을 힘차게 세우며 내 눈앞에 인장처럼 내밀었다. 기분 탓인지 표정은 황홀함 그 자체였다. 남자의 기분을 망치지 않으려고 나는 요란스레 맞장구를 살짝 쳐주었다. "오오!"

지금 나는 하얀 카운터를 사이에 두고 남자와 마주 서 있었다. 업무 내용이 그러한 만큼 가게 내부는 상당히 청결하게 유지되고 있었다. 어쩌면 점원의 머리가 짧은 것도 청결한 분위기를 연출하기 위한 소도구 중 하나일지도 모른다. 뒤에 딸려있을 물품 보관 창고와는 완전히 분리된 방문객 공간에는 '특별 청소업'이라는 이름이 짊어진 피비린내는 조금도 느껴지지 않았다.

"아, 그런데 손님은 '구로사와 님'이 틀림없으시죠?"

"네, 그럼요."

나는 남자에게 지지 않으려고 당당히 가슴을 펴 보였다. 이해했다는 표시로 남자는 작게 고개를 끄덕였다.

"전화로도 확인했습니다만, 주소는 오타구 덴엔초후 1-2×가 맞으시고요?"

"완벽하게도요."

"알겠습니다. 그럼 창고 직원에게 확인하러 다녀올 테니 여기에서 잠시 기다려주세요."

남자는 졸업증서를 받는 사람처럼 깊이 머리 숙여 인사한 뒤, 휙 뒤돌아 뒤에 있는 문을 통해 물품 보관 창고 쪽으로 갔다.

어제 아오이 언니의 이야기.

아오이 언니는 예전에 에자키 오빠와 화재 현장(삿짱이 전에 살던 집)을 보러 갔을 때 근처에 사는 수다쟁이 아주머니와 맞닥뜨렸다고 했다. 그 아주머니는 친절하게도 유용한 정보를 순전히 호의로 잔뜩 해주었다. 그건 정말 고마운 일이었지만, 동시에 좋든 나쁘든 약간 (필요 이상으로) 짤막한 수다도 많았던 모양이다.

'분명 수다를 좋아하는 사람이었을 거야. 화재에 관한 것이든 아니든 다양한 걸 이야기해주었으니까.'

아오이 언니는 그때를 떠올리며 조금 망설이는 듯한 표정으로 말했다.

'지금 생각났는데, 분명 화재의 사후 처리…… 그러니까 더는 못 쓰는 잡동사니 청소 같은 건 전문업자를 불러야 한다고 그 사람이 가르쳐줬어. 현장 쓰레기는 말끔히 폐기하고 필요할 것 같은 물품은 보관한다는 거야. 그러니 만약 구로사와 씨의 집에서 일어난 화재 잔해를 치운 청소업자만 찾는다면 뭔가 유류품 같은 걸 발견할 수 있지 않을까? 운이 좋다면 일기 같은 걸 찾을 수 있을지도 모르고.'

나도 오스가 오빠도 엄청난 비법을 전수받은 것처럼 무심코 탄성을 지르고 말았다. 참으로 훌륭한 아주머니의 잡담이 아닌가.

〈기회를 만나지 않은 이는 없다. 그것을 기회로 만들 수 없었을 뿐이다. (기업인, 앤드류 카네기)〉

멋져요, 아오이 언니. 시시한 대화의 단편에서 기회를 놓치지 않은 그 선구안이야말로 앞에서 말한 에노모토 기하치('안타제조기'라는 별명을 지닌 일본 프로야구 선수-역주)와 필적할만하다. 철강왕*도 이 의견에 분명 찬성해주겠지.

그 뒤 해당 청소업자를 찾기 위해 오늘 할 일이 없는 오스가 오빠와 함께 거센 파도와 같은 전화 작전이 결행되었다. 호텔 방에 설치되어 있던 컴퓨터로 근처 특수 청소업체를 검색하여 목록화한 뒤(40건 정도 발견했다) 처음부터 순서대로 연달아 전화를 돌렸다.

---

* 앤드류 카네기의 별명

'구로사와라는 사람인데요, 4년 전 7월 31일에 덴엔초후 시에서 발생한 화재 현장 청소를 귀사에서 담당하셨는지 여쭤보려고요……' 이와 같은 말을 되풀이하며 샅샅이 업체를 물색했다. 그러자 다행스럽게도 20건 정도 문의 전화를 했을 즈음 해당 업체를 우연히 맞닥뜨렸다. 오스가 오빠는 크게 흥분해서 우리에게 말했다.

'미나토 구에 있는 **클린클린**이라는 회사야. 거기가 4년 전 화재 잔해 청소를 담당했대. 물품 보관 창고를 확인해봐야 해서 뭐가 남아 있을지 바로 알 수는 없지만, 내일 방문해주면 유류품은 건네줄 수 있을 거래. 다만 유류품을 인수받으려면 구로사와 씨의 **친족이나 친척**임을 증명할 수 있는 서류가 필요하대.'

이야기가 그렇게 흘러가자, 나는 오른손을 번쩍 들어 올리며 오늘 청소업체 방문자를 자처했다. 만에 하나라도 삿짱의 유류품을 손에 넣을 수 있는 기회가 있다면 지나칠 수 없다. 누구보다도 빠르고 정확하게 삿짱의 마음을, 화재의 진실을 찾지 않으면 안 된다.

삿짱의 베스트 프렌드로서, 그리고 최고의 제자로서.

잠시 후 '클린클린'이라는 상호가 새겨진 커다란 플라스틱 상자를 안고 남자가 돌아왔다. 빡빡머리 사이로 반짝반짝 땀방울이 맺혀있었다. 남자는 천천히 상자를 들고 와서 소리가 나지 않도록 조심히 카운터 위에 내려놓았다. 그러더니 상자 측면에 붙어있던 번호와 손에 들고 있던 자료를 비교하며 만족스러운 듯 고개를 끄덕였다.

"이게 7월 31일 화재 현장에서 찾은 구로사와 씨의 물건입니다."

"뭐, 뭐가 남아 있죠?"

나는 그 플라스틱 상자가 세계 문화유산급 보물이라도 되는 것처럼 몸을 부르르 떨며 물었다. 남자는 '이런, 이런, 진정하라고'라는 듯 여유 있는 표정을 짓더니 일부러 그러는 것처럼 필요이상으로 천천히 뚜껑을 열었다. 그리고 상자 맨 위에 덮여 있던 종이 한 장을 읽어 내려갔다.

"그게 말이죠. 일단 식기류가 몇 점 있군요. 접시, 컵, 스푼, 포크. 그리고 키홀더 따위의 귀금속류. 반지와 목걸이도 있어요. 다음은 깡통 정도네요. 그 외에는 분류가 어려운 자질구레한 물건들뿐이에요."

"깡통이요?" 나는 물었다.

남자는 스스로 말한 것을 재확인하듯 눈을 찌푸리고 서류를 들여다보면서 고개를 끄덕였다. "네. 여기에는 '깡통'이라고만 적혀 있네요. 어디 보자……."

남자는 상자 내부를 살피기 시작했다. 나도 살짝 몸을 뻗어 안을 들여다보았다. 확실히 남자가 말한 대로 상자 안은 대부분 식기류가 차지하고 있었다. 원래는 새하얀 색이었을 접시나 머그컵, 관상용으로 보이는 웨지우드 접시. 모든 것들이 정성스레 비닐로 포장돼 있었지만 애석할 만큼 그을려서 성한 곳이 없었다.

남자는 식기 몇 개를 꺼내고 다시 상자 구석구석을 뒤적였다. 그러자 고급 과자라도 들어있었을 법한 깡통이 모습을 드러냈다. 찬합 정도의 커다란 크기로, 표면에 새겨진 스테인드글라스 반점의 모양이 불길의 피해로 여기저기 변형되고 거무스름해진 깡통이었다. 나도 남자도 깡통을 발견하자 고개를 들어 서로를 바라봤다. 나는 말했다.

"'깡통'이라는 게 이건……가요?"

"그런 것 같군요."

"내용물이 뭔지는 모르세요?"

"그게……." 남자는 재차 자료를 눈으로 훑으면서 말했다. "아, 죄송합니다. 기록이 있었네요. 내용물은 종이류, 다른 건 서적이 몇 점 있다고 적혀 있군요."

내 눈썹이 움찔했다. "**서적**이라고요?"

남자는 다시 서류로 시선을 떨어뜨렸다. "네. 맞아요. 무슨 서적인지는 모르겠지만요."

"저기요!" 나는 양손으로 카운터를 짚은 채 간신히 남자 쪽으로 상체를 내밀었다. 그리고 슬금슬금 남자의 얼굴 가까이로 다가갔다. "이 깡통을 열어주실 수 있나요?"

남자는 내 접근에 굉장히 불편해하면서 멈칫하더니 작게 고개를 끄덕였다.

"그……그럼요. 가능합니다. 열어드릴까요?"

나는 세차게 고개를 끄덕였다. 휙휙 소리가 나지 않았을까 싶을 정도로.

남자는 깡통을 카운터에 올려놓은 뒤 손톱을 세워 뚜껑을 열기 시작했다. 그러나 시간이 지난 탓인지 깡통 뚜껑은 꿈쩍도 하지 않은 채 끈질기게 그 내용물을 보여 주려 하지 않았다. 이상하리만치 높은 깡통의 방어력을 깨달은 남자는 눈빛이 조금 매서워지더니 양손에 힘을 주기 시작했다. 전투 본능에 불이 붙은 건지도 모른다. 힘내시길. 좀 더 힘내세요, 청소업체 오빠.

그러자 뻥! 하는 소리가 시원스레 울렸다.

남자는 악덕 벼슬아치처럼 득의양양한 표정으로 눈 앞의 깡통을 내려다보며 싱긋 웃었다.

"안을 확인해 보시겠습니까?"

나는 다시 획획 소리가 날 만큼 세차게 고개를 끄덕였다. 남자는 몹시 탐을 내는 내 태도에 만족했는지, 부하에게 한몫 떼어 주는 도적단 두목처럼 뚜껑을 자못 천천히 열고 내게 내용물을 보여 주었다.

나는 다시 가볍게 몸을 뻗어 그 안을 들여다봤다.

에자키 준이치로

호화찬란하다는 말이 제격이었다.

밖에서 바라본 건물의 쇠퇴한 외관과 달리, 내부는 금빛으로 흔들리는 황금의 세계가 펼쳐져 있었다. 충격을 모두 흡수할 것 같은 진홍색 융단으로 된 바닥과 눈부시게 빛나는 샹들리에, 그리고 유리 세공으로 장식된 천장이 있었다. 눈앞에는 중후한 슬롯머신과 디지털 포커 기계가 일정한 간격으로 늘어서 있었다. 웃음이 끊이지 않는 중년여성과 이마에 진땀을 흘리는 장년의 남성도 보였다. 귓가에 들리는 클래식 음악으로 상쇄시키고는 있지만 그 흥청거림이 자연스레 시각으로 전달되었다. 그곳은 바깥세상으로부터 완벽하게 고립된 별천지였다.

나는 우선 카지노 내부를 천천히 걸어서 둘러보기로 했다. 평일 오후인데도 안에는 손님이 꽤 있었다. 경마장에서 담배를 피우며 팔짱을 끼고 있을 법한 거친 인간과는 뚜렷이 선을 긋는, 상류층 분위기를 풍기는 인간들이 모여 있었다. 옷차림은 정장이 아닌, 약간 나들이풍의 사복이 대부분이었는데 변명할 여지도 없이 나란 존재는 역시 붕 떠 있었다. 손님부터 종업원까지 다들 나를 주방에 숨어든 쥐를 보는 듯한 모멸적인 표정으로 바라봤다.

카지노에 들어가 잠시 걸었더니 커다란 테이블 몇 개가 늘어선 공간에 도달했다. 타원형 테이블 맞은편에 조끼를 입은 딜러가 미소를 띤 채 현란하게 손을 움직이며 세련된 동작으로 트럼프를 펠트가 깔린 곳 위에 미끄러지듯 늘어놓았다. 주위에 모인 플레이어와 구경꾼들이 그 결과에 굉장히 흥분하거나 침묵하고 있었다. 늘어서 있던 테이블은 전부 세 개였다.

첫 번째 테이블은 블랙잭. 곁눈질로 테이블을 엿볼 때 카드의 배치부터 파악했다. 그 나름대로 성황이었다. 플레이어도 구경꾼의 수도 제법 있었다.

두 번째는 바카라 테이블. 이쪽도 옆을 지나가면서 확인했다. 그 인기는 옆의 블랙잭과 비슷한 수준이었다. 다소간 성황리다.

그리고 세 번째.

세 번째 테이블은 앞선 두 대의 테이블보다도 한 아름 크게 만들어진데다가 그 장식과 디자인에도 공을 들인 상태였다. 기분 탓인지 조끼를 입은 딜러도 다른 테이블 딜러보다 눈빛이 예리하고 표정에서 지성이 엿보였다. 나이는 40~50대 정도로 보였는데 손놀림에 흔들림이 없었다. 말하자면 다른 어느 딜러보다도 '프로'다워 보였다. 어쨌든 그 테이블은 명백하게 특별하고 특수한 존재로 군림하는 듯이 보였다. 다른 테이블과는 취급 방식이 전혀 달랐다.

그러나 그 특수성과는 달리 세 번째 테이블은 그다지 붐비지 않았다. 주위를 둘러싼 구경꾼은 한 사람도 없었고, 테이블 정면에 설치된 등받이 없는 의자에는 플레이어 손님이 세 명 앉아 있을 뿐이었다. 더구나 한 자리는 비어 있었다. 이곳만 어떤 축제에 뒤처진 것처럼 한산했다.

나는 그 테이블이 풍기는 이상한 공기에 빨려들듯 가까이 다가갔다. 그러자 딜러가 내 모습을 발견하고 말을 걸었다. 우아하게 입을 움직이며 차분한 몸짓을 섞어가면서 뭔가 질문을 하는 듯했다. 그러나 나는 딜러가 무슨 말을 하는지 알 수 없었다. 귓가에는 바이올린 소리가 격렬하게 고동치고 있었다. 고막을 거칠게 찢을 듯이.

나는 어쩔 수 없이 딜러의 질문에 대답하지 않은 채 직접 질문해보기로 했다. 발음에 유의하면서 신중하게 목소리를 냈다.

"여기가 누아르 레버넌트 테이블인가?"

그러자 딜러는 '네, 말씀 대로입니다'라고 말하는 것처럼 미소를 띤 채 작게 고개를 끄덕였다. 그와 동시에 의자에 앉아 있던 플레이어 세 사람이 수상쩍은 표정으로 나를 쳐다봤다. '어째서 너 같은 인간이 여기에 있는 거지?'라고 묻고 싶어 하는 눈빛이었다.

음성이 차단당하니 아무래도 사람의 표정에 민감해졌다. 〈눈은 입만큼 말한다〉라고들 하는데 지금 난 그걸 정확히 체감하고 있었다. 말 이외에 고차원적인 메시지의 무거움과 존재감을.

여전히 발음에 주의하면서 물었다. "여기에 앉아도 될까?" 딜러는 꾸벅 고개를 끄덕였다.

나는 아무도 앉지 않은 가장 왼쪽 빈 자리에 앉았다. 그러자 다시 오른쪽에 나란히 앉아 있던 세 사람이 불쾌하다는 듯한 눈빛으로 나를 째려봤다. 넌지시 '잘못 찾아왔어'라고 말하고 싶은 건지도 모른다. 부정할 수도 없다. 분명 나는 잘못 찾아왔고, 이 분위기에 어울리지도 않으니까.

의자에 앉은 뒤 딜러를 향해 어떤 말을 걸지 고민했다. 가능한 한 간결하게, 그리고 딜러가 예스나 노로 대답할 수 있을 법한 종류의 질문이어야 한다. 무난한 질문이 떠오르자 여느 때처럼 신중하게 말했다.

"여기는 구로사와 고스케가 소유한 카지노가 틀림없겠지?"

딜러는 쓴웃음을 지으며 질문을 묵살했다. 어쩌면 당연한 반응지도 모른다. 설령 그게 공공연한 사실이라 해도 긍정하듯 척 척 고개를 끄덕이지는 않을 것이다. 여기는 어디까지나 '위법' 시설물이고 천하에 드러내도 될 만한 곳도 아닌 데다가 건전하지도 않으니까. 나는 질문을 바꿨다.

"당신은 사람을 찾고 있겠지."

그러자 딜러의 눈빛이 약간 바뀌었다. 짧은 순간이었지만 분명 틀림없이 바뀌었다. 눈동자가 동요하는 기운이 파문처럼 완만히 떠오르더니 곧장 사라졌다.

딜러는 한두 마디 입을 움직이며 뭐가 대답을 했다. 고개를 갸웃하며 말하는 모습을 보아하니, 아마 '글쎄요, 무슨 말씀이신지'와 같이 시치미를 떼는 발언이었을 것이다. 이미 여러 번 경험해서 익숙해진 탓인지 딜러의 표정에서 동요의 기색은 이미 사라진 상태였다. 그림자도 형태도 없었다. 나는 말을 이었다.

"난 구로사와 고스케를 만나고 싶어. 알선해주지 않겠어? 난 당신이 찾고 있는 인간과 관계가 깊거든. 나쁜 제안은 아니지 않나?"

그러나 이번에는 일절 동요를 보이지 않았다. 조금 전의 발언들 때문에 타성이 생겨버린 건지도 모른다. 딜러의 표정은 내가 자리를 잡기 전과 같은, 멋진 미소 쪽으로 바뀌고 말았다.

딜러의 입가가 약간 움직이는 걸 확인한 나는 열심히 입 모양을 통해 발언 내용을 추측해 봤다. 아무래도 '말씀하시는 의미를 잘 모르겠습니다만'이라고 말하는 듯했다. 다분히 나의 개인적인 해석이 섞여 있다는 생각이 들지만, 크게 동떨어진 대답도 아닐 것이다. 딜러는 이미 흥미가 없다는 듯 시선을 아래로 떨군 채 다음 게임에서 사용할 새로운 트럼프 카드를 개봉하고 있었다.

내 오른쪽 옆에 앉아 있던 남자가 미간을 찌푸리며 나를 향해 서슬 퍼런 말을 격하게 지껄여대고 있었다. 입 모양을 읽을 수는 없었다. 아마 게임을 방해하지 말라고 말하는 것이리라. 나머지 두 명도 동시에 내게 차가운 시선을 보내고 있었다. 그럴 만도 하다. 그들에게 있어서 지금 이 누아르 레버넌트야말로 돈을, 혹은 인생을 좌우하는 중대사인 셈이다. 돌연 정체도 모를 어린애가 어슬렁어슬렁 나타나서 게임은 뒷전으로 한 채 영문 모를 말을 늘어놓고 있으니 기분이 좋을 리 없었다. 나는 오른손으로 남자를 제지하면서 말했다.

"미안하군. 방해할 생각은 없었어."

나는 다시 테이블 쪽으로 몸을 돌렸다.

"모처럼 왔으니 나도 참가하지. 규칙은 알고 있어. 이걸 칩으로 바꿔줘."

나는 사에구사 논의 20만 엔이 든 봉투를 테이블 위로 던졌다. 딜러는 봉투를 주워 내용물을 확인하더니 만 엔짜리 지폐를 민첩한 손놀림으로 센 뒤, '1'이라고 쓰인 칩 20개를 내 앞에 건넸다. 옆자리 남자가 조소를 띠면서 말을 내뱉었다. 남자의 앞에는 값비싼 칩들이 산더미처럼 쌓여있었다. 아마 만 엔이 '1'로 환산되는 모양이니 옆자리 남자는 수천만 엔 단위의 칩을 가지고 있다는 뜻이 된다. 수중에 20만 엔뿐인 나를 비웃고 싶어질 만도 하다.

솔직히 말해서 되도록 이런 트럼프 게임 따위에는 끼고 싶지 않았다. 그런 짓을 하지 않고도 딜러와 대화만으로 구로사와 고스케와의 만남을 이끌어낼 수 있다면 그게 최선일 것이다. 흠잡을 필요도 없을 만큼 안전하고 확실하며 효율적이다. 하지만 딜러가 아까처럼 시치미를 떼고 있으니 달리 방법이 없었다. 애초에 예언에도 명확히 트럼프와 관련된 말들만 들어있었다. 누군가 도망칠 길은 없다고 미리 정해준 것 같았다.

'매사 적극적이진 않더라도 **그 나름대로** 참가해보는 건 중요하지. 인생의 기반을 넓히기 위해서도.'

밥도 그렇게 말하지 않았던가. 참가할 수 있는 일에는 그 나름대로 참가해보는 것이 좋다.

내가 정면 쪽으로 자세를 고쳐 앉자, 드디어 딜러는 트럼프 카드를 나눠주기 시작했다. 화려한 손놀림을 발휘하여 네 명의 플레이어에게 각각 카드 다섯 장씩을 펠트 위에 미끄러지듯 분배했다. 다섯 장의 패를 왼손에 펴들자 몸에 뭔가의 스위치가 들어오는 게 느껴졌다. 어딘가에서 냉랭한 바람이 불어와 내 피부를 찰싹, 하지만 매끄럽게 쓰다듬었다. 나는 목을 좌우로 기세 좋게 늘리며 뚜둑 소리를 낸 뒤 다시 패로 시선을 돌렸다. 귓가에서 곡이 바뀌었다. '홀스트 모음곡 「화성」, 레이먼 래틀'.

누아르 레버넌트가 시작되었다.

일단 규칙은 예전에 밥한테 들어 알고 있기는 했다. 하지만 어제 재차 사에구사 논으로부터 '누아르 레버넌트'의 명확한 규칙을 제대로 들어보니, 밥에게서 들은 내용은 극히 일부에 불과했다는 걸 알게 되었다. 단순한 놀이가 아니라 카지노에서 '갬블'로 사용하기 위해 변경된 몇 가지 규칙이 있었다. 그리고 난무하는 전문용어와 세세한 순서와 다양한 정보를 새로 취득해야 했다. 나는 그 순서와 용어를 지금 다시 머리에서 정리하고 재확인했다 (그리고 지금부터 여기에 '누아르 레버넌트'의 상세한 규칙과 순서, 득점패 조합의 역명을 적을 생각인데 혹시라도 흥미가 생기지 않는다면 건너뛰어 읽어도 전혀 상관없다).

✦

우선 이 게임의 기본 규칙은 밥이 말한 것처럼 '차이'의 게임이다. 카드 두 장을 판에 깐 뒤 그 카드들 숫자의 '차이'가 그대로 '서열'이고 승패를 결정하는 포인트가 된다. 순서는 아래와 같다.

1. 처음에 '시작카드'로 딜러가 플레이어와 자신에게 각각 카드 다섯 장을 나눠준다.

2. 그 다섯 장 중 불필요하다고 생각되는 카드 한 장을 앞면을 바닥으로 해서 버린다(이걸 '레버넌트 카드'라고 부른다).

3. 남은 카드 네 장중에서 두 장을 골라 그것도 앞면을 바닥으로 한 채 판에 내려놓는다(이것이 '승부카드').

4. '승부카드'를 열어 대전 상대(이번 경우에는 딜러)와 비교해서 그 관계에 따라 승패가 결정한다.

기본적으로는 '승부카드'의 차이가 큰 쪽이 승리한다. 에이스와 킹 두 장이라면 단순한 뺄셈으로 그 차이는 '12'. 대전 상대의 카드가 6과 7이라면 그 차이는 '1'이 되어 에이스와 킹을 낸 쪽이 승리한다.

그러나 이 게임의 특징으로서, '10 이상의 차이를 가진 카드는 같은 숫자의 카드 쌍에는 진다'라는 사이드 룰이 존재한다. 이 규칙이 비장의 무기이자 게임의 묘미이기도 하다. 아까처럼 에이스와 킹을 내면 그 차이는 '12', 즉 '10 이상'이 된다. 그렇다면 예를 들어 7과 7이라든가 퀸과 퀸처럼 같은 숫자의 조합에는 패배하고 만다.

이상이 게임의 기본 규칙이다(실제로 나는 밥과의 대전에서는 위와 같은 규칙으로 게임을 했다). 하지만 이번 카지노 게임에서는 규칙이 약간 변경되어 있었다.

이번 대전 상대는 오른쪽 옆에 앉아 있는 다른 플레이어들이 아니라 어디까지나 딜러와의 일대일 승부였다. 다른 플레이어도 각자가 딜러와 둘이서만 대전한다. 따라서 딜러와의 사이에서 어느 정도 심리전이 발생하지 않으면 게임은 성립하지 않는다. 아무런 힌트도 없이 서로에게 카드를 내보이고 승패의 결말을 완전히 운명에 맡겨버리면, 재미가 조금 떨어지는 데다가 갬블로 치면 사실상 2등급 게임에 불과하다.

그래서 이번 카지노 게임의 규칙에서는 딜러의 승부카드를 **한 장 보여 주는 것**으로 되어 있었다. 즉, 두 장의 승부카드(차이를 확인하기 위한 카드) 중 일부가 보이는 상태에서 승부할 수 있는 셈이다. 플레이어 입장에서는 유리하다고도 할 수 있는 규칙일지도 모른다. 그러나 과도하게 고민하면 실수를 유발하게 되고, 방심하면 자멸해 버리기 쉽다.

아래에 이 게임에서 사용되는 득점패 조합의 역명을 적어두겠다.

【그란데】 자기 승부카드의 '차이'가 딜러의 승부카드의 '차이'보다 클 경우의 조합. 가장 정통적인 승리법이다. 배당은 판돈의 2배.

【제멜리】 상대 승부카드의 차이가 '10' 이상일 경우, 같은 숫자의 카드 쌍을 제시했을 때의 조합. 좀 전에 설명한 사이드 룰이다. 배당은 그란데보다 조금 높은 3배.

【카발로】 자기 승부카드, 그리고 딜러의 승부카드가 함께 동일한 카드였을 경우(예를 들면 '에이스와 에이스' 대 '5와 5') 숫자가

7에 가까운 쪽이 승리하는 조합. 특수한 사례인 만큼 배당은 한 층 높아서 판돈의 5배.

【레버넌트】 자기 승부카드 오픈을 포기하고 오히려 처음에 버렸던 레버넌트 카드로 승부를 선언. 그리고 멋지게도 상대 승부 카드 두 장과 자신이 버린 레버넌트 카드가 같은 숫자일 경우(즉 카드 세 장이 같은 숫자였을 경우)에 승리하는 조합. 이 게임에서 승리하는 특수한 방법 가운데 하나이자 그날 밤이 내게는 가르쳐주지 않았던 조합이다(이른바 로얄 스트레이트 플러쉬와 어깨를 나란히 하는 난이도). 배당은 경이롭게도 10배. 다만, 배당이 크다 보니 레버넌트를 선언한 뒤 패배하면 판돈의 5배를 지불해야 하는 패널티가 존재한다(이것을 '페콜라'라고 한다).

【누아르 레버넌트】 좀 전의 레버넌트와 거의 같은 요령으로 발생하는 조합이지만, 상대 승부카드의 무늬가 모두 '빨강'이고 자신의 레버넌트 카드가 스페이드일 때 선언되는 조합. 게임의 이름에도 채용되는 만큼 난이도가 높고 배당도 20배.

【피콜로】 자기의 패가 위의 어느 쪽에도 없는 경우(즉 패배했을 때)에 선언되는 용어. 이른바 포커에서 말하는 '폴드'. 당연히 배당은 없다. 판돈 전부를 몰수당한다.

나아가, 게임에는 반드시 10회 단위로 참가해야 하며, 1회만 플레이하고 그만두는 건 불가능하다. 한 세트에 10피리어드씩이다. 이게 이 카지노에서 펼쳐지는 누아르 레버넌트의 전경이다.

내 손에 쥐어진 다섯 장의 카드는 왼쪽부터 '스페이드 4, 스페이드 6, 다이아몬드 10, 클로버 10, 스페이드 킹'이었다. 과거에 단 한 번밖에 플레이한 적이 없는 초보자인 내가 단언할 수는 없으나 꽤 괜찮은 패가 아닐까 싶다. 10과 10으로 동일한 숫자의 조합도 만들 수 있고 4와 킹을 조합하면 '9'라는 나름의 커다란 차이도 만들 수 있다. 첫판치고는 제법이다. 좋은 징조다.

나는 불필요하다고 생각되는 스페이드 6을 레버넌트 카드로 앞면을 바닥으로 한 채 판에 버렸다. 그리고 남은 네 장을 다시 손안에 정렬시켰다. 그러자 딜러는 내 앞에 오른손을 내밀고 뭔가를 재촉했다. 아무래도 옆의 플레이어들을 보고 판단하기에 베팅할 칩의 양을 결정하라고 말하는 모양이었다. 보아하니 옆의 남자는 '10'이라고 적힌 칩을 6개 쌓아 제시했다. 단순히 환산하면 60만 엔이다. 이미 내 모든 자금을 족히 넘어선 액수였다.

나는 부스스한 머리카락을 조금 거칠게 긁적인 뒤 1이라고 적힌 칩을 2개만 판에 냈다. 순간적으로 딜러를 포함한 나 이외의 네 사람이 희미하게 미소 지었다. 노이즈캔슬링 된 이어폰 너머로도 그 기분 나쁜 조소의 목소리가 새어 들어올 것 같았다.

나는 두 번 정도 강하게 눈을 깜빡이며 스스로를 나만의 깊숙한 세계로 가라앉혔다. 타인과의 관계가 지극히 제한된 나만의 정신 속으로. 나는 시야에서 다른 플레이어들을 배제하고 딜러가 제시한 트럼프만 상대하기로 했다. 눈빛부터 전신의 모공까지 모두 민감하게 곤두세운 채 트럼프의 모양과 숫자에만 집중했다.

딜러가 승부카드 두 장을 결정하자, 하나는 앞면을 바닥으로 해서 판에 깔고, 나머지 하나만 오픈했다. 길고 가느다란 손가락 틈으로 드러난 카드는 '다이아몬드 3.'

나는 한번 숨을 토해내고 다이아몬드 3을 노려봤다. 상당히 불쾌한 느낌의 숫자라는 생각이 들었다. 만약 뒤집혀 있는 나머지 카드가 '킹'일 경우 그 차이는 '10.' 하지만 '퀸'일 경우에 차이는 '9'가 되며, 가까스로 '10'에 못 미친다. 즉 동일한 숫자를 내면 패배하고 마는 것이다. 그러한 의미에서 이 '3'이라는 숫자는 플레이어 측에 슬쩍 보여 주기에 절묘한 숫자라는 생각이 들었다. 높은 나무 위에 돈은 감미로운 과실처럼 요염한 매력으로 사람을 끌어당긴다. 지키기만 하면 사실상 손에 넣을 수 없고, 공격을 가하면 나무에서 떨어진다. 나는 오른쪽 눈만 감은 채 잠시 말없이 생각에 잠겼다.

'이거 참, 이 게임에서는 이러니저러니 지껄여도 같은 숫자, 그러니까 차이를 '0'으로 맞추는 건 상당히 용기 있는 일이지. 평소라면 위험을 감수하면서까지 애써 차이를 '0'으로 해가며 허를 찌를 생각은 안 하니까.'

머리 한구석에서는 다시금 밤의 이야기가 들려왔다. 나는 귀에서 울려 퍼지는 오케스트라 연주 소리에 따라 오른손의 검지로 리듬을 맞춰 본다. 안정감 있는 멜로디가 몸에 기분 좋게 스며들었다.

나는 드디어 승부카드 두 장을 결정하고 앞면을 바닥으로 해서 조용히 테이블 위에 깔았다. 딜러는 멋스러운 미소를 지어 보인 뒤 테이블 구석에 놓인 핸드벨을 흔들어 카드의 이동을 마감했다. 이후에는 승부카드의 변경도 베팅금액의 변경도 불가능하다. 나는 자세를 고쳐 앉은 다음 딜러가 승부카드를 공개하기를 기다렸다.

딜러는 나를 포함한 네 명의 플레이어를 향해 뭔가를 선언한 뒤 승부카드를 공개했다. 옆자리의 플레이어들은 제각각 얼굴을 찡그리거나 웃음을 지었다.

다이아몬드 3의 옆에 뒤집힌 카드는 '클로버 킹'이었다. 즉 그 차이는 '10.'

다시 딜러가 뭔가를 선언하자 오른쪽 끝의 플레이어부터 순차적으로 자신의 승부카드를 오픈했다. 그리고 각각의 플레이어는 오픈하자마자 그 조합의 역명을 선언해 나갔다.

물 흐르듯이 술술 카드가 공개되고 그때마다 역명이 낭독되었다. 기다릴 틈도 없이 내 차례가 돌아왔다. 나는 뒤집힌 상태의 승부카드 두 장을 오른손으로 쥐고 그대로 공개했다. 그리고 선언했다.

"다이아몬드 10과 클로버 10." 그러고 나서 딜러의 눈을 바라보며 말했다. "제멜리로 배당금은 3배. 맞나?"

딜러는 약간 마뜩찮은 듯이 눈을 가늘게 뜨면서도 고개를 끄덕이고 판돈의 3배로 6개가 된 칩을 내밀었다. 나는 그것을 말없이 받아서 내 칩 위에 쌓았다. 이것으로 현재 칩은 24개. 다른 플레이어들이 나를 향해 뭔가 농담이라도 하는 모양이었지만 레종 전자의 노이즈캔슬링에 의해 모든 말이 감쪽같이 사라졌다.

딜러는 다시 핸드벨을 울리고, 근처에 있는 숫자 표시판을 넘겨 '1'에서 '2'로 변경했다. 피리어드는 제1피리어드에서 제2피리어드로 바뀌었다. 최종 제10피리어드까지 불가역적으로 진행될 것이다.

딜러 근처에 있는 숫자표시판이 '10'을 맞이했을 때 내 손에는 칩이 63개까지 늘어나 있었다. 도중에 몇 번의 피콜로(폴드)를 당했지만 신중하게 승부의 고비를 넘긴 결과 칩은 점진적이면서도 확실하게 늘어갔다.

순조롭게만 이어간다면 커다란 패배는 없다는 걸 깨닫자 솔직히 약간 흥이 깨지기도 했다. 상대가 아무리 프로 딜러라고 해도 결국 어디까지나 평범한 인간이다. 그 표정이나 손놀림, 판의 흐름, 주위의 공기, 각각을 통합적으로 생각해 보면 저절로 승부카드는 훤히 들여다보이고 이쪽의 공략은 최대공약수적으로 산출됐다. 그리고 그것이 들어맞았다. 나는 무심코 귓가의 클래식 음악에 마음을 빼앗겨 여러 차례나 하품을 하고 말았을 정도다.

더구나 비장의 카드라고 할 수 있는 '예언'을 아직 사용하지 않았다. 나는 오른쪽 자리에서 고전을 면치 못하고 있는 멍청이들의 심경이 전혀 이해되지 않았다. 나와 반대로 그들은 마치 자원봉사 정신에 따라 모금이라도 하는 것처럼 순식간에 칩의 개수를 줄여가고 있었다. 나는 약간 나른해진 몸을 움직이며 앉은 자세를 바로잡았다.

딜러의 손에서 다섯 장의 패가 배분되며 마지막 판인 제10피리어드의 개시를 알렸다. 나는 배분된 패를 힐끗 본 뒤 그것이 나쁜 패가 아니라는 걸 확인하자 그제야 수중에 있던 칩 전부를 판돈으로 걸었다. 총 63개의 칩이 나와 딜러 사이에 어떤 오브제처럼 우뚝 솟았다. 장내의 소리가 귀로 들리지 않아도, 분위기가 소리를 내며 변화하는 게 피부 세포로 느껴졌다.

딜러는 입을 움직여 뭔가를 내게 물었다. 물론 딜러가 무슨 이야기를 하는지는 모르지만 나는 한 마디로만 대답했다. "이걸로 좋아." 다른 플레이어들은 서로 눈을 맞추면서 어쩐지 기분 나쁘다는 듯 내 쪽을 힐끗 쳐다봤다. 마치 그로테스크한 전쟁 영화라도 보고 말았다는 것처럼.

승부카드 두 장 중에 딜러가 오픈한 카드는 '스페이드 6'이었다. 다른 한쪽은 아직 뒤집힌 채였다. 빨간 선으로 그려진 대칭의 기하학 모양이 그 익명성을 보장하고 있었다.

• 하트 6입니다.

나는 최초의 예언을 머릿속으로 떠올렸다. 그리고 그걸 뒤집혀 있는 카드에 적용해봤다. 그러자 필연적으로 내 승부카드는 정해졌고 동시에 승부 그 자체도 결정했다.

나는 승부카드 두 장을 골라 판에 깔았다. 딜러는 기계적으로 핸드벨을 두어 번 흔든 뒤 뒤집힌 상태의 승부카드로 천천히 손을 갖다 댔다.

나는 타이밍을 놓치지 않으려고 재빨리 주머니에서 MP3플레이어 리모컨을 꺼내 오른손 안에 쥐었다. 그리고 어젯밤부터 여러 번이나 연습한 동작으로 음악을 멈추고 동시에 노이즈캔슬링 스위치를 오프로 바꿨다. 엄지와 검지가 동시에 활발하게 움직이자 내 귓가에 퍼지던 음악의 세계는 어딘가 멀리 사라지고, 거기에는 현실감 넘치는 진짜 '소리'의 세계가 부활했다. 딜러가 트럼프를 들어 올리는 사소한 마찰음부터 옷이 스치는 소리까지 귀에 닿았다.

소리가 되돌아왔다.

강철의 굴레에서 벗어난 것처럼 너무 압도적이어서 쾌감이라고까지 표현할 수 있는 해방감이 느껴졌다. 그러나 변화에 마음을 빼앗기지 않도록 주의하면서 딜러의 목소리에 귀를 기울였다. 그건 절대 흘려들어서는 안 될, 최대의 예언이자 복음이었다. 나는 한층 신경을 곤두세웠다.

"하트 6입니다."

딜러의 목소리는 상상보다도 굵고 중후한 베이스 톤이었다. 나는 안도의 한숨보다도 재빨리 오른손을 움직여서 다시 음악을 재생시켰다. 힘찬 피아노 소리와 함께 세계를 역재생한 것처럼 노이즈캔슬링이 가동되었다. 리모컨 상에는 「찰나의 환영」, 프로코피예프/무라이 도시아키'라는 글자가 떠 있었다. 마치 구름 사이로 잠깐 보이는 햇빛처럼 정적의 세계는 순식간에 걷히고 두터운 구름 속으로 흡수되어 갔다. 나는 다시 음악의 세계로 끌려 되돌아갔다.

규칙대로 오른쪽 끝의 인간부터 희로애락을 드러내며 승부카드의 숫자가 보이도록 오픈해나갔다. 한 사람, 두 사람, 그리고 세 사람.

내 차례가 되자 나는 한숨을 쉬었다. 고개를 좌우로 쭉쭉 뻗으며 다시 뚝뚝 소리를 냈다. 이미 부자연스러울 만큼 여분의 시간이 흘렀으나 주변의 누구도 그걸 비난하지 않았다.

어쨌든 지금 난 63만 엔의 승부를 하고 있는 셈이다. 누구든 경솔하게 나를 재촉하는 일 따위는 할 수 없었다. 다들 꼼짝없이 엎드려 누워있는 내 승부카드를 응시하면서 그때를 기다리고 있었다.

나는 숨을 크게 내쉰 뒤 카드에 손을 가져가 딜러의 눈을 보면서 카드를 뒤집었다. 그리고 선언했다.

"클로버 3과 다이아몬드 6." 눈을 감고 오른손을 내밀었다. "그란데로 배당금 2배."

내 눈앞에는 '10'짜리 칩 다섯 개와 '1'짜리 칩 76개, 합계 126만 엔이 쌓여 올라갔다. 그 사실이 그다지 실감이 나지 않는 건, 어쩌면 귓가에서 울려 퍼지는 환상적인 음악 탓일지도 모른다.

나는 산더미처럼 쌓인 칩을 본체만체하며 딜러의 표정을 살폈다. 딜러는 변함없이 무표정한 얼굴로 희미하게 미소 지을 뿐, 이렇다 할 동요나 놀란 기색을 드러내지 않았다. 누아르 레버넌트를 한 세트 플레이해서 20만 엔을 100만 엔 이상으로 바꿨다고 한들 털끝만큼의 감흥도 없는 모양이었다.

나는 무심코 딜러에게 물었다. "여전히 구로사와 고스케를 만나게 해줄 수 없는 건가?"

그는 무표정으로 내 질문을 묵살한 채 새로운 트럼프를 뜯기 시작했다. 아무래도 철저히 모르는 척할 모양이었다. 나는 다시 말했다.

"좀 더 이기면 마음이 바뀌려나?"

딜러는 움직이던 손을 잠시 멈추더니 내 눈을 들여다봤다. 그리고 입가를 천천히 움직였다. 목소리는 들리지 않았지만, 발음 그 자체를 즐기는 듯한 느릿느릿한 어감이 느껴졌다. 마치 지금 내 귀가 들리지 않는다는 걸 알고 있는 것 같은 움직임이었다. 어쩌면 딜러는 목소리를 내지 않았던 건지도 모른다. 어찌 됐든 음악으로 봉쇄된 세계에서 딜러의 이야기는 한층 소극적인 속삭임이 되어 무음의 말을 내게 전해주었다. 딜러의 입 모양이 이렇게 움직였다.

"어쩌면."

나는 작게 미소 지으며 검지 하나를 세웠다.

"한 세트 더 하게 해줘."

딜러는 고개를 끄덕이고 핸드벨을 우아하게 흔들었다. 숫자표시판은 다시 '1'로 넘어가고 제1피리어드의 개시를 알렸다.

- ~~하트 6입니다.~~
- 스페이드 킹.
- 다이아몬드 3.
- 클로버 7.
- 스페이드 7.

나는 머릿속으로 오늘의 예언을 정리한 뒤 누아르 레버넌트 2세트를 시작했다. 손에 미끄러지듯 들어온 트럼프 다섯 장을 다시 주워들었을 때 귓가에서는 마침 음악이 바뀌었다. 나는 제목도 모르는 클래식 음악과 함께 다시 게임의 세계로 몸을 던졌다.

순간 누군가의 경고처럼 심벌즈 음이 압도적으로 울려 퍼졌다.

딜러가 익숙한 손놀림으로 숫자표시판을 넘겼다. 이 2세트째도 빠르게 제7피리어드로 돌입했다. 게임 시스템이나 순서에 익숙해진 탓인지 체감 시간은 아까보다도 다소 짧아졌다. 게임은 막힘없이, 그야말로 순조롭게 진행되었다.

살짝 마음가짐이 느슨해졌는데도 손안의 칩을 153만 엔으로 불리는 데 성공했다. 설령 기세가 한풀 꺾인다 한들 이렇게나 단순한 카드 게임이다. 각별히 신경을 곤두세우지 않아도 거기에는 거의 확실하게 보장된 이익이 있었다. 마치 내부자와 얽혀있는 주식 거래처럼. 어쩌면 여기까지 걸어온 내 인생처럼.

아름답게 테두리를 두른 외길을 좌우로 흔들리는 일 없이 똑바로 걸어가는 그런 인생. 일정하게 약속된 이익, 확실성과 불변성, 그리고 개성이라곤 전혀 없는 판에 박은 듯한 전개. 그것이 내 눈앞에 선명하게 표시된 길이었다. 아무리 발버둥 쳐도 나를 기다리고 있는 건 더 이상은 없을 만큼 무난한 결말, 혹은 무난한 승리. 그렇게 해서 마지막에는 망령(레버넌트)이 되는 것이다. 너무 공허해서 돌멩이만큼의 가치도 없는 새카만 망령이.

나는 속으로 조소하면서 분배된 카드를 왼손에 나열했다. 적당히 뿔뿔이 흩어진 숫자로 이루어진 무난한 패였다. 나는 눈을 감고 음악에 귀를 기울였다.

남은 예언은 네 개이고 현재는 제7피리어드. 이제 남은 게임은 제7, 제8, 제9, 제10의 총 네 개의 피리어드뿐이다. 따라서 앞으로는 모든 피리어드에서 예언을 사용할 수 있다.

- 스페이드 킹.
- 다이아몬드 3.
- 클로버 7.
- 스페이드 7.

오늘 아침 귓가에 들려온 예언들이 지금부터 딜러의 승부카드와 깡그리 맞아떨어질 것이다. 필연적으로 내 패배는 사라진 셈이다. 여기에는 늘 그렇듯 확실하게 약속된 성공이 나뒹굴고 있었다. 정기시험의 반복처럼, 전교 등수 발표처럼, 시험 합격자 게시처럼. 물론 그런 건 무척 따분하지만 분에 넘치는 말을 해서는 안 된다. 지금 필요한 건 가슴 뛰는 흥분이나 입안이 까슬까슬할 정도의 자극이 아니다. 그저 구로사와 고스케와 약속을 잡는 일이다. 내일 구로사와를 만나기만 하면 된다. 그뿐이다. 지금 내게는 눈앞에 있는 확실한 승리를 간과할 자격도, 그것을 놓칠 이유도 없었다.

나는 부피를 상당히 늘린 153만 엔 가까이의 칩을 양손으로 밀면서 딜러에게 몽땅 판돈으로 걸었다. 그러자 정해진 연기라도 하는 것처럼 다시 오른쪽 옆에 앉아 있던 플레이어들이 위축된 표정으로 뭔가를 중얼거렸다. 나는 묵묵히 패를 노려보며 머릿속으로 예언만을 되뇌었다.

- 스페이드 킹.

딜러가 다음에 오픈할 카드는 스페이드 킹이다. 그것만 생각하면 된다. 그것만이 가장 중요하다. 나는 딜러가 승부카드 한 장을 공개하기를 가만히 기다렸다.

딜러는 천천히 패 한 장을 숫자가 보이도록 뒤집었다. 공개된 카드는 '다이아몬드 킹'이었다. 나는 재차 숨을 가다듬고 승부카드 선정에 돌입했다. 물론 예언으로 봤을 때 딜러의 승부카드는 '다이아몬드 킹'과 '스페이드 킹'이라는 걸 짐작할 수 있었다. 두 카드의 차이는 의표를 찌르는 '0.' 승부카드를 고르는 데 시간 따위는 걸리지 않았다. 거기에는 이미 해답이 나뒹군 채 승리의 비법을 노골적으로 드러내며 말을 걸고 있었다. 나는 경쾌한 손놀림으로 두 장을 골라 던지듯이 판에 깔았다.

플레이어 전원이 승부카드를 판에 깔자, 딜러는 핸드벨을 울려 카드의 이동을 마감한 뒤 아직 공개 전인 자신의 승부카드에 손을 댔다. 마치 갓난아기라도 쓰다듬듯이 부드러우면서도 왠지 모르게 생동감 넘치는 손짓이었다. 나는 숨을 죽인 채 재빠른 동작으로 다시 MP3플레이어 리모컨을 꺼냈다. 그것을 오른손의 가장 적절한 위치에 둔 채 버튼 손잡이를 확인했다.

그때, 무슨 일이 일어난 걸까.

잘 설명하기가 힘들다. 어떤 의미에서는 방심한 상태였고 자만했으며, 한편으로는 우발적인 트러블이기도 했고 불운이기도 했다. 어쩌면 뭔가의 인과관계가 낳은 계산적이면서도 지극히 당연한 현상이었을지도 모른다. 어느 쪽이든 나는 그 순간을 제대로 설명할 수 없다. 몇 걸음 떨어진 곳에서 객관적으로 살펴봐도, 반대로 내 안의 중심에서부터 벌어진 일의 진상을 밝혀내려고 해봐도, 대답은 전혀 찾을 수 없었다.

딜러가 승부카드를 오픈한 뒤 그 카드의 무늬와 숫자를 입으로 말하려던 그 순간, 나는 어김없이 리모컨으로 음악 중지 버튼과 노이즈캔슬링 중지 버튼을 누르려 했다. 어제 몇 번이나 연습했던 검지와 엄지의 연계 동작이다. 우선 엄지로 중지 버튼을 누르고 그대로 논스톱으로 검지를 움직인다.

손끝으로 반응이 느껴졌다.

내 검지는 정확히 노이즈캔슬링 스위치를 오프 방향으로 딸깍 움직였고, 따라서 그 고성능 방음막은 깨끗하게 제거되었어야 했다.

그러나 현실 세계의 소리가 돌아오지 않았다. 음악은 이미 중지되어 아오이 시즈하가 준비해준 클래식 음악은 격렬한 심벌즈 음을 마지막으로 사라졌지만, 두꺼운 방음막은 여전히 건재했다. 내 귀를 빈틈없이 막으며 주위 잡음이 전혀 들리지 않도록 했다. 아무것도 들리지 않았다.

딜러의 목소리가 들리지 않았다.

갑작스러운 사태에 당혹스러운 나머지 나는 핏기가 가시는 게 느껴졌다. 세상이 천천히 흘러가는 것 같았다. 그런데도 시간은 점진적이면서 확실하게 침식되었고, 순식간에 딜러가 카드를 집어 들었다.

나는 당황하면서도 애써 평정을 가장하며 시선을 내 손으로 떨어뜨렸다. 그리고 눈으로 노이즈캔슬링 스위치를 확인한 뒤 기세 좋게 눌렀다. 갑자기 세상은 색을 되찾았고 나는 현실 세계로 되돌아왔다. 희미한 에어컨 소리부터 옆자리 플레이어의 작은 한숨까지 생생하게 귓가에 닿았다. 나는 황급히 고개를 들고 딜러의 손으로 시선을 옮겼다.

거기에는 이미 공개된 승부카드와 딜러가 내민 오른 손바닥만이 존재했다. 공개된 카드에 시선을 고정한 나는 할 말을 잃고 말았다.

미리 오픈했던 승부카드 옆에서 모습을 드러낸 건 예상치 못한 '하트 4'였다.

예언으로 들었던 '스페이드 킹'이 아니었다.

나란히 늘어선 카드 두 장은 '다이아몬드 킹'과 '하트 4'로, 그 차이는 '9'였다.

스스로 동요하고 있다는 게 강하게 느껴졌다. 갈증으로 땀이 나고 교감신경의 움직임이 빨라졌다. 실로 오랜만에 느끼는 감정과의 대면이었다. 그러나 나는 충동적인 감정과의 재회를 반가워할 여유 따위 없었다. 비극은 이어졌다.

"스페이드 킹."

느닷없이 귀에 꽂힌 수수께끼의 목소리에 나는 오른쪽을 봤다. 어느새 나는 냉정한 판단력을 잃었다. 내 안에 얼마 안 되는 사고능력이 남아 있다면 당장이라도 다시 노이즈캔슬링 스위치를 켜고 음악을 재개해야 했다. 그러나 나는 눈앞에서 펼쳐지는 예상 밖의 연쇄작용에 발목이 잡혀 있었다. 마치 미지의 경보를 들은 순진무구한 어린아이처럼 그저 멍하니 경직되어 있었다.

"다이아몬드 3."

그제야 나는 사태의 심각성을 감지했다. 지금 들리는 건 본래 들어야만 하는 딜러의 목소리가 아니라 아무런 관계도 없는 다른 플레이어의 것이었다. 바로 오른쪽 옆자리의 플레이어가 자기의 승부카드를 읽어내는 목소리였다. 보아하니 가장 오른쪽에 앉은 플레이어가 손에 든 승부카드를 넘기는 모습이 눈에 들어왔다. 이런 말을 듣는다고 해서 내게 이익 따위는 전혀 없다. 즉, 지금 들어버린 이 목소리는 다름 아닌 '예언'이었다.

- ~~하트 6입니다.~~
- ~~스페이드 킹.~~
- ~~다이아몬드 3.~~
- 클로버 7.
- 스페이드 7.

부질없이 예언이 소비되어 갔다. 허둥지둥 나는 클래식 음악을 다시 재생하고 노이즈캔슬링스위치를 켰다. 주위의 잡음은 돌연 귓가에서 상쇄되고, 다시 기억났다는 듯 음악이 호쾌하게 울려 퍼졌다. 세상은 다시 위대한 적막에 휩싸이며 그 현실감이 급속히 소실되어 갔다.

멍해진 내 시야에 딜러의 오른손이 불쑥 나타났다. 그는 내 의식을 깨우려는 듯 부드럽게 손을 흔들며 내 얼굴을 들여다봤다.

나는 힘껏 호흡을 가다듬은 뒤 천천히 딜러의 얼굴을 올려다봤다. 거기에는 얄미울 만큼 표정 변화가 없는 딜러의 우아한 얼굴이 시치미를 뗀 채 기다리고 있었다. 그는 입술을 움직이며 내게 지시를 내렸다. 현재의 완전히 흐트러진 정신 상태로 딜러의 입술을 읽어내는 건 당연히 불가능했지만, 그 내용을 헤아리는 건 어렵지 않았다.

승부카드를 공개하라는 말이었다.

흐르는 시간은 상당한 충격에 잠시 침묵을 지키던 나를 기다려주지 않았다. 분위기가 경직되고 다른 사람들의 시선이 내 손으로 모이는 게 느껴졌다. 절반은 수동적인 상태로 내 승부카드 위에 손을 올렸다. 다른 플레이어들도 숨을 죽이고 있었다. 딜러는 차가우면서도 긴장된 눈빛을 보냈다. 나는 단숨에 카드를 뒤집고 모든 패를 밝혔다.

"클로버 7과 다이아몬드 7."

분위기가 이완되면서 축 늘어졌다.

"득점 없는…… 폴드."

내 눈앞에 쌓여있던 153만 엔어치의 칩이 아무런 감흥도 없이 싱겁게, 그리고 형식적으로 딜러에게 넘겨진 채 사라져갔다. 칩은 바닥났고 나는 빈털터리가 되었다.

거기에는 전혀 경험한 적 없는 미지의 영역이 펼쳐져 있었다. 끝없이 이어질 듯한 어둠 속에서 번들번들한 패배감과 상실감이 피부 표면으로 느릿느릿 흘러내렸다.

귓가의 노이즈캔슬링이 내 생기마저 빼앗아 가버린 느낌이었다.

사에구사 논

나는 남자가 열어준 깡통 안을 집어삼킬 듯이 들여다봤다. 거기에는 대체 뭐가 들어있을까. 삿짱의 무언가를 알려주는 중요한 단서가 포함되어 있을까. 아니면 전혀 관계없는 잡동사니가 여기저기 나뒹군 채 가득 담겨 있을까. 남자가 뚜껑을 말끔히 제거하자, 어둑했던 우물 바닥에 빛이 비치는 것처럼 깡통 내부가 완전히 드러났다.

그 안에는 남자가 조금 전에 읽어 내려간 대로 세월의 흔적이 담긴 양장본 책 세 권이 쌓여있었다. 그리고 그 옆에는…….

"……학 세 마리." 무심코 나는 말을 내뱉었다. 책 옆에 나란히 놓여 있었던 건, 4년 전 그 누구도 아닌 내가 삿짱에게 선물한 종이학 세 마리였다. 당시 초등학교 6학년이었던 내가 서투른 솜씨로 접은 터라 원래부터 상당히 뒤틀린 모양이었던 종이학은, 세월이 흐르면서 한층 더 모양이 일그러져가고 있었다.

분홍색과 노란색과 연한 파란색의 종이학.

종이학이 그저 거기에 존재해 있는 사실만으로도 내 마음 깊이 간직한 삿짱과의 추억이 송두리째 퍼 올려졌다. 전동드릴로 계속 파 내려가며 캐내듯 한없이 추억이 쌓여 갔다. 삿짱의 목소리, 표정, 몸짓. 모든 것이 한층 더 선명해지며 머릿속에 되살아났다. 나도 모르게 눈시울이 서서히 뜨거워졌다. 아냐, 이러면 안돼. 지금은 중요한 임무를 수행하는 중이잖아. 게다가 이 남자 앞에서 엉엉 우는 건 나답지 않다. 나는 눈을 깜빡이며 눈물이 흐르려는 걸 필사적으로 억눌렀다.

남자는 뚜껑을 깡통 옆에 두고 안에서 학 세 마리를 꺼낸 뒤 연이어 책 세 권을 꺼냈다. 낡아빠진 양장본이 카운터 위에 나란히 놓였다.

한 권은 갈색의 양장으로 둘러싸인《데카르트와 근대철학》.

삿짱은 그 누구보다도 수많은 문장과 문학작품을 사랑했지만, 그중에도 유독 르네 데카르트의 말과 사상을 자주 인용하곤 했다. 내게 많은 책을 읽으라고 말할 때 인용한 문장도 데카르트의 말이었다.

학 세 마리가 발견된 순간 예상하긴 했지만, 데카르트의 책이 나오자마자 이 깡통이 삿짱의 것이라는 게 더욱 명확해졌다. 틀림없이 삿짱이 남긴 깡통이다. 나는 침을 꿀꺽 삼켰다.

그 옆에 놓인 두 번째 책은《행복론—버트런드 러셀》.

솔직히 내 머릿속에는 삿짱이 러셀의 말을 인용했던 기억이 거의 없었다. 하지만 이 안에 소중히 보관되어 있었으니 삿짱에게 중요한 책이었겠지. 아무리 내가 삿짱과 친밀했다고는 해도 그녀의 전부를 속속들이 알고 있는 건 아니니까. 내가 몰랐던 미지의 영역 중 하나가 이 버트런드 러셀의 《행복론》일 테지. 흠. 나는 고개를 끄덕인 뒤 마지막 세 번째 책으로 시선을 옮겼다.

《DIARY》.

그건 분명히 우리가 찾고 있던 삿짱의 일기였다. 새카만 하드커버로 둘러싸인 채 묵직한 분위기를 풍기며 향수를 불러일으키는 장정. 틀림없다.

일이 너무 쉽게 풀리자 왠지 모르게 약간 찝찝한 기분도 들었으나 사실은 사실이었다. 일기를 마주하자 가슴이 두근거렸다.

어쨌든 이 일기야말로 우리의 출발점이자 목표점이다. 아마 우리를 부른 이는 삿짱이며, 그녀는 우리가 협력하기를 바라고 있다. 그렇다면 우리는 알아야 한다. 왜 삿짱이 우리 넷에게 '그것'을 맡겼으며, 왜 지금이 '그때'인 건지, '협력'을 부탁한 이유가 무엇인지 알아내야 한다. 어쩌면 그 모든 대답이 이 일기 안에 잠들어 있을지도 모른다. 우리가 모이게 된 이유와 우리가 해야만 하는 일 말이다.

그것은 내가 지금 여기에 있는 이유이기도 했다.

"이건 개인 소장용 책과 일기인가요?" 남자가 책들을 들여다보며 말했다. 나를 배려한 건지 어딘가 조심스러운 표정이었다.

나는 고개를 끄덕였다. "그런 것 같아요. 설마 찾을 수 있을 줄은 몰랐어요."

"인수하시겠습니까?" 남자는 온화한 미소를 지으며 종이 한 장을 꺼냈다. "여기에 필요 사항을 기입하시고 유족과의 관계를 증명할 신분증을 제시해주시면 곧 넘겨드리겠습니다."

그 말에도 불구하고 나는 잠시동안 신분증 대신 카운터 위에 나뒹구는 일기를 손에 쥐었다. 손으로 들어보니 묵직한 느낌의 정통 일기장이었다. 이 정도 장정은 돼야 샷짱의 일기장으로 걸 맞을 것 같다는 생각이 들었다. 나는 손으로 일기를 두세 번 가볍게 들어보며 그 무게를 가늠해봤다.

"저기…… 신분증은 가지고 계세요?"

나는 남자에게 오른손을 불쑥 내밀며 기세 좋게 외쳤다.

"아뇨!"

내 말투에는 망설이거나 미안해하는 기색이 전혀 없었다.

"네?"

"없다고요!"

남자는 당황했는지 어안이 벙벙해진 채 입을 쩍 벌렸다. 일부러 창고에서 무거운 짐을 들고 와줬는데, 약간 미안한 마음이 들면서도 사정을 일일이 설명할 수는 없었다. 그렇다고 거짓말을 할 수도 없다. 없는 게 사실이니까.

"하지만 그게, 신분증이 없으면 이걸 드릴 수가 없는데요……."

"어쩔 수 없죠!"

"네?"

"가져갈 수 없다면 어쩔 수 없죠. 일단 '테이크아웃'은 포기할게 요. 대신 '다 읽고 가는' 걸로 할게요! 잠깐만 기다려주세요."

그러고는 다짜고짜 일기를 새하얀 카운터 위에 수직으로 세웠다. 손을 떼도 두꺼운 하드커버 일기장은 미동 하나 없이 아름답게 우뚝 서 있었다. 마치 에펠탑처럼 유연하고 힘 있게.

나는 책등 맨 윗부분에 검지를 갖다 댔다. 손가락이 뒤로 젖혀져서 힘줄이 솟아오를 만큼 기합을 넣었다.

이대로 손가락을 아래로 쭉 쓸어내리면 아마 모든 진상을 알게 되겠지. 화재에 관한 진실, 어쩌면 레종전자의 음모에 관한 실체와 삿짱의 심경까지도 알 수 있을 것이다. 일기라는 거창한 이름을 내걸고 있는 이상, 삿짱이 당시의 중요한 사건을 언급하지 않았을 리 없었다. 여기에는 분명 해답이 실려 있을 것이다. 나는 남자의 수상쩍어하는 시선도 무시한 채 아주 크게 심호흡을 했다. 실내의 산소를 모조리 이산화탄소로 바꿔버릴 것처럼 커다랗게 가슴을 부풀렸다가 오므라뜨렸다. 긴장을 가라앉히려고 재차 더 깊이 호흡했다.

나는 번뜩이는 눈빛으로 책등을 노려본 뒤 눈을 감았다. 신경을 끝까지 예민하게 곤두세우면서 아이스픽보다도 예리하고 날카롭게 정신을 한곳에 집중했다.

그리고 손가락을 쓸어내렸다. 초속 5밀리미터 정도의 속도로 서서히.

책등의 두툼한 가죽 소재가 손가락과 접촉하며 거슬거슬한 마찰을 일으켰다. 손가락 끝은 마치 경련이 이는 것처럼 잘게 떨렸다.

일기를 통해 내 머리로 삿짱의 생각들이 흘러들어왔다. 결코 망각할 일이 없는 온전한 삿짱의 생각들이 화석이 된 고대 생물처럼 고스란히 침투해왔다. 내 안으로 흘러들어온 삿짱은 어느새

나 자신과 완전히 분리될 수 없는 중요한 부분으로서 위치를 확립해나갔다. 4년 전 화재로 목숨을 잃은 샷짱은 지금 다시 내 안에서 생명을 잉태했다. 데카르트는 말했다. 〈모든 양서를 읽는 건 과거의 사람과 대화를 나누는 것과 같다〉고. 나는 지금 확실히 샷짱과 대화를 하고 있었다. 4년이라는 시간을 넘어, 이젠 과거의 인물이 되어버린 샷짱과 생명의 대화를 나누고 있었다.

그것은 무척이나 처절하고 거대하고 비참한 나머지, 쉽사리 타자의 공감을 허락하지 않는 이질적인 이야기였다. 나는 너무 충격을 받아서 당장은 경솔하게 감상을 입에 올릴 수 없었다.

책등의 맨 아랫부분까지 손가락이 내려갔다.

진짜 가죽으로 된 책등을 빠짐없이 훑은 뒤에야 내 손가락은 반들반들한 세라믹 카운터에 닿았다. 오늘에야 모든 것을 파악하고 샷짱의 진의를 알게 되었다.

툭. 눈물이 먼저 쏟아졌다. 조심스러운 소리를 내며 하얀 카운터 위로 눈물방울이 떨어졌다. 한 방울, 곧이어 또 한 방울. 전신의 힘이 빠지고 입가는 비참하게 열린 채였다. 목소리도 나오지 않았다. 난 휑뎅그렁한 사막 위에서 그저 망연자실한 상태였다.

진실은 끔찍하게도 비현실적이고 잔혹해서 상상을 초월했다.

"저기…… 왜 그러세요?"

난 남자의 목소리에 제대로 대꾸도 하지 못한 채 그저 말없이 눈물을 닦았다. 남자가 걱정되었는지 재차 다정한 목소리로 물었다.

"괘, 괜찮으세요?"

나는 그제야 입가에 힘을 주고 애써 입을 열었다.

"죄, 죄송해요. 조금 이성을 잃었나 봐요……. 오늘은 신분증을 잊어버렸으니 다음에 다시 가지러 와도 될까요?"

남자는 내 눈물에 동요하면서도 고개를 끄덕였다.

"알겠습니다. 다음에 다시 찾아주세요. 저기, 그런데……." 그가 다짐받듯이 덧붙였다. "정말 괜찮으신 거죠?"

나는 삿짱의 일기와 다른 책 두 권, 그리고 학 세 마리를 깡통 안에 조심스레 돌려놓고 원래대로 뚜껑을 닫았다. 탁, 하는 소리가 적막한 실내에 영원히 메아리칠 것처럼 깊은 여운을 남겼다.

나는 청소업자 청년을 바라보며 말했다.

"난 괜찮아요. 하지만 **괜찮지는 않았어요.**"

머리를 갸우뚱하는 그를 내버려 둔 채 청소회사를 나왔다. 문을 열자 바깥의 뜨뜻미지근한 바람이 내 가슴을 휘감았다. 나는 목적지도 없이 기분 내키는 대로 터벅터벅 걸었다.

혼자만의 시간이 필요했다. 흐트러질 대로 흐트러진 마음을 정리하기 위해서, 그리고 삿짱에게 벌어진 사건을 차분히 파악하기 위해서라도 휴식 시간이 꼭 필요했다.

일단 원래 왔던 역으로 되돌아가 개찰구를 통과한 뒤 재빨리 승강장의 벤치에 앉았다. 시간도 그러하거니와 그다지 붐비는 역이 아니었기 때문에 얼핏 봐도 승강장에는 나뿐인 것 같았다. 주변에는 다소 우울한 느낌의 낡고 수수한 오피스빌딩과 예스러운 아파트 단지가 드문드문 눈에 띄었다. 전선 위에 앉은 까마귀 세 마리가 인위적이면서도 규칙적으로 깍깍 울었다.

벤치에 앉은 것까지는 괜찮았는데 엉킨 사고는 간단히 풀리지 않았다. 모든 일을 시간순으로 질서있게 나열하여 풀어나가는 작업이 지금의 나로서는 도저히 불가능했다. 나는 어찌할 바를 몰랐다.

완행열차가 세 대쯤 지나갈 무렵에야 천천히 벤치에서 일어나 자동판매기로 향했다. 상당히 목이 말랐다. 나는 동전을 꺼내 주스를 샀다. 차가운 주스를 손에 든 채 벤치로 되돌아와 캔을 땄다.

그러자 다시 눈물이 흘러내렸다. 눈물이 눈꼬리에서 뺨을 타고 흐르며 또렷이 한 줄기 선을 남겼다. 그것도 끝없이, 끊임없이.

나는 흐르는 눈물을 대신하듯 꿀꺽꿀꺽 주스를 마셨다. 통통한 젤리 알갱이가 서투르게 목구멍을 통과해 갔다. 마치 유치원생들의 달리기 경주처럼. 승강장에는 특급열차의 통과를 알리는 안내방송이 울려 퍼졌다. 잠시 후 특급열차가 선로를 진동시키는 소리가 귀에 닿았다. 덜커덩덜커덩. 마치 토토로가 지르는 탄성 같은 소음이었다. 나는 통과해 가는 전철을 향해 속내를 외쳤다.

"삿짜아아앙, 이 바아아보!!"

열차는 소음을 내며 내 목소리를 말끔히 지워버리고 허둥지둥 어딘가로 멀어져 갔다. 나는 무릎 위에 얼굴을 묻고 옷 위로 눈물을 적셨다.

삿짱.

전학을 간다는 건 터무니없는 거짓말이었네. 그토록 괴로워하고 있었으면서 내게 조금만이라도 털어놨으면 좋았잖아.

난 당시 아직 초등학생이었으니 상담 상대로는 다소 미덥지 않았을지도 모른다. 그래도 아주 조금쯤 솔직해져도 괜찮았을 텐데. 물론 삿짱이 직면한 문제는 아이의 시각에서 해결할 수 있는 영역은 아니었다. 그래도 고민이나 괴로움을 공유하는 정도는 가능하지 않았을까.

'난 영웅은 되지 못했다.'

정말 엄청난 바보다. 삿짱을 이런 식으로 말하는 건 상당히 괴로울 뿐만 아니라 본심도 아니었다. 하지만 그래도 삿짱은 엄청난 바보다. 정말, 진심으로 엄청난 바보다.

극작가 베르톨트 브레히트는 말했다. 〈영웅이 없는 시대는 불행하지만, 영웅을 필요로 하는 시대는 더욱 불행하다〉고. 영웅 같은 건 원래 필요 없다. 그걸 바라야만 하는 시대가 오히려 죄이자 악이다.

〈종종 용기의 시련은 죽는 게 아니라 사는 것이다. (극작가, 알피에리)〉. 마음속으로 부글부글 분노가 치밀어 올랐다. 과연 이 분노는 무엇을 향한 것일까. 삿짱을 향한 것일까, 혹은 그녀를 그렇게 몰고 간 상황에 대한 것일까. 아니면 당시의 한심했던 나에 대한 것일까. 알 수 없었다.

단 한 가지 말할 수 있는 건, 죽으면 모든 걸 잃어버리고 가능성이 제로가 되어버린다는 것이다. 그토록 비합리적이고 부조리한 짓을 어찌 용서받을 수 있겠는가.

나는 주스를 전부 마신 뒤 찌그러지지 않는 캔을 힘껏 쥐었다. 그리고 삿짱에게 닿지 않을 메시지를 마음속으로 외쳤다.

〈세상은 당신이 생각하는 것 이상으로 영광에 가득 차 있다. (소설가, 체스터턴)〉

사방이 뚫린 여름의 승강장은 결코 나를 감싸주지 않았다.

에자키 준이치로

그야말로 절망적이었다.

사방이 거대한 벽으로 둘러싸여서 전혀 물러설 길이 없었다. 두 번째 세트 7피리어드에서 내 모든 자금은 바닥나 버리고, 전혀 느껴본 적 없는 거북한 감정만이 남았다. 몸 안의 뼈가 녹아 사라져버린 것처럼 모든 힘이 남김없이 풀려버렸다.

딜러가 내게 말을 건넸다. 차분한 몸짓을 섞어가며 친절하고 정중하게 뭔가를 설명해주는 것 같았다. 물론 나는 딜러가 무슨 말을 하는지 모른다. 그저 딜러의 몸짓과 입 모양을 좇을 뿐이다. 전혀 진의를 파악할 수 없었다. 잠시 후 딜러는 내게 말하기를 포기하고 테이블 밑에서 종이 한 장을 꺼냈다. 현재의 나는 패전의 여파로 넋이 나가서 아무런 말도 귀에 들어오지 않는 거라고 판단한 건지도 모른다. 딜러가 A4 크기의 종이를 내밀었다. 당황한 나는 대강 내용을 훑어봤다.

'긴급 자금 차용서'라는 제목이 적혀 있었다. 나는 신중하게 상세 내용을 읽어나갔다.

본 차용서는 당 카지노에서 '누아르 레버넌트(이하 '당 게임')'를 플레이하는 도중 제10피리어드까지 진행되기 전에 자금이 바닥나버린 분을 구제하기 위해 제시하는 긴급 자금 차용서입니다. 당 게임에서는 규칙상 제10피리어드를 완주하지 않은 시점에서 중도 기권이 금지되어 있습니다. 지능과 심리를 이용한 전략이라는 본 게임의 참된 묘미와 취지를 무시한 채 경솔하게 거금을 거는 노름성 행위나 승리한 뒤 도망가는 비겁한 행위를 막기 위함입니다. 따라서 어떠한 형태든 10피리어드까지 플레이하지 않은 시점에서는 본 게임을 중도 기권하는 것이 인정되지 않습니다(※1).

본 차용서는 손님이 마지막까지 게임을 플레이할 수 있도록 준비된 구제 조치입니다. 본 차용서에 동의하신다면 당 게임을 플레이하는 중에 자금이 바닥나서 게임 참여가 어려워진 경우에 한해 무담보(※2)로 자금 100만 엔을 차용해 드립니다. 한편, 특수한 형태로 차용해드리는 까닭에 당일 상환할 경우에만 50%(1.5배)의 이자를 받으며 그 이후에는 하루마다 10%씩 이자를 가산하여 받습니다.

이상의 내용을 정독하신 뒤 이용을 원하시는 분은 이하 서명란에 기명날인 하신 뒤 관계자에게 제출해주시기 바랍니다.

계속해서 멋지게 게임을 즐겨주십시오.

※1. 특약에 따라 중도 기권을 선언하신 시점에서 총 판돈의 두 배를 지불하신 경우에 한해 중도 기권을 승낙해드립니다.

※2. 대여금 상환이 불가능하거나 곤란하실 경우 그에 상응하는 대가가 따릅니다. 양해 부탁드립니다.

차용서를 다 읽은 뒤 고개를 들어 딜러의 표정을 살폈다. 딜러는 '거기에 적힌 그대로입니다'라고 말하는 것처럼 손바닥으로 차용서를 가리켜 보였다. 나는 다시 땅으로 시선을 떨구었다.

어떠한 형태든 10피리어드까지 플레이하지 않은 시점에서는 본 게임을 중도 기권하는 것이 인정되지 않습니다. (…) 대여금 상환이 불가능하거나 곤란하실 경우 그에 상응하는 대가가 따릅니다. 양해 부탁드립니다.

상응하는 대가.

진부하면서도 그 말이 가지는 배덕한 울림에 마음이 술렁였다. 몸 안에서 어떤 펌프가 조용히 가속을 시작하더니 정체를 알 수 없는 감정을 전신으로 퍼트렸다. 뺨은 희미하게 홍조를 띠고 손가락 끝이 이상할 만큼 섬세하게 움직였다.

끓어오르는 감정은 조금 전까지의 패배감 따위가 아니었다. 절망도 슬픔도 공포도 아니었다. 이건 분명히 **기대**와 **흥분**의 감정이었다. 지금 내 기분을 아무리 잘 설명한다고 한들 그 누구도 온전히 공감할 수 없을 것이다. 나를 지배하는 이 흥분감은 너무나 이질적이고 특수했다. 가슴에서 격한 심장박동이 느껴졌다.

나는 종이를 손에 받아든 순간 처음으로 '앞이 보이지 않는 전개'를 실감했다. 무엇 하나 약속되지 않은 세계였다. 이른바 태초에 펼쳐지는 무법의 세계. 영어 경시대회나 정기시험이나 입학시험과는 달랐다. '성공'이 약속되지 않는 자유의지의 영역인 셈이다.

나는 귀중한 예언을 허무하게 날려버리고 착실히 늘어가던 칩을 제로로 되돌린 뒤 빈털터리로 추락했다. 순풍에 돛단 듯 흘러가던 상황이 단번에 역전되면서 상당히 비참하고 절망적인 처지로 전락했다. 그런 내게 '구제 조치'라는, 너무도 수상쩍은 손길이 뻗쳐왔다.

어떠한 형태든 10피리어드까지 플레이하지 않은 시점에서는 본 게임을 중도 기권하는 것이 인정되지 않습니다.

너무나도 악마 같은 규칙이 아닌가. 이런 사이드 룰을 알고 있었다면 그 누구도 칩을 전부 걸고 내기를 할 수 없을 것이다. 적나라하게 말하자면 나는 '계략에 걸려든' 셈이다.

무담보로 자금 100만 엔을 차용해 드립니다.

뻗어온 손길이 아무리 더럽게 느껴지고 꿍꿍이가 훤히 들여다보이는 함정이라고 해도 나는 이 손길을 뿌리칠만한 힘이 없었다. 이 제안을 받아들이지 않으면 아마 나는 이 카지노에서 나갈 수도 없을 테니까.

나는 종이와 함께 건네받은 검은색 만년필을 오른손에 쥐고 서명란에 이름을 적어 넣었다. 그리고 역시 건네받은 인주에 엄지를 눌러 조심스레 지장을 찍었다.

그건 악마와의 계약인 동시에 자유의지와의 조우이기도 했다.

나는 크게 심호흡을 한 뒤 차용증을 딜러에게 넘겼다.

그는 인사와 함께 종이를 건네받은 다음 그 대가로 칩 100개를 내 앞으로 내밀었다. 아직 손이 타지 않은 새 칩이 나를 유혹하듯 희희낙락하며 나타났다.

딜러는 마치 아무 일도 없었던 것처럼 옆의 숫자표시판을 넘겼다. 숫자는 내가 대패했던 제7피리어드에서 제8피리어드로 바뀌며 새로운 게임의 시작을 알렸다.

숫자가 바뀐 뒤로 모든 것이 달라져 있었다. 수중의 돈과 남은 예언의 수가 달렸다. 그리고 무엇보다 내 정신 상태도 달려졌다. 불과 몇 분 사이에 어지러이 변화해갔다.

나는 딜러가 나눠준 패 다섯 장을 주워들었을 때 카드의 무게가 바뀐 것을 깨달았다. 어느새 내가 도전하는 이 게임은 하품을 섞어가며 한쪽 팔꿈치를 괸 채 싸울만한 상황이 아니었다. 몸과 마음을 다해 도전해야만 하는, 인생일대의 도박이었다.

이젠 구로사와 고스케의 일 같은 건 절반쯤은 아무래도 좋은 일이 되어버렸다. 무엇보다도 이 '순간'이 이상하리만치 스릴 넘쳤고 최고의 쾌감을 안겨주었다. 나는 자유의지를 위해 분투한다. 그것만으로도 심장이 쿵쾅거리기 시작하면서 온몸이 달아올랐다.

'세상의 이면을 엿보는 투어려나.'

밥, 정말 늘 당신이 말한 대로군. 티켓에 이끌려서 하게 된 이 일은 한 발자국만 잘못 디디면 나락으로 떨어지고 마는, 세상의 이면을 신중히 걸어가는 줄타기 같은 투어였다. 나는 희미하게 웃은 뒤 카드를 노려봤다.

게임 공략법에 관해서는 이미 상당한 자신감이 있었다. 설령 예언이 두 가지밖에 남지 않았다 해도 대패할 일은 없을 거라는 자신감이 있었다. 따라서 내 최대 목표는 남은 세 개의 피리어드에서 어떻게 칩의 개수를 늘리느냐는 것이었다. 그리고 그중에서도 가장 신경 써야 할 순간은 예언을 사용하지 않은 채 넘어서야 하는 이 제8피리어드였다. 이 판에서는 예언을 봉인한 채 일단 무조건 승리해야만 한다.

나는 스스로를 극한으로 내몰기 위해서 돌연 칩 70개를 판돈으로 내밀었다. 패배는 인정하지 않겠다는 배수의 진을 친 상태야말로 내 안에 잠든 미지의 집중력을 꺼낼 수 있다.

딜러가 승부카드 하나를 공개하자 나는 뇌세포를 총동원해서 내 승부카드를 골랐다. 주위에 흩어진 모든 정보를 빠짐없이 확인하고 신중하게, 그러나 대담하고 호쾌하게 승부카드 두 장을 골랐다. 딜러는 뒤집어 있던 다른 한 장의 승부카드를 오픈했다.

나는 힘껏 어금니를 앙다물었다. 이마에서 땀이 뚝뚝 떨어졌다. 그대로 땀방울은 펠트 위로 흡수되어 파문을 일으키며 테이블을 흔들었다.

오른쪽 플레이어부터 차례로 승부카드를 공개하기 시작했다. 게임은 마치 급류를 타고 강을 내려가는 것처럼 어지러이 진행되더니 내 차례까지 순번이 돌아왔다. 나는 승부카드를 조금 거칠게 집으며 숫자가 보이도록 오픈했다.

"다이아몬드 에이스와 스페이드 킹…… 그란데로 배당금 2배."

나는 숨을 헐떡이며 웃었고, 딜러는 살짝 고개를 끄덕였다.

단숨에 칩은 170개로 불어났다. 흥분감은 아직 멈추지 않았다.

이자는 당일 상환일 경우 50%였다. 즉 금액으로 치면 150만 엔을 돌려줘야 한다. 그리고 개인적으로 사에구사 논에게 20만 엔의 빚이 있다. 물론 그런 보잘것없는 액수를 운운하며 장황하게 말을 늘어놓는 건 불필요하기 짝이 없지만, 결국 내가 이 게임을 끝냈을 때 내 수중에 남아이었야 할 최소자금은 170만 엔인 셈이다. 따라서 일단 최소한의 자금은 확보한 상태였다. 나는 깊이 숨을 내쉰 뒤 다음 피리어드로 태세를 전환했다.

다만, 남은 피리어드에서는 소중히 아껴둔 예언 두 개를 사용할 수 있다.

- ~~하트 6입니다.~~
- ~~스페이드 킹.~~
- ~~다이아몬드 3.~~
- 클로버 7.
- 스페이드 7.

난이도를 따진다면 앞으로의 게임들은 조금 전 게임에 비해 상당히 유리하게 진행할 수 있다. 물론 아까와 같은 실수는 없어야 하겠지만.

내 집중력은 제9피리어드에 돌입해서도 더욱 향상될 따름이었다. 불필요한 정보는 전부 제거된 상태에서 딜러의 손놀림과 게임장의 분위기가 빠짐없이 선명하게 머릿속으로 흘러들어왔다.

딜러가 다섯 장씩 패를 나눠준 뒤 배팅하기를 재촉했다. 나는 생각보다 앞서 눈앞의 칩 전부에 손을 올렸다. 몸을 사릴 때가 아니었다. 좀 전에 칩을 20개에서 150개 이상으로 늘렸을 때 딜러는 동요의 그림자조차 보이지 않았다. 그렇다면 좀 더 화려한 승리를 거둬야만 한다. 이 딜러가 구로사와 고스케와 연결되어있는 건 명확하다. 그렇다면 압도적인 실력으로 어떻게든 이 남자의 마음을 흔들어야만 한다. 그것이야말로 내가 여기에 있는 이유니까.

딜러는 규칙에 따라 승부카드 한 장을 숫자가 보이도록 공개했다. 눈에 들어온 건 '스페이드 6.'

나는 손바닥으로 땀을 닦고 재차 예언을 머릿속으로 떠올렸다.

• 클로버 7.

두 개의 정보를 통합하면 '스페이드 6'과 '클로버 7'에서 차이는 그저 '1'이 된다. 아무래도 손쉽게 승리할 수 있을 것 같았다.

나는 손에서 다이아몬드 에이스와 클로버 킹을 꺼내 판에 뒤집어 깔았다. 순조롭게 그란데가 되어 배당금 2배를 딸 것이다. 나는 테이블에서 몸을 밀어내듯이 몸의 중심을 약간 뒤로 했다. 조금 떨어지니 게임 전체가 눈에 보였다.

귓가에서 안개가 걷히듯 곡이 페이드아웃 되더니 새로운 음악이 재생 준비를 시작했다. 몇 초의 침묵이 흐른 뒤 저음의 피아노 화음이 내 귀를 묵직하게 흔들었다.

이상하게도 그 음색은 내 안으로 깊이 스며들며 마치 커다란 냄비로 수프를 끓이는 것처럼 부드럽게 내 감정을 휘저었다. 예전에 어디선가 들어본 적도 없고 딱히 개성적인 곡도 아니었다. 그러나 이 피아노곡은 지금껏 내가 들어온 다른 어느 곡과도 다른,

일종의 특수성을 자아내고 있었다. 난 처음으로 간절히도 곡의 제목이 알고 싶어졌다. 어째서일까.

나는 무심코 테이블 아래로 리모컨을 꺼내 딜러에게 들키지 않도록 한 채 곡의 제목을 확인해봤다. 액정 위로 조용히 흐르는 곡의 제목과 연주자의 이름을 본 순간 불현듯 소리를 낼 뻔했다.

「영웅 폴로네즈」, 프레데리크 쇼팽/아오이 시즈하

뜻하지 않은 인과관계도 있는 법이다. 아마 지금까지 내 귀를 통과해 간 무수히 많은 클래식 음악들은 전세계에서 평판이 높은 연주가들의 것이었으리라. 이른바 선별된 엘리트들이다. 하지만 그런 음악에 둘러싸여 있으면서도 쇼팽의 '영웅'은, 나아가 아오이 시즈하의 연주는 전혀 뒤처지지 않는 일종의 위력을 발산하고 있었다. 나는 그 재능에 진심으로 감동했다.

멋진 연주였다.

음악 따위 전혀 모르는 나조차도 이 연주가 얼마나 뛰어나고 놀라운지 충분히 이해할 수 있었다. 나는 진심으로 마음이 깨끗해져 다시 테이블 위의 카드로 시선을 돌렸다.

거기에는 조금 전과 똑같은 '스페이드 6'이라는 딜러의 승부카드가 놓여 있었다. 하지만 나는 거기에서 문득 어떤 어색함을 느꼈다.

정말 '스페이드 6'과 짝이 되는 건 다음 예언으로 나왔던 '클로버 7'일까. 단순히 생각해보면 '6'과 '7'이어서는 차이가 '1' 밖에 되지 않는다. 딜러의 입장에서 생각해보자. 과연 이런 국면에서 딜러는 의표를 찔러서 같은 숫자를 내세운다면 몰라도 '차이 1'이라는 너무도 취약한 전략을 짤까. 마음속에 의심이 부풀어 올랐다. 이 승부카드로는 결코 딜러 측에 메리트가 없지 않은가. 나는 다시 머릿속으로 예언에 대해 이리저리 생각해봤다.

- ~~하트 6입니다.~~
- ~~스페이드 킹.~~
- ~~다이아몬드 3.~~
- 클로버 7.
- 스페이드 7.

너무 단순하게도 내가 간과한 사실이 있다는 걸 깨달았다.

최초의 예언이었던 '하트 6입니다'를 제외하고는 어느 말에도 '~입니다'라는 어미가 붙어있지 않았다. 그건 너무도 하찮으면서 정말 사소한 차이일 뿐이다. 그러나 잘 생각해 보면 그건 확고한 차이였다.

이제까지 딜러의 입 모양을 떠올려 봐도 그는 반드시 말끝에 '입니다'를 붙여 발음했다. 게다가 실제로 두 번째와 세 번째 예언은 딜러의 입이 아니라 오른쪽 옆에 앉은 플레이어들에게서 나온 말이었다.

- 클로버 7.

그렇다면 이건 **딜러의 입에서 나오는 예언이 아니다.**

나는 이미 뒤집어 놓았던 승부카드를 허둥지둥 거둬들이고 재편성한 2장을 판에 깔았다. 귓가에서는 뭔가를 축복하듯 수려한 선율이 연주되고 있었다. 나는 숨을 한번 내쉬었다.

잠시 후 딜러가 핸드벨을 울리고 승부카드에 손을 댔다. 그리고 천천히 승부카드를 공개했다. 딜러의 매끄러운 손놀림이 한층 선명하게 비쳐 보였다. 나는 음악을 멈추지 않은 채 그대로 딜러의 선언을 받아넘겼다. 이걸로 좋았어. 예감이 맞았군.

딜러가 공개한 승부카드는 '다이아몬드 6.'

나는 무심코 작게 미소 지으며 「영웅」에 귀를 기울였다. 아오이 시즈하는 변함없이 장엄하게 관통하는 듯한 전진의 음색을 계속 연주해나가고 있었다. 나는 나의 승부카드인 '다이아몬드 에이스'와 '클로버 3'을 공개했다. 딜러는 불쾌하리만치 변화 없는 표정으로 칩을 계산한 뒤 슬쩍 내게 내밀었다.

쌓인 칩의 수는 340만 엔어치였다.

내 심장의 고동이 팀파니를 두드리듯 차츰 가라앉자, 아오이 시즈하의 연주는 조용히 막을 내렸다.

드디어 제10피리어드. 종착점이자 가장 중요한 지점이다.

나는 작게 기지개를 켜고 배분받은 패를 왼손으로 쥐었다. 내가 오늘까지 걸어온 여정은 전부 나를 이곳으로 이끌기 위해 존재했던 게 아닐까. 마음은 용암처럼 펄펄 끓어오르고 시야는 지평선 너머까지 내다볼 수 있을 만큼 투명해진 상태다. 나는 처음으로 자아를 인식할 수 있었다.

나는 가장 먼저 눈앞에 쌓인 340만 엔어치의 칩을 전부 딜러에게 내밀었다. 레버넌트 카드를 선정하거나 딜러한테 지시받기도 전에 가장 먼저 모든 칩을 걸었다. 그것이야말로 내 존재를 더욱 선명하게 각인시키는 중요한 방법이라고 생각했다. 몸을 사릴 요량으로 퇴로 따위를 확보해놓아서는 안 된다. 그래서는 지금까지의 인생과 다를 바가 없었다. 적막함이 흐르는 아무런 위험도 없는 빤한 결말이 끝없이 요동치는 인생. 지금이야말로 그런 인생에 결별을 고할 필요가 있었다.

칩이 테이블 중앙으로 이동하자 딜러가 내 얼굴을 들여다봤다. 일단 그것은 조금 전까지 수 차례 되풀이되어온, 이른바 딜러를 상징하는 동작으로 보였다. 그러나 거기에는 확고한 변화가 있었다. 조금 전까지 딜러의 표정에 섞여 있던 압도적이기까지 한 **여유**가 사라진 상태였다. 마치 성화처럼 끊임없이 밝혀져 있던 딜러의 옅은 미소가, 돌연 강풍에 꺼져버린 것처럼 자취를 감췄다. 내가 340만 엔에 달하는 내기를 건 까닭에 딜러 역시 조용히 중압감과 초조함을 느끼고 있었던 것이다. 그 사실에 나는 영문 모를 만족감마저 느끼며 작게 콧소리를 냈다.

예언은 아예 잊기로 했다. 이런 것에 의지해서야 앞으로 나아갈 수 없다. 애초에 예언은 조금 전의 제9피리어드에서 그 결함을 분명히 드러냈다. 잡념 하나 없는 고요한 마음의 경지에서 나는 도나우강의 강물보다 맑은 정신으로 게임에 임했다.

테이블 주위의 분위기는 더할 나위 없이 경직되어 있었다. 그도 그럴 것이, 내 앞에 쌓여있던 칩 때문이었다. 딜러는 물론이고 다른 플레이어들조차 내게 주목하느라 주변은 등한시하고 있었다.

지금 이 순간 모든 것이 나를 중심으로 돌아가고 있었다.

나는 신중하게 카드 한 장을 골라 레버넌트 카드로 판에 버렸다. 한층 더 긴장감이 감돌았다. 딜러는 굳은 표정으로 승부카드 한 장을 공개했다. 마치 수십 킬로그램이나 되는 물건을 들어 올리는 것처럼 느릿느릿한 동작이었다.

공개된 카드는 '다이아몬드 7.'

나는 딜러의 정면에 공개된 카드를 노려봤다. 분위기는 점점 더 경직되더니 급기야 호흡조차 힘든 지경이 되었다. 나는 그런 분위기를 휘젓듯이 크게 심호흡했다.

그때 문득 뇌리에 어떤 생각이 떠올랐다. 그건 퍽 무모하게 여겨졌지만 한번 그 생각이 떠오르고 나니 실행하지 않고는 견딜 수 없는 마력 같은 힘을 지니고 있었다. 누군가는 지각없는 생각이라며 뜯어말릴지도 모르고, 또 누군가는 무모하다고 비난할지도 모른다. 그런데도 나는 이 무분별함과 무모함이야말로 내 자유와 생존을 확인하기 위한 꼭 필요한 통과의례라고 생각할 수밖에 없었다.

나는 스스로의 본능에 따라 고민도 없이 승부카드를 오른쪽에서 두 장 골라 판에 던지듯이 깔았다. 상당히 난폭하게 카드를 다뤘기 때문에 언뜻 보면 항복의 의사 표시로 보였을지도 모른다. 그러나 내게 있어 그건 최선의 선전포고였다.

앞이 보이지 않는 어둠을 향한 선전포고.

다른 플레이어들의 카드를 포함해서 모두의 카드가 판에 깔리자, 딜러가 마지막 핸드벨을 울렸다. 벨소리는 때마침 귓가에 울려 퍼지는 트라이앵글 소리와 공명하여 현실과 비현실을 멋지게 중화시켰다.

나는 얼어붙은 테이블 위에서 한마디 선언을 했다.

"승부카드가 아니라 이쪽을 열어 보고 싶은데, 괜찮겠지?"

내 말에 딜러의 눈동자가 조용히 흔들리더니 마치 '알아듣지 못한 것'처럼 **얼빠진 표정**으로 고개를 갸웃거렸다. 거기에는 확실히 격렬한 동요의 빛이 보였다. 나는 계속 말을 이었다.

"이걸로 승부해도 상관없겠지?"

나는 뒤집힌 상태의 레버넌트 카드를 검지로 쿡쿡 찔렀다. 카드와 맞닿은 테이블 위의 펠트 천이 반발하는 게 손톱으로 느껴졌다.

【레버넌트】 오히려 자기 승부카드의 오픈을 포기하고 처음에 버렸던 레버넌트 카드로 승부하는 것을 선언. 상대 승부카드 두 장과 자신이 버린 레버넌트 카드가 같은 숫자일 경우에 승리하는 조합. 배당은 10배. 상대 승부카드의 무늬가 모두 '빨강'이고 자신의 레버넌트 카드의 무늬가 '스페이드'일 때는 '누아르 레버넌트'가되어 배당은 20배. 다만 패배하면 몰수금은 판돈의 5배가 된다.

바로 이거다. 이거야말로 흥미진진하다.

만약 패배하면 당연히 나는 판돈의 5배나 되는 돈을 변제할 능력이 없었다. 이미 한번 빈털터리가 된 뒤 지금 내 자금도 카지노에서 빌린 돈이 섞여 있었다. 이 돈마저 다 써버리면 나는 진짜 나락으로 떨어진다. 하지만 이거야말로 흥미로웠다. 절박한 상황에서 일종의 마조히스틱한 감정이 내게 최상의 흥분감을 부여하고 있었다. 누군가는 이런 나를 기분 나쁘다고 말할지도 모른다. 또 어떤 이는 격렬한 혐오감마저 품을지도 모른다. 하지만 어떻게 보이는 것과 무관하게 실제의 나는 굉장히 행복했다. 만약 여기에서 진다고 해도 그건 명백한 사실이었다.

내가 레버넌트를 선언하자 비로소 딜러는 확연히 초조한 태도를 보였다. 이것저것 불필요한 동작이 늘어나더니 손으로 귓가를 만지거나 양손을 맞대고 문지르는 등 불안해 보였다. 아까와는 전혀 다른 사람이었다.

판돈으로 건 340만 엔어치의 칩이 10배, 혹은 20배로 뛰어오른다면 카지노 측도 분명 상당한 손실을 짊어지게 될 것이다. 그렇게나 손해를 입혔는데 해당 딜러에게 아무런 문책이 없을 리 없었다. 나는 상대가 물러날 길이 없다는 걸 확인하며 살짝 미소 지었다. 바로 이거다. 이거야말로 흥미진진하다.

딜러는 최대한 결론을 뒤로 미루려는 듯 여기저기서 시간을 벌다가 결국 시간의 흐름을 견디다 못해 자신의 승부카드에 손을 댔다. 실눈을 뜨고 봐도 알아차릴 만큼 딜러의 손은 미세하게 떨릴 뿐만 아니라 약간 땀도 배어나는 듯했다. 카드를 오픈하지 않아도 그의 오른손이 이미 웅변하듯 어떤 패인지 드러내고 있었다.

공개된 카드는 '하트 7.'

딜러 앞에 '다이아몬드 7'과 '하트 7'이 아름답게 늘어섰다. 강하게 땀이 솟구치는 게 느껴졌다. 이 세상의 모든 열기가 전부 내 안으로 스며들어 오는 느낌이었다.

딜러의 승부카드가 모두 공개되자 규칙에 따라 오른쪽에 있는 플레이어부터 차례로 승부카드를 오픈했다. 그러나 어느 플레이어도 자신의 승패에는 관심이 없어 보였다. 카드를 공개하고 역명을 복창하고는 있지만, 어쩐지 그 말투에는 힘이 없었고 재빨리 내 손끝을 바라볼 뿐이었다. 이제 그들의 승부는 나의 게임에 비해 보잘것없는 상태로 바뀌어 있었다. 그들의 판돈은 가장 많아 봐야 80만 엔. 화려함으로 치면 손톱만큼도 미치지 못하는 액수였다.

눈 깜짝할 사이에 내 차례가 되었다. 플레이어들의 카드는 모두 공개된 상태였고, 이제 그들은 단순히 관객의 입장이 되어 있었다. 표정은 일제히 딱딱해져서 그림으로 그린 것처럼 잔뜩 긴장해 있었다. 이마에 땀까지 흘리는 이도 있었다. 그런 그들의 모습이 어딘가 우스꽝스러웠지만 나는 표정을 무너뜨리지 않은 채 시선을 정면으로 돌렸다.

아직 카드는 공개하지 않았다.

나는 시간의 경과를 즐기듯이 그저 묵묵히 카드를 바라보기만 했다. 어쨌든 내게 있어 지금 이 시간은 어쩌면 최초이자 최후의 자유가 될지도 모른다. 경솔하게 사용할 수는 없다. 시간의 잠식을 즐기며 거기에 몸을 맡겨야 한다. 웅덩이에 떠오른 물거품처럼, 하늘에 흘러가는 흰 구름처럼.

나는 거기에서 음악을 멈추기로 했다. 그건 전략이나 계략이 아닌, 단순히 분위기 조성을 위해서였다. 이 엄숙한 분위기에는 무음이 어울린다. 어설픈 배경음은 오히려 감각을 죽이고 만다. 나는 주머니에 오른손을 넣고 침착하게 재생 버튼과 노이즈캔슬링 버튼을 오프로 바꿨다. 그야말로 싱거운 작업이었다. 어째서 아까는 이토록 간단한 동작을 실패한 걸까. 그저 웃음만 나왔다.

음악이 없는 현실 세계로 뛰어들자 새삼 경직된 분위기가 귀로 느껴졌다. 내 일거수일투족에 모든 시선이 쏠려 있었다. 나는 액체처럼 무거워진 공간 안에서 오른손을 천천히 뻗어 승부카드에 손을 댔다.

"클로버 7……." 잠긴 목소리로 중얼거린 건 오른쪽 옆에 앉아 있던 플레이어였다. "혹은…… **스페이드 7.**"

나는 엄지를 레버넌트 카드 밑으로 살짝 집어넣었다. 딜러의 침 삼키는 소리가 들렸다. 무음의 공간에서 그 소리는 가장 커다란 소음이 되어 울려 퍼지며 침묵 속으로 다시 흡수되어 갔다.

시간이 정지하고 모든 것이 움직임을 멈췄다.

나는 무의 공간에서 오른손을 천천히 뒤집었다. 무거운 몸을 비틀 듯이 카드가 본모습을 드러냈다. 숫자가 완전히 보이도록 카드를 뒤집은 뒤 침착하게 카드의 이름과 역명을 선언했다.

"스페이드 7로……." 창백해진 딜러의 얼굴을 바라보며 나는 무게감 있는 한마디를 내뱉었다.

"누아르 레버넌트."

나는 정산 받은 산더미 같은 칩에서 150만 엔어치를 상환금으로 내밀었다. 딜러는 그 칩을 망연자실한 표정으로 묵묵히 바라봤다. 마치 칩이 혼자서 움직이기를 기다리는 것처럼.

나는 음악을 다시 재생시켜서 귓가에 방음막을 만든 뒤 말했다. "본론을 말하지. 난 어떻게든 구로사와 고스케를 만나야 해. 그것도 내일. 가능한가?"

딜러는 천천히 고개를 들고 눈을 몇 번이나 깜빡인 뒤에야 작게 고개를 저었다. 그리고 변명하듯이 뭔가를 중얼거렸다. 부정의 의사 표시이기는 해도 구로사와 고스케와의 커넥션이 있다는 걸 에둘러 긍정하는 모습인 듯했다. 나는 그 미적지근한 태도를 보며 쌓아 올린 칩의 탑에서 몇 줄을 딜러에게 내밀었다. 금액으로 치면 천만 엔쯤 될까. 나는 말을 이었다.

"돈은 얼마든지 되돌려줄 수 있어. 그런 건 우리에게 그리 중요하지 않으니까. 원하는 건 구로사와 고스케와의 면담이야."

딜러의 표정이 조금 부드러워졌지만 씁쓸한 표정은 여전했다. 나는 또다시 칩을 몇 줄 더 내밀었다.

"만약 구로사와 고스케가 도저히 힘들다며 투덜거리면 이렇게 전하라고. '오늘 카지노에 온 사람은 당신 **조카**라고.'"

그 순간 확연히 표정이 바뀐 딜러가 눈을 번쩍 떴다. 아무래도 구로사와 고스케가 형인 밥을 찾고 있다는 사실을 아는 모양이었다. 딜러의 심경에 변화가 생겼다는 걸 확인한 뒤 나는 조용히 자리에서 일어났다. "오후 1시야. 내일 오후 1시에 난 레종전자의 시나가와 본사로 갈 거야. 시간을 비워놓으라고 말해줘. 가능한가?"

딜러는 잠시 눈알을 좌우로 움직였다. 마치 유력한 누군가의 조언이라도 기다리는 것처럼. 그러나 내가 지금 다시 대답을 재촉하면 딜러는 뭔가에 무너질 것처럼 입술을 깨물며 고개를 끄덕였다.

귓가에서는 다시 피아노가 울려 퍼졌다. 어딘가에서 들은 적이 있는 것 같기도 하고 어쩌면 전혀 들은 적이 없는 것 같기도 한 멜로디가 묵직하게 고막을 자극했다. 물결치듯 흐르는 저음이 훌륭한 곡이었다.

아오이 시즈하

　나는 소파에 앉아 창밖을 바라보고 있었다. 어느새 태양이 조용히 기울기 시작하자 풍경 속에 가로등이 하나둘 모습을 드러냈다. 나는 이제 막 끓인 홍차를 한 모금 마셨다. 다르질링 향이 서서히 실내로 퍼져나갔다.

　논과 에자키가 떠난 뒤 나와 오스가는 함께 텔레비전을 보거나 별 의미 없는 대화를 나누며 시간을 보냈다. 그런데도 누군가를 기다리는 시간은 어쩐지 길게 느껴졌다. 할 일이 바닥나자 오스가는 한 시간쯤 전부터 소파 위에서 잠들어버렸다. 지금도 조용히 숨소리를 내며 소파에 늘어진 채 몸을 기대고 있었다. 내친 김에 나도 잠이나 잤더라면 좋았을 테지만, 역시 남자와 단둘이 무방비 상태로 실내에 있는 건 나로서는 어려운 일이었다. 물론 오스가는 무척 좋은 사람이며 '그 남자'와는 조금도 닮지 않았다. 그렇지 않았다면 애초에 방에서 그와 단둘이 있는 것조차 불가능했을 것이다. 오스가는 충분히 믿을 수 있는 사람이고 주변을 잘 배려해 준다. 얼굴을 마주한 건 고작 며칠뿐이었지만 그는 정말 멋진 사람이라고 생각한다. 다만, 그래도 역시나 '남자'라는 범주로 분류되고 만다. 굉장히 무례하기 짝이 없다는 건 잘 알지만 내 마음에서는 이미 씻어낼 수 없는 각인이 되어버린 상태였다.

홍차를 한 모금 마셨을 때 복도에서 이쪽으로 향하는 발소리가 들려왔다. 어제 레종전자 사원이 쳐들어온 일이 있는 터라 발소리만 들으면 약간 불안해지고 만다. 문 밖에서 카드키를 꽂는 소리가 들려온 뒤에야 나는 안심했다. 문을 연 사람은 논이었다.

논은 천천히 안으로 들어와 소리가 나지 않을 만큼 조심스럽게 문을 닫았다. 어딘가 풀이 죽은 표정이고 조금 힘이 없어 보였다.

"아, 그게 말이죠. 지금 돌아왔어요." 논은 낙담한 표정도 웃는 표정도 아닌 애매한 얼굴로 말했다.

"어서 와." 내가 말했다. "뭔가 알아낸 거라도 있어?"

"네. 너무 잘 풀렸을 정도예요. 잘된 일……이랄까. 샷짱에게는 당연히 그렇겠지만, 목적이기도 했던 일기를 훌륭하게 찾아서 전부 읽어 왔어요."

나는 놀라서 물었다.

"거기에 뭔가 단서가 적혀 있었어?"

논은 가방을 옷장 안에 넣은 뒤 힘없이 걸어와 내 옆자리 소파에 앉았다.

"뭐…… 그렇죠. 단서 정도가 아니라 거기에 **전부** 적혀 있었어요." 논은 방을 두리번두리번 둘러봤다. "에자키 오빠는 아직 안

왔나 봐요?"

"응. 네가 나간 뒤 얼마 지나지 않아서 바로 나갔는데도 아직
이야."

"흐음." 논은 작게 한숨을 내쉬었다. "그럼 조금 더 기다렸다가
이야기할게요. 오스가 오빠도 이렇게 자고 있으니까, 다들 모인
뒤에 이야기하는 편이 효율적일 것 같아요."

논은 방에 있는 벽시계를 힐끔 쳐다봤다.

"그나저나 에자키 오빠는 일이 잘 풀리고 있을지 모르겠네요.
어쨌든 제가 애지중지하던 20만 엔을 가져갔으니 어설프게 처리
하는 건 용납할 수 없는데 말이죠."

그러자 논의 목소리에 반응한 것처럼 출입문이 열리더니 에자
키가 들어왔다. 문 열리는 기척에 오스가도 눈을 비비며 얼굴을
들었다.

"오, 호랑이도 제 말 하면 온다더니. 에자키 오빠, 어떻게 됐어
요?"

그러나 에자키는 논의 질문에 대답하지 않은 채 고개를 숙이
고 문을 닫았다. 그리고 그대로 말없이 우리 옆을 지나쳤다. 어째
선지 에자키의 오른손에는 티타늄으로 만든 듯한 007가방이 들
려 있었다.

"저기, 잠깐만요, 에자키 오빠. 어떻게 됐냐니까요? 설마 돈을
다 잃고는 뒤가 켕겨서 무시하기로 한 거예요?"

그런데도 뒤돌아보지 않은 채 구석으로 걸어가는 에자키를 보
고 나는 문득 한 가지 생각이 떠올랐다.

"어쩌면 아직 이어폰을 해서 목소리가 안 들리는 건지도 몰라."

"호오…… 그렇군요."

에자키는 일단 침실에 007가방을 둔 뒤 다시 우리가 기다리는 거실로 돌아왔다. 그리고 아무 말 없이 수첩에서 찢은 메모지 한 장과 '사에구사에게'라고 적힌 두툼한 갈색 봉투를 내게 건넸다. 나는 메모지로 시선을 떨어뜨렸다.

내일 오후 1시에 레종전자 시나가와 본사에서 구로사와 고스케와 만나기로 했어. 오늘은 피곤해서 이만 잔다.

나는 그 메시지에 무심코 피식 웃으면서 에자키를 올려다봤다. 에자키는 정말 진심으로 졸린 듯한 표정으로 고개를 끄덕인 뒤 침실로 들어가 버렸다.

"우와왓!"

에자키가 떠나자마자 돌연 큰소리를 낸 건 오스가였다. 자다 깬 처진 눈을 몇 번이나 깜박이면서 그가 말했다. "굉장해……. 역대 2위야." 그러더니 정말이지 잠에서 막 깬 것처럼 웃었다. "하하하하."

"오스가 오빠, 왜 그래요? 잠 덜 깼어요?"

논의 말에 오스가는 오른손을 흔들면서 말했다.

"아니, 그게 아니라…… 에자키 등에 '75'라고 적혀 있었거든. 좀 놀라서."

"오호." 논은 다시 작게 감탄했다. "그건 확실히 굉장하네요. 가방을 손에 넣은 나조차 '58'밖에 안 됐었는데 말이에요."

침실로 사라진 에자키의 뒷모습을 떠올리니 왠지 흐뭇해졌다. 무슨 일이 있었는지는 몰라도 에자키에게 오늘은 특별한 날이었던 모양이다. 왠지 남의 일 같지 않아서 진심으로 기뻤다.

나는 아직 손에 들고 있던 '사에구사에게'라고 적힌 봉투를 논에게 건넸다.

"이거, 네게 주는 거래. 뭘까?"

논은 씁쓸한 얼굴로 봉투를 받았다.

"아마 돈이겠죠. 내 소중한 20만 엔이 과연 얼마나 되돌아왔을지……."

논은 봉투를 열더니 소금이라도 뿌리듯이 그대로 힘껏 내용물을 테이블 위로 쏟아냈다. 그러자 안에는 종이테이프로 감아둔 지폐 다발 두 개와 메모지 한 장이 함께 뚝 떨어졌다.

"우왓…… 헉?!"

논과 오스가의 탄성이 절묘하게 맞아떨어지며 방 안에 메아리쳤다. 아무리 봐도 그건 백 단위로 한 다발씩 묶인 만 엔짜리 지폐였다. 나는 놀란 나머지 할 말을 잃은 상태로 동봉되어 있던 메모를 훑어봤다.

덕분에 살았다. 원금과 이자를 돌려줄게.

논은 지폐 다발을 오른손으로 기세 좋게 세웠다. 그러더니 사실 확인을 하듯 중얼거렸다.

"여……열 배로 돌아왔어."

우리 세 사람은 생각지도 못한 전개에 잠시 말문이 막혀 있다가 논이 겨우 입을 열었다. 지폐를 테이블 위로 되돌려놓고 입가에 자그마한 미소를 지으면서.

"이렇게 엄청난 돈다발을 보고 있으니까 머리가 좀 어질어질해졌어요. 에자키 오빠도 잠들어 버린 것 같으니 이야기는 내일 해야겠네요. 일기 내용을 전부 말하려면 시간이 조금 걸리기도 하고요."

나와 오스가는 논의 제안에 고개를 끄덕였다.

이 기묘한 여행도 드디어 나흘째가 끝나가고 있었다. 남은 건 고작 하루. 논의 입에서는 대체 어떤 이야기가 나올까.

에자키는 혼자 잠이 들었다. 논은 복잡한 얼굴로 창밖을 바라보고, 오스가는 소파에 앉아서 천장을 올려다보고 있었다.

바로 얼마 전까지는 전혀 접점이 없던 네 사람이 모여서 함께 협력하며 하나의 수수께끼를 향해 전력으로 달려왔다. 그리고 합쳐졌던 힘은 다시 흩어진 채 각자 저마다의 생각을 마음에 품고 있었다.

넷이서 보내는 마지막 밤은 소리도 없이 깊어갔다.

구로사와 사쓰키에 관한 생각과 함께.

7월 27일
마지막 날

...

만약 협력하지 않으면

오스카 슌

아침 8시. 우리 넷은 소파에 둘러앉았다. 첫날 각자 자기소개를 했을 때처럼 사각형의 앉은뱅이 테이블 앞에 한 면씩 자리 잡은 채 서로를 바라보고 있었다. 다들 표정이 굳어 있었다. 습기를 듬뿍 머금은 것처럼 무거운 분위기 탓에 호흡하는 데도 평소 이상의 노력이 필요했다.

"아마 길어질 것 같아서요." 논은 미리 양해를 구하고 따뜻한 홍차를 끓여 자리에 앉았다. 홍차에서는 아지랑이처럼 김이 아롱아롱 피어오르며 우리의 코를 조심스레 간질였다. 논은 우유를 듬뿍 넣은 홍차를 한 입 마신 뒤에야 조용히 이야기를 시작했다.

논은 가능한 한 주관적인 감정 유도 같은 것을 피하기 위해서인지 일기의 내용을 그저 담담한 어조로 계속 읽어 내려갔다. 암기한 옛 문장이라도 읽어내는 것처럼 아무런 감흥도 없이 시간순으로, 빠뜨리는 부분이 없도록 신중하게 말했다. 목이 아프면 일단 홍차를 마신 뒤 작게 헛기침을 하고 다시 이야기를 이어갔다. 일기 내용이 핵심으로 다가가며 어두운 그림자를 띠기 시작하면 목의 피로와는 별개로 동요한 나머지 읽는 걸 잠시 중단하기도 했다. 그런 식으로 논이 일기를 처음부터 끝까지 다 읽어내는 데 는 거의 두 시간 가까이 걸렸다.

전부 읽은 뒤 논은 "이상이에요"라는 말만 하고 입술을 깨물었 다. 그 무렵에는 이미 컵 안의 홍차는 바닥났고 자욱하던 향기도 사라진 상태였다.

우리는 일기 내용을 이해하기 위해, 혹은 그 충격을 완화하기 위해 잠시 침묵을 지켰다. 공기는 한층 중압감을 늘려가며 우리 의 몸을 더욱 끈적하게 감쌌다. 각자가 자기만의 세계에서 이야 기의 실체를 소화해냈다.

화재의 진실.

레종전자의 음모.

구로사와 사쓰키라는 인물.

그 사실들은 상당히 일그러진 채 기묘하고 난해한데다가 복잡 해서, 우리 같은 일개 고등학생이 쉽사리 이해할 수 있는 것은 아 니었다. 마치 너무 고상한 문학작품 같기도 했고 어린애가 써 내 려간 서툴기 짝이 없고 맥락도 없는 이야기 같기도 해서 도저히 공감할 수 없었다. 그런데도 나는 열심히 사실 하나하나를 되살 리며 사태의 골격을 색출해 나갔다. 인과관계와 전후 관계, 그리 고 인간관계.

그러자 내 안에 예상치 못한 한 가지 가설이 떠올랐다.

허공에 조각조각 떠다니던 조각들이 천천히 서로 연결되었다. 꽃의 개화보다 더 신중하고 만화의 콘티보다도 막연한 대답 하나가 얼굴을 내밀었다. 나는 숨을 한 번 삼킨 뒤 그 가설을 점검해 나갔다. 믿을만한 가치가 있는지, 어딘가 논리의 비약은 없는지.

"어떻게 한다?" 침묵을 깬 건 에자키였다.

어제 일도 있었던 터라 에자키의 목소리를 듣는 건 상당히 오랜만인 것처럼 느껴졌다. 에자키는 등받이에 몸을 기댄 채 말했다.

"어제까지 우리가 해온 건 말하자면 '조사'야. 지금 대체 무슨 일이 일어나고 있는지, 우리가 모이게 된 이유가 뭔지, 우리에게 뭘 바라는 건지. ……하지만 이제 모든 사실을 밝혀내는 '조사'는 끝났어. 앞으로 우리가 해야 할 일은 '선택'이야. 구로사와 사쓰키에게 '협력'할지 아닐지, 그걸 선택해야만 해."

에자키의 말이 끝나자, 우리 사이에는 다시 침묵이 찾아왔다. 다들 고개를 숙이듯 바닥을 보며 각자 생각을 정리하고 있었다.

우리에게 요구되는 건 '선택', 그리고 '결단'이었다.

나는 마음 깊은 곳에서 대답을 찾았다.

"나, 난 가능하면 삿짱에게 힘이 되고 싶어요." 논은 조금 쩔쩔매는 듯한 목소리로 말했다. "하지만 뭐랄까……. 우리에게는 좀 더 정보가 필요하다는 생각이 들어요."

"정보?" 내가 물었다.

"네." 논은 고개를 끄덕였다. "물론 삿짱은 내게 더할 나위 없이 소중한 존재이고 이 세상에서 가장 존경할 수 있는 사람이었어요. 변명의 여지가 없이 그 의견이나 생각을 전적으로 긍정하고 싶은 마음이 내 안에는 분명히 존재해요. 하지만 그걸로 판단을 내리기에는 '언페어(unfair)'라는 생각이 들지 않나요? 어쨌든 이 일기를 읽고 이해할 수 있는 건 어디까지나 '삿짱'의 주장뿐이니까. 그렇다면 우리는 레종 전자의, 나아가서는 '구로사와 고스케'의 주장을 들어볼 필요가 있다고 생각해요. 그래야만 비로소 우리는 처음으로 '선택'의 '스타트라인'에 설 수 있다는 생각이 들어요."

아오이 누나가 고개를 끄덕였다.

"확실히 구로사와 고스케 씨를 만나지 않은 상태에서는 모든 걸 결정하는 게 불가능할 것 같아."

"어쩌면……." 에자키가 입을 열었다. "최악의 경우, 우린 '구로사와 사쓰키에게 협력하지 않는' 형태를 취하게 되는 건가?"

논은 침착한 목소리로 말했다. "물론 가능하면 삿짱에게 협력하고 싶어요. 이 일기에서 보면 구로사와 고스케의 계획은 정말 **제정신이 아니라는** 생각도 들고요. 당장이라도 의기투합해서 쳐들어가고 싶은 마음도 있지만 우선 양측의 주장을 충분히 들어보는 일이 시급하다고 생각해요. 거기에서 도출된 결과를 바탕으로 옳은 행동을 '선택'해야만 해요. 에자키 오빠는 불만인가요?"

"불만이나 그런 게 아냐. 확인을 한 것뿐이지. 다만, 우리는 4년 전 시점에서 구로사와 사쓰키의 '목소리에 의해 명령'을 받으면서 '평범하지 않은 시혜'를 얻었어. 일기 내용을 고려해 봐도 거기에는 구로사와 사쓰키의 상당한 의지가 엿보여. 내가 말하고 싶은 건, '구로사와 사쓰키에게 반대하는 선택은 그에 상응하는 위험이

동반할지도 모른다'는 거야. 구로사와 사쓰키의 비운과 4년간이나 이어진 막대한 잠복기간을 전부 헛되이 만드는 거지. 우린 그게 얼마만큼의 위험성을 내포하고 있을지 숙고해야만 해. 각오도 없이 구로사와 고스케의 이야기에 귀를 기울이는 건 좀 위험해."

"흐음……." 논이 작게 한숨을 내쉬자 약속이나 한 것처럼 다시 침묵이 찾아왔다. 침묵은 그 존재만으로도 우리를 깊은 고민에 빠트린 채 혼란스럽고 곤란하게 만들었다.

"저, 저기……"

무거운 침묵 속에서 나는 목을 쥐어짜 냈다. 세 사람이 조용히 고개를 들고 나를 바라봤다. 모두가 제대로 나를 주목하고 있다는 걸 확인한 뒤에야 가만히 말을 꺼냈다.

"솔직히 말해서 난 아무것도 모르겠어. 뭐가 옳고 그른지, 우리가 뭘 해야 하고 누구를 믿어야 하는 건지…… 전혀 모르겠어. 그래서 그럴듯한 말은 한마디도 할 수 없는 데다가 경솔하게 판단을 재촉하는 말도 못 해. 그렇다고 '선택'을 포기하는 무책임한 짓도 할 수 없어. 난 아는 것도 없고 아무 힘도 없지만 역시 최소한의 판단은 해야만 한다고 생각해. 될 대로 되라는 식이거나 반쯤 수동적인 소거법이 아니라 제대로 된 의견과 의지를 갖고서."

다들 말없이 내 눈을 똑바로 바라보고 있었다. 나는 말을 이었다.

"한 가지 제안을 할까 해……. 좀 당돌하고 제멋대로인 제안일지도 모르지만 아무래도 확인하고 싶은 게 있어. 그러니 아무쪼록 지금만이라도 내 부탁을 들어 줘. 분명 나쁘지만은 않을 테니까."

"나쁘지만은 않을 거라는 근거는?" 에자키가 철저하게 차분한 눈빛으로 나를 꿰뚫어 봤다.

에자키의 말에 나는 천천히 일어나 모두가 앉아 있는 소파 주변을 빙그르르 한 바퀴 걸었다. 뭔가를 파악하는 것처럼, 혹은 일정한 템포로 들리는 느긋한 발소리를 즐기듯이. 소파에서 조금 떨어져 모두의 등을 하나하나 들여다보며 걸었다. 나는 당황한 그들을 내버려 둔 채 한 바퀴를 다 돌아본 뒤 다시 내 자리에 앉았다. 가죽 소파는 뻑뻑한 마찰음을 내면서 내 몸을 감쌌다. 나는 이해했다는 듯 크게 고개를 끄덕였다.

"오늘은 모두 나쁜 날이 아냐. 그것만이 내가 제시할 수 있는 최대의 근거야."

내가 그렇게 말하자 다들 조금씩 표정을 누그러뜨렸다. 마치 식어버린 밥을 전자레인지에 돌린 것처럼 사소한 유기성이 탄생했다. 그들의 얼굴을 보고 있자니 나도 모르게 웃음이 절로 나왔다.

멀리서 갑자기 '짤그랑' 소리가 작게 들린 듯한 기분이었다. 분명 환청이었겠지. 마치 석고상이 부딪히는 것처럼 메마르고 자그마한 충격음이었다. 그게 무슨 소리였는지는 전혀 알 수 없었다. 어쩌면 도미노 소리가 아니었을까. 아무런 근거도 없지만.

구로사와 사쓰키의 일기
20××년 4월 3일 흐림

〈지금 불가능한 일은 십 년이 지나도 불가능하다. 떠오른 건 곧 장 실행해야 한다. (가부키 배우, 이치카와 사단지(2대))〉

갑작스럽지만 오늘부터 일기를 써보려 한다. 이유는 다음과 같 다. 새해도 시작되었고 나도 중학교에 막 입학했으니 시기적으로 도 딱 좋을 것 같다. 예전부터 일기를 쓰는 것에 막연한 흥미는 있었다. 지금이야말로 좋은 때라고 긍정적으로 받아들이려 한다.

그러나 서두 몇 줄 만에 굉장히 곤란해졌다. 내게는 딱히 특기 할 만한 일상의 이벤트나 취미 따위가 없어서였다. 일기인 이상 하루하루의 사건을 자세히 기록해야 할 텐데 공교롭게도 나는 그토록 대담한 행위가 가능할 것 같지 않다.

그러니 일단 연필을 들었다는 데에 무게를 둬야겠다. 뭐든 실 제 일어난 일에 대해서만 글을 써야 하는 건 아니니까. 사소한 생

각이나 일상의 자그마한 사건을 문장으로 반영시키는 것도 좋지
않을까.

그런 연유로 우선 이 일기에 대한 나 자신의 태도를 적어두고 싶
다. 만약 미래의 내가(어쩌면 다른 누군가가) 이 일기를 읽었을 때
'읽는 법'을 헤매지 않도록 내 기본적인 태도를 표명해두는 것이
필요하다. 어떤 물건이든 때때로 사용설명서 같은 게 존재하니까.

일단 기본적인 개념에서 문장이라는 건 아무리 시시한 낙서일
지라도 독자가 존재하지 않는 한 의미가 없다는 걸 여기에 적어
두고 싶다. 설령 아무리 훌륭한 시나 명언일지언정 누구에게도
읽히지 않는다면 그건 '말'도, 하물며 '기호'조차도 아닌 완전한
'무(無)'일 뿐이다. 따라서 문장을 작성할 때는 늘 독자를 상정해
야만 한다. 읽히는 것을 상정하지 않은 문장은 논리상 존재해서
는 안 된다. 설령 그것이 이처럼 한 인간의 지극히 개인적인 반성
의 일기일지라도.

따라서 나는 이 일기를 미래의 인간(그건 나 혼자일 수도 있고
어쩌면 불특정 다수의 누군가일지도 모른다)을 '독자'로 상정한
채 죽 써 내려가고 싶다.

나는 오늘까지 상당히 많은 책을 읽어왔다. 그 책들 한 권 한
권이 내게 말을 걸면서 나라는 인간을 만들어가는 데 상당한 역
할을 했다. 데카르트는 양서를 읽는 건 과거의 사람과 대화를 나
누는 것과 같다고 말했는데, 나도 이 일기를 씀으로써 후세의 인
간과 대화할 수 있다면 상당히 기쁠 것 같다. 물론 그건 뻔뻔하
고 오만한 바람일지도 모른다. 하지만 그건 내 마음에서 우러난

바람이자, 문장이 존재하는 데 있어 필수 불가결한 본능에 따른 욕구라고 생각한다.

첫날부터 잔뜩 힘이 들어간 나머지 너무 많은 내용을 쓰는 것도 체면이 서지 않으므로 오늘은 여기까지만. 앞으로 여러 가지를 기록해나가고 싶다.

아오이 시즈하

　나와 에자키는 호텔을 나와 역을 향해 걷기 시작했다. 놀랄 만큼 햇볕이 강하고 쾌청한 날씨였다. 모습이 보이지 않는 매미는 어디에선가 우렁찬 굉음을 내며 여름 공기를 흔들었다. 에자키는 저번처럼 빠른 걸음 대신 내 보폭에 맞춘 느린 걸음으로 걸었다.

　이 호텔에서의 생활도, 구로사와 사쓰키에 얽힌 일련의 수수께끼 해독도, 드디어 이것으로 마지막을 맞이한다. 그럼에도 에자키는 변함없이 무표정이었다. 마치 정해진 직무를 그저 기계적으로 해내고 있는 것처럼 전철역을 향해 흔들림 없이 일직선으로 걷고 있었다. 그야말로 에자키다웠다. 나는 마치 최근 닷새 동안을 총평하는 것처럼 그렇게 생각했다.

　"왠지 둘이 걷고 있으니까 화재 현장에 갔던 날이 떠오르네."

　괜히 나는 말을 걸어 봤다. 오로지 침묵이 이어졌던 그 날을 생각하면 굉장한 진전이었다. 에자키는 이쪽을 힐끗 보더니 작게 고개를 끄덕였다.

"벌써 꽤 오래전 일처럼 느껴지는군."

"그러게."

"그때……." 에자키는 다시 힐끔 내게로 시선을 돌렸다. "넌 상당히 겁을 내고 있었지?"

"뭐?"

"그때 너한테 옛날이야기를 듣고 확신했어. 그때의 넌 상당히 경계하고 있었지. 나를 향해 신경을 곤두세우면서 가능한 한 틈을 보이지 않으려 했어."

"그, 그렇게 티 났어?"

"티가 났다기보다 부자연스러웠지."

나는 왠지 부끄러워져서 땅을 바라봤다. 확실히 그날의 난, 처음 대면한 '남자'인 에자키를 대하면서 무척이나 긴장하고 있었다. 그건 틀림없는 사실이었지만 상대가 눈치채서 결코 좋을 일은 아니었다. 무엇보다도 그건 에자키에게 굉장히 실례되는 행동이니까.

"그것보다," 내 동요를 알아차렸는지 에자키가 화제를 바꿨다. "그 「영웅」의 연주곡은 구로사와 사쓰키가 「혁명」을 연주했던 4년 전 콩쿠르 때 네가 친 거야?"

나는 곧장 이야기의 흐름에 따라가지 못한 채 잠시 생각하다가 그제야 무슨 말인지 이해했다.

"어제 건넸던 MP3플레이어의 곡 말이야?"

에자키가 말없이 고개를 끄덕였다.

나도 거기에 호응하듯이 고개를 끄덕였다. "맞아. MP3플레이어에 들어 있어서 그냥 플레이리스트에도 넣어 봤어. 나한텐 그 곡이 이번 사건의 발단이기도 했으니까⋯⋯. 왠지 리스트에 넣고 싶었어."

에자키는 똑바로 앞을 바라보며 말했다.

"난 예술 자체나 음악에 관해서는 완전히 문외한이라 자세한 건 전혀 몰라. 어느 음악이 어떤 특징을 가지고 있고 어떤 곡이 어느 시대의 어느 나라 음악인지도 모르지. 그래서 어디까지나 일반인의 헛소리라 여기고 들어줬으면 하는데, 난 너의 그「영웅」에 무척 감동했어. 말하자면 딴 곡들과는 조금 다른 뭔가를 느낀 것 같아."

"설마. 과찬이야."

"그렇게 생각한대도 상관없어. 하지만 난 실제로 그 곡에서 뭔가를 느꼈어. 잘 설명은 못 해. 다만, 어쩌면 그 순간에 너의「영웅」이 흐르지 않았다면 상황은 조금 바뀌었을지도 몰라."

그러더니 에자키가 내 눈을 쳐다봤다. 그 시선은 마치 내 마음속까지 꿰뚫어 볼 것처럼 강렬하게 느껴졌다. 마음속에 간직한 무언가가 무심코 흘러넘칠 것만 같았다.

"정말 더는 피아노를 안 칠 생각이야?"

가장 아픈 곳을 찌르는 질문에 위축된 나는 잠시 공백의 시간을 가져야 했다. 그러나 곧장 나 자신을 다스린 뒤 작지만 분명하게 고개를 끄덕였다.

"응⋯⋯. 그러기로 했으니까."

"그렇군." 에자키는 다시 정면을 바라봤다.

햇볕은 지면에서 반사되며 위아래로 우리를 감쌌다. 7월도 다 끝나가고 있었다. 여름은 재차 기세등등해져서 내 피부에 무수한 땀을 샘솟게 했다. 모자를 들고 왔더라면 좋았을걸.

역에 도착해 매표소로 향하는데 에자키가 나를 불러 세웠다. 나는 영문도 모른 채 뒤돌아 에자키를 바라보며 살짝 고개를 갸우뚱했다.

"굳이 전철로 갈 필요는 없잖아?" 에자키가 말했다.

"응? 그런데 지바 공장까지 갈 거잖아. 아무래도 전철을 안 타면……."

"택시로 가자. 돈은 지폐로 코를 풀 만큼 많으니까."

나는 작게 웃으며 택시 승강장 쪽으로 걷기 시작했다. 에자키는 따분한 듯이 샌들을 질질 끌면서 걸었다.

"레종 이야기 말인데." 불쑥 에자키가 중얼거렸다. 목소리 톤이 너무 낮았기 때문에 나는 멋대로 에자키의 혼잣말이라고 생각했다. 시선도 조금 아래쪽으로 낮추고 미끄러지듯 지면을 향해 있었다. 표정도 어딘가 건성으로 보였다. 하지만 내 예상과는 달리 에자키는 어디까지나 나를 향해 다음 말을 이어갔다. 시선도 목소리 톤도 그대로였다.

"넌 괜찮은 건가?"

"무슨 뜻이야?"

"일기에서 레종전자 이야기를 듣고……. 어때?"

나는 갈피를 잡지 못한 채 잠시 에자키의 옆모습을 말없이 바라봤다. 마치 거기에서 깃발신호처럼 에자키의 진의가 떠오를 것 같은 느낌이 들었기 때문이다.

하지만 얼마 지나지 않아 에자키는 "됐어. 신경 쓰지 않는다면 상관없어"라는 말과 함께 일방적으로 이야기를 끝내버렸다. 가슴에서 어떤 말 같은 것이 톡톡 열렸다가 닫히기를 반복하면서 약간 마음이 불편해졌지만, 조금 견디니 이물감은 일몰처럼 조용히 사라져 갔다.

에자키는 승강장에서 가장 앞에 서 있던 택시에 올라타더니 운전기사에게 말했다. "지바미나토 쪽에 있는 레종전자 공장으로."

운전기사는 지루하다는 듯 기지개를 켠 뒤 뒷자리의 우리를 돌아봤다.

"유료도로를 타도 괜찮으신가요?"

"물론." 에자키는 냉담하게 대꾸했다.

운전기사는 푸근한 느낌의 둥근 얼굴로 빙그레 미소 지으며 벨트를 맸다. 찰칵. 벨트 채워지는 소리가 뭔가의 끝을 알리는 것처럼 귓가에 잔상을 남겼다.

구로사와 사쓰키의 일기
20××년 5월 7일 비
(전편의 일기를 쓴 뒤 한 달 후)

〈나는 생각한다. 고로 존재한다. (철학자, 르네 데카르트)〉

상당히 유명한 데카르트의 말이지만 그 본래 의미를 정확히 파악하는 사람은 어쩌면 그리 많지 않을 것이다. 이따금 이 말의 '생각한다'라는 부분을 자신이 좋아하는 단어(예를 들면 '노래한다'라든가 '달린다')로 바꿔서 사용하는 경우가 있는데, 그것이야말로 이 단어의 진의를 가장 이해하지 못한 경우라고 단언할 수 있다. 이 말은 내 존재의의가 '생각한다'에 있다는 뜻이다. 따라서 '생각하는 것이야말로 내 최대의 아이덴티티'라는 개인적 결의 표명 같은 게 결코 아니다.

나는 생각한다, 고로 존재한다.

이 말을 간단히 설명하면, '세상의 모든 만물이 의심스럽게 느껴져서 모든 것의 존재를 증명할 수 없다고 해도, 그 존재를 의심하는 자신만은 확실히 존재한다. 즉 나는 생각하고 있으므로 확실히 존재한다'라는 식이 된다. 따지고 보면 '자신 이외의 무엇이든 존재한다고 정의하는 것은 불가능하다'는 식으로도 말할 수 있을 것이다.

이 말을 이해한 뒤로 세계가 갑자기 넓어지는, 혹은 좁아지는 듯한 착각에 종종 빠지곤 한다. 나는 생각한다, 따라서 존재한다. 실로 인간의 '참'을 드러낸 말이라고 생각한다.

애초에 데카르트가 내세운 근대철학이라는 건(혹은 물리학적 공로도) 안타깝게도 현대에 이르러서 더는 절대적 지지를 받고 있지 않다. 데카르트가 철저하게 회의주의의 근간으로 내세운 수많은 가설이, 하이데거를 시작으로 무수히 많은 현대 철학자에 의해 부정되고 있다. 그런데도 나는 〈나는 생각한다, 고로 존재한다(코기토 에르고 숨)〉라는 명제를 신봉하지 않을 수 없다. 다시 말해 나는 즉물적 세계로부터 격리당한 다른 차원에 존재하는 인간이고, 내 정신은 송과체*를 매개로 하여 육체를 조작하고 있다. 육체는 정신이 아니므로 그 존재를 의심하지 않을 수 없고, 진정한 의미에서 '참'이라는 딱지를 붙일 수 있는 것은 오로지 내 정신뿐이다. 나는 그렇게 생각할 수밖에 없다.

정신 이외의 모든 게 의심스럽다.

자신 이외의 모든 게 의심스럽다.

---

* 성적충동을 억제하는 멜라토닌을 분비하는 대뇌의 내분비 기관

하지만 모든 만물을 의심하면 아무것도 할 수 없게 된다. 인스턴트 식품의 유통기한 표시든 세금에 관한 텔레비전 뉴스든 주말의 일기예보든, 무엇이든 믿지 않고 지낸다는 건 상당히 곤란한 삶이다. 그러니 인간이라는 건 어느 정도 일정한 '믿음'과 '판단'에 따라 살아가야만 한다(데카르트의 말로 하자면 '방법적 회의').

데카르트 이야기는 여기까지로 하고, 오늘까지의 나를 되돌아보면 이 '판단'의 나날을 보낸 듯한 기분이다.

인간은 보통 태어나자마자 곧장 '가족'이라는, 지극히 신뢰를 바탕으로 이루어진 집단 안에서 생활을 시작한다. 아빠와 엄마의 존재는 데카르트적 사고에 근거하면, 완전한 '참'이라고 증명할 수는 없어도, 틀림없이 전폭적으로 신뢰하며 접할 수 있는 인간임이 틀림없다(그래야만 한다). 하지만 여기까지 쓰며 짐작해본 바에 따르면 내 경우는 그렇지 않았다. 내게 있어 아빠란 존재는 마치 정체를 알 수 없는 태양계 바깥의 생물처럼 느껴진다. 믿음은커녕 전혀 이해할 수 없다. 만약 아빠에게 '사용설명서'가 존재한다면 그건 초끈이론보다도 복잡하고 야마오카 소하치가 쓴 대하소설 《도쿠가와 이에야스》보다도 페이지 수가 방대할 것이다. 어쨌든 내게는 유일한 가족인 그 인간의 모든 것이 여전히 이해 불가능이다.

내가 세 살 때 부모님은 이혼했고 엄마는 여동생만 데리고 집을 나갔다. 그리고 2년 뒤 엄마는 병으로 세상을 떠났다. 유아 시절밖에는 접촉한 적이 없는 엄마에 대한 기억은 너무 막연해서 선명히 떠오르지는 않는다. 그러니 아무리 발버둥 쳐도 내게 가족은 아빠 한 명뿐이다.

아빠와 함께 밥을 먹는 일은 거의 없다. 제대로 된 대화를 나눈 적도 없다. 아빠가 본인의 회사에서 어떤 일을 하고 있는지도 모른다.

나와 아빠는 그저 같은 집을 공유한 관계일 뿐이다. 나는 아무도 없는 집으로 돌아오고, 아빠는 내가 잠든 무렵에 돌아온다. 나는 아빠가 일어나기 조금 전에 재빨리 집에서 나오고, 아빠는 아무도 없는 집을 열쇠로 잠그고 출근한다. 딱히 좋아하지도 않는 피아노를 계속 배우고 있는 건 조금이라도 오래 집에 있지 않아도 되니까.

언젠가 나도 누군가와 맺어져 아이를 갖게 될까. 그렇다면 치명적인 문제점이 있다. 나는 '올바른 가정'에 관한 지식이 부족하다. 어떤 식으로 인간이 성장하고 어떻게 사랑을 알게 되는지, 나는 전혀 모른다.

'판단'이라는 관점에서, 나는 '올바른 가정'이라는 말에 '거짓'이라는 낙인을 찍을 수밖에 없다. 이야기 속에 자주 등장하는 원만한 가정이라는 걸 단 한 번도 실제로 본 적이 없으니까.

오스가 슌

나는 크게 심호흡을 했다. 뱃속을 공기로 가득 채운 뒤 몸 안에 충만한 긴장의 가스를 모아서 배출해냈다. 그런데도 여전히 위장 밑바닥에는 부글부글 이물감이 넘쳐나면서 긴장을 증명하듯이 횡격막이 진동했다.

눈앞에 우뚝 솟은 거대한 빌딩을 올려다본다. 너무 거대해서 지금이라도 이쪽으로 쓰러질 듯이 보였다. 목을 최대한 허공 쪽으로 향해도 빌딩 꼭대기는 여전히 희미해 보였다. 전면 통유리로 된 빌딩은 마치 가까운 미래의 갑옷을 걸친 흉악한 마수처럼 보이기도 했다. 빌딩 표면은 필요 이상으로 번쩍번쩍 햇빛을 반사하며 우리의 얼굴을 폭력적일 만큼 달아오르게 했다.

"오스가 오빠, 너무 덜덜 떠는 건 좀 곤란해요. 가슴을 활짝 펴고 당당히 뛰어드는 거예요."

나는 빌딩 올려다보기를 그만두고 옆에 선 논에게 시선을 돌렸다.

웃는 얼굴로 가슴을 편 논의 모습은 다시 봐도 상당히 이상해 보였다. 막 구입한 스왈로스*의 야구 모자를 깊게 눌러 쓰고 내가 빌려준 헐렁한 티셔츠를 걸친 채였다. 하의는 에자키한테 빌린 청바지를 입었다. 역시 바짓단이 맞지 않아서 몇 번이나 접어 올린 끝에 걸을 수 있을 만한 모양새가 되었다. 남자애처럼 변장하고 싶다는 본인의 의향을 일단 받아들였지만 이런 모습이라니. 원체 머리도 짧아서 남자애로 보이지 않는 것도 아닌데 얼핏 보면 인기라곤 전혀 없는 촌스러운 래퍼처럼 보여서 함께 있기가 조금 부끄러웠다.

"왜요? 뭐 불만이라도 있어요?"

"응?" 기습 질문에 나는 멈칫했다. "아니, 아무것도 아냐…….변장이 완벽하다고 새삼 생각한 것뿐이야."

"흐음……." 논은 조금 불만스러운 표정을 했다. "오스가 오빠는 이래저래 미적지근하게 구는 면이 많으니까 하고 싶은 말이 있으면 확실하게 해주세요. 어제도 말했지만 〈그게 영혼의 솟구침이라면 어찌하여 말을 꾸미는가〉라는 말을 마음 깊이 새겨 주세요. 두 유 언더스탠드?"

"오케이, 오케이."

"흠." 논은 일단 수긍한 듯 고개를 살짝 끄덕였다. "그럼 이제 출전해볼까요. 어쨌든 이쪽은 '사장'의 손님이니까 상대방도 어설

---

* 야쿠르트 스왈로스. 일본의 프로 야구 구단

폰 대접은 불가능할 거예요. 접수처를 시작으로 부하직원들과 맞짱을 떠보자고요!"

나는 기운을 내려고 뺨을 탁탁 때린 뒤 "좋았어!" 하고 기합을 넣었다. 여기까지 와서 되돌아갈 수는 없다. 최근 5일 동안을, 아니 **4년간**을 되돌아보며 나는 새삼 그 의지를 확고히 다졌다.

힘차게 한 걸음을 떼며 이중으로 된 유리 자동문을 통과해 건물 안으로 잠입했다. 그곳에는 예전에 모니터에 참가했을 때와는 전혀 다른, 가시 돋친 긴장감이 충만해 있었다. 널찍한 입구, 프로모션 영상이 매끄럽게 흐르는 커다란 액정 모니터와 번쩍번쩍 빛나는 금속제의 레종전자 기업 로고. 그 모든 게 나를 위협하는 적대감으로 느껴졌다. 그런데도 나는 로봇처럼 반듯한 인사를 하는 접수처 여직원 앞으로 기세 좋게 쭉쭉 나아갔다. 논의 충고에 따라 약간 가슴을 펴고 목소리 톤을 차분하게 가다듬었다.

"오후 1시부터 구로사와 고스케 씨와 약속을 잡은 에자키 준이치로라는 사람입니다만."

접수처 여직원은 흐트러질 것 같지 않던 표정을 살짝 무너뜨리고 마스카라를 듬뿍 바른 동그란 눈을 두어 번 휘둥그레 뜨며 대답했다.

"구로사와 씨 말씀이신가요……. 알겠습니다. 잠시만 기다려주시기 바랍니다."

접수처 여직원은 잠시 내 얼굴을 빤히 바라보더니 예전에도 그랬던 것처럼 손 가까이에 있는 터치패널을 조작하기 시작했다. 잠시 후 조작이 끝나자 역시나 기분 탓인지 빤히 패널 화면을 주시한 뒤 고개를 들었다.

"에자키 님……이시군요."

"네." 나는 대답했다.

"에자키 준이치로 님?"

"맞습니다." 나는 거듭 확인하는 접수처 여직원에게 약간 강하게 고개를 끄덕였다.

그녀는 여전히 납득이 가지 않는 감정을 억제하듯 한껏 인위적인 미소를 지었다.

"기다리고 있었습니다. 확실히 약속이 잡혀 있으시네요. …… 그럼, 사무실까지 안내해드리겠습니다."

"아, 잠깐만요." 나는 카운터에서 나오려는 접수처 여직원을 저지하며 말했다. "사장실이 어딘지는 알고 있으니까 혼자 가도 될까요? 거기까지 일부러 같이 가시는 것도 좀 그래서요."

그녀는 살짝 곤란하다는 듯한 표정을 지으면서 시선을 좌우로 한 번 움직였다. 아무래도 판단을 내리기 힘든 모양이었다. 나는 그녀를 두둔하듯 거듭 말했다.

"일단 구로사와 씨 쪽에는 말해 두었으니 괜찮을 거예요."

완전히 제멋대로 내뱉은 말이었음에도 사장의 위세를 빌린 내게 접수처 여직원은 순순히 고개를 숙였다.

"그러셨습니까……. 실례했습니다. 그럼, 이쪽 중앙 입구와 25층 정면에 있는 보안 문을 오프로 해 드릴 테니 그대로 통과하시면 됩니다."

"감사합니다." 나는 정면 엘리베이터 쪽으로 향했다. 뒤에서는 마치 하인처럼 딱 붙어서 논이 따라오고 있었다. 논은 호텔에서 빌린 노트북을 무거운 듯 오른손으로 감싼 채 변장 목적의 스왈로스 모자를 필요 이상으로 깊게 눌러쓰고 있었다.

"저기…… 에자키 님."

나는 접수처 여직원의 목소리에 약간 가슴이 덜컥하면서도 천천히 돌아봤다.

"또, 뭐죠?"

"실례지만 이쪽 분은 누구신지?"

그녀가 가리키는 인물은 물론 촌스러운 힙합 소년이다. 눌러쓴 모자의 상표가 메이저리그 구단이 아니라 국내 구단이어서 차마 미워할 수 없는 촌스러운 분위기를 자아내기도 했지만, 접수처 여직원에게는 역시나 수상쩍어 보이는 모양이었다. 논은 얼굴을 들키지 않으려고 더욱 고개를 숙인 채 접수처 여직원의 시선에 포착되지 않도록 했다.

"오늘 약속은 에자키 준이치로 님 한 분으로 등록되어 있습니다. 이쪽 손님은 약속되어 있지 않으십니다만."

나는 떨리는 목소리를 다시 차분하게 가라앉힌 뒤 대답했다.

"남동생이에요."

접수처 여직원은 말없이 수상쩍은 눈빛을 내게 보냈다. 나는 조금 과장 섞인 한숨을 내쉬고 살짝 화를 내는 듯한 분위기를 연출해 보았다.

"남동생 건도 구로사와 씨에게는 말해 두었는데, 안 됩니까?"

그러자 허풍스러운 내 위세에 밀린 접수처 여직원이 허둥지둥 고개를 숙였다.

"방해해서 죄송합니다……."

나는 새로운 혐의를 받기 전에 재빨리 엘리베이터로 향했다. 논은 노트북의 무게 때문에 약간 중심을 빼앗기면서도 빠른 걸음으로 뒤따라왔다. 입구 주위에 있던 사원들은 우리가 엘리베이터 안으로 사라질 때까지 별난 거리의 예술가라도 보는 듯한 시선을 시종일관 이쪽으로 보내고 있었다.

엘리베이터 안에 잠입하자, 나는 사장실이 있는 25층 버튼을 누르고 논은 5층 버튼을 눌렀다.

"정말 5층 화장실에 숨어 있을 거야?" 나는 재차 확인했다.

논은 태연스레 고개를 끄덕였다. "네, 레종전자의 사내라면 거기가 가장 안전하다고 확신하거든요."

"부디 몸조심해." 나는 말했다.

"무슨 그런 말을, 그건 제 대사라고요. 오빠야말로 괜히 사장의 기세에 눌려서 바지에 실례하는 일이 없도록 조심해 주세요."

엘리베이터가 5층에 도착하자 문은 얼음 위에서 미끄러지듯 소리 없이 열렸다. 논은 만면에 장난 섞인 미소를 지은 채 나를 향해 힘차게 손가락으로 브이를 지어 보였다.

"그럼 무사하기를 빌며."

내가 손가락으로 브이를 되받자 조용히 문이 닫혔고 나는 엘리베이터에 혼자 남았다. 동시에 내 머리에는 스왈로스 모자 사이로 새어 나온 논의 웃음 가득한 얼굴과 에자키의 흔들림 없는 냉정한 눈빛, 그리고 아오이 누나의 온화한 표정이 섬광처럼 한꺼번에 밀려들었다. 엘리베이터가 다시 상승하자, 모니터에 참가했던 날과 여학교에서 나눈 모치즈키 선생님과의 대화, 신문에 컷아웃되어 실려 있던 구로사와 사쓰키의 건조한 표정이 떠올랐다. 엘리베이터가 상승할수록 기억의 수위가 높아지는 느낌이었다. 나는 재차 심호흡하며 마음을 가다듬었다. 어찌 됐든 이 순간이야말로 5일이라는 여정의 마지막이자 지난 4년간의 매듭이기도 했다. 가벼운 마음으로 임하는 건 용납되지 않는다. 나는 조용히 눈을 감고 엘리베이터의 가동음에 귀를 기울였다. 그건 너무도 작은 소리여서 극한까지 신경을 곤두세우지 않으면 들리지 않았다.

곧이어 각성을 촉구하듯이 도착을 알리는 기분 좋은 전자음이 울렸다.

나는 천천히 눈을 떴다. 문이 열리자 맞은편에는 펄화이트 정장을 차려입은 아름다운 여자가 서 있었다. 여자는 느슨하게 말린 다크브라운 머리를 찰랑이면서 정중히 인사했다. 어쩐지 그 모습은 입구에 있던 접수처 여직원보다도 한층 더 세련되어 보였다. 귓가에 큼직한 진주 귀고리가 반짝이고 있었다.

"에자키 준이치로 님이시군요."

내가 고개를 끄덕이자 여자가 우아하게 미소 지었다.

"기다리고 있었습니다. 안내해드리겠습니다."

여자가 휙 몸을 돌리자 그걸 축복하듯이 그녀의 머리칼이 바람에 춤을 췄다. 나는 카펫 타일 위로 우아하게 걸어가는 여자의 뒤를 따라갔다.

보안용 개찰구를 벗어나자 거기에는 20미터에 달하는 기다란 복도가 일직선으로 뻗어 있었다. 복도의 좌우에는 몇 개의 문이 있고 회의실 같은 방이 늘어서 있었지만 어디든 불은 꺼져 있었다. 여자는 그런 회의실에는 눈길도 주지 않은 채 정면만 보며 걸었다.

며칠 전 참가한 모니터에서 사내를 살짝 견학할 기회가 있었지만 여기 25층은 한층 특별한 공기가 떠다니고 있는 느낌이었다. 아마 다른 층과는 조금 다른 특수한 구조 때문이거나 도처에 꾸며진 아름다운 장식품, 혹은 안내하는 여직원이 발산하는 약간 요염한 분위기 탓인지도 모른다. 어느 쪽이든 지금 이 공간은 내게 그 특수성을 분명하게 어필하고 있었다.

여자는 복도의 가장 깊숙한 곳까지 걸어갔다. 복도 끝에는 시선 차단용 유리로 된 커다란 문이 버티고 있었는데, 이곳 또한 다른 방과는 선을 긋는 어떤 분위기를 발산하고 있었다. 문에는 손잡이가 없었다. 아무래도 자동문인 듯했다. 예상대로 여자가 문 옆에 달린 인터폰 크기의 커다란 기계를 조작하자, 문이 마치 비밀결사대의 아지트처럼 힘차게 열렸다.

"이쪽입니다." 여자가 문 안으로는 들어가지 않은 채 내게 오른손을 내밀며 권했다. 아무래도 여자의 역할은 여기까지인 모양이었다.

일단 나는 인사를 한 뒤 문의 경계선을 넘었다. 그러자 내 퇴로를 막듯 곧장 문이 기세 좋게 닫혔다. 나는 인디아나 존스의 세계에 갇힌 것처럼 약간 한기를 느꼈다.

방 안은 그야말로 '압권'이었다.

농구코트라도 만들 수 있을 만큼 널찍하고 새하얀 공간에 커다란 데스크가 달랑 하나. 데스크는 필요 이상의 곡선과 과할 정도의 직선으로 테두리를 둘러놓은, 무척이나 모던한 디자인이어서 그게 책상이라는 사실을 단번에 인식할 수 없었다. 의자도 디자인이 상당히 뛰어났다. 벽 쪽에는 여기저기 관엽 식물이 놓여 있어서 따뜻한 남쪽 나라의 리조트 분위기를 연출하고 있었다. 색조는 대부분 모노톤으로 통일되어 군더더기 하나 없었다. 께름칙한 느낌이 들 만큼 개방적인 공간이었다. 이차원적 공간으로 느껴지기도 했다. 게다가 지나치게 거대한 창문은 개방감을 몇 배나 두드러지게 했는데 이 방의 가장 큰 특징이라고 할 만했다. 수족관의 수조처럼 왼쪽 끝부터 정면, 그리고 오른쪽 끝까지 틀 하나 없는 통유리가 곡선을 이루며 면면히 이어지고 있었다. 말문이 막힐 만큼 강렬한 대형 파노라마였다. 주위의 빌딩은 내가 지금 있는 이곳보다도 아주 약간씩 층이 낮은 것인지, 시나가와 의 거리 전체가 내려다보였다. 천공의 성, 혹은 지구 주변을 돌고 있는 우주선의 조종실에라도 있는 듯한 기분에 사로잡혔다.

나는 흠칫흠칫 앞으로 나아갔다.

데스크 맞은편에는 한 남자가 서 있었다. 정장 차림의 남자는 내게 등을 돌리고 그저 창밖을 바라보고 있었다. 내 존재를 전혀 알아차리지 못한 건지, 아니면 알면서 무시하는 건지 알 수 없었다. 어쨌든 남자는 미동조차 하지 않았다.

나는 천천히 남자에게 다가갔다. 남자의 정장은 짙은 회색 바탕에 희미하게 섀도스트라이프가 들어간 것으로, 문외한의 눈에도 고급스러워 보였다. 숨을 죽인 채 거듭 나아간 끝에 드디어 모던한 데스크 앞까지 당도했다. 남자와의 거리는 5미터도 채 되지 않았다. 나는 꼼짝하지 않고 서 있는 남자의 등을 바라봤다.

"어서 와요." 남자는 뒤를 돌아보지도 않은 채 중얼거렸다.

나는 당황하면서도 인사를 되받았다. "안녕하세요."

너무 낮지도 높지도 않은 남자의 목소리는 그야말로 명확해서 귀에 쏙쏙 들어왔다. 남자는 내 대답을 들은 뒤에야 이쪽을 돌아보며 여유 있는 미소를 보였다. 논이 말하길, 나이는 오십 대 초반쯤이라고 했는데 내 눈에는 상당히 젊어 보였다. 말끔한 모습에서 무척이나 지적인 분위기가 풍겼다. 피부는 반들반들 윤기가 흐르고 탱탱했다. 이목구비는 또렷하고 날렵하다. 그야말로 시원시원하고 청결한 느낌의 외모였다. 삼십 대라고 해도 믿을 만큼 젊어 보였지만, 미숙한 느낌은 전혀 없고 오히려 노련해 보이는 품격이 느껴졌다. 이를 증명이라도 하듯, 소매 밑으로는 고급스러운 시계가 보였고 약지에는 심플하면서도 중후한 느낌의 반지가 반짝거렸다. 남자의 주위 2미터 내에는 쉽게 접근하기 힘든 압도적인 분위기가 떠다니고 있었다.

나는 침을 한번 삼킨 뒤 말을 꺼냈다.

"당신이 구로사와 고스케 씨인가요?"

남자는 눈을 감으며 순순히 고개를 끄덕였다.

"그래. 내가 구로사와란다." 구로사와 고스케는 뭔가에 신경이 쓰이는 듯 오른손으로 넥타이를 매만졌다. "네가 소문으로 들은 '에자키 준이치로' 군인가? 자칭 내 조카라는."

나는 각오를 다지며 고개를 옆으로 저었다.

"죄송한데 전 에자키가 아니에요. 에자키의 친구 오스가 순이라고 합니다."

"흐음." 구로사와 고스케는 한숨을 내쉰 뒤 눈을 크게 뜨고 흥미진진한 표정을 했다. 그러다가 몇 번이나 고개를 끄덕이더니 세련된 동작으로 손목시계를 힐끗 바라봤다. "미안하지만 오스가 군. 솔직히 난 한가한 사람이 아냐. 따라서 자네와 이야기할 수 있는 시간은 한정되어 있어. 최대 30분쯤 시간이 있네. 그러니 오스가 군, 왜 에자키 군이 올 수 없었는지 가능하면 간략히 설명해주겠나?"

"……**사정이 있어서** 에자키는 짬이 나지 않았어요."

"그리 좋은 대답은 아니군." 구로사와 고스케는 말했다. "에자키 군은 **어째서** 짬이 나지 않았을까?"

"말할 수 없어요." 나는 대답했다.

구로사와 고스케는 낮게 탄식했다. "그렇군. 그거 아쉬운데. 성이 '에자키'인지는 잘 모르겠지만, 만약 내게 조카가 있다면 꼭 만나보고 싶었는데 말이야."

구로사와 고스케는 그렇게 말한 뒤 다음 대사라도 찾는 것처럼 천장을 올려다보다가 다시 나를 바라봤다.

"그럼 왜 **자네**가 여기에 왔는지 말해주겠나?"

"대리로 왔어요." 나는 대답했다.

"오호." 구로사와 고스케는 감탄한 듯이 말했다. "자네는 에자키 군의 대리로 여기에 왔다는 말이로군."

나는 강한 메시지가 포함되어 있다는 걸 표현하기 위해 분명하게 고개를 가로저으며 말했다. "아뇨."

구로사와 고스케는 조금 놀란 표정으로 내 얼굴을 살폈다. 조금 전부터 그의 표정은 그야말로 다채로웠다. 표정 근육이 다른 사람보다 좀 더 발달한 건지도 모른다. 그를 상대하는 사이, 벌써 수십 가지가 넘는 표정 패턴을 본 듯한 기분이 들었다. 구로사와 고스케가 이번에는 난제를 맞닥뜨린 듯한 표정을 지은 뒤 입을 열었다.

"그럼 자넨 누구의 대리로 여기에 왔다는 거지?"

나는 작게 헛기침을 했다. 목 상태를 가다듬는 한편, 말에 무게를 담기 위해서이기도 했다. 나는 구로사와 고스케가 발산하는 강력하리만치 고고한 분위기에 압도당하면서도 제대로 그 눈을 바라보며 말을 꺼냈다. 아무쪼록 그의 마음을 깊이 짓누를 수 있도록.

"전…… 구로사와 사쓰키 씨의 대리로 여기에 왔어요."

구로사와 고스케는 표정도 없이 탄성만 내뱉었다. "오호."

구로사와 사쓰키의 일기

20××년 7월 30일 비
(전편의 일기를 쓴 뒤 석 달 후)

〈친구란 당신에 대해 모든 걸 알면서도 당신을 좋아하는 사람
이다. (작가, 엘버트 허버드)〉

이 정의에 따르면 내게 친구란 존재하지 않는 게 된다. 확실히
나는 내 전부를 속속들이 드러낸 적도 없을뿐더러 누군가의 모
든 걸 안 적도 없다.

처음부터 이러한 정의는 내버려 두고 일반적으로 해석한다 해
도 내게 친구라 부를 만한 인간은 없다. 학교에서 인사를 주고받
는 이는 한 사람도 없고 그 밖의 다른 상황에서도 잡담을 나눌
만한 인간은 없다.

그러나 만약 이걸 읽는 당신이(미래의 나이거나 다른 누군가일
지도) 나를 고독하고 불행한 인간이라고 판단한다면 그건 커다

란 오해다. 애초에 고독이라는 개념은 '메타 인지'의 범주에 들어간다. 우리가 좋은 것들을 모른 채 살아간다면 좋은 것의 존재조차 이해하지 못한 채 삶을 끝내는 게 가능하다. 예를 들어 맛있는 식사를 모른 채 일상을 보낸다면 맛없는 식사라도 어느 정도 받아들일 수 있고(또한 식사가 '맛없다'라는 생각조차 하지 않는다), 적도 바로 밑의 나라에서 살아가면 '춥다'라는 감각은 마치 미지의 것처럼 느껴진다. 즉, 내게 있어 '친구와 보내는 행복'이라는 건 지극히 간단히 말하면 '의미를 알 수 없는 감정'인 셈이다. 따라서 나는 지금 상황을 딱히 괴로워하거나 거기에서 벗어나야만 한다는 생각은 하지 않는다.

아빠와의 관계는 언젠가 기록할 생각이지만, 아빠와 마주치는 일은 지극히 뜸하고 학교에서 동급생과도 거의 왕래가 없다. 하지만 오늘도 나는 이렇게 살아가고 있다. 따라서 이러한 나날은 내게 시급히 개선할 필요가 있는 평가 대상이 아니다.

그런데 얼마 전 내 일상에 약간의 이변이 생겼다. 자주 책을 읽으러 가는 공원에서 낯선 여자애가 말을 걸어온 것이다. 사실 몇 번인가 공원에 드나드는 걸 본 적은 있었다. 기운차게 뛰는 모습이 꽤 인상적이었다. 다만(그 여자애뿐만 아니라) 타인이 말을 걸어오는 상황이 어색했던 나머지, 나는 조금 쩔쩔매고 말았다. 설마 이런 곳에서 처음 보는 거나 마찬가지인 여자애가 말을 걸어올 줄은……

우리가 만난 지 2주 정도의 시간이 흘렀는데 알면 알수록 그 애는 재미있는 존재다. 그야말로 쾌활하고 밝은 성격으로, 나로서는 도저히 상상조차 할 수 없는 일을 태연하게 해낸다(물론 좋은 의미에서). 인간의 성격이나 개성을 다차원적인 척도에 따라 분류해본다면 아마 그 애와 나는 정반대 지점에 멀리 떨어져 존재할 것이다. 내게 없는 걸 가지고 있는 그 애는, 나와는 다른 세상을 항상 보여 준다.

그 애가 내게 어떤 상담을 해왔을 때 나는 가장 먼저 독서를 추천해줬다. 그러자 그 애는(어쩌면 조언해준 사람을 향해 약간 과장해서 표현해준 건지도 모르지만) 몹시 감탄하면서 내게 열렬한 찬사의 말을 쏟아냈다. 그러나 나는 아직 내 행동에 자신이 없다. 저토록 쾌활한 아이에게 '독서'를 추천해준 건 옳은 일이었을까.

솔직히 말하자면 그 애의 고민을 다원적이면서 객관적으로 해석하고 분석한 뒤 '독서'라는 해결책을 제시한 건 아니었다. 나 스스로 생각해봐도 꽤 한심스럽지만, 나는 어떤 상황이나 고민을 접했을 때 '독서'라는 제안밖에 할 수 있는 것이 없다. 물리학자는 물리학으로만 만사를 헤아리고, 생물학자는 생물학으로만 만사를 측정하고, 스포츠 선수는 노력과 단련에 의해서만 기술의 향상을 바랄 수 있는 것처럼, 내게는 '독서'라는 도구뿐인 셈이다. 나는 세상에 태어난 이래 사람과 대화하거나 접촉한 적이 극단적으로 드물었다. 그 대체재로서 독서에 의지한 채 지금껏 살아왔다. 그야말로 독서가 내게는 유효한 대책이지만 모두에게 공통으로 적용될 해결책은 아닐 것이다. 물론 그 애에게도 독서가 효과적일 가능성이 전혀 없지는 않다. 하지만 엄청나게 높은 확률은 아니겠지. 앞서 말했다시피 그 애는 나와는 정반대 지점에 있는 인간이자 별세계의 존재다. 그런 그 애에게 독서를 추천한 건 과연 '옳은 일'이었을까.

타인이 털어놓은 고민에 대해 아는 척하면서 독서를 추천한 나에게 이상하리만치 거북함을 느낀다. 이래저래 지금껏 타인과 거의 관계를 맺지 않은 채 살아온 탓인지도 모른다. 타인과의 올바른 접촉 방법, 나아가서 타인의 고민에 대해 적절히 대처하는 방법 같은 것을 나는 잘 모르겠다.

여전히 아빠는 수수께끼투성이고 집이라는 환경은 그리 쾌적하다고 말하기 힘들다. 가능하면 1초라도 집에서 머무르는 시간을 줄이고 싶다. 이번에 '사에구사 논'이라는 여자애를 만나면서 내가 직면한 여러 문제를 재확인하는 동시에 새로운 문제도 발견하게 되었다. 거기에 대해 기뻐해야 할지 낙담해야 할지 모르겠다.

하지만 내가 자신 있게 말할 수 있는 유일한 사실은, 그 애와 이야기하는 시간이야말로 최근 몇 년 동안에 있어서 가장 재미있고 진심으로 즐거운 시간이라는 점이다. 집과 학교에서 보내는 시간과는 완전히 다르다.

나는 앞으로 우리가 만날 때마다 그 애에게 나에 대한 많은 정보를 알려주는 한편, 동시에 그 애에 대한 많은 것을 알게 되겠지. 그렇게 서로를 알아가고 무엇이든 상대를 이해해나가는 과정에서 여전히 그 애와 함께 보내는 시간이 즐겁게 느껴진다면, 그 애야말로 나의 '친구'이자 내게 '친구와 보내는 행복'을 주는 대상이 될 것이다.

그런 날이 오기를 고대하면서(혹은 두려워하면서) 그 애와 공원에서 만나기로 약속한 내일을, 조용히 기대하고 있다.

에자키 준이치로

"왜 어제는 이어폰을 착용한 채로 돌아온 거야?" 아오이 시즈하가 물었다.

국제전시장을 출발한 택시는 벌써 지바현에 들어와서 수도권 고속도로를 타고 연안을 순조롭게 나아가고 있었다. 주행을 시작한 뒤로 운전기사는 곧장 침묵에 들어갔다. 우리를 도피 중인 커플이라고 생각하며 쓸데없는 추측을 하고 있을지도 모른다. 뭔가 말하고 싶어 하는(어딘지 의심쩍어하는) 운전기사와 룸미러 너머로 종종 눈이 마주쳤다. 차 안에는 도로를 빠르게 나아가는 타이어 주행음과 끊길 듯 끊어지지 않는 나와 아오이 시즈하의 대화 외에는 줄곧 정적이 이어졌다.

나는 아오이 시즈하의 질문을 잠시 생각해봤다. 그러나 거기에 대한 대답이 간단히 정리되지 않았다. 아오이 시즈하는 내가 질문의 의도를 이해하지 못한 거라고 판단했는지 친절하게 질문을 바꿔서 물었다.

"카지노가 끝났을 때 이미 예언은 상관없어졌으니까 이어폰을 빼고 평소대로 대화해도 괜찮을 거라 생각했는데……."

나는 여전히 살짝 고민했다. 아오이 시즈하의 말뜻은 충분히 이해했다. 그러나 그 대답은 한두 마디로 정리될 만큼 간단하지 않았다. 어쩔 수 없이 이야기를 잘게 쪼개어 대답하기로 했다.

"예를 들면……," 내가 말을 꺼내자 아오이 시즈하는 작게 고개를 끄덕였다. "시간 지정으로 택배를 부탁했다고 치자."

"뭐?" 그녀는 고개를 갸우뚱했다.

"그리 좋은 예는 아닌데 지금은 이 정도밖에 떠오르지 않아. 미안하지만 참고 들어줘."

아오이 시즈하는 다시 고개를 끄덕였다. 나는 말했다.

"택배업자한테 '난 오후 12시부터 12시 15분까지 15분 동안만 집에 있을 거야. 그러니 그 안에 반드시 택배를 갖다줘'라고 부탁 했다고 쳐봐. 그러면 물론 택배는 시간대로 도착할 거야. 난 제시 간에 와준 택배업자에게 고맙다고 말하며 물건을 받겠지. '다시 같은 시간에 부탁할게. 그 이외의 시간엔 집에 없거든'이라고 말 하면서."

아오이 시즈하는 말없이 내 얼굴을 똑바로 바라보고 있었다. 나는 계속 말을 이었다.

"그런데 다른 날, 배달직원이 우연히 오후 1시쯤 우리 집 앞을 지나가다가 무심코 내 집에 불이 켜져 있는 걸 알아차렸다고 해 봐. 배달직원은 생각하겠지. '뭐야, 지정 시간 이후에도 집에 있잖아'라고……. 그러면 어떻게 될 것 같아? 배달직원은 지정 시간에 대해 느슨하게 생각할 거야. 어차피 12시부터 12시 15분까지라는 15분 동안에 일을 하지 않더라도 최소한 오후 1시까지는 내가 집에 있다는 걸 알고 있으니까. '조금쯤 늦어도 괜찮겠지'라는 생각을 하게 돼. 거기다 내가 오후 2시에도 오후 5시에도 오후 11시에도 집에 있다는 걸 알게 됐다고 치자. 그러면 어느새 '시간 지정'을 해뒀던 택배는 '오후 12시 이후에는 언제든 가능'한 배달로 전락하며 시간 설정이 허술해질 거야. 예언도 대략 이런 상황과 비슷해. 무슨 말인지 알겠어?"

"……알 것 같기도 해."

"내가 예언을 진심으로 대하면 예언도 내게 진지해지지. 하지만 만약 내가 예언에 대해 부정한 짓을 하면 예언도 똑같이 나를 배신하게 돼. 어디까지나 나와 예언은 우연히 만나는 지인 같은 관계인 동시에, 의심하려고만 하면 끝없이 서로를 의심하는 관계야. 따라서 만약 예언을 이용하고 싶을 때는 거기에 대해 진지해야만 해. 그래서 난 어제 마지막까지 이어폰을 낀 채로 지냈어."

"그렇구나." 아오이 시즈하는 내 이야기를 완벽히 이해했든 아니든 일단 알아들은 눈치였다. 나는 다시 말없이 창밖을 바라봤다. 택시는 왼쪽 방향지시등을 깜빡이면서 나라시노 인터체인지로 빠져나갔다.

고속도로를 빠져나와 수십 분이 흘렀다. 택시가 좌우로 세세한 회전을 반복할 무렵 주변 풍경은 주택가에서 공업지대로 변화해 갔다. 주위에 지나다니는 사람이나 차도 드물어서 한적한 느낌이었다. 낡아빠진 외장을 한 건물에는 '○○제분'이나 '○○제과' 따위의 이름이 난무했고, 시멘트나 자동차공장의 모습도 눈에 띄었다.

"여기면 될까요?" 운전기사가 룸미러 너머로 물으며 금세 속도를 줄이기 시작하더니 비상등을 켜고 갓길에 택시를 정차했다. 창 너머 왼쪽 전방을 보니 '레종전자 지바 공장'이라고 적힌 간판을 단 철책 문이 우뚝 솟아 있었다.

"여기에 세워주세요. 감사합니다." 아오이 시즈하가 운전기사를 향해 말했다.

"그런데 일부러 이런 곳까지 오다니, 젊은 분 둘이서 공장 견학이라도 하나 봐요?"

나는 미터기를 확인하고 요금을 운전기사에게 건넸다.

"뭐, 그런 셈이지." 나는 대답했다.

"훌륭하네요." 운전기사는 그렇게 말하며 잔돈을 건네줬다. "어라? 그런데 거기 문이 닫혀 있는데. 오늘은 공장이 쉬는 날 아닌가요?"

"그러는 편이 차분하게 견학할 수 있을 테니까."

"아하. 그렇겠군요. 어쨌든 안녕히 가세요."

우리가 차에서 내리자 택시는 비상등을 끄고 질주하며 사라져 갔다. 차가 오른쪽 코너를 꺾어 시야에서 사라지자 우리는 문을 향해 몸을 돌렸다.

'레종전자 지바 공장'

공장은 딱 학교 교문에나 있을 법한 철책 문으로 막힌 채 안에는 들어가지 못하게 되어 있었다. 문 바로 근처에 자리한 경비 부스 역시 사람이 없었다. 공장 안은 밖에서 얼핏 봐도 한산해 보였다.

우리는 주위에 사람이 없는 걸 확인한 뒤 문으로 다가갔다. 문은 간단한 맹꽁이자물쇠로 잠겨 있었다. 고정된 철책 부분과 가동하는 문의 부분이 자그마한 금속 조각으로만 고정되어있는 것이 어쩐지 불안정해 보이기도 했다. 아오이 시즈하는 천천히 쭈그리고 앉아서 그 맹꽁이자물쇠를 오른손으로 감싸듯이 쥐었다.

"괜찮겠지?" 그녀가 물었다.

"어쩔 수 없잖아?" 나는 대답했다.

그러자 아오이 시즈하는 돌변하듯 웃더니 눈을 감고 조용히 침묵 속으로 몸을 던졌다. 바닷바람 부는 소리가 짧게 들리더니 '탁'하는 기분 좋은 파열음이 울렸다. 그야말로 순식간에 일어난 일이었다.

아오이 시즈하는 자기 손으로 망가뜨린 자물쇠의 잔해를 불쌍히 여기듯이 담장 위에 올린 뒤에야 문을 열었다. 덜컹덜컹 소리를 내면서 문은 너무도 어이없이 우리 앞에 길을 내주었다.

공장 부지 안은 건물도 적은데다가 그렇지 않아도 휴일이라 사람도 없어서 무척 황량한 인상을 풍겼다. 잊혀진 채 버려진 것처럼 쌓여있는 컨테이너와 약간 그을린 외장의 거대한 창고, 운송용 트럭 몇 대와 공장용 기계 몇 점이 있었다. 싸구려 영화나 드라마의 클라이맥스에서 총격전 무대로나 사용될 법한 풍경이 펼쳐져 있었다.

우리는 부지 안을 걸어가 사에구사 논이 말한 가장 구석 건물에 도착했다. 비교적 다른 건물보다 깔끔한 외장으로 미루어 볼 때, 지어진 지 그리 오래 지나지 않았다는 걸 알 수 있었다. 축구장 크기의 큼직한 하얀 건물 정면에는 거대한 셔터식 입구가 달려 있었다. 셔터 바로 옆에는 보안용 컨트롤 패널이 설치되어 있었는데, 레종전자의 최신 기술이 침입자를 경계하는 게 느껴졌다.

"여기가 맞겠지?" 아오이 시즈하가 말했다.

"아마도." 나는 대답했다. "사에구사 논이 읽은 자료로 봐서는 '용도 불명'이면서 현재 가동 중인 공장은 여기뿐이었어. 만약 **그걸** 만드는 공장이 있다면 아무리 생각해도 여기가 틀림없겠지."

아오이 시즈하는 고개를 끄덕이고 보안용 패널로 가까이 다가 갔다. 그리고 패널을 검지로 슥 쓰다듬은 뒤 높이 5미터는 됨직한 거대한 셔터를 올려다봤다.

"그런데 이걸 파괴한다고 해도 역시 수동으로는 열기 힘들 것 같네……."

나는 아오이 시즈하에게 이끌리듯 셔터를 올려다봤다. 분명히 너무 거대하고 육중해 보이는 구조였다. 그녀가 힘을 발휘해서 열쇠를 파괴한다고 해도 사람 손으로 억지로 열 수 있을 법한 문은 아니었다.

"사에구사 논이 잘 처리해주길 기다리는 수밖에 없겠군." 나는 말했다.

아오이 시즈하는 고개를 끄덕이며 보안용 패널에 대고 있던 오른손 검지를 조용히 내렸다.

사에구사 논의 연락을 기다릴 수밖에 없게 된 우리는 뜻밖에도 조금 무료해졌다. 아오이 시즈하는 건물 벽면에 등을 기대고 하늘을 바라봤고 나는 그 모습을 무심코 바라봤다.

사실 나는 그녀가 아무런 장애 없이 오늘도 '물건을 망가뜨릴 수 있는' 사실에 약간 놀라워하고 있었다. 물리적 현상에서 봤을 때 불가사의하다는 게 아니라 좀 더 근원적인 문제 때문이었다. 사에구사 논은 어떨지 모르겠지만 오스가 순도 여전히 우리의 등에서 숫자를 볼 수 있었다.

나는 내 안에 발생한 자그마한 문제를 잠시 생각하면서 그 대답을 찾으려 했다. 그러나 곧장 답을 알 수는 없었다.

구로사와 고스케가 무슨 생각을 하고 있는지 알 수 없는 것처럼.

구로사와 사쓰키의 일기
20××년 6월 29일 비
(전편의 일기를 쓴 뒤 1년 후—화재 한 달 전)

〈어떤 상황에 대한 망상을 버리고 싶다는 바람은, 망상을 필요로 하는 상황을 버리고 싶다는 바람과 같다. (사상가, 카를 마르크스)〉

너무 놀라서 어떻게 해야 할지 모르겠습니다.

그 사람한테 내가 피해를 준 적이 있었던 걸까요?

나라는 존재는 '실패' 그 자체였던 걸까요?

모든 게 꿈이라면 좋을 텐데.

사에구사 논

　나는 언제부터인지 양변기 위에 앉아 있었다. 화장실 개인 칸이 주는 폐색감은 역시 나를 살짝 안심시킨다. 천장과 발치가 완전히 밀폐되진 않았는데도 복도 같은 사내의 다른 장소에 비하면 이곳은 충분히 요새나 다름없었다.

　나는 컴퓨터를 켜서 무릎 위에 올려놓고 브라우저를 실행했다. 컴퓨터는 호텔 유료 서비스를 이용해 빌렸다. 그다지 컴퓨터에 능숙하지 않다는 아오이 언니와 집에 컴퓨터가 없다는 오스가 오빠, 그리고 컴퓨터는커녕 휴대폰조차 없는 에자키 오빠. 그런 까닭에 컴퓨터 조작반은 내가 맡게 되어 지금 상황에 이르렀다. 애초에 나 역시도 그렇게까지 컴퓨터를 잘 아는 건 아니었다. 하지만 내게는 오늘까지 차곡차곡 쌓아온 산더미 같은 장서가 머릿속에 수납되어 있었다. 그것들을 조금씩 연결해나가면 컴퓨터 관련 지식까지도 이어질 터이다. 아마 마음만 먹으면 가능하겠지.

게다가 내가 맡은 임무는 딱히 어려운 것도 아니었다.

내가 해야 할 일은 아오이 언니와 에자키 오빠가 찾아간 지바 공장의 잠금장치 비밀번호를 온라인을 통해 찾아내는 것이다. 요 전에 자료 보관실에서 읽어 들인 레종전자의 회사 개요나 보안 관련 자료가 지금에야 커다란 힘을 발휘하고 있었다. 아마 지바 공장의 입구에 설치된 게이트는 너무 육중해서 (설령 자물쇠를 망가뜨린다 해도) 사람의 힘으로는 열 수 없으리라는 점까지 나는 예견하고 있었다.

그렇다면 정공법으로 여는 수밖에 없다.

공장 입구를 열려면 보안 강화를 위해 10분 간격으로 변경되는 8자리 비밀번호를 입력해야 한다. 그 비밀번호는 사원이 가지고 있는 휴대폰 단말기에서 확인하거나 이 레종전자 사내를 날아다니는 LAN에 접속해서 확인하는 방법밖에 없었다. 그런 이유로 나는 현재 이 화장실 안에서 사내 무선 LAN을 이용하여 화려하게 해킹을 시도하는 중이다.

일단 네트워크 접속 설정에 들어가 사내 LAN선을 선택하고 지정된 WPA 키를 입력했다. 키에 관해서는 자료 보관실의 보안 자료에서 확인해두었다. 아이콘이 대기 상태로 들어간 지 얼마 지나지 않아 LAN 접속이 완료되었다. "좋았어." 나는 작게 기뻐하며 칭찬의 뜻으로 컴퓨터 본체를 쓰다듬어 주었다.

이제 사원용 개인 페이지에 접속해야 했다. 지정 URL을 입력하자 해당 페이지의 입력화면이 떠서 사원 번호와 개인명을 넣었다. 전부 내 머릿속에 저장된 정보다. 나는 경쾌하게(사실 그렇게까지 경쾌하지는 않았지만) 키를 누르며 필요 사항의 입력을 모두 마친 뒤 적당히 고른 사원 한 명의 개인 페이지에 로그인했다.

환영합니다, 다케다 마모루 님.

어디선가 들어본 것 같기도 하고 낯설기도 한 이름이 떠오르자, 나는 더욱 순조롭게 일을 진행해 나갔다. 마치 냉철하고 냉혹하며 지적인데다가 일솜씨가 뛰어난 스나이퍼처럼 세련된 작업이었다. "흐응." 콧소리를 내본다. 어떤가. 컴퓨터에 그다지 능숙하지 않은 아마추어에게 이런 걸 시킨다는 게 가당키나 한 일인가. 아니다. 이런 복잡한 작업을 나 아닌 누가 해낼 수 있겠는가. 나는 화장실 안에서 왠지 기분 나쁘리만치 히죽히죽 웃고 있었다.

하지만 임무는 신속히 수행해야만 한다. 나는 긴장이 풀린 표정을 애써 억누른 채 곧장 개인 페이지의 메뉴 화면에서 '패스워드 일람'을 선택했다. 그러자 마치 주가, 혹은 꿈틀거리는 자그마한 곤충 무리처럼 무수히 많은 수치가 화면에 표시되었다. 그런 낯선 광경에 순간 기가 죽을뻔했는데 자세히 보니 10분 간격으로 끊임없이 변경되는 각 공장과 사업소, 그 밖에 모든 패스워드의 일람인 것 같았다. 나는 양손을 맞비비고 입맛을 다시면서 화면 너머로 위협하듯 숫자를 들여다봤다. 가만있자, 지바 공장의 패스워드는 어디 있을까.

그러나 내 노력과는 아랑곳없이 그건 갑작스레 나타났다.

"실례합니다."

그 소리에 나는 나도 모르게 무릎 위의 컴퓨터를 휙 집어 던질 뻔했다. 그건 틀림없이 남자 목소리였다. 보다시피 이곳은 여자 화장실이다. 왜, 무슨 연유로 남자가 신성불가침한 여자의 공간에 발을 들인 걸까. 목소리의 주인인 남자는 여자 화장실 안에 침입해서 내가 앉아 있는 개인 칸 앞에 서 있는 모양이었다. 화장실의 대리석 바닥을 가죽구두로 두드리던 소리가 내 앞에서 맘추었다. 간담이 서늘해졌다.

"비상사태로 인해 결례를 범하는 걸 용서해주십시오. 아무래도 침입자가 있는 모양이라 지금 사내 전역을 수색 중입니다. 접수처에서 한 명의 수수께끼 인물이 침입했다는 걸 확인하고, 방금 사내 LAN선에서 인식될 리 없는 단말기가 액세스된 걸 발견했습니다. 무척 죄송하지만 성함과 사원 번호를 말씀해 주시겠습니까?"

완전히 들켜버린 건 아닐까.

역시 벼락 지식으로 행한 해킹에 뭔가 결정적 실수가 있었던 건지도 모른다. 나는 떨리는 몸을 필사적으로 억누르며 무슨 대답이든 하려고 노력했다. 하지만 이런 극한상황에서 말을 쥐어짜낸다는 게 결코 쉬운 일은 아니어서 잠시 입을 뻐끔거리기만 할 뿐이었다.

"저기요? 답이 없으시면 침입자로 판단할 수밖에 없습니다만."

이토록 강압적인 말이 어디 있단 말인가. 그에게 무죄추정의 원칙에 대해 꼼꼼히 알려줘야 하나. 물론 그런 여유가 있을 리 없는 나는 허둥지둥 대꾸했다.

"정보시스템부의…… 데, 데라이 유코인데요. 사원 번호는 024-3354-7198!"

"협력해주셔서 감사합니다. 지금 확인해 보겠습니다."

몸이 진도 6의 강도로 격렬하게 떨리는 탓에 화장실 변기가 당장이라도 파괴될 것처럼 흔들렸다. 당연히 내가 지금 말한 '데라이 유코'라는 인물은 분명히 존재하며 사원 번호도 명부에서 뽑아온 것이어서 정확했다. 다만, 어떤 착오로 내 거짓말이 들통나는 날에는 엄청난 신문을 당할지도 모른다. 게다가 며칠 전에 이미 한 번 위협을 당한 터라 얼굴도 완전히 알려져 있다. 이번에 붙잡혔을 때는 "에헤헤, 사내 견학을 하고 싶어서요" 따위의 장난스러운 변명이 통할 리도 없다.

나는 조용히 남자의 판결을 기다렸다.

"……아, 죄송합니다. '데라이 유코' 씨가 맞으세요?"

"네, 네. 맞아요."

"정말로…… 데라이 유코 씨이신 거죠?"

"그렇다니까요." 나는 살짝 열받은 듯한 말투를 섞어서 대꾸했다.

하지만 남자의 대답이 느렸다. 나는 좋지 않은 예감을 온몸으로 느끼면서도 입술을 깨물고 가만히 견뎠다. 잠시 뒤에야 남자가 입을 열었다.

"데라이 유코 씨는 오늘 출근 기록이 없는데요……."

두방망이질 치는 심장을 늑골로 억누르며 재빨리 머릿속에서 완벽한 대답을 검색했다.

"그, 그게…… 오늘은 좀 몸 상태가 좋지 않아서…… 지, 지금 막 회사에 도착했어요. 그래서 출근 등록을 아직 안 해가지고…… 아하하."

"그런데요……." 남자의 음색이 의심에서 확신으로 번해가는 게 느껴졌다. "데라이 유코 씨는 지난달부터 출산휴가에 들어가셨는데요."

내가 들어앉은 개인 칸 안은 걷잡을 수 없을 만큼 급격히 빙하기에 돌입하며 순식간에 내 체온을 모조리 빼앗아 갔다. 그러나 내가 여기에서 호락호락 얼음에 담긴 채 야만스러운 직원들에게 체포될 수는 없었다. 설사 붙잡힌다 해도 최소한의 의무는 달성해내야만 한다. 2루 주자는 우익수를 노린 타구를 항상 유의하고, 반려견은 반드시 매일 산책을 시켜줘야 하며, 구워놓은 고기는 오기로라도 다 먹어 치워야 하는 것처럼. 최소한의 의무는 다 해야 하는 법.

나는 남자의 질문에 답하기를 그만두고 바깥 상황 따위 상관하지 않은 채 화면에서 지바 공장의 패스워드를 찾기 시작했다. 그와 동시에 왼손으로는 가방 안에서 휴대폰을 꺼내 아오이 언니에게 보낼 문자를 작성했다.

비로소 침묵을 지키기 시작한 나를 수상하다고 판단한 남성은 다른 사원에게 전화로 연락을 취하는 모양이었다. 굵은 목소리로 침착하게 '타깃 발견' 같은 말을 떠들어대기 시작했다. 그러나 나는 개의치 않은 채 작업에 몰두하고 있었다. 다소 뭔가 소음이 발생하고 하드디스크 돌아가는 소리가 들렸다. 하지만 상관하지 않았다. 오늘까지 겪었던 일들과 샷짱에 대해 생각하며 작업에 집중했다.

샷짱은 무슨 생각을 하며 그 사실을 받아들인 걸까.

삿짱은 어떤 갈등을 겪은 뒤 그날을 맞이했을까.

일기에 적힌 글만으로는 도저히 짐작할 수 없는 것들이었다.

별안간 화장실 내부에 발소리가 늘어갔다. 나를 확실히 붙잡기 위해 줄줄이 사원들이 추가로 동원된 모양이었다.

나는 마음의 귀를 틀어막고 화면에 집중했다. 드디어 지바 공장의 패스워드를 확인하자마자 휴대폰으로 그 번호를 보냈다. 가능한 한 빠르고 정확하게. 그러나 마음과는 달리 손가락이 자꾸만 떨려서 몇 번이나 잘못 입력하는 바람에 삭제 버튼을 거듭 누르며 수정해야 했다. 좋든 싫든 마음이 급해졌다.

빨리, 빨리, 빨리⋯⋯. 그때였다.

철컹, 하는 가벼운 소리가 귓가에 울렸다. 무언가의 끝을 알리듯이 지극히 명쾌한 소리가 내 귀를 진동시켰다.

나는 어안이 벙벙해진 나머지 눈앞에 있는 잠금장치가 바깥쪽에서 열리는 걸 알아차렸다. 그제야 말없이 문을 응시했다. 잠금장치가 풀린 문은 소리도 없이 스르르, 그야말로 저항 없이 열렸다.

밖에는 다수의 남자 직원이 대기 중이었다. 아아, 바로 정면에 서 있는 저 남자는 낯이 익은데. 이런, 좋지 않은 기억이 되살아난다.

"아니, 이게 누구야⋯⋯. 이 무슨⋯⋯." 남자는 눈을 크게 뜨더니 고개를 끄덕였다. "우리 호텔에서 만났잖아, 구니스 씨."

나는 노트북을 덮고 휴대폰을 뒤로 감췄다.

최소한의 의무는 달성했으니 미련 없이 가볼까.

⟨무덤은 가장 싸게 먹히는 여관이다. (시인, 랭스턴 휴스)⟩

구로사와 사쓰키의 일기

20××년 7월 2일 비
(전편의 일기를 쓴 뒤 며칠 후)

⟨대중은 무지하고 어리석다. (정치가, 아돌프 히틀러)⟩

기업비밀이라고 할 만큼 저렇게나 중요한 자료를 내 눈에 띄는 곳에 둔 건 아빠 최대의 실수이자, 조심성 없이 그걸 봐버린 나의 실수이기도 했다.

서로가 부주의했다.

내 마음은 일단 글을 쓸 수 있을 만큼 진정되었지만 여전히 어두운 그림자가 소용돌이치고 있었다. 세상에는 '의미를 알 수 없는 것'들이 무수히 존재하는데, 그 자료만큼이나 이해 불가한 내용은 없었다.

어쩐지 께름칙하다. 그저 께름칙할 뿐이다.

아빠의 회사는 이른바 전자제품 제조업체다. 그런데 그 자료에는 해당 업종과는 전혀 상관없이 터무니없는 계획이 적혀 있었다. 아빠는 왜 그런 걸 계획한 걸까. 그 생각만 하면 가슴 언저리에서 자그마한 날벌레가 우글우글 꿈틀거리는 것 같고 구역질이 날 정도의 오한에 휩싸인다.

아빠의 계획에는 그 누구도 아닌 '나'라는 존재가 분명 크게 연관되어 있었다.

나라는 인간은 확실히 무능한 탓에 아빠 입장에게는 전혀 유익한 존재가 아닐지도 모른다. 그렇다고 해서 이런 계획을 세울 만큼 내가 피해를 주는 존재였던 걸까. 아빠를 그 지경으로 몰고 갈 만큼 나는 '골칫덩어리'였던 걸까.

요즘 나는 그러한 의문을 머릿속으로 몇 번이고 되풀이할 뿐이었다.

도저히 후회를 멈출 수 없었다. 아빠 방에 굴러다니던 두꺼운 파일 한 권을 아무 생각 없이, 정말 단순한 흥밋거리로 팔랑팔랑 넘겨보고 말았다. '아빠가 하는 일을 알고 싶다'든가 '아빠와의 거리를 좁히고 싶다'라는 기특한 생각은 조금도 없었다. 그저 머리를 쓸어 넘기거나 창밖을 바라보거나 휘파람을 부는 것처럼 내게는 별 의미 없는 행동이었다. 어쩌자고 그 자료를 봐버린 걸까.

너무도 얄궂은 운명이었다.

내가 그런 걸 보지 않고 지나칠 수 있었다면 그야말로 '수많은 바보 중 하나'로 지낼 수 있었을 텐데. 아무것도 모른 채 그저 어린애처럼 하루하루를 보냈더라면 그것만으로도 구원받을 수 있었을 텐데. 그럴 수 있었는데. 무지는 최상의 자유다. 학교에 가고 피아노를 배우고 책을 읽고 목욕을 하고 밤에는 잠을 자는 것. 그것만으로도 좋았다. 내 주위에 만연하는 '실체적 진실' 따위, 아무것도 모른 채 지낼 수 있었을 텐데.

난 알 필요가 없는 걸 알아버려서 무척 곤혹스러운 상태다.

내가 봤던 그 자료에는 아래와 같은 내용이 적혀 있었다.

(후략)

오스가 슌

"그렇군. 우연인지 내 딸 이름도 구로사와 사쓰키였는데. 자네가 말하는 구로사와 사쓰키가 내 딸을 지칭하는 거라 생각해도 되겠나?"

"네." 나는 대답했다.

"그렇군." 구로사와 고스케는 다시 중얼거린 뒤 조용히 데스크 정면의 의자에 앉았다. "조카는 오지 않고 그 대신 **내 딸 대리인이** 왔다는 건가?"

"맞아요."

"참 재미있군." 그는 그렇게 말하고는 내게 데스크 맞은편 의자에 앉으라고 권했다. 나는 살짝 목례를 한 뒤 의자를 당겨 데스크를 사이에 두고 그와 마주 앉았다. 의자는 상당히 특징적인 형태를 하고 있었는데, 신기하게도 앉자마자 내 몸을 편안히 감쌌다. 디자인뿐만 아니라 기능도 특화되어 있었다.

구로사와 고스케는 데스크 위에 있던 펜 한 자루를 줍더니, 손 언저리에서 빙글빙글 아름답게 돌렸다.

"그런데 자네의 목적은 뭘까. 구로사와 사쓰키와 **완전히 똑같은 바람**이라면 나로서는 좀 재미없는 일일 것 같은데."

"이야기를 듣고 싶어요."

"오호." 그는 오늘 몇 번이나 감탄하는 소리를 냈다. 여전히 펜은 손 안에서 화려하게 회전을 이어가고 있었다. "자, 어떤 이야기를 하면 좋을까? 설마 여기까지 와서 이솝우화를 들려달라는 건 아닐 테고."

"첫 번째는 7년 전에 기획한 일의 목적에 대해 알고 싶어요. 두 번째는 4년 전…… 즉, 화재가 일어난 그 날의 진실에 대해 들려주세요."

"흐음…… 어느 쪽이든 상당히 귀찮은 이야기로군. 조금 시간도 걸릴 것 같고." 펜이 회전을 멈췄다. "그러면 내가 이야기를 해준다면 자네는 어른스럽게 돌아가 주는 건가?"

"상황에 따라서요."

"상황에 따라서라." 구로사와 고스케는 내 말을 되풀이했다. "그렇군. 나쁘지 않아. 무슨 일이든 미리 정해버리는 건 그리 좋지 않지. 다음은 반드시 짝수라거나 혹은 홀수라거나, 이 기획만은 어떤 리스크를 감수하고서라도 틀림없이 해내겠다거나, 정해진 예산은 어떻게든 다 써야만 한다거나……. 이 세상에는 그런 바보가 너무 많아서 견딜 수가 없어. 필요한 건 상상력과 기지를 발휘하는 쪽이지. 나쁘지 않군. 결단을 위한 여백은 늘 가지고 있어야만 해."

구로사와 고스케는 펜을 데스크로 되돌려놓고 오른쪽 대각선으로 시선을 향했다. 단지 시선만 돌렸을 뿐 본질적으로는 아무것도 보고 있지 않았다. 그저 둘 곳 없는 시선의 방향으로 오른쪽 구석을 택한 것이다. 구로사와 고스케는 시선을 고정한 채 말을 이었다.

"가정을 해볼까. 만약 내 이야기가 자네에게 있어서 그리 **기뻐할 만한 것이 아니었을 경우,** 뭘 할 생각이지?"

"구로사와 사쓰키 씨의 대리인으로서 당신과 싸울 겁니다." 나는 딱 잘라 말했다. "당신이 7년에 걸쳐서 쌓아온 그 계획을 내 동료들과 함께 전력으로 막아낼 거예요."

내 대답을 끝으로 실내에는 완벽한 정적이 찾아왔다. 바깥을 달리는 차의 소음도 복도를 걷는 누군가의 발소리도 실내에 돌아가는 에어컨의 소리조차도 이곳에는 존재하지 않았다. 구로사와 고스케는 그저 침묵한 채 다음 말을 찾고 있었으며, 나는 말없이 그의 반응을 살폈다. 얼마간 시간이 지나 정적에 지칠 무렵 그가 드디어 입을 열었다.

"자네는 우리 계획을 어디까지 알고 있나?"

"구로사와 사쓰키 씨가 알고 있던 부분까지는 전부요." 나는 대답했다.

순간 구로사와 고스케는 시력이 떨어진 것처럼 힘껏 눈을 찌푸렸다.

"자네가 왜, 또 어디서 구로사와 사쓰키와 연결고리가 생긴 건지는 모르지만, 자네가 나와 '싸운다'라는 말을 꺼낸 이상 거기에 상응하는 각오를 가져 줬으면 하네. 내 입으로 말하기는 뭣하지만 난 지는 걸 꽤 싫어하거든. 미친 것처럼 보일 정도로 패배를 증오하지." 구로사와 고스케는 한쪽 팔꿈치를 책상에 기대면서 그 증오를 표현하듯 오른쪽 손가락을 살랑살랑 움직였다. "원래 승부라는 건 유능한 존재가 무능한 존재를 도태시키는 게 원칙이지. 그러니 거기에 행운이나 불운 같은 건 존재해서는 안 돼. 승부는 마땅히 절대적인 실력만으로 판단되어야 하네. 내가 하고 싶은 말을 이해하겠나?"

나는 말없이 고개를 가로저었다. 구로사와 고스케는 고개를 끄덕였다.

"나는 예전에…… 뭐, 이미 상당히 오래전 이야기지. 아직 내가 어린애였을 때 형과 함께 트럼프를 한 적이 있었어. 내 형이라는 사람은 말솜씨만 번지르르한, 그야말로 무능한 남자였지. 사사건건 다 알고 있다는 듯한 말투로 유창하게 허언만 늘어놓는 경박한 남자였어. 학업 성적으로 봤을 때는 그렇게까지 바보도 아니었는데, 애초에 인간의 근본인 품성이 결여됐다고나 할까. 내가 취미로 듣고 있던 클래식 음악에도 일일이 촌스러운 학식을 덕지덕지 덧붙이곤 했어. 정말이지 따분한 남자였지. 뭐 좋아. 어쨌든 난 형과 트럼프를 했네. 이거 참, 퍽 그립군. 당시 플레이했던 게임은 좀 별나게도 도박용 트럼프였는데, 하필이면 무능한 형한테 '패배'하고 만 거야. ……그야말로 있을 수 없는 일이었지. 하지만 트럼프 게임이라는 게 유감스럽게도 '운수'라는 요소가 크게 작용하지. 마작이 그 대표격이라 할 수 있네. 분배된 패에 따라 크게 상황이 달라져. 그러니 당시의 운수에 따라 실력이 상쇄되어 버리는 걸 막기 위해 최소한 연장전 격의 게임을 플레이하는 법이야. 이런, 이야기가 새버렸군. 내가 말하고 싶은 건 이거라네. 게임은 최소한 여러 번 플레이하지 않으면 그 실력이 드러나지 않아. 변수로 인한 절단효과의 영향이 있으니까. 그래서 난 형에게 말했어. 몇 판 더 플레이하자고. 그래야만 상대의 실력이, 뭐, 애초에 내가 이겼겠지만, 분명히 드러날 거라고 말이네."

구로사와 고스케는 거기에서 일단 숨을 들이마신 뒤 계속 이야기를 이어갔다.

"그런데 형은 나와의 재대결을 거절했어. 그야말로 흥이 깨졌지. 그 후로 형은 내 말에 귀를 기울이지 않았어. 참으로 재미없었지. 게다가 그 코웃음 치는 형의 기분 나쁜 얼굴이라니, 그 불쾌함은 정말……. 난 포기하지 않고 호시탐탐 형과의 재대결을 기다렸네. 패배가 너무 싫었으니까. 내 실력은 분명히 형을 능가하고 있었어. 승부는 행운이나 불운이 아니라 실력만으로 평가되어야 해. 그래서 난 무슨 일이 있어도 형이 게임을 플레이해야만 하는 환경을 만들기로 했지. 평소에 제안한들 말을 들어 줄 법한 남자가 아니니까. 아, 만약 자네가 내 행위를 어리석다고 생각한다면 뭐 어쩔 수 없네. 그건 자네와 나의 가치관 차이이니까. 그 틈을 당장 메우는 일은 도저히 불가능하지. 말하자면 나의 정당성을 증명하기 위해서라도 내겐 그 행위가 필수 불가결했던 거야. 공감은 못 한다 해도 아무쪼록 이해해주길 바라네.

결국 상당한 시간이 흘러버렸지만, 형의 자금줄을 옥죄기로 했지. 물론 형을 다시 게임판으로 끌어들이기 위해서. 나는 이미 사회인으로서 만족스러운 위치에 올라선 형을 그 자리에서 끌어내는 데 성공했다네. 뭐, 그 수법이나 절차를 상세히 묻는 건 참아달라고. 그거야말로 재미도 없고 그리 멋진 작업도 아니었으니까. 어쨌든 난 형을 사회적 패배자로 만드는 데 성공했지. 그럼 어떻게 될까? 당연히 형은 돈에 쪼들리겠지. 친척 같은 믿을만한 구석 따위는 없다는 걸 그 누구도 아닌 내가 아주 잘 알고 있으니까. 형은 아르바이트를 하든, 아니면 '도박'이라도 해야만 하는 처지가 된 거야. 하지만 형은 경마도 파친코도 슬롯머신도 못 하지."

구로사와 고스케 자신이 한번 운을 뗐듯, 그의 행위는 그야말로 내게는 이해할 수 없는 유치한 행위처럼 느껴졌다. 어리석은 짓이나 기행이라는 말로도 표현할 수 있을 것 같았다. 전혀 공감할 수 없었다.

그러나 어떻게든 내가 그 옛날이야기를 다 소화해냈더니 구로사와 고스케는 기다리고 있었다는 듯 입을 열었다.

"미안하군. 상당히 서론이 길어지고 말았어. 비교적 말은 잘하는 편이라 자부하고 있었는데 개인적인 이야기를 하게 되면 그렇지도 않은 모양이군. 생생한 감정이 이야기의 골자를 제멋대로 왜곡하지. 변명의 여지가 없어……. 뭐, 하지만 내가 말하고 싶은 건 단지 이거야. 난 병적으로 지는 걸 싫어해. 그래도 나와 싸울 각오가 된 건가?"

나는 협박과도 같은 발언에 동요하지는 않았다. 나는 가슴 한

복판에 단단히 각오를 다지고 구로사와 고스케의 눈을 똑바로 바라봤다.

"이야기의 행방에 따라서 전…… **우리는** 당신과의 투쟁도 멈추지 않을 각오가 되어 있어요."

"훌륭하군." 구로사와 고스케는 건조한 목소리로 말하며 데스크 위에 그려진 사각형의 패널 부분에 조용히 손을 댔다. 그러자 패널은 블랙라이트처럼 새파랗게 빛을 내더니 동시에 어딘가에서 '삑' 하는 자그마한 소리가 들려왔다. 내가 무슨 영문인지 몰라 하는 사이, 거듭 어딘가에서 목소리가 새어 나왔다.

"사사카와입니다. 부르셨습니까?"

아무래도 구로사와 고스케가 만진 패널은 내선 장치인 모양이었다. 아마 조금 전에 이 방까지 날 안내해준 여자로 생각되는 차분한 목소리가 방에 울렸다. 그는 그대로 허공을 향해 말을 꺼냈다.

"미안하지만 시급한 용무가 생기고 말았어. 14시부터 잡힌 오디오부와의 회의는 29일 오후 4시로 연기. 16시부터 있을 주오해상과의 간담회에는 적당한 직원이 나 대신 대행을……. 그리고 C의 F에 K를 5명쯤 차례로 보내줘. 이후의 일정에 대해서는 추후 연락하지."

"알겠습니다. 실례하겠습니다."

비눗방울이 터지듯 내선이 끊기는 자그마한 소리가 방에 울리자, 구로사와 고스케는 뭔가 중요한 작업에라도 착수하듯이 양손을 맞비볐다. 그러더니 입을 최대한으로 늘려 웃어 보였다.

"이것으로 조금 시간도 생겼군. 천천히 **이야기를 나누도록 하지.** 그나저나……." 그는 등받이에 몸을 기댔다. "난 어떤 이야기부터 하면 좋을까, 오스가 군."

나는 심호흡을 한 뒤 신중하게 입을 열었다.

"우선, 왜 7년 전에 그런 걸 계획한 건지 가르쳐주세요. 어째서 당신은……."

아이를 낳지 못하는 인간을 만들어내려고 한 거죠?

구로사와 사쓰키의 일기
(저번 일기에 이어서)

이 사실을 어떻게 받아들여야 할까.

말할 나위 없이(말은 적절한 게 아닐지도 모르지만) 아빠는 나를 만든 인간의 일부다. 그건 아무리 몸부림쳐도 부정할 수 없는 사실이다. 내가 지금 여기에 있는 건 누구도 아닌, 부모의 존재가 있어서니까. 도자기는 도예가의 손에서 제작되고, 음악은 작곡가의 손으로 창작되며, 요리는 요리사의 손에서 만들어지듯, 나는 부모에 의해 세상에 태어났다.

그러나 지금, 나를 태어나게 한 장본인이 하필이면 '아이를 낳지 못하는 세상'을 만들 생각을 하고 있다니. 대체 내가 취해야만 하는 최선의 행동, 혹은 감정은 뭘까. 격렬한 분노일까, 끝없는 공포일까, 지대한 반성일까……. 이제 난 아무것도 모르겠다.

마치 내 손바닥조차 볼 수 없는 어둠 속을 걷고 있는 기분이다. 지금 내겐 나의 존재를 인식하는 것조차 상당히 어려운 일이 돼버렸다.

벌써 1년 이상 일기를 써왔는데 그중에 아빠에 관한 기록은 결코 적은 편이 아니었던 것 같다. 내 나름대로 가깝고도 먼 존재인 아빠를 다양한 각도에서 고찰하고 관찰해왔다.

아빠는 무슨 생각을 하고 있을까. 주로 일에 관해서일까?

아빠는 날 어떻게 생각하고 있을까. 지겨워할까, 아니면 몰래 신경 써주고 있을까. 어쩌면 역시 뭔가 미움 같은 감정을 품고 있을까.

명확한 대답은 여전히 모른다. 하지만…….

'아빠는 아이가 태어나지 않기를 바라고 있다.'

이 사실만이 백일하에 드러났다.

내 존재는 뭘까. 그런 질문이 지금 내 안에서 태연히 모습을 드러낸 채 명확한 대답을 기다리고 있다. 나는 과연 어떻게 답을 해야 할까.

데카르트의 '코키토 에르고 숨'의 사고에 따르면 '나는 생각하기 때문에 존재한다고 규정할 수 있다'라는 답변을 할 수 있다. 나는 지금도 생각하고 있다. 그러니 확실히 '존재'하는 셈이다.

그러나 내 창조주는 '아이 따위는 필요 없으니 아이가 태어나지 않는 세상을 만들자'라는 말을 하고 있다. 난 그 누구도 아닌 아빠의 자식이다. 결국 나를 낳은 인간이 내 존재를 부정하고 있는 게 아닌가.

나는 살아있다. 그러나 날 만든 이는 내 존재를 부정하고 있다.

그렇다면 이 이론으로 따졌을 때 나는 존재하는 게 맞는 걸까.

예를 들면 화가가 자기 작품에 대해 공감이 가지 않아서 '이따위 작품은 그리지 않는 게 낫겠어'라든가 '머저리 같아'라는 생각을 했다고 치자. 이유는 모른다. 화가에게는 그 나름의 숭고한 생각이 있으며, 자기 작품이라고 규정하기 위해서는 어느 일정한 경계 같은 게 있을 터이다. 어쨌든 그 작품은 화가 자신의 '작품'으로는 인정받을 수 없었다.

그러면 어떻게 될까. 이 작품은 '존재'하는 게 되는 걸까.

또 다른 예를 들어보자. 어느 공장에서 금속 부품을 제조하고 있다. 하지만 제조 과정에서 아무래도 몇몇 불필요한 금속 파편이 쓰레기로 발생해서 공장 사람이 곤란해 하는 상황이 발생했다 치자. 폐기하려면 돈도 들고 청소에 들이는 시간도 아깝다. 게다가 '이 불필요한 금속 파편을 줄이기로(혹은 없애기로) 하자'며 공장 사람들이 움직이기 시작했다.

그렇다면 이제 막 추출되려는 이 금속 파편은 공장의 제조물이라고 할 수 있을까.

내가 하고 싶은 말은 결국 이것이다. 나는 '존재'하지도 않는, 그저 '불필요한 물건'은 아닐까.

아빠는 나를 '죽이고 싶다'는 생각이라도 하는 걸까.

아무리 생각해봐도 모르겠다.

모르겠다.

모르겠다.

〈나는 부모의 사랑을 능가하는 위대한 사랑을 모른다. (철학자, 버트런드 러셀)〉

이 세상에는 난해한 일이 너무 많다.

아오이 시즈하

공장 안의 건물 틈으로 어렴풋이 바다의 모습이 엿보였다. 매립된 인공 콘크리트 맞은편에는 파도 하나 없는 차분한 바다가 가로놓여 있었다. 그곳에서 새가 날고 있었다. 새는 갯바람을 온몸에 뒤집어쓰듯이 수평선 너머로 끝없이 나아갔다.

조용한 장소에서 보내는 시간은 어느 때보다 여유롭게 느껴진다. 에자키도 나도 말이 많은 편이 아닌데다가 공백의 시간을 대화로 메우는 일에 능숙하지도 않다. 그런데 신기하게도 이 공백이 전혀 따분하지 않았다. 최근 며칠을 함께해 온 덕분인지 에자키와 보내는 시간이 상당히 편해진 느낌이었다.

그때 침묵의 문을 노크하듯 휴대폰 진동이 울렸다. 나는 허둥지둥 휴대폰을 꺼내서 문자 내용을 확인했다. 발신자는 역시 논이었다.

— 비밀번호는 08G-51048839예요. 이걸로 열면

어째선지 내용이 중간에 끊겨 있었지만 무슨 말인지는 알 수 있었다. 아마도 약간 긴장한 상태에서 입력한 탓에 잘못 친 거겠지. 우선 무사히 비밀번호를 알아내서 안심했다.

"사에구사 논한테 온 건가?" 에자키가 물었다.

"응. 비밀번호를 알아낸 모양이야"

나는 재차 보안용 패널로 가서 화면을 불러왔다. 선명한 마린 블루로 된 패널에 재빨리 비밀번호를 입력했다. 어쨌든 서두르지 않으면 비밀번호는 무정하게도 갱신되고 만다. 나는 초조해하면서도 오른손 검지로 조심스럽고 신중하게 입력을 완료했다. 마지막에 '입력' 버튼을 눌렀다.

그러자 기나긴 전자음이 삐 울리더니 커다란 기어가 움직이는 소리가 들렸다. 기익기익. 둔중한 소리가 울려 퍼졌다. 기어의 회전음에 섞여 체인이 스치는 것처럼 짤랑이는 소리도 새어 나왔다. 소리에 귀를 기울이자, 마치 우리의 주의를 끌려는 듯 순식간에 눈 앞의 셔터가 열렸다. 중후한 셔터는 발처럼 걷히며 천장으로 뱅글뱅글 빨려 들어갔다. 공장 안에 밀폐되어 있던 약간 서늘한 공기가 새어 나오더니 우리 얼굴을 다소 거칠게 쓰다듬었다.

열린 셔터 너머로는 트럭이 통째로 들어갈 수 있을 만큼 휑한 공간이 펼쳐져 있었고 구석에는 문이 하나 더 버티고 있었다. 그 문은 어디에나 있음직한 지극히 상식적인 크기여서 우리는 조금 안심했다.

"저 문이라면 망가뜨려도 수동으로 간단히 열 수 있겠군." 에자키가 말했다.

나는 고개를 끄덕이고 문에 딸린 보안 패널에 손을 댔다. 아까와 거의 같은 형태의 패널이었다. 눈을 감고 심호흡을 한 뒤 레버를 절반만 쓰러트렸다. 패널은 짤막한 소리를 내더니 액정화면이 까매지며 침묵했다.

패널이 망가진 걸 확인한 에자키는 곧장 손잡이를 잡고 그대로 획 문을 열었다. 최후의 문치고는 어처구니없을 만큼 무심하게 열렸다.

"상당히 크네." 에자키가 말했다. 예언과 자신의 관계를 엉뚱하게도 '택배업자와 클라이언트 관계'까지 동원하여 설명한 그 치고는 직접적이면서 단순한 감상이었다.

에자키의 감상은 어쩌면 당연했다. 그 말대로 공장 안에 늘어선 기계들은 너무 크고, 부지 자체도 넓었다. 입구에 서 있는 것만으로는 전체를 알기 힘들 만큼 면면히 연결된 기계들은 하나의 커다란 개체를 이루고 있었다. 번쩍이는 하얀 몸체의 기계들이 정연히 늘어서 있고, 이들을 연결하는 '다리' 같은 컨베이어와 두꺼운 파이프가 몇 개나 이어져 있었다. 그야말로 거대함 그 자체였다.

우리는 천천히 공장 구석 쪽으로 나아갔다. 마치 박물관 안을 걷기라도 하듯 우리의 걸음은 느렸다. 병적이라고 표현하고 싶을 만큼 새하얀 공장 안은, 치과의 진찰실에서 풍길 법한 독특한 냄새로 가득 차 있었다. 소독약 냄새 같기도 하고 곰팡내 같기도 한 냄새. 아마도 이 공장이 약품을 취급하는 곳이기 때문이리라.

우리는 제품의 제조공정을 간접 체험하듯이 느린 걸음으로 구석을 향해 기계가 만든 미로를 척척 나아갔다. 공장 안은 기계들로 가득 차 있었지만, 사람이 걸을 수 있을 만큼의 공간이 충분히 확보되어 있었다. 그리하여 우리는 폴짝폴짝 뛰어다니거나 몸을 굽힐 필요도 없이 미로 구석으로 나아갈 수 있었다. 그렇게 십 분이 채 지나지 않았을 때 드디어 공장의 가장 심장부에 도착했다. 여기서부터는 컨베이어도 파이프도 연결되어있지 않았다. 그저 골판지 상자만 산처럼 쌓여있을 뿐이었다. 공장 구석을 점거하듯이 산더미처럼 쌓여있는 상자는 마치 피라미드처럼 압도적인 존재감을 뿜냈다. 상자 표면은 완전히 무지여서 제품명이나 회사명 같은 건 전혀 적혀 있지 않았다.

에자키는 천천히 상자가 만든 산으로 다가가, 그중 하나를 골라 박스테이프를 벗겨냈다. 그러더니 뚜껑을 열어 안을 들여다 봤다. 전혀 주저하지 않는 그 행동에 순간 놀랐지만 사실 우리는 이미 불법으로 공장에 침입한 상태였다. 사소한 죄를 몇 개 더 추가한다고 한들 별 차이는 없을지도 모른다.

에자키는 상자에서 **그것**을 꺼내 오른손으로 들고 물끄러미 관찰하기 시작했다.

"역시 이 공장이 틀림없는 것 같군." 그렇게 말하고는 상자 안의 그것을 내게도 하나 건넸다.

나는 그것을 받아들고 에자키가 그랬던 것처럼 바라봤다.

레종전자의 장대한 계획과는 반대로 그것은 상당히 작고 너무 가벼웠다. 잠시 들여다보고 있자니 왠지 기분이 나빠져서 무심코 눈을 돌렸다. 경량감과 반비례하듯이 꺼림칙한 그것은 내 마음을 질척질척 휘저으며 어지럽혔다.

"이걸 먹으면……." 나는 에자키를 바라보며 말을 이었다. "아이를 낳을 수 없게 된다는…… 거지?"

"그렇겠지." 에자키는 그걸 상자 안에 되돌려 놓았다. "어떤 가치가 있는 일인지 전혀 모르겠지만."

나는 가능한 한 손을 보지 않으려고 노력하면서 그걸 상자 안에 되돌려 났다.

상자의 산으로부터 떨어진 곳에 서서 다시 기계 전체를 바라봤다(사실 너무 거대해서 한눈에 다 들어오지 않았지만).

새하얀 건물에 보관된 새하얀 기계들. 똬리를 틀 듯 뻗어있는 무수한 파이프와 아름다울 만큼 동일한 간격으로 배치된 벨트 컨베이어. 코를 찌르는 불쾌한 냄새와 상자에 포장된 **그것**.

이곳이 모든 원흉이었다. 최근 4년간의 원흉.

순간 나는 머리가 빙글빙글 흔들리는 듯한 감각에 휩싸였다. 눈앞의 경치가 얼룩지고 일그러지면서 반고리관이 정상적인 판단 능력을 상실했다. 하지만 천천히 눈을 감았다 뜨니 세상은 원래대로 돌아와 있었다.

나는 확실하게 두 다리로 땅에 서 있었다.

여기에 있었다.

"에자키." 나는 말을 걸었다. "오스가한테 연락이 오면 여기를 망가뜨리게 될지도 모르는 거지?"

에자키는 나를 보며 당연하다는 듯한 표정으로 고개를 끄덕였다. "그렇겠지. 그걸 위해 여기에 왔으니까."

"그럼 잠깐 이 기계들을 다시 돌아봐도 될까? 말로는 제대로 설명할 수 없지만, 물건을 망가뜨릴 때는 대상물의 '윤곽선'을 파악해두고 싶거든. 어디까지가 망가뜨려야 할 기계이고 어디까지가 망가뜨리지 않아도 되는 건지. 산과 평지의 경계를 확인하는 것과 비슷해. 좀 전의 열쇠처럼 자그마한 물건은 괜찮지만 이렇게나 크면 시간이 걸릴 것 같아서 지금부터 착수하고 싶어. 오스가한테 연락이 온 뒤에 시작하면 효율이 떨어지니까."

에자키는 고개를 끄덕였다. "알았어. 난 잠깐 밖을 살펴보고 올게. 혹시라도 뜬금없이 공장직원이나 경비원이 오면 귀찮아지니까."

"응."

에자키는 그 말을 끝으로 뒤돌아서 공장의 출구로 향하려고 했다. 그러다 어째선지 도중에 멈춰서더니 이쪽을 획 돌아봤다.

"너…… 정말 괜찮은 거냐?"

아까 택시를 타기 전에도 들은 말이었다. 나는 그 진의를 파악하지 못한 채 미소를 지어 보였다.

"고마워. 괜찮은 것 같아."

"그래." 에자키는 그제야 더이상 아무 말도 하지 않고 출구 쪽을 향해 걸어갔다. 세상의 모든 일이 자신의 본의가 아니라고 주장하는 것처럼 그의 걸음걸이는 변함없이 퍽 나른해 보였다.

나는 에자키가 밖에 나가는 모습을 확인한 뒤에야 기계의 윤곽선을 파악하는 작업에 돌입했다.

구로사와 사쓰키의 일기

20××년 7월 8일 흐림
(전편의 일기를 쓴 뒤 며칠 후)

〈존재하는 건 지각 당하는 것이다. (철학자, 조지 버클리)〉

한 가지, 결심했다.

최근 며칠 동안 나는 냉철하게 고민하고 괴로워했다.

과연 내 고뇌가 글로써 얼마나 정확히 드러날지는 불확실하지만, 나는 '상당한' 고뇌와 함께 며칠을 보냈다. 내가 행하는 일거수일투족에 의미를 부여할 만큼 사변적이 되기도 하고, 책을 읽는 게 귀찮아질 만큼 무기력에 빠지기도 했다. 때로는 구역질이 날 것 같았고 이따금 눈앞이 빙빙 돌았다.

그렇게 며칠을 보내면서 한 가지 결론에 이르렀다.

지극히 심플하다.

고뇌가 커지고 문제가 복잡해질수록 왕왕 해답은 단순해진다.

붕괴할지 파탄 날지, 아니면 깨끗이 해소될지. 내가 하려는 일에 대의명분을 내걸 마음도, 하물며 정당화할 생각도 없다. 이건 지극히 나의 개인적인 생존 욕구이자 존재 욕구다.

지금이야말로 나는 행동에 옮길 것이다. 그래야만 한다.

사람답게 존재하기 위해.

사에구사 논

"분명 도쿄 관광을 왔다고 했던 것 같은데, 구니스 씨? 오늘은
또 꽤나 기발한 모습이로군."

나는 화장실 개인 칸 입구를 막아선 남자의 얼굴을 올려다봤
다. 바로 얼마 전 호텔로 기습해왔던 남자였다. 이름이 '야부키'였
던가. 남자의 쾌활한 표정이나 다부진 체구를 보는 것만으로도
그날의 공포가 끔찍하리만치 선명하게 떠올랐다. 그저 바라만 봐
도 내 위장이 꾸룩꾸룩 오므라들며 그대로 소멸해버릴 것만 같
았다.

남자는 그날처럼 다리미로 풀을 먹인 듯한 빳빳한 미소를 지
었다.

"다시 우리 빌딩에 견학하러 오다니, 상당히 여기가 마음에 들
었다는 뜻인가?"

나는 닫힌 노트북 위에 양손을 올린 채 그에 질세라 거짓이 가

득한 미소를 지어 보였다.

"맞아요. 뭐…… 그런 셈이죠. 특히 이 화장실은 상당히 앉아 있기 편해서 좋거든요."

"그거 참 다행이로군." 남자는 고개를 끄덕였다. "하지만 허락도 없이 우리 회선을 사용하는 건 용납할 수 없지. 게다가 멋대로 개인 페이지에 로그인까지 했더군. 이건 좀…… '관광'의 범주는 아닌 것 같은데."

남자의 표정이 일순간 증발했다. 남자는 몇 시간이나 씹은 껌처럼 무미 무취한 표정으로 내 눈을 쏘아봤다.

"목적을 한번 들어볼까."

나는 말없이 남자의 눈을 노려봤다. 그리고 전쟁터의 군인처럼 그저 침묵하기로 마음먹었다. 위아래 입술을 안쪽으로 깨물면서 일절 발설하지 않겠다는 의지를 만면에 드러내 보였다.

남자는 한숨을 쉬었다.

"이것 참, 퍽 우수한 특공대원 같군. 이런 상황에서도 침묵하는 걸 보니 나로서는 네 배경에 상당히 커다란 **뭔가**가 있다는 의심이 드는데."

남자는 눈을 감고 고개를 가로저었다. 마치 뭔가를 개탄하는 듯한 동작이었다.

"처음부터 너의…… 아니, 일전에 같이 있던 여자애 한 명에다가, 지금 최상층에 있는 '에자키'라는 인간을 포함한 '너희들'의 목표라는 건 우리도 대충 파악하고 있었다고."

나는 표정이 무너지지 않도록 거듭 입술을 꽉 깨물었다.

"지바 공장에 용건이 있겠지?"

나는 그 말에 나도 모르게 반사적으로 눈이 휘둥그레지고 말 았다. 확실히 급소를 찔린 인간의 전형적인 반응이었다. 나는 한 심하게도 크게 당황한 표정을 얼버무리며 얼빠진 얼굴을 하려 했지만 이미 때를 놓친 뒤였다.

남자는 눈살을 찌푸리며 음흉한 여우처럼 웃었다.

"간담 중이신 사장님께서 아까 직접 연락을 주셨지. 지바 공장 에 경비회사 사람을 보내라고 말이야. 무슨 일인가 싶었는데 아 무래도 너희들이 그 원인인 모양이로군." 남자는 눈을 부릅 떴다. "너희 타깃이 지바 공장이라면 필연적으로 목적은 **그거**라는 거 겠지. 직원들도 극소수만 알고 있는 특급 비밀인데 말이야."

나는 지바 공장으로 경비원이 가고 있다는 정보에 동요하면서 도 남자의 이야기를 말없이 들었다. 설령 두 사람이 경비원에게 발각된다 해도 에자키 오빠는 제법 머리가 비상한 데다가, 최악 의 경우 아오이 언니는 뭐든 망가뜨릴 수 있으니까. 걱정할 필요 는 전혀 없다.

그제야 나는 침묵을 풀고 남자를 향해 질문을 던졌다.

"그래서…… 그런 '톱 시크릿'을 알아버린 우리를 어쩔 셈이죠?"

남자는 슬며시 웃으며 입을 열었다.

"글쎄, 어쩔까나……."

남자는 정말이지 연기하는 것처럼 천장을 올려다보더니 뭔가 를 고민하는 동작을 취했다. 그러다 내게 시선을 돌리고 다시 조 금 전의 미소를 보이며 말했다.

"잠깐 따라와 주겠나?"

말투는 그야말로 가벼우면서도 그 시선은 0도의 기온처럼 차갑게 얼어붙어 있었다. 나는 컴퓨터를 포함한 짐을 가방에 넣고 천천히 일어섰다.

대리석을 두드리는 남자의 발소리가 화장실 안에서 절망적이리만치 강하게 울려 퍼졌다.

구로사와 사쓰키의 일기

20××년 7월 15일 맑음
(전편의 일기를 쓴 뒤 며칠 후)

〈음악이란 생애에 걸친 수련과 깊은 연구가 필요한 기예입니다. (작곡가, 조반니 바티스타 마르티니)〉

오랜만에 일기다운 걸 쓰고 싶다. 앞에서 언급한 사실을 알고 난 뒤로 내용이 부쩍 사변적인 방향으로 빠져버렸는데 오늘만은 특별히 기록해야 할 사건이 있었다. 거기에 관해 쓰고 싶다.

나는 오늘 태어나서 처음으로 피아노 콩쿠르에 나갔다. 그동안 굳이 언급은 하지 않았는데 지금껏 나는 일주일에 서너 번 정도 피아노 레슨을 받고 있었다. 애초에 피아노를 향한 애착이 있었던 것도 아니고 음악에 대한 집착도 없었다.

내게 피아노는 단순히 시간 때우기용이다.

초등학교 시절, 잠깐의 인연으로 피아노를 배워보지 않겠냐는

권유를 받은 적이 있었다. 마음이 편치 않은 집에 있지 않아도 된다는 생각에 레슨을 시작하게 되었다. 딱히 음악을 향한 열정도 없었으므로 레슨을 통해 흥분감을 얻지는 못했지만 내 의도대로 집에 있지 않아도 되는 시간을 늘리는 건 훌륭하게 성공했다. 레슨을 받는 동안에는 그 어둡고 탁한 집에서 벗어날 수 있었다. 그 것만이 매일 나를 레슨으로 향하게 했다.

주로 레슨을 받는 시간은 평일 저녁으로, 선생님 집에서 진행되었다.

선생님은 나를 무척 능숙하게 다뤘다. 아마 선생님에게 있어 나란 존재는, 말하자면 애물단지였던 것 같다. 선생님의 학생인데도 보기 드물게 콩쿠르를 목표로 하지도 않고(본래대로라면 선생님의 레슨은 엄정한 시험을 거쳐야만 수강할 수 있을 만큼 하이레벨이었다) 딱히 좋아하는 작곡가가 있는 것도 아닌데다가 레슨을 열심히 받지도 않았다. 그저 일정한 돈을 지불하는 대가로 레슨을 진행하고 있을 뿐이었다. 아마 난 그런 존재였을 것이다.

선생님은 내게서 피아노에 대한 흥미를 조금이라도 끌어내기 위해 꾸준하고 착실하게 지속해야 하는 기초 레슨 같은 건 일절 가르치지 않았다. 운지법의 기초, 발과 의자의 위치, 자세 같은 것들만 간단히 강의한 뒤, 선생님은 내게 갑자기 곡을 연습시켰다. 상당히 관례에서 벗어난 교육 방법이었던 것 같다. 그러나 선생님이나 내게는 최적의 레슨 방법이었다. 그 정도로 적당히 풀어놓는 편이 의외로 길게 지속되는 법이다.

선생님은 곡 몇 개를 들려준 뒤 내가 흥미를 보이는 곡의 악보를 가져왔다. 나는 그 곡들을 마음이 가는 대로 적당히 힘을 가감하면서 연습에 몰두했다. 주로 하이든, 모차르트, 베토벤(선생님의 전문 분야는 고전파 음악이었다), 때로는 라흐마니노프, 차이콥스키, 그리고 쇼팽까지. 연주할 때면 나름대로 기분이 좋아졌고, 실력이 향상되는 속도가 느려도 초조하지는 않았다. 어차피 시간 때우기용이었으니까. 거기에 불필요한 감정을 소모하는 건 그리 합리적이지 않았다.

그러면서도 앞서 말했듯 오늘 나는 피아노 콩쿠르에 나갔다.

왜 그랬을까? 그건 나도 잘 모르겠다.

아빠가 계획한 그 역겨운 자료를 읽고 난 뒤, 아마 나 자신을 객관적으로 보기 위해 사소하더라도 뭔가 목표가 생기길 바랐던 모양이다. 매일 일찍 자고 일찍 일어난다든가 독서량을 늘린다든가, 무엇이든 상관없었다. 내게는 피아노 콩쿠르라는 게 가장 알기 쉬운 목표였다. 그뿐이었다.

얼마 전 나는 선생님한테 우격다짐으로 콩쿠르에 나가게 해줄 수 없냐고 사정했다. 선생님은 화를 내거나 곤란해하기보다 일단 놀란 눈치였다. 당연한 반응이었다. 그저 심심풀이로(마치 찻집에 커피를 마시러 오듯) 레슨에 오던 학생이, 별안간 '콩쿠르'라는 말을 입에 올렸으니까. 선생님의 반응은 그야말로 진지했다.

선생님은 말했다. "지금부터 참가할 수 있는 콩쿠르는 거의 없고, 연습도 불완전한 상태에서 출전시킬 수는 없단다." 맞는 말이었다. 나는 피아노 기초도 갖추지 않았고 연주할 수 있는 곡도 적었다. 좀 더 분명히 말하면 실력도 그저 그랬다. 선생님의 명예를 생각해서라도 나를 학생으로 출전시켜줄 리는 없었다.

하지만 나는 받아들이지 않았다. 어떻게든 꼭 콩쿠르에 나가게 해달라며 애걸복걸했다.

그러자 잠시 후 선생님이 한 콩쿠르를 제안했다. "이거라면 어떻게든 연줄로 출전시킬 수 있을지도 모르겠구나." 나는 흔쾌히 그 콩쿠르에 참가하기로 했다. 이걸로 됐어. 충분해. 사소하더라도 어떤 목표, 나아가서는 이벤트 같은 것을 원했다. 목표는 존재 이유를 낳으며, 더 나아가서는 존재 자체를 형성한다.

오늘까지 나는 유례없는 연습량을 소화해냈다. 필사적이긴 했지만 꽤 가혹한 나날이었다. 손가락은 아팠고 때로는 손톱도 깨지고 선생님의 지도 또한 엄격했다. 그런데도 불쾌하지 않았다. 상당히 신기했다.

선생님과 상담한 끝에 과제곡 연습은 거의 하지 않기로 했다. 시간에 맞출 수도 없었을뿐더러 애초에 내게는 곡 자체가 평범하게 느껴져 따분하기만 했다. 연습할 마음도 생기지 않았다. 나는 오직 자유곡에만 힘을 쏟았다.

자유곡은 쇼팽의 에튀드인 「혁명」.

혁명이라. 나쁘지 않은 울림이다. 그야말로 지금의 내게 딱 어울리는 말이라는 생각이 들었다. 궁지에 몰린 내게 이 곡은 무엇보다도 안성맞춤이었고 곡 자체도 퍽 훌륭했다.

과연 콩쿠르에서 나의 「혁명」은 어떻게 울릴까. 주제도 모른 채 그런 생각을 하며 대회장으로 향했다.

여기에 쓰고 싶은 이야기는 산더미 같다. 누구의 곡이 어땠고 어느 선생님이 어땠으며 대회장에 있던 피아노 음질이 우수했던 것 등등. 마음만 먹으면 오늘 겪은 일을 끝도 없이 여기에 쓸 수 있을지도 모른다. 더군다나 오늘은 글이 잘 써지니까.

하지만 나는 그런 이야기들을 생략해버릴 만큼 충격을 받았다.

한 여자애. 들어보니 나와 같은 나이였다.

단 한 사람의 연주에 나는 마음을 빼앗겼다. 단순한 감동과는 조금 다른 느낌이었다. 굉장하다든가 훌륭하다는 식의 빤한 감상으로 끝낼 만한 게 아니었다. 그렇다면 나는 그 연주에서 무엇을 어떻게 느낀 걸까.

군이 말하자면 '질투'라는 말이 가장 적절할지도 모른다. 잠정적인 판단이긴 하지만.

그 애의 연주는 정말이지 우아하고 아름다웠다. 신기하게도 자유곡은 나와 같은 쇼팽이었는데 그 애가 연주한 곡은 「영웅(폴로네즈)」이었다. 음은 맑고 투명해서 한없이 기분을 상쾌하게 해주는 것 같았다. 더 표현하자면, 음뿐만 아니라 그 애의 분위기까지 합쳐져서 하나의 작품이 되어 있었다. 대회장 내의 '온도'조차 그 애의 손에 좌지우지되는 것 같은 느낌이었다. 뭔가가 달랐다. '결정적으로' 나와는 뭔가 달라 보였다.

물론 이제까지 서로가 걸어온 여정이나 자라온 환경의 차이, 또는 성격이나 선택한 곡의 차이 등 다양한 요인이 있겠지만, 무엇보다도 그 애가 '연주를 사랑하고 있다'는 사실이 가장 큰 것 같았다. 나와 달리 그 애는 피아노를 즐기고 사랑해서 연주하고 있었다. 나는 그렇게 느꼈다. 그 점이 나와는 결정적으로 달랐다.

그게 질투가 났다.

분했던 건지도 모른다.

그 감정을 정확하게 표현할 수는 없다. 하지만 어느 쪽이든 그 애의 존재는 내 마음을 끊임없이 거세게 휘저어놓았다. 마치 물에 녹는 비타민처럼 내 안에서 격렬한 화학반응을 일으키고 있었다.

그 애는 제목 그대로 '영웅'이었다.

그에 비하면 나는 '혁명.'

아아, 어쩜 세상은 이토록 근사하면서도 얄궂은지.

어차피 나는 '혁명가'다. 사람들에게 갈채를 한 몸에 받은 채 가슴을 활짝 펴고 행진하는 '영웅'은 아니다.

그럴 수만 있다면, 영웅까지는 아닐지언정 적어도 '용사'와 같은 생애를 살아보고 싶었는데.

오스가 슌

"왜 아이를 낳지 못하는 인간을 만들려고 하는지 물었나? 그
건 그다지 정확한 표현은 아니군." 구로사와 고스케는 말했다.
"정확히는 **아이를 낳기 힘든 인간**이라네. 정해진 대가를 치르면
아이는 낳을 수 있지."

"그건 알아요." 나는 대답했다. "제가 지금 듣고 싶은 건 목적
이에요. 왜 그런 걸 만들려고 하는지."

구로사와 고스케는 등받이에 힘껏 몸을 기대고 의자의 각도를
뒤로 젖혔다. 그러더니 만사가 귀찮다는 듯 잔뜩 찌푸린 표정을
지으며 내 가슴 언저리로 시선을 옮겼다.

"미안하지만 그것만큼은 그리 길게 말하고 싶지 않은데. 그것도
자네 같은 어린애한테 내 의견이나 논리, 나아가서는 철학을 전한
다는 건 도저히 생각할 수 없는 일이야. 내가 열변을 토할수록 자
네는 터무니없이 미숙한 그 그릇으로 날 '이상한 사람'으로 판단

해버릴 테니까. 그런 건 견딜 수 없거든. 난 지동설을 지지한 갈릴레오는 되고 싶지 않아……. 하지만," 구로사와 고스케는 내 눈을 바라봤다. "모든 걸 말하기 전까진 돌아가지 않을 작정이겠지?"

내가 말없이 고개를 끄덕이자 그는 턱을 괴고 졸린 듯한 눈을 했다.

"이거 참 곤란한데 어쩔 수 없군……. 그럼 살짝 이야기해볼까. 아, 자네는 초등학교 3학년은 아닐 테니까, 설마 아이를 황새가 물어왔다거나 아이가 양배추밭에서 태어났다거나 하는 이야기를 믿진 않겠지. 그렇다면 어떻게 생각하나? 사람의 발생과정이라는 건 그야말로 부자연스럽다는 생각이 들지 않나?"

"의미를 잘 모르겠는데요."

"음, 예를 들어볼까. 만약 자네가 어떤 책을 원한다고 해봐. 애초에 딱히 책이 아니어도 상관없어. 과자든 옷이든 가방이든, 뭐든 좋아. 우선 지금은 책으로 해두자고. 아마 자네는 서점으로 향하겠지. 그리고 원하는 책을 골라 계산대로 갈 거야. 그다음엔 어떻게 할 것 같나?"

나는 잠시 질문의 의도를 생각한 뒤 대답했다. "돈을 내겠죠."

"맞아, 당연히 **대금을 지불하겠지.** 무슨 일이든 그렇다네. 유형의 물체뿐만 아니라 무형의 서비스에도 우리는 그 대가로 보통 대금을 지불하지. 세상의 섭리니까. 이것이야말로 마땅한 본래의 흐름이지. 이 회사조차도 그 섭리에 따라 사업을 하고 있으니까. 그런데 말이야……."

구로사와 고스케는 거기까지 말한 뒤 상체를 약간 일으키더니 말이 가진 설득력을 높이려는 듯 오른손을 내밀었다. 목소리에도 냉철한 강인함이 깃들기 시작했다.

"아이의 경우는 어떨까? 자네가 만약 책이 아닌 '아이'를 원한다고 했을 때는 대체 뭘 해야 하지?"

내가 가만히 있자 구로사와 고스케는 서둘러 말을 덧붙였다.

"이런, 미안하게 됐군. 그야말로 촌스러운 질문을 해버렸으니 말이야. 지금 질문은 프레젠테이션 상에서 쓰는 화법일 뿐, 진심으로 자네에게 대답을 바라고 건넨 건 아냐. 모두 답할 필요는 없어. 자, 이런 거라네. 자손을 남기고 싶을 때 우리에게 필요한 건 대가로서의 돈이 아냐. 오히려 잉여로 주어지는 '쾌락'이지. 원하는 걸 손에 넣기 위해 오히려 다른 걸 더 손에 넣는 거지. 이렇게나 부자연스러운 게 대체 어디 있을까? ……그런 부분을 우리가 좀 손본 것뿐이야. 만사를 마땅히 존재해야 하는 형식과 섭리로 이끌기 위해서 흐름을 살짝 명확하게 한 거라네. 보다 나은 내일을 위해서. 어떻게 생각하나?"

"잘 모르겠어요……. 하지만 책을 원하는 감정과 아이를 바라는 감정은 전혀 별개의 문제인 것 같은데요. 아이를 원하는 감정이 더 본능적이랄까."

"아, 물론. 나쁘지 않은 반론일지도 모르겠군. 확실히 그 두 가지를 같은 무대에 올려놓고 토론하는 건 약간 거북스럽게 느껴질지도 몰라. 자네 말대로야. 하지만 글쎄. 난 이렇게 생각하네. '우리 인간의 이성은 이미 본능을 넘어서 버린 상태'라고 말이야. 혹은 이성이 본능을 능가해야만 한다고. 무슨 뜻인지 알겠나?"

나는 고개를 가로저었다.

"나는 좀 전에 성행위에 따른 쾌락을 동반하는 번식이 부자연스럽다고 확실히 밝혔지. 하지만 그건 '사람'에 한해서야. 대상을 '사람' 이외의 생물로 한정한다면야 그야말로 합리적인 번식 방법이지. 사람을 제외한 다른 생물에게서는 보통 지성이나 이성을 찾아보기 힘드니까. 그들은 본능에 따른 채 그 생을 살아가지. 공복이 찾아오면 사냥을 하거나 풀을 뜯어. 몸이 가려우면 긁고 용변을 하고 싶으면 배설을 하고 잠이 오면 자는 거야. 모든 행동이 '쾌락'을 기준으로 형성되지. 그리고 동시에 그 연장선상에 존재하는 게 성행위야. 그들은 본능적으로 '쾌락'이라는 개념을 축으로 행동하기 때문에, 다른 성을 찾아 '쾌락'을 얻은 결과로서 자손을 남기면서 생물의 가장 첫 번째 목적인 종족 번식을 달성하지. 물론 대단히 훌륭해. 게다가 합리적이지. 참으로 심플해서 아름답다고 형용할 수 있을 만큼 완벽한 자연의 섭리가 아닐까 싶어.

하지만 대상을 우리 '인간'으로 한정시켜 볼까. 넓은 세상에는 이런 사람이 있지. 아이 따위는 필요 없다고 생각하는 인간. …… 글쎄, 어떨까? 이런 사람을 생물이라 정의할 수 있을까. 생물의 가장 첫 번째 목적이 종족 번식이라고 한다면 이러한 생물은 사멸할 게 분명해. 왜냐하면 근본적 본능이 결핍된 상태에서는 생물로 존재할 수 없으니까. 종족의 번영을 포기한 생물이라니, 이미 일반적인 생물이라고는 볼 수 없지 않을까? 즉, 결론은 이거라네. '인간'은 이미 본능에 지배당한 단순한 생물이 아냐. 따라서 '본능적인 선택' 같은 말은 우리 안에 존재해서는 안 돼. 우리는 평소 지성과 이성에 따라 행동하고 선택하고 생존하지. 아니, 생존**해야만** 해.

물론 '인간'이면서도 본능에 지배되어버린 지능 낮은 인간도 어느 정도는 존재하지. 하지만 그야말로 얼마나 추악한 일인가. 뭐, 욕망에 따라서 먹고 소비하고 살아가는 인생이라니. 머리를 쓰지 않은 채 그저 하는 일 없이 하루하루를 보내기만 할 뿐인 거야. 그러다 정신 차려보면 그 추악한 인간에게서 추악한 아이가 몇 명이고 태어나지. 그러한 순환이야말로 이미 '인간'이 아닌 거야. '인간'**답지 않은** 거지.

결국 난 이렇게 생각하네. 아이가 필요한지 아닌지는 본능에서 산출되는 우연성이 아니라 이지적이고 이성적인 판단 아래서 결정되어야 해. 알기 쉽게 설명하자면 이거야. 정말로 아이를 바라는 인간, 나아가서는 아이를 얻을 자격이 있는 사람만이 아이를 가져야 해…… 그것도 **상응하는 대가**를 치르고서. 책을 원할 때 그만큼의 대가를 지불해서 구입하는 것처럼 말이야. 어때, 상당히 숭고하고 자애가 넘치는 이론이라는 생각이 들지 않나."

내 머릿속에서는 자동적으로 그의 말이 반복되었다.

'아이를 얻을 자격이 있는 사람만이 아이를 가져야 해.

추악한 인간에게서 추악한 아이가 몇 명이고 태어나지.'

이미 '인간'이 아니라는 말.

그건 대체 누구를 칭하는 거지?

나는 서서히 구역질이 올라오는 게 느껴졌다. 위가 서서히 수축 운동을 시작하더니 그 안에 담긴 것을 펌프로 밀어 올렸다.

목구멍이 급격히 좁아지는 듯한 느낌이 들면서 머리가 압박당하듯 시야가 흐려졌다. 구로사와 고스케의 이야기가 내 마음에 소리 없는 강펀치를 가하고 있었다. 굉장히 강력하고 정확하게 급소를 찌르면서 날 초조하게 만들었다.

"하고 싶은 말이 뭔지는 알겠어요." 나는 구역질과 초조함을 억누르며 말했다. "그런데 왜 당신은 그 논리에 기초한 계획을 직접 본인 손으로 실행에 옮긴 거죠? 그런 일을 한들 당신이나 레종전자에도 이익은 없을 것 같은데요. 애초에 레종전자는 전자제품 제조업체잖아요. 전문 분야와 너무 동떨어져 있는 데다가 시간과 비용도 늘어날 텐데요. 이점이라곤 전혀 없어 보여요."

"흐음." 구로사와 고스케는 얼굴에 깊은 주름을 지으며 웃었다. "상당히 좋은 질문이야. 자네는 아까부터 꽤 나쁘지 않은 반응을 보여 주는군. 나로서도 이야기가 깔끔하게 진행되는 건 그야말로 기분 좋은 일이지. 일단 질문 하나 하지. 자네는 '기업'의 최대 목적이 뭔지 아나?"

나는 조금 생각해본 뒤 대답했다. "……이윤을 내는 거 아닌가요."

"이류는 꼭 그렇게 말하지."

구로사와 고스케는 등받이에서 완전히 등을 뗀 뒤, 데스크에 양쪽 팔꿈치를 기댄 채 몸을 내밀었다. 그러더니 마치 쾌활한 코미디언처럼 화려한 몸짓을 섞어가며 말을 꺼냈다.

"기업 최대의 목적은 '사회 공헌'이라네. 이윤은 거기에 따르는 부산물인 동시에 사회 공헌을 위한 수단일 뿐이지. 우리 '인간'이 살아가는 목적이 '혈액을 늘리는 일'이나 '산소를 대량으로 거뒤들이는 일'이 아닌 것과 같아. 우리가 인간이기에 해야 할 일이 란 그 사지와 두뇌를 써서 무언가를 남기는 것이지. 기업도 같네. 해야 할 일은 이윤 추구 따위가 아니라 그 이윤을 어떻게 사회에 환원할지라네. 사회에 환원한 이윤은 다시 얼마간의 이윤을 낳 지. 하지만 그건 우리 기업에 대한 '포상'이 아니라 다음에 있을 사회의 개선을 위한 '출자'인 셈이야. 아직 고등학생인 자네에게 는 좀 난해할지도 모르지만 그게 사회 시스템에서 기업이 해야 할 가장 중요한 역할이야.

우리 레종전자는 전자 전압계를 제작하던 자그마한 동네 공장 에서 시작했네. 하지만 그 후 사업을 서서히 확대해나갔지. 그야 말로 기나긴 여정을 거쳐서 지금의 국내외 그룹 93개사 체제를 이뤄낸 거야. 그 원동력은 뭘까⋯⋯. 철저하게 이윤을 계속 추구 해 와서? 아냐. 항상 우리가 사회에 새로운 개선을 제공해온 덕 분이지. 그 보답으로 다음 개선을 위한 '출자'로서 자금을 조달받 아온 셈이야. 그러니 우리에겐 이 사회에 다음 개선을 명확히 제 시할 필요가 있어.

그게 바로 이 7년에 걸친 계획이라네. 우리가 계속 제공해온 개 선의 선물. 거기에 장르 따위의 경계를 그어서는 안 돼. 할 수 있 는 건 다 하는 거야. 보다 나은 내일을 위해서. 어제보다 개선된 내일을 보내기 위해서. 다른 생물과 동등한 위치가 아닌, 확고한 위치를 구축한 '인간'으로 살아가기 위해서 말이야.

그것이야말로 'Being alive as a HUMAN(사람답게 살다)'인 셈이지."

구로사와 고스케는 이야기를 매듭지은 뒤 그대로 조용히 페이드아웃하듯이 다시 등받이에 몸을 기댔다. 양손을 정해진 위치의 팔걸이에 올리고 연설을 끝맺었다.

나는 그의 이야기를 혀 안에서 굴려 봤다. 가능한 한 그 이야기가 마음 깊이 스며들지 않게 주의하면서. 술을 시음하는 사람은 취하지 않기 위해 입 안에 머금은 술을 마시지 않은 채 그대로 뱉어낸다는 이야기를 들은 적이 있는데, 그야말로 지금의 나도 그런 기분이었다. 구로사와 고스케의 이야기를 삼켜버리면 내마음에 극심한 악영향을 미칠 게 틀림없었다. 맛을 본 뒤 뱉어내야 한다. 그 과정을 되풀이하면서 나는 생각했다.

역시 이 사람의 생각은 이해할 수 없다고.

구로사와 고스케의 말대로 아직 내가 어리고 미숙한데다가 이해력이 부족해서일지도 모른다. 나한테 좀 더 지식이나 그가 말한 철학이 있었다면 몇 번이고 크게 수긍하면서 그의 생각에 찬성했을 수도 있다. 어쩌면 적절한 말을 골라 논리정연하게 반론할수 있지 않았을까. 하지만 그 어느 쪽도 내겐 불가능했다. 그저 이야기를 듣고 어딘가 복잡하고 기묘한 인상을 느낄 뿐이었다.

그러한 까닭에 나는 이 이야기에 명확한 의견은 말할 수 없다. 이래야만 한다거나 이래서는 안 된다거나. 어느 쪽에도 동조할수 없다. 그러나 만약 의견이 아닌 감상을 묻는다면 나는 구로사와 고스케의 이야기에서 어딘가 '이상한 점'을 느낀다. 언뜻 봐서는 그의 이론이 일리 있는 것처럼 느껴질 수도 있다. 하지만 그는 뭔가가 결정적으로 부족하거나 혹은 뭔가가 필요 이상으로 과잉

된 상태인 것 같다는 생각이 들었다.

구로사와 고스케의 생각은 틀렸다.

평범한 인간이라면 절대 이런 계획을 세우지 않을 것이다. 명확한 근거나 정당한 이론이나 구체적인 반론도 없다. 그저 그런 생각이 단호하게 들었다. 어디까지나 개인적인 감상으로서.

"그 계획을 착수한 시점이 7년 전이죠?" 나는 남은 의문을 해소하기 위해 입을 열었다.

구로사와 고스케는 '정답'이라고 말하는 것처럼 조용히 고개를 끄덕였다.

그 순간 나는 지금 다시 그 목소리를 떠올렸다. 우리가 여기에 모인 이유였던 **구로사와 사쓰키**의 목소리를.

'그날이 오면 제게 협력하셔야 합니다.'

나는 물었다.

"그 계획이 완성된 건 불과 얼마 전의 일인가요?"

구로사와 고스케는 조금 놀란 것처럼 눈을 부릅떴다. 실제로는 충분히 여유로운 인간만이 지을 수 있는 놀란 표정이었지만.

"자네의 정보원이 대체 뭔지는 모르겠지만 이건 좀 놀라지 않을 수 없군."

구로사와 고스케는 앉은 자세가 거슬렸는지 살짝 자리를 고쳐 앉았다. "자네 말대로야. 우리 계획이 하나의 완성된 결과물을 얻은 것은 불과 지난달의 일이지. 7년이라는 세월은 상당히 길었지만 이미 테스트 운용도 들어간 단계라네."

"**테스트 운용**이라." 나는 그의 말을 되풀이했다. 그리고 조용한 확신 같은 것을 얻었다.

나는 논으로부터 구로사와 사쓰키의 일기 내용을 들은 뒤 마음속으로 몇 가지 가설을 세웠다. 말 그대로 지금까지는 **가설**에 지나지 않았는데 여기에 와서 진실을 향해 한 계단씩 접근하다 보니 실감하지 않을 수 없었다.

처음 받았을 때부터 얼마간 호텔에 보관해뒀던 그것을, 오늘 나는 주머니에 몰래 챙겨 왔다. 혹시 모를 희미한 예감에서. 그걸 조용히 주머니에서 꺼내 데스크 위에 올려놨다. 그리고 구로사와 고스케의 반응을 살폈다.

"오호." 그는 조금 전과 거의 비슷하게 놀란 표정을 보였다. "이건 바로……. 이걸 가지고 있다는 건 자네도 우리 **모니터링에 참가해 줬다**는 건가."

나는 고개를 끄덕였다. "하지만 이건 입에 넣지도 않았어요."

"그렇군. 대부분의 인간은 아무 생각 없이 입 안으로 던져 넣기 마련인데. 모두 그렇지는 않은 모양이군."

"같이 간 상대가 사탕을 무척 싫어해서요."

구로사와 고스케는 싱긋 웃었다. 그 미소는 너무 아이 같고 불완전해서 조금 꺼림칙하게 느껴졌다.

"사탕을 싫어하는 취향이라……. 그렇군. 개선책을 생각해두지."

내가 데스크 위에 올려놓은 것은 얼마 전 레종전자 모니터에 갔을 때 받은 사탕이었다. '둘이 함께 먹으면 행복해진다'는 어쩐지 수상쩍은 홍보 문구와 함께 나눠준, 소름 끼칠 만큼 새빨간 사탕. 그 표면의 광택은, 이 사탕(엄밀히는 약품이나 마찬가지다)

이 가진 본래의 의미를 알고 보니 도저히 직시할 수 없을 만큼 꺼림칙하면서도, 요염하게 내 마음을 어지럽혔다. 사탕은 지구처럼 아름다운 구형을 한 채 권총처럼 둔탁하게 빛나고 있었다.

"이 사탕은 진짜 이름이 뭐죠?" 나는 물었다.

"이름은 없네." 구로사와 고스케가 곧장 대답했다. "붙일 필요가 없어. 이름을 붙여봤자 불필요하게 그 본질을 규정해버리니까. 이름도 없을뿐더러 지어주고 싶은 마음도 없어."

어디선가 들은 적이 있는 말이었지만 기억나지 않았다.

나는 모니터링 회장에 있던 수많은 커플이 아무것도 모른 채 사탕을 입 안에 던져 넣던 광경을 떠올렸다. 지금 생각하면 구역질이 날 만큼 잔혹하면서도 기묘한 광경이었다. 또다시 내장이 목구멍 안쪽으로 위산을 밀어 올리려고 했다. 어떻게든 나는 그것을 억제하며 끊어질 듯한 이성을 필사적으로 이어가고 있었다.

"하나 더 물어봐도 될까요?"

"이제 와서 거절할 이유도 없지." 구로사와 고스케는 대답했다.

나는 신중하게 물었다. "모니터링에서 나눠준 가방 말인데요, 거기에서만 받을 수 있는 한정품이 맞나요?"

구로사와 고스케는 그 질문에 대해 의외라는 표정을 하면서도 태연하게 대답했다. "물론이네. 자사 여직원을 대상으로 모니터링 선물로 뭐가 적절할지 설문조사를 했지. 그중에서 '한정품 가방이 있다면 참가하고 싶어질 것 같다'는 의견이 있어서 채용한 거라네. 곧장 이탈리아 디자이너를 섭외해서 브랜드 제휴를 맺고, 세상에 둘도 없는 가방을 만들도록 했지. 자네 말대로 **그 가방은**

거기에서만 받을 수 있네. 그게 어쨌다는 거지?"

나는 고개를 저었다. "아뇨, 좀 궁금했을 뿐이에요."

대답을 들은 뒤 메스꺼움도 차츰 수그러들었다. 그 대신 서서히 분노가 치밀었다. 마치 불에 올려둔 주전자처럼 점차 분노가 끓어올랐다. 어디까지나 천천히, 아주 천천히. 점점 부채질하는 것처럼.

"그리고……," 입을 연 쪽은 구로사와 고스케였다. 그의 갑작스러운 물음에 마음속에서 막 타오르려던 불은 강풍을 맞은 듯이 주춤해졌다. 그는 내 마음이야 어찌 됐건 개의치 않은 채 말을 이었다. "난 이제 또 뭘 이야기하면 되는 거였지?"

"화재에 관해서요." 내가 대답했다. "화재가 일어난 그 날에 대해 알고 싶어요."

"그거였지."

나는 이야기의 주제를 바꾸기 위해 작게 헛기침한 뒤 마음속에 타오르던 불길을 슬며시 껐다. 아직 내게는 그에게서 들어야 할 이야기가 몇 개 더 있었다. 화가 난 나머지 지금 이성을 잃는 건 현명하지 않다.

나는 재차 분명하게 용건을 말했다.

"어째서 그날 당신은 살아남고 구로사와 사쓰키 씨는 죽은 거죠?"

구로사와 사쓰키의 일기

20××년 7월 31일 흐림
(화재 당일)

〈한 명을 죽이면 범죄자고 백만 명을 죽이면 영웅이 된다. (배우, 찰리 채플린 『살인광 시대』에서)〉

군사를 양성하려면 천 일이 걸리지만 결전은 하루아침에 일어난다.

모든 정보를 고려하여 판단한 끝에 오늘을 그날로 정했다.

아빠가 하는 일에 대해 자세히는 모르지만, 그 생활 패턴으로 봤을 때 화요일은 아빠가 비교적 일찍 집에 돌아오는 날이 많았다(그래봤자 9시가 넘은 시각이지만). 준비가 끝나는 상황을 보더라도 오늘이야말로 가장 적당한 때인 것 같다. 이런저런 이유로 자꾸 뒤로 미루며 쓸데없는 여유를 부리면 내 의지가 약해질 가능성도 부정할 수 없다. 마음을 굳혔으니 즉시 실행에 옮겨야 한다. 뒤를 돌아봐서는 안 된다.

나는 지금 모든 준비를 마친 뒤 이 일기를 쓰고 있다. 참으로 기분이 이상하다. 문장이 가진 힘을 충분히 이해하며 살아온 것 같은데, 글을 쓰는 일에 이렇게나 의미 부여를 하는 건 처음일지도 모르겠다.

아마 오늘이 마지막 일기가 될 것이다. 만약 계속 '일기 쓰기'를 할 수 있다고 해도 이 일기장은 일단 틀림없이 여기에서 종지부를 찍게 될 것이다. 전부 오늘의 결과에 달렸다.

혹시 최악의 결과를 얻을지라도 난 그저 '운이 없었다'고 생각하며 깨끗이 포기하거나, 바로 그게 우연(신)의 선택이라고 결론지을 수밖에 없다. 승부란 보통 운에 따라 좌우되고, 어차피 실력은 '그동안의' 실력에 지나지 않는다. 대체로 승부는 한순간의 운이나 불운으로 결정된다. 지금 나로서는 모든 일이 원활하게 진행되기를 신께 기도할 수밖에 없다.

최선을 다한 뒤 하늘의 뜻을 기다릴 것이다.

얼마 전 오랜만에 '논'을 만나고 왔다. 못난 소리를 하자면 매일 만나고 싶을 만큼 쓸쓸했지만, 피폐해진 지금의 나를 보이는 건 적절한 일이 아니라는 생각에 스스로 공원에 발길을 끊어버렸다. 논 앞에서는 언제나 늠름한 언니로 있고 싶었으니까. 그야말로 제멋대로의 핑계일 뿐이다.

진심으로 논에게는 미안한 마음이다. 진실을 전부 숨긴 채 '전학 간다'는 너무 빤히 보이는 거짓말을 하고 말았다. 논이 내 거짓말을 눈치챘을까? 모르겠다. 논은 늘 발랄해서 나와는 완전히 다른 세상에 존재하는 인간 같다. 내 기준으로 그 애를 평가한다는 것 자체가 어리석은 일이자 실례되는 일이다. 되도록 무엇 하나 눈치채지 못한 상태로, 모른 채 마무리된다면 다행이다. 그렇게 된다면 적어도 추억 속의 나는 언제까지나(그 나름대로) 아름답게 남아 있을 테니까.

논은 정말 둘도 없는 친구이자 여동생 같은 존재이기도 했다. 게다가 내게는 논 이외에 대화할 상대조차 없다. 그리 속어는 사용하고 싶지 않지만, 아마 그 애야말로 이 세상이 말하는 나의 '베프'일 것이다. 고독하던 내게 친구의 맛을 가르쳐준 최대의 은인이다. 그저 고마울 따름이다. 이번 일로 내가 유일하게 사죄하고 싶은 사람은 오직 논뿐이다. 분명 내일 이후로 논을 만날 수는 없겠지. 오늘 승부의 행방이 어느 쪽으로 기울지라도.

여기 이렇게 글로 적는다 한들 그 애에게 전해질 가능성은 지극히 낮지만, 그래도 감히 적어두고 싶다. 그러지 않고서는 견딜수가 없다.

거짓말을 해서 미안해. 제멋대로 굴어서 미안해.

마지막까지 좋은 언니로 있어 주지 못해서 미안해.

미련이 있다면 내겐 거의 추억도 남기지 않은 채 아빠와 이혼한 뒤 돌아가신 엄마, 그리고 엄마와 함께 멀어지고 만 여동생의 존재다. 이것만은 어느 정도 마음에 미련으로 남는다. 만약 우연한 기회로 여동생과 만날 수 있게 된다면 부디 행복하라는 말을 전하고 싶다. 그리고 아무쪼록 내 독단이 그 애의 신변에 아무런 피해도 끼치지 않길 기도한다.

의도하지 않았지만 내 투쟁에는 너의 생존권까지 포함되어 있는 거겠지. 항상 행복하길 바랄게.

마지막 기록이 될지도 모른다고 했는데 청산해야 할 일이 너무 적다는 게 스스로도 한심하게 느껴진다. 이 얼마나 흐릿하고 얕은 인생이었는지. 더 남겨야 할 말도 딱히 없는 것 같다. 고작 10년하고도 조금 남짓의 세월밖에 살지 않았을지라도 인간으로 태어났다면 좀 더 삶에 두툼한 두께 같은 게 생기기 마련일 텐데. 그것 역시 참으로 비참하다. 그야말로 나답다.

이런저런 잡다한 사정을 길게 써 내려갔지만(약간 동요한 탓에 문장이 조금 산만해졌을지도 모른다) 이쯤에서 오늘 내가 하려는 일을 명확히 기록해두고 싶다. 먼 훗날 어디까지가 나의 소행인지 제대로 밝혀져야 하니까. 여기에 간결하게 결론부터 적겠다.

오늘 난, 아빠인 구로사와 고스케를 죽일 생각이다.

그야말로 이유는 간단하다.

'나 자신의 생존 의의를 확고히 하기 위해.' 그뿐이다.

아빠는 아이를 낳지 못하게 하는, 정말이지 이해하기 힘든 일을 계획하고 있었다. 설령 본인 입으로 직접 나에게 설명을 했다고 해도 완전히 받아들이기 힘든 일이다. 무슨 의미가 있는지 모를뿐더러, 더 말하자면 알고 싶지도 않다.

어쩐지 섬뜩하다.

이제 내게 아빠란 존재는 공포일뿐이다.

무슨 생각을 하는지도 모른 채 그저 묵묵히 일에 몰두하고, 밥을 먹고, 자고 일어나면 다시 일터로 향하는 사람. 불과 한 달 전까지만 해도 아빠의 모습은 그러한 루틴을 규칙에 따라 지키는 수수께끼에 휩싸인 어른에 지나지 않았다. 비유하자면 정해진 시간에 소소한 연출을 반복하는 자명종 시계랄까. 영문을 알 수 없는 데다가 틀에 박힌 듯이 정확해서 멋이라곤 전혀 없는 행동들을 되풀이하는 사람. 아빠는 수수께끼에 불과했다.

그러나 이제 달라졌다. 무엇을 생각하는지 알 수 없는 그 아빠가, 유일하게 생각하고 있는 것을 알아버렸다. 그것도 가장 핵심적인, 나라는 인간을 정면에서 부정하는 잔혹한 진실을.

아빠는 아이를 불필요한 존재로 간주하고 있었다.

불쑥 이런 사실을 알게 돼버린 난 어떻게 이 상황을 모면해야 할까. 어떤 식으로 반응해야 하는 걸까.

아빠는 아이가 생길 확률을 극단적으로 떨어뜨린 채 일부 '각오가 된 사람'들만 아이를 가질 수 있게 하는 세상을 계획하고 있었다. 모르겠다. 왜 그런 생각을 한 걸까.

무엇이 그 사람을 그렇게 만든 걸까.

그저 무섭다. 무서워서 견딜 수 없다.

아이는 그렇게나 불필요한 존재인 걸까?

아이는 태어나지 않는 편이 좋다고 생각해왔던 걸까?

내가 그렇게나 미운 걸까?

그런 괴물 같은 인간과 같은 집에 살고 있다는 사실이 무엇보다도 공포스러웠다. 마치 가축이라도 된 기분이었다. 언제 출하될지, 어느 순간 처분될지 모른 채 한없이 얄밉고 불필요한 존재로 취급

받으며 한 지붕 아래에서 살아가는 나날. 혹여나 아빠가 직접적으로 내게 한 마디 불평이라도 한다면 조금쯤 마음이 편해질 수도 있다. '그래, 난 미움 받고 있구나', '난 불필요한 인간이구나'라며 쉽사리 받아들일 수 있을 테니까. 하지만 아빠는 그저 말없이 수면 아래에서 계획을 키워나가고 있을 뿐이었다. 절망스러웠다.

재빨리 손을 써야만 했다. 내 생존 이유를 확실히 하기 위해.

아빠는 나 같은 존재는 불필요하다고 생각하고 있다. 하지만 나의 창조주는 그 누구도 아닌 아빠였다. 분하지만 변명할 수 없는 사실이다. 나는 아빠와 돌아가신 엄마 사이에서 태어난 존재. 결국 나는 창조자에게서 불필요하다는 딱지를 받은 셈이다.

그렇다면 어떻게 해야 할까. 탈환할 수밖에 없다.

날 필요로 하지 않는, 생존해서는 안 된다고 당당히 주장하는 아빠를 처단할 수밖에 없다. 엉뚱한 '혁명'을 일으키려는 아빠를, 나는 '혁명'으로 막아내야만 한다. 날 필요로 하지 않는 아빠가 있는 한, 영원히 나는 창조주에게서 '불필요'한 존재가 된 채 살아가야만 한다.

그런 걸 '생존하고 있다'고 말할 수는 없다. 어울리지 않게 나는 진심으로 '살고 싶다'고 간절히 바라고 있다. 생존이야말로 '유(有)'의 시작이며 '무(無)'에는 아무런 가치조차 없다. 아빠와의 연결고리를 끊어냈을 때 비로소 나는 '유', 그리고 '생존'을 손에 넣을 수 있을 것이다.

나는 영웅은 될 수 없었다.

아빠는 그 계획으로 나뿐만 아니라 앞으로 태어날 수백만의 목숨을 헛되게 하려 한다. 어쩌면 그건 인류 역사의 기나긴 시선으로 봤을 때 영웅이라고 칭송받을 만큼 가치 있는 업적일지도 모른다. 역사란 종종 예측할 수 없는 결말을 맞이하니까. 하지만 나는 그것이 개인적인 생존 욕구와 윤리적 가치관에 비추어봤을 때 올바른 행동이라고는 도저히 생각할 수 없으며 받아들일 수도 없다. 난 내 목숨을 걸고 아빠를 죽일 것이다.

이미 방안 곳곳에 휘발유를 뿌려뒀다. 마치 주유소가 된 것처럼 그 독특한 냄새가 집 안에 가득 차 있다. 조금 불쾌한 냄새지만 내겐 각오의 냄새이기도 하다. 조금 후각을 발휘하면 그 냄새가 오히려 신성하게 느껴진다.

어째서 난 아빠를 죽이는 데 불을 선택한 걸까?

이유야 몇 개쯤 있지만, 무엇보다도 아빠에게 공평한 싸움을 걸고 싶었다. 앞에서도 여러 번 썼듯 난 이걸 '승부'라고 표현한다. 집에 돌아온 아빠에게 불쑥 덤벼들어 칼로 찌르는 짓은 그야말로 아름답지도 않으며 불공평하다. 일방적인 학살이나 다름없다. 무슨 일이 벌어졌는지 이해할 틈도 없이 아빠는 죽어버리겠지. 그래선 안 된다. 아빠는 나의 괴로움에 귀를 기울이고 충분히 이해한 뒤에 나와의 승부를 받아들여야만 한다. 거기에는(완전하진 않지만) 어떤 일정한 쌍방 합의가 필요하다.

물론 휘발유가 가득 뿌려진 실내에 불을 지른다는 건 내게도 위험한 일이다. 게다가 아빠를 확실하게 처치하지 못할 수도 있다. 하지만 그걸로 충분하다. 그 우발성이 이번 승부의 행방을 좌우하는 열쇠가 된다면, 그것이야말로 더욱 승부의 의의가 두드러질 테니까. 그 우발성이 나를 선택할지 아니면 아빠를 선택할지. 책상 위에 수직으로 세워둔 연필이 과연 어느 방향으로 기울지. 그걸 끝까지 지켜보고 싶다. 그러기 위해서 불은 최적의 장치인 셈이다.

그 밖의 사소한 이유로는, 아빠의 일과 관련한 서류도 불태워버리고 싶은 마음에서였다. 아마도 자료는 따로 복사 같은 걸 해놓았을 테니 집에 있는 걸 불태워봤자 피해는 미미하리라 생각한다. 하지만 내 마음이 조금쯤 편해지겠지. 마치 불길에 의해 계획이 어그러져 가는 듯한 착각을 잠시만이라도 맛보는 건 기분 좋은 일일 테니까. 데카르트에 따르면, '인간'은 '신(완벽한 존재)'의 피조물인 까닭에 본질적으로는 '완벽'해야 한다. 완벽한 존재의 창조물이니 완벽하지 않을 리가 없다. 따라서 인간은 완벽하다.

그러나 인간은 잘못을 저지를 때가 있다. 그 이유는 뭘까? 데카르트가 말하길, 그건 '사고'가 부족해서란다. 완벽하지만 그 기능을 충분히 발휘할 수 없는 까닭에 과오와 실패를 저지르고 마는 것이다. 결국 깊이 생각하고 충분히 사고를 되풀이한다면, 그리하여 '날카로운 판단'을 내릴 수 있다면 잘못할 일은 없을 것이다.

나는 오늘을 맞이하기에 앞서, 생각에 생각을 거듭해왔다. 더 할 나위 없을 만큼 유일한 '참'인 나의 정신으로 철저하게 고민해왔다. 따라서 내가 날카롭게 내린 판단은 틀림없이 옳다.

지금 잠시 펜을 쥔 채 남겨야 할 기록을 생각해봤지만, 더는 없는 듯하다. 그만 이쯤에서 일기를 끝맺어야겠다.

일기를 쓰기 시작한 이후 약 1년 반에 걸친 나날 동안 여러 가지 일이 있었지만, 설마 이런 식의 결말을 맞이하리라고는 전혀 예상하지 못했다. 운명이란 어쩐지 불가사의한 것이다.

　일기장의 서두에도 썼던 것처럼 문장이란 사람에게 읽힘으로써 성립한다. 그러므로 나는 이 일기장이 화재에 불타버리는 걸 바라지 않는다. 이 일기는 미래의 나, 혹은 다른 제삼자의 눈에 띄어야만 한다. 그러길 바란다.

　그런 까닭에 아무래도 분실하고 싶지 않은 이 일기장과 내가 존경하고 사랑한 데카르트의 책, 버트런드 러셀의 《행복론》, 그리고 논이 준 종이학을 방화 처리한 깡통 안에 넣어 두려 한다. 화재 후에도 이것이 원래 형태 그대로 남아 있길 바라면서.

　버트런드 러셀의 책은 내가 최근 '행복'에 대해 생각하면서 참고한 것이다. 수많은 행복론 중에서도 상당히 뛰어나다는 평을 들었기 때문에 조용히 손에 넣었는데, 부끄럽게도 다 읽지는 못했다. 요즘 같은 정신 상태에서 침착하게 책을 읽는 건 상당히 어려운 일이었으니까. 스스로도 한심스럽다.

　만약 이 책이 원형을 유지한 채 남아 있다면, 가능하면 논이나 여동생에게 전해주길 바란다. 둘 다 미치도록 행복해지길 바라는 존재니까. 〈인생을 지배하는 건 운명일 뿐 지혜가 아니다. (정치가, 키케로)〉.

　아무쪼록 행운이 있기를.

　다시 또 글을 쓸 수 있다면.

구로사와 사쓰키

에자키 준이치로

나는 아오이 시즈하를 남겨둔 채 건물 밖으로 나왔다. 여전히 부지 안은 인기척도 없이 적막했고, 온화하게 불어오는 해풍만이 그 존재감을 조심스레 주장하고 있었다. 그런데도 나는 만약을 위해 주위를 둘러보며 가까이에 아무도 없는지 확인했다. 우리가 눈치채지 못하는 부분에서 뭔가 경보에 걸렸다고 해도 전혀 이상하지 않았다. 조심해서 나쁠 건 없었다. 확인이 끝나자 천천히 심호흡했다. 조금 전까지 건물 안에 가득 차 있던 화학적이고 인공적인 냄새를 몸에서 모두 제거하기 위해.

내가 유난스레 냄새에 민감한 인간은 아니라고 자부하고 있었지만 유독 그 냄새만큼은 내 코를 집요하게 자극하며 불쾌하게 만들었다. 원인은 모른다. 심호흡만으로는 불쾌감이 사라지지 않아서 건물 옆에 설치된 간이수도로 손을 뻗었다. 수도꼭지를 비틀자 수도 대부분이 그렇듯 깨끗하고 무미 무취한 물이 쏟아졌다. 나는 정해진 규칙처럼 간단히 손을 씻은 뒤 양손에 물을 받아 입안을 헹궜다. 극적인 상쾌함을 얻을 수는 없었지만 두세 번 헹궜더니 서서히 냄새의 기억은 그 농도가 옅어졌다.

적당히 마무리하고 수도꼭지를 비틀어 물을 잠갔다. 그때였다. 이제껏 물소리에 가려져 있던 수수께끼의 중저음이 내 귀로 날아들었다. 소리가 나는 곳을 확인하기 위해 뒤를 돌아봤더니 저명한 경비회사 로고가 박힌 육중한 경비 차량이 묵직한 엔진음을 내며 다가오고 있었다. 조금 귀찮아져서 작게 한숨을 내쉰 뒤 경비 차량을 지켜봤다. 차는 공장 건물의 정면에 정차했다. 그와 동시에 차 안에서 훌륭한(너무 과한) 장비를 몸에 착용한 남자 경비원 다섯 명 정도가 뛰어내렸다. 아마 몇 번이고 훈련을 거듭한 움직임이리라. 그야말로 세련된 동작이었다.

경비 차량을 발견한 순간 건물 안으로 뛰어 들어가 아오이 시즈하에게 위험을 알릴까도 생각했지만, 그냥 가만히 있기로 했다. 어차피 오스가 순한테 문자로 지시를 받는 쪽은 아오이 시즈하였고 파괴 임무를 수행할 이도 그녀였다. 내가 없어도 일은 순조롭게 진행될 것이다. 애초에 잘 생각해 보면 난 이 공장에 올 필요가 없었다. 그저 따라왔을 뿐이다. 그렇다면 여기에서 경비원의 주의라도 끌며 시간을 버는 편이 유리한 계책이리라. 나는 손과 입가에 물을 적신 채 경비원 앞으로 먼저 다가갔다. 내 모습을 확인하자 그들은 미간을 찌푸렸다.

"거기에서 뭘 하고 있었지?"

말을 걸어온 쪽은 경비원 중에서도 가장 연장자로 보이는 중년 남자였다. 피부는 거무스름하게 탔으며 경비원답게 체격이 상당히 좋았다. 헬멧 틈으로 어렴풋이 보이는 두 귀는 평평하게 눌려서 콜리플라워처럼 되어 있었다.

뭐라고 대답하면 좋을지 잠시 생각하고 있는데 내가 입을 열기도 전에 경비원이 초조한 기색으로 마구 쏘아댔다.

"뭘 하고 있었냐고 묻잖아."

어쩔 수 없이 나는 대답했다. "입안을 헹구고 있었는데."

내 대답에 경비원은 보란 듯이 불쾌한 표정을 지었다.

"놀리는 건가?"

"설마 그럴 리가. 어디까지나 사실을 말한 것뿐이야. 다른 뜻은 없어."

경비원의 표정이 한층 언짢아졌다.

"그렇다면 입 안을 헹구기 전에는 뭘 하고 있었지?"

어쩐지 우스꽝스러운 그 질문에 나는 묘안이 없을까 싶어 하늘을 올려다봤다. 그러나 딱히 재치 있는 대사는 떠오르지 않고 그저 지루해져서 한숨만 새어 나왔다.

"반대로 질문을 해도 될까?" 내가 물었다.

경비원이 굳은 표정으로 말했다. "그냥 묻는 말에 대답이나 해."

"그쪽이 대답해주면 솔직하게 말하지."

그러자 경비원은 양보의 표시로 표정을 살짝 풀더니 턱짓으로 내게 질문을 재촉했다.

나는 말했다. "아이가 있나? 딸이든 아들이든."

"그걸 물어서 어쩌자는 거지?" 경비원은 조금 무성의한 말투로 대답했다.

"나름대로 중요한 질문이야, 내게는. ……대답하기 싫다고 해도 상관없어. 그저 대답해준다면 고마울 뿐이니까."

경비원은 거듭 양보의 표시로 한숨을 내쉬었다.

"있다. 딸 하나에 아들 하나. 그게 어쨌다는 거야?"

"그렇다면 혹시……." 나는 남자의 표정을 살피면서 물었다. "아이가 태어나는 대가로 당신과 아내 둘 다 **오감 중 하나를 잃게 된다면** 어떨까. 그래도 아이를 갖고 싶었을까? 눈이 안 보일지도 모르고 소리가 안 들릴지도 몰라. 그런데도 당신은 아이를 원했을까?"

"……무슨 말이 하고 싶은 거야?"

"원래는 6분의 1의 확률로 아무런 대가도 없이 아이를 낳을 수 있다고 하더군. 주사위에서 딱 숫자 1이 나오는 것과 같은 확률이지. 만약 2부터 6 사이에 하나가 나온다면 오감 중 한쪽을 잃게 되는 거야. 그런데도 당신은 아이를 원했을지 묻고 싶군."

"의미를 모르겠네. 하고 싶은 말이 뭐지?"

"맞아. 실은 나도 의미를 모르겠거든."

나는 기세 좋게 코웃음을 친 뒤 진심으로 마음속에서 되새겼다. 정말 의미를 모르겠다고.

아무리 생각해도 공감이나 이해가 되지 않는 문제는 제쳐둔 뒤, 나는 셔터의 개폐를 관리하는 보안 패널 쪽으로 걸음을 옮겼다. 경비원들을 자극하지 않기 위해 천천히, 마치 머리를 쓸어 넘기는 것처럼 자연스러운 분위기를 가장하면서.

아오이 시즈하는 공장 안에서 여전히 침묵을 지키고 있었다. 아직 오스가 슌한테 연락이 오지 않은 걸까. 어쩌면 연락이 왔는 데도 앞의 그 사건 때문에 **망설이고** 있는지도 모른다. 어느 쪽이 든 공장 안에서는 아무런 소리도 들리지 않았다.

"질문은 그것뿐인가?" 경비원이 물었다.

나는 걸으면서 고개를 끄덕였다. "그래."

"그럼 좀 전의 질문에 대답해보시지. 여기에서 뭘 하고 있었 지?"

"공장을 파괴하려고 미리 조사 중이었어."

그러자 경비원은 거품을 문 것 같은 표정을 짓더니 허둥지둥 엉거주춤한 자세를 취한 채 나를 향해 경계심을 드러냈다. 머리 가 이상한 청년을 상대하고 있는 듯하던 표정이 단번에 심각하게 바뀌었다. 주위의 경비원들에게서도 돌연 긴장감이 흘렀다.

"어, 어째서 그런 짓을 하려는 거지?"

그 질문에 나는 곧장 대답을 찾지 못했다. 이 경비원을 상대하 기 위한 적절한 대사를 찾지 못했다는 뜻이 아니라, 좀 더 순수 하게 문제 자체에 대한 답을 발견하지 못한 것이다. 왜 나는 이 닷새 동안 이렇게까지 분주하게 뛰어다닌 걸까. 모든 건 4년 전 목소리에서 시작됐다.

'그날이 오면 제게 협력하셔야 합니다. 그날이 왔는데 협력을 거부한다면 당신은……'

확실히 이 협박과도 같은 목소리가 없었다면 나는 뭘 하려는 생각도 없이 니시닛포리에 있는 집과 학교와 찻집을 오가는 인생을 이어가고 있었겠지. 그건 틀림없는 사실이다. 그런데 지금 내가 이런 식으로 구로사와 사쓰키에게 협력하는 형태로 움직이고 있는 이유라는 건, 그 본질이 이미 다른 것으로 변해버린 느낌이었다. '협력을 거부한다면 당신은…….' 난 어떻게 되는 걸까.

언제부턴가 그런 건 아무래도 상관없어졌다. 오늘 아침에도 다른 세 사람에게 '구로사와 사쓰키에 반대하면 위험이 따를 것'이라는 발언을 했지만, 실제로 나는 단 한 번도 그 목소리에서 공포 같은 감정을 가진 적이 없었다. 난 협박당하고 있는 게 아니다. 내 의지로 지금 여기에 서 있다.

그런 생각을 하는 사이에 보안 패널 앞까지 도착했다. 나는 패널을 터치해서 조작화면을 불렀다. 경비원들은 거침없는 내 행동에 기가 꺾인 듯이 계속 한자리에 서서 오로지 내 손만 바라보고 있었다. 어쩌면 그들은 내가 공장을 파괴하기 위한 시한폭탄이라도 조작하고 있다고 생각하는 건지도 모른다. 뭐가 됐든, 안성맞춤이었다. 나는 패널을 조작하여 셔터를 내리라고 지시했다. 그러자 셔터는 처음과 똑같은 소음을 내면서 완만히 하강하기 시작했다.

"어째서 그런 짓을 하는 거냐고?" 나는 경비원의 질문을 고쳐 물었다.

경비원들은 한데 모여 엉거주춤한 자세로 말없이 하강하는 셔터와 내 모습을 번갈아 바라보고 있었다. 본인들은 대단히 진심인 듯 보였지만 그 광경은 참으로 우스꽝스러웠다. 중무장한 경비원들이 맨손인 내게 동요하며 위축되어 있었다. 좀 더 내 마음에 여유가 있었다면 크게 웃어줄 수도 있었을 텐데.

셔터가 지상에서 1미터 정도의 지점에 다다랐을 때를 계산해서 나는 입을 열었다.

'협력을 거부한다면 당신은……'

"아마 여기에 협력하지 않으면 '앞으로도 미래가 빤히 보이는 지겨운 나날을 보내야만' 할 테니까. 참가할 수 있는 일에는 되도록 그렇게 하라는 말도 들었거든."

말이 끝나자마자 나는 몸을 구부려서 막 닫히려는 셔터 안으로 굴러 들어갔다. 셔터는 지상 50센티미터 정도의 지점에서 간신히 나를 받아들인 뒤 그대로 천천히 하강을 이어갔다. 나를 놓치지 않기 위해 경비원들이 서둘러 다가오는 발소리가 들렸지만, 셔터는 그들을 내쫓아버리듯이 닫혀버렸다. 일단 위기에서 벗어난 것에 만족하며 나는 슬며시 웃었다.

손에 물기가 남은 채로 바닥을 짚었더니 새카만 먼지와 모래가 손에 묻어 있었다. 나는 대충 양손을 툭툭 털고 아오이 시즈하가 기다리는 공장 안으로 돌아갔다.

화학적인 악취가 다시 내 코를 찔렀다.

사에구사 논

내게는 뜻밖에도 냉커피가 제공되었다. 빨대가 꽂힌 유리컵에 물방울이 적당히 서리며 촉촉하고 고상하게 컵받침을 적셨다. 이따금 커피 안에서 얼음이 흔들리는 광경은 냉랭한 여름을 연상시켰다.

화장실에서 끌려 나온 내가 갇힌 곳은 원형 책상이 배치된 회의실 같은 방이었다. 그 공간은 지금 당장이라도 아름다운 사무실의 모범적인 예로서, 모델룸으로 사용해도 될 것 같이 세련된 분위기를 자아내고 있었다. 나는 끌려오자마자 곧장 원탁 앞에 앉아 기다리라는 지시를 받았다. 5분쯤 지나자 '야부키'라는 남자가 무슨 속셈인지 냉커피를 한 손에 들고 돌아오더니 내게 내밀었다. 그렇게 된 사정이었다.

나는 긴장한 표정으로 냉커피를 바라봤다. 어쩌면 방심한 내게 맹독을 써서 단번에 저승으로 보내버리려는, 참으로 악당 같은 수작일지도 모른다. 호의적인 모습을 유지하고 있는 냉커피를 향해 나는 의문의 눈빛을 던졌다.

"커피는 별로 안 좋아하나?" 남자가 다시 꾸며낸 듯한 미소를 지어 보이며 물었다.

나는 그 웃는 얼굴에도 역시나 회의적인 눈빛을 보냈다.

"네. '커피'보다 '코코아'파라서요. 이건 못 마시겠네요."

내가 커피를 앞으로 슬쩍 밀자 남자는 입을 삐죽이며 어쩐지 아쉬운 듯한 표정을 지었다.

"그런가……. 거참 미안하게 됐군."

"흥." 나는 코웃음을 쳤다. "그, 그것보다 상당히 점잖게 대해주시네요. 도대체 무슨 바람이 분 거죠?"

남자가 어깨를 움츠렸다.

"어쨌든 지금 넌 '사장님 손님의 **남동생**'이니까. 멋대로 내 판단만으로 위해를 가할 수는 없지. 더군다나 우리도 폭력배는 아니라서 말이야. 명령이 있으면 채찍질 정도는 가능할지도 모르겠지만." 남자는 농담하듯 웃더니 곧 원래 표정으로 되돌아왔다. "사장님은 여전히 그 '에자키'라는 소년과 이야기 중이신 모양이니 우린 여기에서 잠시 사이좋게 있도록 하자고."

남자는 내 맞은편 의자에 앉더니 으스대듯이 다리를 꼬고 등받이에 몸을 기댔다. 턱 버티고 있는 그 모습이 뻔뻔스러워 보이면서도 압도적인 여유가 느껴졌다. 거만하기까지 한 그 태도에서는 일말의 망설임도 느껴지지 않았다.

흐음, 웬만해서는 이해하기 힘들겠어.

이 남자는 아까 화장실에서 레종전자의 7년에 걸친 계획은 '일부 사원밖에 모르는 특급 비밀'이라고 말했다. 그렇다면 이 남자는 분명 그 '특급 비밀'을 알고 있는 선택된 사원이라는 소리겠지. 그러니 상당한 클래스의 중역이거나 사장의 측근으로 추정된다. 나는 과감하게 전부 물어보기로 했다.

"당신은 이 회사가 뭘 하려는지 알고 있는 거죠?"

어딘가 다른 곳으로 향해 있던 남자의 시선이 천천히 내 쪽으로 움직였다. "물론."

"그렇다면······." 나는 조금 말문이 막혔지만 어떻게든 기운을 내서 말을 토해냈다. 마지막 남은 치약을 튜브에서 힘껏 짜내듯이. "그럼, 어째서 그런 태도로 있을 수 있는 거죠? 제겐 이 회사가 하려는 일이 상당히 **수상하다는** 생각밖에 들지 않거든요. 일단은 '공정한 스포츠맨십'이라는 측면에서 그쪽 사장님의 이야기를 들어보기로 했지만, 역시 상식적으로 생각하면 댁들의 계획은 상도를 벗어나고 말았어요. 어째서 당신은 그런 말도 안 되는 사장님의 망언에 동조하는 거죠?"

"넌······." 남자의 눈빛이 날카롭게 바뀌었다. "그분의······, 우리 사장님에 대해 대체 뭘 안다는 거지?"

분위기가 냉랭해졌다. 남자의 얼굴은 조금 전까지 넘칠 듯하던 여유가 순식간에 사라지고, 순수하게 분노의 빛이 떠올라 있었다. 자신의 피붙이를 부정당하거나 자기 용모를 부정당하거나 자신의 신념을 부정당한 듯한, 그런 직접적인 불쾌함과 분노가 모습을 드러냈다. 나는 무심코 그 반응에 움츠러든 나머지 다음 말을 집어삼켰다. 남자는 턱 버티고 앉아 있던 자세를 바르게 한 뒤 의자를 고쳐 앉았다.

"아무것도 모르면서 타인을 모욕하는 것만큼 나쁜 건 없지. 오히려 내가 보기에는 네가 더 의문이야. 위층에서 이야기가 끝나면 차차 물어볼까 생각했는데 네가, 혹은 너희들이 어째서 우리 회사 일에 관여하는지 궁금해 죽을 지경이라고. 영문을 모르겠군. 왜 아무런 관계도 없는 네가 굳이 위험을 무릅쓰고 여기에 온 거지?"

이야기가 후반부에 접어들자, 남자의 얼굴에서 분노의 기색은 천천히 사라지고 있었다. 그런데도 그의 말에서는 묵직한 무게가 느껴졌다. 구로사와 고스케를 향한 남자의 절대적인 믿음과 신뢰, 숭배가 엿보였다.

'어째서 아무런 관계도 없는 네가 굳이 위험을 무릅쓰고 여기에 온 거지?'

나는 새삼 생각해봤다. 왜 나는 여기에 온 걸까. 확실히 의문이었다. 그 목소리를 듣고 티켓을 받은 뒤 귀신에 홀린듯 나는 이곳에 당도해 있었다.

이렇게 하는 게 당연하다. 의심할 여지 없이 올바른 일이다. 그렇게 생각하고 있었다.

동아리 활동을 땡땡이치면 안 된다고 생각하는 강박관념과 비슷한 개념일지도 모른다. 흐르고 흘러서 나는 여기까지 왔다. 지난 4년간을, 혹은 최근 5일간을 지내왔다.

하지만 여기에서 잠시 멈추고 생각해봤다.

어째서 난 위험을 무릅쓰고 여기에 있는 걸까.

'그날이 오면 제게 협력하셔야 합니다. 그날이 왔는데 협력을 거부한다면 당신은…….'

협력을 거부한다면 나는 어떻게 되는 걸까.

내게는 한 가지 짐작 가는 대답이 있었다.

그래, 맞아. 대답은 바로 이거였어. 복잡한 방정식의 답이 깔끔하게 정수로 정리될 때처럼 그야말로 이해가 갔다. 틀림없어. 이거야말로 내가 가진(즉, 가져야 할) 대답이었다.

나는 휙 가슴을 편 뒤 남자를 향해 대답을 던졌다.

'협력을 거부한다면 당신은…….'

"이 회사의 계획을 묵인해버린다면 전 소중한 친구의 죽음을 용인버리는 게 되니까요!"

남자는 나와 대조적으로 영문을 모르겠다는 듯 모호한 표정을 지어 보였다. 하지만 그런 건 상관없다. 이걸로 됐다. 이게 나의 진실이자 정직한 대답이니까.

처음에는 영문도 모른 채 시작한 여정이었지만 중반에 다다를 무렵부터는 확실히 달랐다. 이 사건에 삿짱이 얽혀있다는 사실이 명백해진 이후, 내 안에는 분명한 목적 의식이 생겨났다. 내가 제일 존경하고 좋아하고 숭배하던 삿짱이, 이 일련의 사건에서 가장 핵심에 가까운 부분과 얽혀 있다면 가만히 있을 수는 없다. 삿짱이 관련되어 있다는 것만으로도 이미 동기는 차고 넘쳤다.

남자는 내가 구로사와 고스케를 부정하는 듯한 말투로 이야기를 했다는 이유로 노골적으로 불쾌한 기색을 드러냈다. 아마도 구로사와 고스케라는 인물이 남자에게는 이미 자신의 아이덴티

티까지도 구성하는 중요한 요소가 되어버린 거겠지. 구로사와 고스케는 남자에게 형용하기 힘든 존경과 숭배의 대상인 셈이다.

삿짱도 내게는 그런 존재다. 그걸로 충분하지 않을까.

삿짱은 자기 아버지를 죽이려고 했다. 그건 물론 법률적으로나 윤리적으로 칭찬받을 일은 아니며 나조차도 그 행위를 '잘했다'고 인정해줄 수는 없다. 무슨 일이 있어도 사람을 해쳐서는 절대 안 되며 누구도 타인의 생명을 위협해서는 안 된다. 하지만 삿짱은 그러지 않으면 살아갈 수 없었던 거다. 그것이 삿짱에게는 생존으로 연결되는 유일한 다리였던 게 분명했다.

초등학교 5학년 여름부터 나는 쭉 삿짱을 동경해 왔다. 삿짱이 주축이 되어 하루하루가 그녀와 함께 흘러갔다. 삿짱이 하는 일은 모두 옳고, 그녀가 부정하는 일들은 전부 어리석은 것으로 느껴졌다. 그렇게 생각할 수밖에 없었다. 주체성 부족이라거나 자주성 결여라는 말을 들어도 반론의 여지가 없다. 내가 삿짱에게 푹 빠졌다는 건 이미 부정할 수 없는 사실이었다. 데카르트가 나를 얼간이라 매도하고, 다자이 오사무에게 '너 또한 인간 실격이야'라며 낙인찍히고, 빌헬름 분트한테 '자기관찰이 부족해'라는 말을 듣는다 해도 뭐, 전혀 상관없다.

이걸로 된 거야. 이걸로 좋다면 좋은 거야.

내가 냉철하게 내린 판단은 틀림없이 옳다.

삿짱은 내 안에서 영원히 살게 될 것이다.

〈죽은 여자보다 더 불쌍한 건 잊힌 여자입니다. (화가, 마리 로랑생)〉

내 결의와 자기 이해는 하늘로 솟구칠 만큼 어마어마해서 이 고층 빌딩을 당장이라도 무너뜨릴 기세였다. 확신을 얻었으니 이제 난 무서울 게 없었다.

슬프게도 포로의 몸이 되어버린 내가 할 수 있는 건 아무것도 없다. 하지만 난 굳게 믿어야 한다. 그리고 간절히 기도해야만 한다.

삿짱이 옳았기를.

오스가 오빠가 제대로 된 판단을 내리기를.

아오이 언니가 모든 일에 종지부를 찍을 수 있기를.

나는 침묵이 흐르는 회의실에서 단 한 명의 경애하는 친구와 신뢰하는 동료들을 간절히 떠올렸다.

오스가 슌

"화재 말인가." 구로사와 고스케가 말했다. "이것 역시 참으로 끔찍한 기억이었지. 가능하다면 내 입으로 이야기하고 싶진 않은데."

그는 자사의 계획을 말할 때보다도 한층 내키지 않는 눈치였다. 시무룩하게 입이 축 처지고 눈썹 또한 패기 없이 매달려 있었다. 그런데도 잠시 후 결심했는지 작게 한숨을 내쉬고 천천히 이야기를 시작했다.

"난 말이야, 매주 화요일만은 일찍 퇴근하기로 정해뒀다네. 다른 요일이어서는 안 되고 꼭 화요일이어야만 해."

구로사와 고스케는 눈을 감고 혀를 차는 소리를 낸 뒤에야 다시 눈을 떴다.

"그날도 화요일이었네. 아마 그 녀석도 화요일을 노린 거겠지. 내가 비교적 정해진 시간에 돌아오니 여러 가지로 작전을 세우기 쉬웠을 거야. 그날 녀석은……, 구로사와 사쓰키는 거실 소파에 앉아 있었어. 자네는 모를 수도 있겠지만 그건 참 보기 드문 일이었다네. 기본적으로 녀석은 별다른 일이 없는 한 자기 방에서 나오지 않았거든. 적어도 **내가 집에 있을 때**는 말이야.

불도 켜지 않은 컴컴한 거실에서 녀석은 어쩐 일인지 내게 말을 걸었어. 할 이야기가 있다고. 이거 참, 그야말로 신기한 광경이었지. 솔직히 말해서 당시 난, 그 목소리의 주인이 누군지 곧장 알아차리지 못할 정도였어. 부끄럽게도 딸의 목소리를 들어본 건 벌써 몇 년 전의 일이었으니까. 살짝 놀라면서도 한편으론 내 생활 루틴을 무너뜨린 데에 약간의 불쾌함을 느꼈네. 그런 감정들을 억누른 채 딸의 말대로 그 애와 맞은편 소파에 앉았지. 그때부터 어디선가 이상한 냄새가 난다는 걸 알아차렸지만 그게 뭔지는 전혀 파악할 수 없었어. 휘발유의 강렬한 악취를 방치할 만큼 딸도 바보는 아니었던 모양이야. 무슨 수를 썼는지는 모르겠지만 매우 신중하게 냄새를 없앤 것 같아. 그러니 내 코는 탈취제에 중화돼서 약해진 이상한 냄새밖에 느끼지 못했지. 애초에 아무리 냄새가 강렬했어도 난 그리 개의치 않았을 거야. 딸이 거기에 있는 것 자체가 워낙 보기 드문 일이었으니까. 그것 말고 신경 써야 할 일이 세상에 있을 리 없었지. 난 교사에게 불려간 학생처럼 퍽 얌전히 그 애의 말을 기다리고 있었어. 그쯤 되니 불쾌한 기분보다도 이 인간이 내게 무슨 말을 하려는 건지 호기심마저 생기더군. 막이 오르기 전의 무대를 쳐다보는 것처럼 난 어딘가 두근거리는 마음으로 녀석을 바라보고 있었지.

그런데 말이야. 슬프게도 내 들뜬 기분은 곧장 사라지고 말았어. 뭘 이야기하려나 싶었는데 녀석이 그야말로 시시한 이야기를 **꺼내시더군.** 난 전혀 이해할 수 없었어. 미안하지만 지금 자네에게 그 애가 한 말을 재현하는 것조차 불가능해. 그 정도로 시시한 이야기를 아무렇지 않은 표정으로 주절주절 늘어놓았지. 희미한 기억을 더듬어보자면 말이야, 분명 '나'와 '당신'과 '생존'과 '존재 이유' 같은 단어가 마구잡이로 빈번하게 튀어나왔던 것 같군. 그런 인상 정도만 기억에 남았을 만큼 시시한 이야기였다네. 그런 걸 들을 바에야 차라리 나팔꽃의 생장을 지켜보는 편이 생산적이었겠지. 적으면 수십 분, 많게는 수 시간 동안 그야말로 나는 무의미한 시간을 보냈어."

구로사와 고스케는 거기까지 말한 뒤 깊은 한숨을 내쉬며 어깨를 으쓱해 보였다. 진심으로 당시 딸이 했던 말을 한심하게 생각하는 듯한 표정으로. 내 안에서 다시 새로운 감정이 꿈틀대기 시작하는 게 느껴졌다. 하지만 명확히 어떤 감정인지는 모른다. 나는 말없이 그의 이야기를 들었다.

"뭐 요약하자면 내 계획을 알고 있고, 그러니 날 죽여야만 한다는 거였네. 그런 말을, 참으로 번잡한 수사와 불필요한 관념론을 섞어가며 이야기에 이야기를 거듭하는데……. 애초에 아무리 시시하고 흥미를 끌 만한 가치가 없는 이야기였다 해도 날 죽이겠다니, 어떻게 받아들일 수 있었겠나. 나로서도 무턱대고 순순히 살해당할 이유는 없으니까. 게다가 나이 어린 딸한테 살해당하는 건 좀 불쾌하거든. 어쨌든 그렇게 죽고 싶지는 않더라고.

그런데 녀석은 대체 어떤 식으로 날 죽일 작정인 걸까. 그런 생각을 하고 있는데 갑자기 녀석이 테이블 위에 있던 성냥을 주워 들더군. 당시에는 사방이 어두워서 그게 뭔지 잘 몰랐어. 어쨌든 녀석이 성냥을 주워 들더니 그중 하나에 불을 붙였지. 그러자 어둠 속에 반딧불이가 나타난 것처럼 상당히 서정적인 광경이 펼쳐졌네. 하지만 그런 감흥도 잠시였어. 녀석이 그걸 카펫 위에 툭 떨어뜨린 거야. 성냥의 자그마한 불씨는 마치 폭죽의 불꽃 같았어. 그야말로 허무하게 낙하하더군. 녀석이 했던 말은 하나도 생각나지 않는데 그 광경만은 선명하게 기억나. 썩 나쁘지 않은 그림이었어.

물론 그때부터는 그야말로 생지옥이 따로 없었네. 성냥이 카펫에 닿는 순간, 알아볼 수 없을 만큼 빠른 속도로 실내가 불길에 휩싸였어. 라스베이거스의 분수를 보고 있는 것 같았다고나 할까. 불길이 컴퓨터로 제어되듯이 그야말로 정확하게 나를 원형으로 둘러싸는 거야. 생각해 보니 녀석은 내가 앉을 위치를 상정해서 중점적으로 휘발유를 뿌려둔 거였어. 얄밉게도 꽤 계산적이었지. 바닥과 벽, 창문에도 순식간에 불이 붙었어. 그때만큼은 나도 당황했지. 기본적으로 그리 감정 기복이 심하지 않은 인간일지라도 비상 사태에 직면해서까지 냉정을 유지하기는 어려우니까. 나는 소파에서 일어나 황급히 퇴로를 찾았네. 하지만 참으로 묘하게도 불길이 나를 둘러싸고 있었어. 아무래도 도망갈 수 있을 것 같지 않았지. 무심코 웃음이 흘러나올 만큼 휘발유를 솜씨 좋게 뿌려놨더군. 녀석은 날 똑바로 노려본 뒤 조용히 거실을 나갔어. 이게 또 얄미울 만큼 녀석의 주위에는 불길이 일지 않는 거야. 정말이지 썩 기분이 좋지 않았네. 마치 불길이 그 어린 계집애의 정당성을 주장하는 것처럼 보였거든. 거참, 나답지 않게 환영을 본 거야. 뭐 어쨌든, 딸은 그대로 복도로 나가 계단으로 올라갔네. 녀석은 2층에도 불을 붙인 것 같았어. 왜 그랬을까. 이유는 나도 몰라. 녀석의 목적은 날 죽이는 거라고 처음부터 명확히 말했으면서, 참으로 불필요한 일을 하러 간 거야. 2층에는 녀석의 방도 있었는데. 처음부터 마지막까지 잘 이해할 수 없는 인간이었지……."

구로사와 고스케는 이야기를 끊은 뒤 쓴웃음 비슷한 표정을 지었다. 그 실소가 누굴 향한 것인지 알 수 없었지만 호의적이지는 않았다.

나는 끓어오르는 감정을 억누르며 물었다.

"그런데 왜 당신은 살아남고 구로사와 사쓰키 씨는 죽어버린 거죠?"

"아마……." 구로사와 고스케는 말했다. "불길의 기세를 오판한 거겠지. 녀석은 예상하지 못했겠지만, 거실에서 시작된 불이 복도에 있던 골동품 시계까지 번져서 그대로 시계를 쓰러뜨렸어. 참 어리석게도 그게 복도를 막는 바람에 녀석은 꼼짝달싹 못 하게 된 거야. 어차피 추측일 뿐이지만. 난 녀석이 2층에 올라가는 걸 본 뒤 시계가 쓰러지는 것 같은 커다란 소리를 들었을 뿐이야. 그날 이후 결국 두 번 다시 녀석의 모습은 볼 수 없었지. 뭐 그렇게 된 거라네. ……왜 내가 살아남았는지 묻는다면 지극히 단순한 이야기일 뿐이야. 단적으로 말하면 '잘 도망쳐 나온' 거지. 자네는 아마 화재를 겪은 적이 없을 테니 모를 수도 있겠군. 화재에서 실제로 위협이 되는 건 열기가 아니라 연기야. 자욱하게 피어오르는 회색 연기 때문에 일단 호흡이 어려워지고 시야도 차단되지. 멀어지는 의식 속에서 나는 딸이 빠져나간 문과는 반대 방향에서 뭔가 무너지는 듯한 소리를 들은 것 같았어. 그야말로 애매한 감각이긴 했지만. 어쨌든 주위는 온통 불길과 연기로 가득했네. 뭔가 쓰러지는 듯한 소리는 어디서든 들려왔지. 그런데 말이야, 그때 들려온 그 소리는 어쩐지 다른 것과는 차원이 다르게 들리더군. 난 불길의 열기 따위에 개의치 않고 연기 속을 정신없이 뛰었네. 지푸라기라도 잡는 심경이었지.

소리가 들리는 쪽을 향해 그대로 계속 달렸더니 정말 운이 좋게도 벽이 불타서 무너져 내렸더군. 게다가 무너진 벽 맞은편은 그대로 바깥과 통해 있었어. 거실 주위에 너무 중점적으로 휘발유를 뿌려놨던 탓이겠지. 다행히 그 덕분에 벽까지 불타서 무너져 내렸던 거야. 난 희미한 의식 속에서 벽의 잔해를 헤치고 그대로 쓰러지듯이 밖으로 나왔어. 아쉽게도 그 이후의 기억은 없다네. 정신을 차렸을 때는 병원이었지."

"……그 말은, 딸을 버려둔 채 밖으로 나왔다는 거네요?"

"흐음." 구로사와 고스케는 마뜩잖은 표정이었다. "그건 그다지 현명한 질문이 아니로군. 어쨌든 당시에 딸은 내 목숨을 뺏으러 온 사신이나 마찬가지였네. 의심할 여지도 없는 적이었지. 나로서는 죽음의 갈림길에 있었는데 일부러 손을 내밀 의리가 어디 있었겠나? 화상 흉터라도 보여줘야 하는 건가? 나라고 아무런 흉터가 없는 건 아냐."

내가 그 말을 그저 무시했더니 구로사와 고스케는 덧붙이듯이
말했다.

"어쨌든 사후 처리가 골치 아팠네. 내게도 어느 정도 지위와 직
함이라는 게 있으니까. 레종전자 사장이 딸에게 살해당할 뻔했다
니, 체면도 기강도 서지 않는 일이지. 입막음하려고 상당한 돈을
뿌렸어. 참 쓸데없는 지출이었지."

구로사와 고스케의 말투와 표정에서는 일관되게 딸에 대한 애
정이나 동정 같은 게 느껴지지 않았다. 마치 역사적인 사건을 이
야기하는 것처럼 아무런 감흥도 없이 냉정하고 담담하게 사실만
말하고 있었다. 이게 과연 아빠라는 작자의 태도라고 할 수 있을
까. 나는 알 수 없었다.

내게는 아빠가 없으니까.

난 아빠의 존재 가치를 모른다. 어떤 식으로 행동하고 아이를
어떻게 대하며 어떤 나날을 보내는지. 난 모른다. 하지만 구로사
와 고스케와 같은 태도가 일반적인 아빠의 모습이라고는 도저히
생각하고 싶지 않았다. 어디까지나 내 멋대로의 추측이고 다분히
개인적인 바람도 들어가 있었지만, 그렇게 생각하기는 싫었다. 이
런 인간이 구로사와 사쓰키의(삿짱의) 아빠라는 사실에 진심으
로 마음이 아팠다.

많은 사람의 감정이 화학 섬유처럼 복잡하게 서로 얽힌 상황에
서, 한마디로 누가 악인이고 선인인지 판단할 수 없었다. 난 지바
현의 공립 고등학교에 다니는, 특별히 우수하지도 열등하지도 않

은 지극히 평범한 고등학생이다. 인생이라고 해봤자 겨우 십수 년밖에 살아보지 않았고 교우관계도 넓지 않다. 그런 내가 이런 엄청난 사건을 판결한다는 것은 불가능했다. 세상은 정말 넓고 내가 모르거나 이해할 수 없는 일로 가득 차 있다는 걸 최근 며칠 사이에 생생히 목격한 듯한 기분이었다. 난 그저 사건의 거대함에 입을 떡하니 벌린 채 멀뚱멀뚱 바라볼 수밖에 없었다. 정말 한심하기 짝이 없다.

에자키였다면 구로사와 고스케의 이야기에 뭔가 논리적인 해법을 제시했을지도 모른다. 혹은 논이었다면 수많은 책에서 다양한 인용을 들어가며 대답을 골랐을지도 모른다. 그리고 아오이 누나였다면 내면에 자리한 곧은 심지를 바탕으로 고민한 끝에 잘못을 바로잡는 판단을 내릴 수 있었을지도 모른다.

역시 여기에는 내가 아닌 다른 사람이 왔어야 했던 게 아닐까. 문득 그런 생각이 내 머릿속을 스쳤다. 그러나 나는 그런 잡념을 뿌리치며 재차 내가 여기에 온 이유를 굳건히 확인했다. 나는 여기에 **사실** 확인을 하러 왔다. 여기에는 **내가 와야만** 했다.

나는 크게 심호흡을 하며 가슴속에서 소용돌이치는 여러 감정을 마음의 병 속에 담은 뒤 단단히 뚜껑을 닫았다. 지금은 잠시 쓸데없는 감정을 봉인한 채 그 사실을 가슴으로 받아들여야만 한다. 그게 바로 내가 여기에 온 이유니까. 내가 맡은 역할이니까.

나는 결단을 내리기 위해 입술을 꽉 깨물었다가 푼 뒤 천천히 입을 열었다.

"한 가지 더 물어봐도 될까요?"

"흐음." 구로사와 고스케는 약간 지친 목소리로 말했다. "이거 참, 상당히 끝이 안 보이는군."

나는 고개를 저은 뒤 말했다. "아니에요……. 틀림없이 이게 마지막 질문이 될 거예요."

"그건 반가운 소식이군."

나는 떨릴 듯한 목소리를 가다듬은 뒤 신중하게 말을 꺼냈다. 마치 초안을 다시 깨끗하게 베껴 쓸 때처럼 세심한 주의를 기울이면서, 틀리는 일 없이 이쪽의 의사가 제대로 전달될 수 있도록.

"이건 어디까지나 저의 '가설'이에요. 그러니 어쩌면 당신한테는 뚱딴지같은 소리로 들릴지도 모르고 실소가 터져 나올 만한 일일지도 몰라요. 하지만 내겐 확신 같은 게 있어요. 분명 짐작 가는 게 있거든요."

"장황하군. 비즈니스에서는 '결론부터' 말하는 게 기본이지. 이거 하나만 단적으로 부탁하네."

"당신은……," 나는 침을 삼켰다. "'마카베 야요이'를 알고 있나요?"

허공으로 내 목소리가 울려 퍼지자, 실내에는 정체를 알 수 없는 침묵이 찾아왔다. 아예 소리라는 개념이 소실되어버린 것처럼 고요한 시간이었다. 주변 소음도 내 숨소리도 옷깃 스치는 소리조차도 들리지 않았다. 얼마쯤 침묵이 이어졌을까. 수십 초쯤이었던 것도 같고, 수십 분이나 이어진 듯한 기분도 들었다.

끈적끈적하고 묵직한 침묵을 깬 건 구로사와 고스케의 목소리였다. "흐음." 그는 내 눈을 똑바로 바라보면서 마치 빈티지 와인을 음미하는 것처럼 몇 번이나 작게 고개를 끄덕였다.

나는 그 시선을 피해버리면 영원히 대답을 들을 수 없을 것 같은 기분이 들어서 그의 눈을 계속 응시했다. 그것이야말로 최대의 의무인 것처럼 느껴졌다. 그러자 드디어 구로사와 고스케가 입을 열었다.

"참 재미있군."

그는 조심스럽게 다리를 꼬았다.

"맞네⋯⋯ **내 딸이야.**"

나는 천천히 숨을 토해내고 그 사실을 마음 깊이 받아들였다. 야요이와 사쓰키. 이렇게 두 사람의 이름을 나란히 두고 보니 그들이 자매라는 건 너무도 명백한 사실처럼 느껴졌다. 대답을 아는 상태에서 내린 제멋대로의 논리일 뿐이지만.

하지만 그제야 나는 내가 여기에 있는 이유가 무엇인지 확실히 깨달았다.

나는 새삼 구로사와 고스케를 두 눈으로 단단히 포착했다. 이 사람이 구로사와 사쓰키와 야요이의 아빠였다. 그건 실로 기묘한 기분이었다. 선뜻 간단한 몇 마디로는 표현하기 힘든 감정이었다. 다만 그에 대한 반응으로 내 신체 장기에서 꾸룩꾸룩 통증이 느껴지더니 몸이 이상을 경고하기 시작했다. 거기에는 이해보다도 먼저 거부가 존재하는 느낌이었다. 내 몸은 인정하고 싶지 않나 보다. 이 남자가 야요이의 아빠라는 사실을.

나는 마음을 정하자 주머니 안에서 휴대폰을 꺼냈다. 손바닥에서 기분 나쁜 땀이 흠뻑 배어나며 내 긴장과 동요를 드러내고 있었다. 나는 대충 땀을 닦은 뒤 휴대폰을 조작하기 시작했다. 문자를 작성하는 화면을 불러내서 수신인을 아오이 누나로 설정했다. 그런 뒤 간단히 내용을 작성하고 결정 버튼 하나로 송신할 수 있는 상태까지 만든 다음 그대로 데스크 위에 휴대폰을 올려놓았다.

그러자 구로사와 고스케가 내 휴대폰을 힐끗 보며 물었다. "뭘 하려는 거지?"

"싸울 거예요." 나는 분명한 목소리로 대답했다. "난 당신의 계획에 대해서 논리적인 부정은 못 해요. 하지만 당신이 옳다는 생각은 들지 않아요. 어디까지나 개인적인 느낌이지만 당신이 옳다고는 **생각하고 싶지 않아요.** 그래서 지금부터 당신과 정식으로 대적하고 싶어요."

"흐음." 구로사와 고스케는 매듭을 짓듯이 한숨을 내쉬었다. "참 아쉽군. 공감을 얻지 못했으니 단념할 수밖에 없겠지. 가치관은 천차만별이야. 하지만 앞서 말했듯 나와 상대하는 건 그리 현명한 판단은 아니라는 생각이 드는데. 자네에겐 승산이 있다고 보나?"

"있어요." 나는 다시 분명한 목소리로 대답했다. "오늘 승패를 가린다면 우린 **반드시 당신을 이길 수 있어요.**"

"훌륭하군. 하지만 제대로 된 이유를 알고 싶은데. 그렇지 않으면 좀 설득력이 떨어지니까."

"왜냐하면……," 나는 말했다. "오늘의 당신은 굉장히 **운이 없으니까.**"

구로사와 고스케는 어처구니없다는 듯이 맥없는 표정을 지었다.

"상당히 영적인 이야기로군. 어느새 내 손금이라도 봤나?"

"아뇨, 등을 봤어요."

구로사와 고스케는 말없이 그저 겉으로만 납득한 듯한 표정을 지었다. 그 얼굴에서 나를 향한 멸시와 조소의 뉘앙스가 물씬 풍겼다. 나는 개의치 않고 아오이 누나에게 문자를 보냈다. 괜찮아. 분명 모든 게 잘 될 거야.

여기 처음 들어왔을 때 구로사와 고스케는 내게 등을 보인 채 서 있었다. 그의 등에 떠 있던 수치는 '34.' 이토록 낮은 수치로는 뭘 할 수 있을 리 없다.

승부란 한순간의 운에 따라 결정된다. 구로사와 사쓰키는 자신의 일기에 그런 내용을 적어두었던 것 같다. 나는 그 말이 맞기를 바라면서 조용히 휴대폰을 닫고 주머니에 넣었다.

문득 야요이와 봤던 플라네타륨이 떠올랐다.

새카만 어둠 속에서 작게 빛나며 반짝이던 무수한 별들. 그건 마치 반딧불이 같기도, 깊은 어둠 속에 켜진 성냥의 불빛 같기도 했다. 야요이는 홀린 듯이 천구를 바라봤고 나는 그런 야요이를 가만히 바라봤다.

강력한 힘을 지닌 신의 아이 오리온은 보잘것없는 전갈에게 살해당했다.

괜찮다. 승부는 그때그때의 운에 좌우된다.

분명히 전갈은 오리온을 해치웠으니까.

아오이 시즈하

에자키가 밖으로 나간 뒤 나는 공장 안을 빙 둘러봤다. 에자키에게도 설명했듯 어디까지 파괴해야 하고 어디까지가 파괴하지 않아도 되는 기계인지 파악할 필요가 있었다. 실수로 공장 기둥이라도 무너뜨렸다간 건물 안에 있는 우리가 그대로 깔리고 말 것이다. 이 작업에서는 한 치의 실수도 용납할 수 없다. 난 더욱 꼼꼼히 기계를 점검했다.

그나저나 정말 거대한 장치다. 나는 기계를 올려다보며 새삼 실감했다. 공장에 대한 감상으로 그저 거대하다는 말만 되풀이하고 있으니 왠지 어휘력이 부족한 듯한 느낌도 들지만 그게 사실이니 어쩔 수 없다. 정말 거대하고 하얗게 번쩍이며 섬뜩하게 빛나는, 수상쩍은 장치다. 이게 레종전자가 꾸미는 음모의 핵심 역할을 하고 있다고 생각하니 더욱 기분 나쁘게 느껴졌다.

별안간 공장 밖에서 차가 달리는 소리 같은 게 들린 것 같았다. 누가 오기라도 한 걸까. 순간 동요했지만 조금 전 에자키가 밖에 막 나간 상태니 우선 신경 쓰지 않기로 했다. 애초에 수상쩍은 카지노에서도 훌륭하게 살아 돌아온 에자키였다. 내가 일부러 바깥의 상황을 살피러 가봤자 아무런 득도 없으리라. 작업은 늦어질 테고 거치적거릴 가능성도 있다. 에자키라면 신경 쓰지 않아도 능숙하게 처리해줄 게 틀림없다. 분명한 믿음이 있었다. 에자키라면 분명 괜찮을 거야. 내가 할 일은 기계들의 위치를 파악한 뒤 오스가한테 연락이 오면 곧장 이 기계를 파괴하는 것. 본래 목적을 게을리해서는 안 된다.

몇 분 뒤 드디어 기계들의 위치를 파악하는 작업을 끝냈다. 머릿속에는 공장의 설계도가 조용히 완성되었고 조심해야만 하는 포인트가 떠올랐다. 이제 오스가한테 언제 연락만 오면 곧장 안전하고 정확하게 공장을 파괴할 수 있다. 나는 가방 안에서 휴대폰을 꺼내 아직 문자가 오지 않은 것을 확인했다. 앞으로 파괴하게 될 기계를 다시 바라봤다. 약간의 애도나 추모 비슷한 감정을 가슴 한 켠에 떠올리면서.

지금은 전원이 꺼진 채 조용히 잠든 기계지만 한번 가동을 시작하면 그 사탕(약품)을 대량으로 생산하게 된다. 그건 터무니없는 비극을 불러올 게 틀림없다.

어쨌든 그 사탕은…….

그러다 문득 내 사고는 거기에서 정지하고 말았다. 마치 전원을 꺼버린 선풍기처럼 팬의 회전수가 완만하면서도 확실하게 줄어들고 있었다. 사고에 안개가 끼면서 내가 생각하는 것들이 순식간에 흐릿하게 바뀌어 갔다. 왜 이러지. 이상하다고 느끼는 사이에 팬은 완전히 정지하고 머릿속에는 침묵이 찾아왔다. 나는 침묵 속에 전락한 채 사고의 암흑 속에 못 박힌 듯 서 있었다.

이 기계를 파괴하지 않으면 정말 큰일이 나는 걸까.

머릿속에 생겨난 의심은 마치 발효한 이스트균처럼 순식간에 부풀면서 눈 깜짝할 새에 내 마음을 지배해갔다. 지금 내 머릿속은 하나의 개념이 다른 개념에 의해 수정되어 가는 순간을 맞이하고 있었다. 조바꿈이 일어난 테크노팝처럼 생판 낯선 무언가가 내게 말을 걸어왔다.

지카. 지카 생각이 머릿속을 스쳤다.

머리칼의 색처럼 밝은 성격으로 모두와 차별 없이 어울릴 수 있었던 마음 따뜻한 친구. 사귄 시간은 짧았어도 지카는 정말 둘도 없는 친구였다. 지금 떠올려도 그때와 똑같이 진심으로 웃을 수 있을 만큼 지카와의 추억은 모두 아름답고 행복했다. 피아노를 배우고 싶다는 지카의 부탁으로 확장되었던 우리의 시간은 한 남자 때문에 멈추고 말았다.

지카는 죽었다. 스스로 목숨을 끊었다. 왜?

다시 내 정신은 추억의 세계에서 이상한 냄새가 떠도는 공장 안으로 되돌아왔다. 눈 앞에 솟아 있는 거대하고 새하얀 장치. 뒤돌아보면 산처럼 쌓인 상자들. 빨간 사탕이 떠올랐다. 지나치리만치 원색에 가까운 빨간 사탕은 마치 요염한 창부의 립스틱 같은 미소를 띤 채 유혹하듯 내게 말을 걸었다.

창부는 말했다. 저 사탕만 있었다면 지카는 죽지 않고 살 수 있지 않았을까? 난 잠시 침묵한 채 거기에 대해 생각해봤다.

아이를 낳을 수 없다면 임신도 하지 않는다. 그렇다면 지카는 (그게 직접적인 해결책이라고 말할 순 없지만) 어쨌든 죽지는 않았겠지. 괴로움이나 고통뿐만 아니라 '그 남자'의 말에 상처받은 채 목을 맬 필요가 전혀 없었을 것이다. 모두 구제받을 수 있지 않았을까. 어차피 지카는 죽어버렸다. 아무리 발버둥 쳐도 지카는 돌아오지 않는다. 스스로도 잘 알고 있다. 하지만 제2의, 제3의 지카가 나오지 않게 하려면, 어쩌면 이건 필요한 장치가 아닐까.

그러자 흔들리는 내 마음을 표현하듯 휴대폰이 진동하기 시작했다. 나는 허둥지둥 휴대폰을 열고 도착한 문자를 확인했다. 타이밍만 봐도 예상대로 오스가의 문자였다.

— 구로사와 고스케한테 이야기를 들었어요. 내 판단이긴 하지만 도저히 공감은 불가능했어요. 구로사와 사쓰키가 원하던 대로 이 계획을 끝장내기 위해 공장을 파괴해주세요.

오스가는 레종전자 사장에게 대체 어떤 이야기를 들은 걸까. 그건 정말 공감할 가치가 없는 공론이었을까. 나는 문자를 되풀이해 읽었다.

— 내 판단이긴 하지만

아무래도 나는 이 한 문장이 나무의 손거스러미처럼 걸렸다. 오스가는 공감할 수 없다고 판단했다. 하지만 내가 그 자리에 갔다면 어땠을까.

내 사고는 어중간하게 분해해버린 기계처럼 그 조각들이 제각각 흩날리며 제멋대로 움직이기 시작했다. 그것들을 확실히 제어

하지 못한 채 멈칫거리며 마음을 정하지 못하고 있었다.

그때 어디선가 발소리가 들려왔다. 사고의 단편을 뿌리치며 소리가 나는 쪽을 바라보니 에자키가 모습을 드러냈다. 그는 평소처럼 바닥을 질질 끄는 걸음걸이로 다가왔다.

"문자는 아직이야?" 에자키가 물었다.

나는 고개를 저으며 그 말을 부정했다. "아니. 문자는 왔는데…… 어쩐지 지카의 일을 떠올렸더니 어째야 좋을지 모르겠어. 혹시 네가 말한 게 이런 거였어?"

에자키는 아무런 대답 없이 내 바로 옆에 있던 적당한 높이의 상자에 걸터앉았다. 그리고 먼지를 털어내듯이 양손을 간단히 털었다. 그의 양손에 덕지덕지 흙먼지가 묻어 있었다. 나는 가방 안에서 손수건을 꺼냈다.

"괜찮으면 이거 써."

에자키는 내 손을 보더니 가만히 고개를 저었다. "그렇게 새하얀 천으로 내 손을 닦는 건 썩 내키지 않는데."

"신경 쓰지 마. 손수건이라면 얼마든지 가지고 있으니까."

그러자 에자키는 작게 고개를 숙인 뒤 내 손수건을 받았다. "호텔에서 빨아서 돌려줄게."

"신경 쓰지 말라니까." 나는 말했다. "그런데 어쩌다 그렇게 더러워진 거야?"

"경비원 몇 명을 **따돌린** 것뿐이야. 별일 아냐."

"경비원?" 나는 조금 놀란 목소리로 물었다.

하지만 에자키는 내 동요를 완전히 없애듯이 천천히 고개를 저었다. "괜찮아. 셔터를 내려버렸거든. 녀석들도 당분간은 들어오지 못할 거야."

나는 눈이 휘둥그레져서 말했다. "그럼 우린 갇혀 버린 건가?"

에자키는 어깨를 움츠렸다. "그렇다고도 할 수 있지."

나는 그의 반응에 어쩐지 웃음이 새어 나왔다. 혼자 곰곰이 생각하고 있던 시간이 얼마나 답답했는지를 뼈저리게 느꼈다.

"넌 어떻게 생각해?" 나는 물어봤다.

"뭘?"

"이 기계를 파괴해도 좋을지 어떨지."

"몰라." 에자키는 대답했다. "전혀 모르겠어. 이게 필요하지 않은 이유도, 또 필요한 이유도. 어느 쪽이든 모르겠어."

나는 묵묵히 고개를 끄덕였다. 에자키는 말을 이었다.

"우리가 그런 걸 알 수는 없어. 예를 들면 전설 속에만 존재하는 고대 국가가 정말 있었는지, 어느 과학자가 내세우는 가설의 증명이 옳은지 그른지, 자본주의가 옳은지 공산주의가 옳은지. 그 분야에 정통한 어른이 몇 년이나 논의해왔을 문제에 대해 정확한 답을 찾기란 전혀 불가능한 작업이지. 이번 경우도 비슷해. 고등학생인 네 사람이 5일 동안 '인간'과 '생명'에 대한 대답을 찾아낸다니. 어처구니없잖아? 가능할 리가 없지. ……그러니 우린 잠정적으로 그 답을 오스가에게 맡겼어. 그게 오늘 아침, 만장일치로 결정한 우리의 의견이지. 오스가가 어떤 선택을 하든 거기에 따르겠다고. 그리고 믿겠다고. 그걸로 충분하지 않나? 너무 선택하기 어려운 반반의 문제라면 명문대 학생이 오든 초등학생이 오든 정답을 맞힐 확률은 딱 50퍼센트야. 이걸 소극적 선택이라 따져 물어도 반론은 못 해. 하지만 난 이걸로 괜찮다고 생각해. 오스가가 생각하고 내린 결과에 따른 대답이라면 거기에 동조할 가치는 충분히 있어. 만약……." 에자키는 내 눈을 보며 말했다. "네가 다시 생각해본 뒤 오스가가 찾아낸 답을 뒤집고 싶다면 거기에도 동조할 가치는 충분히 있다고 생각해."

나는 그 말을 들은 순간 어깨에 한층 묵직함을 느꼈다. 내 체중과 같은, 어쩌면 그 이상의 무게가 몸에 실렸다. 에자키는 내 표정에 드러난 내 부담감을 알아차렸는지 거듭 말을 덧붙였다.

"딱히 너한테 모든 책임이 있다고 다그치는 게 아냐. 내가 말하고 싶은 건, 아무도 모르는 문제인 만큼 누구든 그 답을 제시할 권리가 있다는 거야. 네게 따로 생각하는 바가 있다고 해도 난 그걸 부정하지 않아. 시간이 허락하는 한 고민해도 돼."

"……어렵네."

"뭐가?"

나는 한숨을 쉬었다. "전부."

에자키는 손수건으로 손바닥을 정성껏 닦으며 말했다.

"이것 또한 어디까지나 내 생각이야. 이야기의 반만 에누리해서 들어줘. 따지고 보면 세상에 일어나는 대부분의 나쁜 일도 보통은 시스템 탓이 아냐. 식칼이 있다고 해서 무턱대고 누군가를 찌르는 사람이 많지 않고, 길바닥에 가방을 뒀다고 해서 무조건 도난당하지는 않지. 텔레비전에서 과격한 연출을 한 방송을 내보내도 그걸 따라 하는 사람이 적은 것과 같아. 나쁜 건 시스템이 아니라 언제나 '사람이 처한 상황'이야. 네 소중한 친구가 임신했을 때 네가 미워한 건 그 '남자'였을까, 아니면 그 남자의 '생식기'였을까? ……내 개인적인 의견으로는 시스템을 미워하는 건 틀렸어. 내가 듣기에도 퍽 성선설을 옹호하는 듯한 이야기이긴 하지만."

"결국…… 넌 파괴해야만 한다고 생각해?" 무심코 나는 물었다.

에자키는 시선을 아래로 향한 채 대답했다. "아까도 말했잖아? '모르겠다'고."

에자키는 여전히 손수건으로 손을 닦고 있었다. 이미 이물질은 거의 닦였는데도 보이지 않는 무언가를 떨쳐내려는 듯 여전히 손을 닦고 있었다. 손바닥에 광을 내는 것처럼 보이기도 했다.

"그다지 관계는 없을지도 모르지만 일단 이야기해둘까 싶어." 에자키는 말했다. "오늘 아침에는 '예언'이 없었어."

"뭐?" 나는 놀라서 당황한 나머지 반문하고 말았다. 에자키는 지나치게 태연하게 말했지만 그건 우리에게 있어 중대한 사건이라는 생각이 들었다.

"최근 4년 동안 매일 빠지지 않고 다섯 문장씩 들려왔던 '예언'이 오늘 아침에는 없었어."

"……이유가 뭘까?" 나는 물었다.

"그러게." 에자키는 대답했다. "왜 들리지 않았을까? 나도 그걸 생각하고 있었어. 어째서 4년 동안 빠짐없이 들려왔던 예언이, 5일 가운데 가장 중요한 마지막 날에 들리지 않았던 걸까."

에자키는 고개를 들고 말했다.

"내 생각에는 '더는 예언이 필요 없어서'인 것 같아. 바꿔 말하면 '예언을 통해 들어야만 하는 건 이미 다 들었기 때문'일지도 몰라."

"예언으로 들어야 했던 게 '카지노의 예언'……인 거야?"

에자키는 고개를 끄덕였다. "어디까지나 예상일뿐이지만 난 그렇게 생각해. 엊그제까지 들려오던 몇천 가지의 예언들은 모두 예행연습에 지나지 않는 덤 같은 거였다고. 진짜 들어야만 했던 건…… 아니, 정말로 **실행해야만 했던** 건 카지노에서 이기는 거였고, 그 수단으로서 내게 예언이 내려온 거지. 그렇게 생각하는 것도 하나의 답이 될 수 있을 것 같아. 카지노가 끝났으니 예언은 사라져버린 거야. 그리고……." 에자키는 조용히 손수건을 접었다. "이 가설을 밀고 나가면 연달아 다른 대답도 눈에 보이지."

"……어떤 대답?"

"우리 네 사람에게 주어진 모든 '평범하지 않은 힘'에는 의미가 있었던 게 아닐까? 사에구사는 손가락으로 책을 읽을 수 있지. 즉, 그 애가 꼭 읽어야만 하는 책이 있었던 거야. 그건 뭐라고 생각해?"

나는 잠시 생각한 뒤 대답했다. "일기?"

에자키는 고개를 끄덕였다. "나도 그렇게 생각해. 구로사와 사쓰키는 사에구사 논이 자신의 일기를 읽게 하려고 '평범하지 않은' 힘을 줬어. 이것으로 이치가 맞아떨어지지. 그렇다면 넌 어떨까. 넌 물건을 망가뜨릴 수 있어. 그건 뭘 망가뜨리기 위해서라고 생각해?"

나는 몸 안에서 뭔가가 스윽 빠져나가 버린 듯한 감각을 느꼈다. 만약 유령을 피부로 느낄 수 있다면 분명 이런 감각일 거라는 생각이 들었다. 나는 작게 한숨을 토해낸 뒤 그것을 올려다봤다.

"이 기계⋯⋯인 것 같아."

"아마도." 에자키는 고개를 끄덕였다. "오스가한테는 왜 여전히 등의 숫자가 보이는지 나도 잘 몰라. 뭔가 커다란 목적이 있을지도 모르고 전혀 의미가 없을 수도 있겠지. 어쨌든 이것들을 바탕으로 추론했을 때 내가 말할 수 있는 건 '그 기계를 파괴하는 일이 너의 일'이라는 거야. 그렇게 하면 네 몸 안에 있던 '레버'는 사라지고 두 번 다시 물건을 망가뜨릴 수 없게 되겠지."

"정말?"

"몰라." 에자키는 대답했다. "모든 건 가설일 뿐이니까."

나는 그의 말을 마음 깊이 음미해봤다. 마치 굉장히 좋아하는 아티스트의 신보를 들을 때처럼 몸가짐을 새로이 한 뒤 온몸으로 받아들이듯이. 눈을 감고 그의 말을 머릿속에서 복기한다.

나쁜 건 시스템이 아니다. 사람이 처한 상황이다.

맞아. 그럴지도 모른다. 세간의 일반적인 남녀관계가 아니라 그 남자의 마음이 처한 상황이 나빴을 뿐이다. 에자키의 말대로 내가 미워해야 하는 대상은 모든 '남자의 생식기'가 아니라 그 '남자' 쪽이다(조금 직설적인 예이긴 했지만).

이 기계가 있어서 구원받을 수 있는 세상이 아니라 이 기계가 없어도 살아갈 수 있는 세상이 필요하다. 그건 에자키도 말했듯 정말 성선설 같은 허울만 좋은 말일지도 모르지만 믿어볼 만한 가치는 충분히 있다고 생각한다. 오히려 믿고 싶다.

지카가 우는 일이 없는 세상이 올 거라고 난 믿고 싶다.

믿어야만 한다.

"파괴할래." 나는 에자키를 향해 단호히 선언했다. 이 널따란 공장 안에서도 충분히 울려 퍼질 만큼 힘이 들어간 목소리였던 것 같다. "이 기계를 파괴하겠어."

에자키는 눈을 감고 천천히 고개를 끄덕였다.

"너의 선택이야. 난 이의를 제기할 수 없어."

"고마워."

나는 세 걸음 걸어가 돌출된 기계의 한 부분에 오른손을 댔다. 그리고 그 촉감을 즐기듯이 잠시 쓰다듬어봤다. 기계는 그 본성과는 반대로 왠지 모르게 선량한 듯한 매끄러운 표면을 지니고 있었다. 나는 마음속으로 굳게 다짐했다.

이걸로 충분해.

이렇게 해야만 해…….

'협력을 거부한다면 당신은…….'

"난 평생 **파괴하는** 것 외엔 아무것도 할 수 없게 될 거야."

나는 에자키를 돌아보며 말했다.

"아마도 괜찮을 것 같긴 한데, 힘껏 레버를 쓰러뜨릴 생각이니까 조금 떨어져 있어 줄래? 만약 다치기라도 하면 큰일이니까."

"적당히 해."

"아냐. 분명 이게 마지막일 테니까 기왕이면 마음껏 망가뜨려 볼래. '아파시오나토' 같은 느낌으로."

"그게 뭔데?"

"나타냄표. 어떤 식으로 연주하면 좋을지 악보에 적혀 있는 걸 말해. 잘 알려진 건 '노래하듯이 풍부한 표정으로'라는 뜻의 칸타빌레라든가, '조용히'라는 뜻의 칼마토가 있어."

"그럼, 그 '아파시오나토'라는 건 어떤 의미인데?"

"정열적으로, 격정적으로."

에자키는 미간을 찌푸렸다. "조금 떨어져 있는 편이 좋을 것 같군."

"그게 나을지도 몰라."

나는 그렇게 말하고 눈을 감았다. 머릿속에 그렸던 설계도대로 이 기계를 파괴할 것이다. 안전하게, 그러나 빈틈없이. 정열적이면서 격정적으로. 모든 걸 완전히 파괴할 것이다.

"끝내는 거야. 지금까지의 5일을……, 지난 4년 동안의 시간을."

레버는 기세 좋게 쓰러졌다.

오스가 슌

갑자기 방문이 열렸다. 나와 구로사와 고스케가 앉아 있는 데스크에서 멀리 떨어진 뒤쪽이었다. 내가 이 방에 들어왔을 때 사용했던 시선 차단용 유리로 된 자동문이 아무런 전조도 없이 열렸다. 구로사와 고스케는 천천히 시선을 문 쪽으로 옮기며 누가 들어왔는지 확인했다. 그를 따라 나도 뒤돌아봤다.

거기에는 아까 나를 이 방까지 안내했던 하얀 정장의 여자가 있었다. 여자는 급히 우리가 둘러싸고 있는 데스크 쪽으로 다가왔다. 이마에는 땀이 살짝 배어 있었고 어쩐지 동요하는 표정이었다.

"무슨 일이지?" 구로사와 고스케가 물었다.

여자는 인사를 한 뒤 말을 꺼냈다. 내가 막 여기에 왔을 때보다 좀 더 메마르고 건조한 톤의 목소리였다.

"내선으로 말씀드릴까도 생각했지만, 긴급한 사안이기에 실례를 무릅쓰고 직접 보고드립니다. 양해 부탁드립니다."

그는 불쾌한 듯 눈을 가늘게 떴다. "일단 용건부터."

여자는 자신의 서투른 응대를 사죄하듯이 고개를 숙이더니 잠시 주저하는 시선으로 나를 엿봤다. 그 시선은 넌지시 '이 사람 앞에서 이야기해도 되겠습니까?'라며 구로사와 고스케에게 확인하는 질문 같았다. 그 시선의 의미를 파악한 구로사와 고스케는 "괜찮아"라고 말하며 여자의 말을 재촉했다. 그제야 여자는 용건을 말하기 시작했다.

"지시하신 대로 지바미나토 공장에 파견해둔 경비원들이 공장에 침입해 있던 남녀 한 쌍을 확보했습니다."

"뭣?" 나는 반문하고 말았다. 틀림없이 아오이 누나와 에자키 이야기다. 여자는 내 동요 따위는 아랑곳하지 않은 채 말을 이었다.

"하지만 한발 늦어서 침입자의 손에 의해 3A 건물의 기자재가 형편없이 파괴되었다고 합니다. 파괴 방법은 아직 특정할 수 없지만, 부품 대부분이 산산조각이 나버린 모양입니다. 복원은 불가능하고 피해는 막대합니다. 붙잡힌 남녀는 그 목적을 포함해 여전히 침묵을 지키고 있다고 합니다."

그 대목에서 구로사와 고스케의 시선이 내게로 향했다. 순간 나는 기가 꺾였지만 그를 곧장 노려봤다. 그는 내게 시선을 고정한 채 여자에게 물었다. "그 밖에는?"

"다른 건입니다만, 무단으로 사내에 침입해온 여자 한 명을 회의실에 붙잡아두었습니다. 여자가 사내에서 랜선을 이용해 사원의 개인 페이지를 열람한 흔적이 있습니다."

나는 또다시 튀어나온 충격적인 사실에 무심코 입술을 깨물었다. 이 여자의 이야기가 사실이라면 아오이 누나도 에자키도 논도 다들 포로의 몸이 된 것이다. 이렇게 말하는 나 또한 그들과 마찬가지로 **거의** 포로의 몸이 된 상황이었다. 절망이 내 눈앞으로 우아하게 날개를 펄럭이며 내려왔다. 절망이 내 뺨을 추잡한 손길로 어루만지자, 몸에는 무수한 소름이 생겨났다. 나는 숨을 삼켰다.

"모두…… 너의 친구들이 벌인 일인가?" 구로사와 고스케가 물었다.

하지만 나는 아무 대답도 할 수 없었다. 동요와 절망에 휩싸인 나머지 의사표시가 불가능했다. 그저 입술을 꽉 깨물고 구로사와 고스케에게 떨리는 시선을 보낼 뿐이었다. 그 대답 없는 침묵이야말로 역설적으로 최고의 긍정이나 마찬가지였다. 진실은 보기 좋게 발가벗겨져 만천하에 드러났다.

구로사와 고스케는 마치 한겨울 석고상처럼 완전히 싸늘해진 표정을 지었다. "흠……. 이거야말로 퍽 감탄할만한 행동력과 풋워크로군."

그는 크게 한숨을 내쉬더니 의자에서 일어나 여유로운 걸음으로 창가 쪽으로 향했다. 그의 등 뒤로 '34'라는 지극히 낮은 숫자가 이의 없이 떠 있었다. 동정의 여지가 없는 상황이지만, 7년에 걸쳐 만들어낸 결과물을 한순간에 파괴당한 인간의 애수 같은 게 거기에 떠다니고 있는 듯했다.

"자네는 왜…… 이렇게까지 해서 우리 일에 간여하는 거지?"

그가 여전히 창 쪽을 바라본 채 말했다. "아, 착각은 하지 말아줘. 딱히 '어째서 이런 지독한 짓을 하는 거냐'며 한 손에 손수건이라도 들면서 한탄하는 건 아니니까. 내가 의문이 드는 건, 자네가 왜 여기까지 왔는지 그 프로세스와 동기에 관해서야. 살다 보면 누구나 많든 적든 적이라는 걸 만들고 말지만, 난 자네를 전혀 몰라. 어떻게 해서 자네는 여기까지 오게 됐고, 또 왜 나와 상대하려는 거지? 그게 순수한 의문이야."

나는 입가의 힘을 풀고 신중히 대답했다.

"굉장하다고까지는 할 수 없지만 모든 걸 설명하는 건 역시 불가능해요. 하지만 요약하자면 '구로사와 사쓰키 씨의 유지'가 우리를 여기로 데려왔어요. 그리고……."

'협력을 거부한다면 당신은…….'

"나 자신과 소중한 친구의 정당성을 증명하기 위해 누아르 레버넌트인 구로사와 사쓰키 씨에게 협력한 거예요."

나의 대답을 들은 구로사와 고스케는 이쪽을 바라보며 작게 쓴웃음을 지었다. "그리 좋은 대답은 아니군."

그러더니 그는 얼마간 창문으로 보이는 도시의 풍경을 찬찬히 응시했다. 나는 그런 구로사와 고스케의 등과 '34'라는 숫자를 말없이 바라봤다. 비서인 듯한 여자도 나가지 않은 채 사장의 다음 지시를 기다리고 있었다. 소리 하나 없는 방에서 침묵의 시간은 끈기를 동반한 채 완만히 흐르고 있었다.

"구로사와 사쓰키의 유지라." 구로사와 고스케가 불쑥 침묵을 깼다. 그건 누구를 향해 한 말도 아니고 그저 그 어감을 의심하듯이 내뱉은 혼잣말인 것 같았다. 그가 다시 중얼거렸다. "구로사와 사쓰키의 유지란 말이지."

내 쪽에서는 구로사와 고스케의 표정이 보이지 않았다. 과연 그는 어떤 표정을 짓고 있을까. 전혀 감이 오지 않았다. 그래서 나는 생각을 멈추고 그저 시간에 몸을 맡겼다. 앞으로 나는 어떻게 되는 걸까. 어떤 취급을 받게 될까. 그런 걸 막연히 머리 한구석으로 생각하면서.

"붙잡아둔 사람은 전부 풀어줘도 좋아. 공장의 처리 문제는 나중에 생각하지."

나는 처음에 그 말이 누구의 입에서 나온 건지 전혀 알아차리지 못했다. 어쩌면 내가 속으로만 생각하고 있던 말이 무언가의 착오 때문에 바깥으로 새어 나온 걸지도 모른다는 착각조차 들었다. 마침 이런저런 궁리를 하다가 깜빡 혼잣말로 속마음을 내뱉어버렸을 때처럼. 물론 그건 절대 아니었다. 그건 분명 어른 남자의 목소리였고, 틀림없이 구로사와 고스케의 입에서 나온 말이었다. 나는 놀라움이나 의심도 드러내지 못한 채 그의 등을 바라봤다.

하지만 그는 꿈쩍도 하지 않은 채 창 밖을 응시할 뿐이었다.

"알겠습니다. 그렇게 처리하겠습니다." 비서 같은 여자도 의외라는 표정을 지으면서도 고분고분 고개를 끄덕인 뒤 발길을 재촉하며 방을 떠났다.

다시 방에는 우리 둘만 남았다.

구로사와 고스케는 변함없는 자세로 입을 열었다. "자네도 이

제 용건은 없겠지? 그만 돌아가도 좋아."

나는 맥이 빠진 나머지 얼마간 의자에서 일어날 수 없었다. 그런데도 어떻게든 일어나서 그의 등을 향해 마지막 대사를 읊었다.

"전할 말이 있어요. 오늘 여기에 올 예정이었던 에자키 준이치로가 보낸 거예요."

"오호." 구로사와 고스케가 말했다. "뭐지?"

나는 맡아뒀던 메모지를 주머니에서 꺼내 읽었다. "트럼프는 상당히 재미있더군. 당신이 원한다면 대전해 볼 마음이 있는데. 당신 형보다도 분명 내 쪽이 더 기개가 있을 테니까."

구로사와 고스케가 쿡쿡 웃었다.

"여담이지만 클레임이 하나 있어. 레종전자의 MP3플레이어를 사용해봤는데 재생 버튼과 노이즈캔슬링 버튼의 위치가 안 좋아서 오작동의 원인이 되더군. 좀 더 구조를 고민해보길 바라. 긴급할 때 동작 미스를 하는 바람에 상당히 불쾌했다고. 개선이 필요해 보여. 이상."

"흐음." 구로사와 고스케가 한숨을 내쉬었다. "악질적인 게 아니라면 우수한 클레임은 기업의 보배나 마찬가지지. 설계부에 전하도록 하겠네."

나는 메모지를 다 읽은 뒤 다시 주머니에 넣고 잠시 그곳에 서 있었다. 서둘러 이곳을 떠나기도 왠지 찝찝한데다가 그렇다고 구로사와 고스케 쪽으로 가까이 다가갈 이유도 없었다. 나는 앞으로 나서지도 뒤돌아가지도 못한 채 데스크를 사이에 두고 그의 등을 계속 바라봤다. 등에 떠 있는 숫자 '34'에서 뭔가 해답이 제시될 것만 같은 기분이 들었다.

"저기…… 죄송한데요." 정신을 차리니 나는 구로사와 고스케에게 말을 걸고 있었다. "……레종전자의 계획을 망쳐버렸는데 왜 우리를 비난하지 않고 그냥 돌려보내 주는 거죠?"

구로사와 고스케는 묵묵히 밖을 쳐다보고 있었다. 말없이 밖을 응시하는 시간이 너무 길었기 때문에 어쩔 수 없이 나는 답을 듣는 걸 포기할까 생각했다. 그러나 넘칠 만큼 충분한 시간의 틈을 둔 뒤 그는 허를 찌르듯이 입을 열었다.

"오늘은 그러고 싶은 기분이군."

그건 너무도 구로사와 고스케답지 않은 대답이었다. 애초부터 나는 그의 됨됨이를 완벽하게는 모른다. 좀 전에 처음 만났으니 어쩌면 절반은 모르는 사람이라고 해도 무방한 관계인 셈이다. 그런 나로서도 지금의 대답은 참으로 그답지 않다는 판단을 내릴 수밖에 없었다. 이론이나 이념, 이해 같은 말을 좋아할 것 같은 인간이 과연 '기분' 따위의 말을 사용할까. 의문은 내 안에서 한없이 부풀어 올랐지만 더 이상 따지고 들어봤자 아무것도 대답해주지 않을 것 같았기에 "실례 많았습니다"라는 한 마디만 남기고 방을 나섰다.

한 걸음 뗐더니 구로사와 고스케의 등이 순식간에 훌쩍 멀어졌다. 마치 수평선 맞은편에 서 있는 것처럼 보였다. 나는 한 번 더 그가 있는 쪽을 돌아본 뒤 다시 문 쪽을 향해 걸었다. 그는 내가 막 이 방에 들어왔을 때의 모습으로 돌아갔다. 나 역시 이 방에서 떠나면 원래의 세계로 돌아올 것이다.

모든 것이 제자리로 돌아간다.

문 앞에 도착하자 자동문이 산뜻하게 열렸다. 아무래도 안에서 밖으로 나갈 때만큼은 잠금장치가 걸려있지 않은 모양이었다. 한 박자 쉬었다가 복도와 방의 경계선을 단숨에 넘어가려고 했을 때였다.

"오스가 군."

등 뒤에서 커다란 목소리가 들려왔다. 무심코 나는 어깨를 움찔하며 뒤돌아봤다. 구로사와 고스케가 나를 똑바로 바라보고 있었다. 방이 넓은 탓에 입구에서 그가 서 있는 위치까지는 상당히 거리가 있었다. 그런데도 그의 표정이 그야말로 선명하게 내 눈에 들어왔다.

힘 있게 번쩍 뜬 눈은 확실히 위압적이었다. 말캉말캉 잘 익은 무화과처럼 달콤하게 빙긋 벌어진 입은 들개 어금니처럼 음흉해 보였고 마음껏 넓혀진 콧구멍은 위협적으로 느껴졌다.

구로사와 고스케는 표정 그대로 살짝 턱을 치켜든 채 나를 내려다보며 말했다.

"난 '패배'를 인정하지 않아. 이기고 도망가는 건 절대 그냥 두지 않지."

목소리는 넓은 실내에 쩌렁쩌렁 울려 퍼지면서 공포를 부채질하듯 내 고막을 진동시켰다. 거기에 호응하듯 온몸에 다시 소름이 돋았다. 조금이라도 이성과 인내력이 없었다면 부끄럽게도 나는 바지에 실례를 해버렸을 것이다. 그 정도로 박력 있는 한 마디였다.

나는 가냘프면서도 힘껏 쥐어짠 목소리로 대답했다. "기억해두 겠습니다." 구로사와 고스케는 만면에 웃음을 띤 채 고개를 끄덕 이더니 어째선지 이쪽으로 다가왔다. 즉시 '복수'가 시작된 건가 싶어서 나도 모르게 방어 자세를 취했다. 경직된 몸으로 애써 방 어해 본다.

그는 서두르거나 속도를 줄이는 일 없이 자기 페이스로 걸어오 더니 마침내 내 앞까지 다가왔다. 손이 닿을 정도의 거리까지 다 가온 그는 아까보다도 훨씬 커 보였다. 실제 키가 커서 그런 건지, 혹은 그 분위기 탓인지는 알 수 없었다. 어쨌든 그는 커 보였다.

"자네에게 선물을 주지."

구로사와 고스케는 기분 나쁘게 웃은 뒤 자그마한 갈색 종이 봉투를 건넸다. 내가 당황한 표정을 짓자 그는 재차 활짝 웃으면 서 낮은 목소리로 속삭였다.

"누아르 레버넌트에게 안부 전해줘."

도미노는 모두 쓰러졌다.

이제 우리 네 사람은

다시 일상으로 돌아갈 것이다.

5일 전, 어쩌면 4년 전 일상으로.

조금 긴 에필로그

...

더블 에스프레소와 쇼팽과 명언,
그리고 등 뒤의 숫자 '85'

아오이 시즈하

전철이 집 근처 역에 도착했다. 바퀴는 커다란 마찰음을 냈고, 집전기는 전신선과의 틈에 무수한 불꽃을 일으켰다. 어디선가 힘차게 공기 방출되는 소리가 나더니 전철 문이 일상을 향해 내 앞에서 열렸다. 나는 5일 동안 입었던 옷과 생활용품이 담긴 캐리어를 들어 올리며 전철과 승강장 사이의 틈을 넘었다.

낯익은 전광게시판과 발차를 알리는 귀에 익은 벨소리. 익숙한 역. 오래 살아서 정든 거리.

나는 승강장에 내려서 심호흡을 했다. 공기는 그리 신선하지 않았지만 5일의 시간을 매듭지으며 내 몸을 상쾌하게 통과해갔다. 몸이 고향의(혹은 일상의) 공기에 친숙해진 뒤에야 개찰구로 향했다.

내 발길은 개찰구를 빠져나와 보이지 않는 무언가에 이끌리듯 요시다 아저씨의 악기점으로 향했다. 일단 집에 돌아가서 짐을 내려둔 뒤에 가도 되지만(무엇보다 그편이 효율적이지만) 나도 모르게 캐리어의 바퀴를 데굴데굴 굴리며 곧장 악기점으로 향했다. 기억이 시간과 함께 풍화되어버리기 전에 이 여행의 계기가 된 아저씨한테 가서 인사를 하고 싶었다. 5일 동안의 여정을 거치며 내가 보고 듣고 느낀 것을 어떻게든 아저씨에게 설명하고 싶었다. 그 시간 동안 정말 여러 가지 일이 있었다. 오스가를 만났고, 논을 만났고, 에자키를 만났다. 구로사와 사쓰키를 알았고, 구로사와 고스케를 알았고, 레종전자를 알았다. 모든 사건이 너무 기묘하고 불가사의해서 아마 요시다 아저씨에게 그 전부를 완벽하게 설명할 수는 없겠지. 그래도 어떻게든 이 기분을 조금이라도 많이 전하고 싶었다. 나는 다양한 일을 경험했다고. 사소하지만 강렬하게 남아 있는 그 감정만이라도 아저씨와 공유하고 싶었다.

악기점 앞에 도착하자 천천히 입구의 문을 열었다. 문틈 사이로 오랜 세월을 거쳐 호흡해온 목제 악기들의 냄새가 넘쳐흐르며 추억과 함께 내 코를 자극했다. 마치 상쾌한 숲속처럼 조용하고 따스한 냄새. 이제까지 수없이 맡아온, 가장 마음이 차분해지는 냄새였다.

"어서 오세……이게 누구야, 시즈하로구나." 요시다 아저씨가 의자에서 살짝 상체를 일으키며 미소로 나를 맞이했다. "거의 닷새만 아니냐."

"오랜만이에요."

마지막에 이곳을 방문한 뒤로 아직 일주일도 지나지 않았으니

'오랜만'이라는 인사도 어딘가 이상한 느낌이었다. 그런데도 나로서는 정말 오랜만에 만난 듯한 기분이 드니 별수 없었다. 그만큼 이곳은 나와 떨어지기 힘든 공간이었다.

요시다 아저씨는 읽고 있던 신문을 접은 뒤 내가 끌고 온 캐리어를 바라봤다.

"설마 아직 집에 돌아가지 않은 거냐?" 아저씨는 살짝 놀란 표정으로 물었다.

나는 조금 쓸쓸한 미소를 지으며 고개를 끄덕였다. "정신을 차렸더니 저도 모르게 여기에 와 있었어요."

"그건 기쁘구나." 요시다 아저씨는 태양처럼 활짝 웃었다. "맞다, 쇼팽 콘서트는 어땠니?"

"쇼팽 콘서트요?" 시치미를 떼려던 게 아니라 정말로 진지하게 되묻고 말았다. 하지만 곧 이 5일 동안의 여정이 티켓 한 장에서 시작됐고, 그 명목은 쇼팽 콘서트였다는 사실이 떠올랐다. 나는 허둥지둥 적당한 대답을 골랐다.

"……그게 있죠, 귀중한 경험이었어요."

"다행이구나." 역시나 아저씨는 활짝 웃었다.

나는 그동안 겪었던 일들을 아저씨에게 털어놓을 작정이었는데 그만 거짓말을 하고 말았다. 애초에 진실 따위를 설명할 수 있을 턱이 없었다. 쇼팽의 콘서트는 사실 거짓말이고 모든 건 구로사와 사쓰키와 얽힌 대모험이었어요. 구로사와 사쓰키는 쇼팽의 「혁명」을 연주했던 여자애인데 화재로 죽어버렸죠. 그래서 우린 레종전자에 몰래 들어가서……라니. 다시 떠올려 봐도 나 역시 전혀 이해할 수 없는 일들이었다. 그 네 사람 이외에 누구와도 공유할 수 없는 이야기다.

나는 제대로 진실을 전할 수 없는 안타까움과 아저씨에게 경솔하게 거짓말을 해버렸다는 죄책감에 조용히 고개를 떨궜다. 5일이라는 그 시간과 지금 여기에 있는 일상 사이에 확고한 연속성이 없는 것 같은 착각에 빠지고 만다. 모두 거짓말이었던 게 아닐까. 구로사와 사쓰키도 오스가도 논도 에자키도 레종전자도, 전부 꿈속에서 일어난 일이 아니었을까. 그런 식으로 생각하게 된다.

내 몸에서 '레버'는 사라졌다. 모두 에자키가 말한 대로였다. 그 거대한 기계를 파괴하고 나자 내 몸의 중심에 자리 잡고 있던 튼튼한 레버는 흔적도 없이 사라졌다. 마치 마법을 부린 것처럼, 눈을 한 번 깜빡하고 나니 레버 대신 완전히 새로운 대지가 생겨나 있었다. 이제는 물건을 망가뜨리는 순간의 감각조차 기억나지 않는다. 레버를 마지막까지 쓰러뜨린다? 레버를 절반만 쓰러뜨린다고? 이제껏 분명하게 느끼고 있던 감각을 내 안에서 재현하는 것조차 더는 불가능하다. 도대체 어떤 방법으로 난 물건을 망가뜨릴 수 있었던 걸까.

물론 그건 내게 행복한 일이었다. 더는 무엇이든 망가뜨리지 않아도 된다. 뭔가를 무심코 망가뜨릴 위험도 없다. 그것만으로도 나는 구원받은 기분이었다.

"시즈하, 전처럼 다시 피아노 치고 갈 거냐?"

나는 아저씨가 가리키는 곳을 바라봤다. 거기에는 내가 예전에 망가뜨렸던 야마하 그랜드피아노가 조용히 자리를 차지하고 있었다. 내가 두 번 다시 피아노를 치지 않겠다고 속으로 다짐하면서도 유일하게 만지는 걸 허락해온 '소리가 나지 않는' 피아노. 그러고 보니 나는 여기에 올 때마다 저 피아노를 연주해도 된다는 허락을 받은 상태였다. 정확히 말하면 **치는 흉내**를 내도 좋다는 허락을 받은 셈이었다. 고장 난 그랜드피아노는 오늘도 매끈매끈한 검정 광택을 띠며 조용히 나를 유혹하고 있었다. 그야말로 교묘하게, 내 마음의 틈을 메우러 온 것처럼.

"그럼, 고맙게 호의를 받아들일게요."

나는 그렇게 말한 뒤 망가진 피아노 앞의 의자에 앉았다. 뚜껑을 열고 펠트로 된 건반 커버를 부드럽게 걷었다.

생각해 보니 내가 가장 처음 망가뜨렸던 게 바로 이 피아노였다.

4년 전 내 몸에 레버가 생겨난 그 날, 나는 평소처럼 이 악기점에 놀러 왔다. 따뜻한 미소로 맞이해준 아저씨 앞에서 나는 그야말로 천진난만하게 이 피아노를 치고 있었다. 뭘 쳤더라…… 곡명은 잊어버렸다. 어쨌든 난 여기에서 피아노를 치고 있었다. 그러다 별안간 내 안에 레버가 있다는 사실을 깨달았다. 사실 그날은 아침부터 내 몸에 뭔가 이변이 생겼다는 걸 어렴풋이 인식은 하고 있었다. 오늘 난 뭔가 비정상적이야. 어딘가 이상해. 하지만 그 이변의 정체는 전혀 몰랐다. 마치 목에 잔가시가 걸린 것처럼 막연히 기분 나쁜 이물감을 느끼고 있었다. 하지만 연주를 시작한 순간, 나는 그 이변이 '몸에 레버가 설치되어 있기 때문'이라는 걸 알아차렸다. 이유는 알 수 없었다. 연주를 시작하자마자 레버의 존재가 마치 체에 걸러지듯 도드라졌다. 여기에 레버가 있어. 쓰러뜨리면 무슨 일이 일어날지는 모르겠지만 아무튼 **여기에는 레버가 있어.** 개그 프로그램에서 천장에 매달린 끈을 수상하게 여기면서도 잡아당겼다가 머리 위로 대야가 떨어지는 장면을 본 적이 있다. 당시의 나는 그야말로 그것과 똑같은 짓을 했다. 뭔지 잘 모르면서도 연주를 하는 동안 레버를 쓰러트려 봤다. 호기심과 모험심, 그리고 장난기. 어떤 일이 일어날지 예상조차 하지 않은 채 그저 경솔한 마음으로 레버를 쓰러트렸다. 그날의 무지했던 행동 탓에 야마하 그랜드피아노는 소리 내는 걸 멈췄다. 완전히 내 잘못이었다.

그 후 아저씨가 피아노를 수리해봤지만 아무 소용없었다. 어느 부품이든 모두 정상적으로 작동하고 있는데 '소리'만 나지 않았다. 마치 볼륨 스위치 켜는 걸 잊어버린 것처럼 그저 소리만이 덜렁 빠져버린 것이다. 아저씨는 어쩔 수 없이 수리를 포기한 채 소리가 나지 않는 피아노를 여기에 두기로 했다. 인수할 사람도 없고 그냥 버리기에는 애착이 많다면서(설마 그 피아노를 내가 이런 식으로 소중히 여기게 될 줄은 꿈에도 몰랐다).

나는 가슴 깊은 곳에서 끄집어낸 이런저런 기억을 다시 제자리에 되돌려놓고 나서야 건반 위에 양손을 올렸다.

자, 뭘 연주해볼까.

이미 내 머리에는 어느 한 곡의 제목이 떠올랐다. 나는 내 리퀘스트에 흔쾌히 미소로 답하며 머릿속에서 악보를 가져왔다. 지금 연주할 곡은(애초에 소리는 나지 않지만) 이것뿐이다. 나는 오른손으로 힘차게 건반을 두드렸다.

그때였다.

순간 무슨 일이 일어났는지 이해할 수 없었다. 나는 반사적으로 건반에서 양손을 떼고 피아노에서 물러섰다. 눈앞으로 빠르게 섬광이 지나간 듯한 충격과 방 안의 모든 것이 소스라치게 놀란 것처럼 정적이 찾아왔다. 나는 양손을 든 채 굳어버렸다.

"시, 시즈하…… 지금 말이다." 아저씨는 너무 놀란 나머지 평소 앉아있던 카운터에서 일어섰다.

"소, 소리가 났는데."

아저씨의 말을 듣고 나서야 사태를 파악할 수 있었다.

지금 이 피아노는 **확실히 소리를 냈다.** 내 오른손에서 전해진 진동이 곧장 건반을 매개로 하여 피아노 줄을 아름답게 진동시켰다.

나는 16비트로 쿵쿵 울려대는 심장 고동을 느끼며 흠칫흠칫 아저씨에게 물었다.

"이 피아노…… 어, 언제 고치셨어요?"

아저씨는 세차게 고개를 저었다. "아니다, 그 피아노를 만진 건 너뿐이라서…… 나도 이제야 알았단다. 그나저나 놀랍구나……. 어떻게 고쳐진 걸까."

다양한 정보와 감정이 내 머릿속에서 뒤섞이고 있었다. 우선 스스로 금기를 어기고 피아노를 연주해버린 것에 대한 동요와 2년 만에 소리가 나는 피아노를 두드린 데에서 오는 좌절감, 무엇보다도 아저씨의 말처럼 어떻게 고쳐졌는지에 대한 의문.

'그 기계를 파괴하는 일이 너의 일이라는 거야. 그렇게 하면 네 몸 안에 있던 **레버**는 사라지고 두 번 다시 물건을 망가뜨릴 수 없게 되겠지.'

나는 흐트러진 사고를 애써 억누른 뒤 에자키의 말을 머릿속으로 복기했다.

'두 번 다시 물건을 망가뜨릴 수 없게 되겠지.'

목적으로 하던 대상을 완전히 파괴해버린 뒤 나는 레버를 상실했다. 물론 더는 아무것도 망가뜨릴 필요가 없으니까. 구로사와 사쓰키의 목적은 달성되었기 때문에. 그러니 목적이 아니었던 것들은 더 이상 **망가진 상태일 필요가 없다.**

그렇다면……

거기까지 생각이 미쳤더니, 생각 하나가 첫눈처럼 조용히, 자각의 틈을 부드럽게 빠져나가는 것처럼 모습을 드러냈다.

크게 당황한 나는 의자에서 일어나 가게 구석에 놓아둔 핸드백을 가지러 달려갔다. 그 돌발적인 행동에 아저씨도 놀란 눈치였지만, 나는 무엇보다도 먼저 사실 하나를 확인해야 했다. 만약 내 추측이 맞는 거라면 그야말로 터무니없는 결론에 이르게 된다. 그걸 알아내려고 나는 모래를 긁어내듯 필사적으로 핸드백 안을 뒤졌다.

"여깄다……" 나는 무심코 중얼거린 뒤 동요하는 아저씨에게 물었다. "……아저씨, 메모지 없으세요? 뭔가 적을 수 있는 종이가 필요해요."

"자, 잠깐만." 아저씨는 납득이 가지 않는 표정으로 카운터 안을 뒤졌다. 그리고 전단지 한 장을 꺼냈다. "메모지는 아닌데 이걸로 괜찮을까?"

"감사합니다."

나는 전단을 받아서 그대로 쪼그리고 앉은 뒤, 하얀 종이 부분을 위쪽으로 하여 바닥에 놓았다. 그다음 방금 핸드백에서 꺼낸 **볼펜**을 손에 쥐고 꼭지를 눌렀다. 모두와 만났던 첫날, 시범으로 '망가뜨린' 에자키의 볼펜이었다. 어떤 식으로 '평범하지 않은'지를 보여 주기 위해 어쩔 수 없이 내가 망가뜨렸던 볼펜.

나는 심호흡한 뒤 전단 위에 볼펜을 끼적여봤다. 그랬더니 내 감정이 묻어나는 것처럼 펜촉에서 매끄러운 검정 궤적이 모습을 드러냈다.

"……써지잖아."

그날 이 볼펜은 분명히 **망가졌었다.** 아무리 종이 위에 끼적여봐도 이 볼펜은 그저 미끌미끌 종이 표면을 문지를 뿐 아무것도 써지지 않았다. 그랬던 볼펜이 고쳐졌다. 원래대로 돌아왔다.

지금껏 내가 망가뜨렸던 것들이 원 상태로 돌아오고 있다.

"……아저씨." 나는 떨리는 목소리로 말했다. "저, 급한 일이 생각나서…… 잠깐 다녀올게요."

"그러렴." 아저씨는 이상하다는 눈빛으로 고개를 끄덕였다. "무슨 일인지는 모르겠지만 조심하거라."

"감사합니다."

급히 악기점을 나서려는데 너무 거추장스러운 캐리어가 눈에 들어왔다. 이걸 들고 가는 건 아무래도 힘들 것 같다고 생각하며 바라보고 있자, 아저씨가 다정한 목소리로 제안했다.

"괜찮으면 가방은 여기 보관해둘까? 너만 괜찮다면 말이다."

"부탁드릴게요." 나는 흔쾌히 대답한 뒤 핸드백만 들고 밖으로 뛰어나갔다. 왔던 길을 돌아가 전철역으로 향했다. 달리는 진동이 느껴질 때마다 내 가슴은 셰이커로 흔드는 것처럼 긴장과 불안이 혼돈과 뒤섞였다. 나는 그러한 감정을 상쇄하듯 바람을 가르며 힘껏 뛰었다.

아지랑이가 여름날의 아스팔트 위로 흔들흔들 피어오르고 있었다.

면회증을 받자마자 엘리베이터를 타지 않고 그대로 계단을 뛰어 올라갔다. 평소처럼 살균된 듯한 정적에 지배된 병원 안에서는 내 심장 박동만 크게 울리는 느낌이었다. 어깨를 들썩거리며 3층까지 올라가서야 드디어 병실 앞에 도착했다.

305호실.

닫힌 문틈으로 내 피부를 꽁꽁 얼어붙게 만드는 기분 나쁜 냉기가 새어 나오고 있었다. 내 마음을 격렬하게 흔드는, 진흙투성이 늪의 파편 같은 냉기가.

나는 무릎에 손을 올리고 잠시 호흡을 가다듬었다. 크게 수축운동을 반복하는 심장박동은 앞으로 한 시간 정도는 가라앉지 않을 기세였다. 마치 크레셴도*가 붙어 있는 것처럼 박동 수가 늘

---

* 악보에서 '점점 세게 연주하라'는 뜻

어만 갈 뿐이었다.

그런데도 나는 억지로 숨을 집어삼킨 뒤 병실 입구 손잡이에 손을 댔다. 결론을 미루듯이 천천히, 그러다가 이내 다시 그런 망설임을 뿌리치는 것처럼 힘껏 문을 열었다.

창문에서 불어온 부드러운 바람이 커튼과 내 머리칼을 어루만지듯이 흔들고 지나갔다. 이곳은 내가 지난 2년간 매일같이 드나들던 병실이다. 데코 타일이 깔린 하얀 바닥과 천장에서부터 내려오는 연녹색의 파티션. 벽에는 아담한 코르크 보드와 제약회사 이름이 들어간 간소한 달력이 있다. 평상시 광경이다. 지금까지 몇 번이나 봐온 풍경.

그러나 오늘은 평소와 결정적으로 다른 게 있었다.

지난 2년간 내 마음에 사죄와 원한의 감정을 불러일으켰던 '그 남자'가 **깨어나 있었다.** 지난 2년간 결코 눈을 뜬 적이 없던 '그 남자'가 침대에 앉아 창밖을 바라보고 있었다. 일어나서 살아 숨 쉬고 있었다.

나는 하염없이 그 자리에 서 있었다. 말은 쏟아지려다가 목구멍에서 꽉 막혔고 한 발짝 내딛으려던 다리는 납덩이 같은 족쇄에 저지당했다. 그저 바람만이 유유히 병실 안을 통과했고 내 눈가에서는 한줄기 눈물이 흘러나왔다.

잠시 후 남자는 슬로모션처럼 서서히 고개를 움직이며 이쪽을 돌아봤다. 간병하던 때부터 알고는 있었지만, 남자의 모습에서 2년이라는 시간의 풍화가 여실히 느껴졌다. 볼은 힘없이 홀쭉해지고 목덜미에는 조금 핏대가 솟아 있었다. 단정한 외모였지만 눈에 힘이 없고 표정에도 활기가 없었다.

남자는 내 얼굴을 말없이 십 초쯤 쳐다보더니 마치 바라보는 게 질렸다는 듯 다시 창으로 시선을 돌려버렸다. 남자가 고개를 돌린 채 말했다.

"상당히 긴 시간 동안 원인불명의 혼수상태에 빠져 있었던 모양이야."

나는 남자의 목소리를 듣자 몸이 찢길 듯한 아픔을 느꼈다. 외모가 어떻게 변하든 목소리는 그날 그대로였다. 남자의 목소리를 들으니 으레 마음의 금고에서 무수히 많은 기억을 끄집어내고 만다. 내 의사와는 상관없이 가장 건드리고 싶지 않은 수많은 기억이 원래 색을 되찾아갔다.

남자는 다시 느린 동작으로 이쪽을 돌아봤다. 기분 탓인지 남자의 표정에는 자그마한 미소 같은 게 떠올라 있었다.

"내가 잠든 사이에 네가 거의 매일 날 돌봐줬다고 간호사가 그러던데. 혹시 너 말이야……." 남자의 미소가 급격히 천박해졌다. **"나와의 일이 썩 내키지 않았던 것도 아니었나 봐?"**

정신을 차리고 보니 나는 남자의 뺨을 힘껏 때리고 있었다. 입구에서 꼼짝도 하지 않던 발이 어느새 그 무게를 잃고 침대로 향하더니 곧장 감정에서 근육으로 직접 명령을 보내기라도 한 듯 남자의 뺨을 때리고 있었다. 남자는 내 손바닥의 궤도를 모방하는 것처럼 고개를 비틀고 그 상태대로 정지했다. 마치 지금의 충격으로 죽어버리기라도 한 것처럼 완벽한 정지 상태였다.

손바닥에서 전해지는 근질거리는 아픔이 내 죄의식을 상기시

컸다. 그와 동시에 남자는 고개를 원위치로 돌리더니 나를 죽일 듯이 노려봤다.

"너, 이게 무슨 짓이야?"

그리 크지 않았지만 목소리에는 확실한 분노와 적대감이 뒤섞인 채 드러나 있었다. 나는 당황한 나머지 세 발자국 뒤로 물러나 그대로 무릎을 꿇었다. 그리고 양손을 바닥에 대고 깊게 머리를 숙이며 사죄의 말을 늘어놓았다. 지금의 따귀에 대한 것뿐만 아니라, 무엇보다도 내가 2년 전에 저질렀던 죄에 대한 사죄였다.

나는 이 남자에게 말로는 표현하지 못할 만큼 심각한 죄를 저질렀다. 이 남자의 돌이킬 수 없는 '2년이라는 시간'을 공백으로 만들어 버렸다.

남자가 어떤 인간이든 그 죄는 용서받을 수 있는 게 아니었다. 나는 마음속에 소용돌이치는 다양한 감정을 억누르며 최선을 다해 말을 꺼냈다.

"내가…… 내가 그 쪽한테 저지른 짓은 정말 돌이킬 수 없는 행동이었어요. 잃어버린 2년 동안의 시간은 무엇으로도 대신할 수도 없고, 내가 아무리 후회하고 사죄의 말을 늘어놓은들 결코 메울 수 없겠죠. 앞으로도 난 그 쪽한테 내 인생 일부를 바칠 각오와 의무가 있어요……. 그건 충분히 잘 알고 있어요. 알고는 있지만……." 나는 억누른 감정의 틈에서 새어 나온 내 목소리를 들었다. "지카를 죽음으로 몰아넣은 그쪽이 누구보다도 증오스러워요. 절대 용서할 수 없을 것 같아요."

목구멍에서 울음이 터져 나오려는 걸 억누르는데 남자가 "뭔소리야?" 하며 도발적인 목소리로 대꾸했다.

"무슨 말을 하는 건지 전혀 모르겠는데. 내가 2년 동안 잠들어 있었던 게 네 탓이란 건가?"

나는 떨리는 목소리로 대답했다. "……네. 믿지 못할 지도 모르지만 그게 사실이에요."

"참나." 남자는 어처구니없다는 듯 웃었다. "그래서, 넌 내게 '인생의 일부를 바칠 각오가 되어' 있으시다?"

"……그게 죄를 저지른 인간의 도리라고 생각하니까요."

그러자 남자는 나를 깔보는 듯한 눈길을 보냈다. 그러더니 여유 있는 어조로 말했다.

"아까 의사가 간단히 내 몸을 검사했어. 그러더니 놀랄 만큼 모든 기능이 정상이라더군. 잘하면 일주일도 되지 않아 원래 생활로 돌아갈 수 있을지도 모른다고 했지. 이런 사례는 본 적이 없다면서 놀라던데. 아까 샤워도 했는데 몸에 이렇다 할 이상은 없었어. 솔직히 말해서 조금 야윈 것만 빼면 거의 바뀐 게 없지. 뭐, 됐어, 그런 건……. 근데 말이야." 남자가 물었다. "넌 뭐든지 해준다는 거지?"

나는 고개를 끄덕였다. 남자는 다시 천박하게 웃었다.

"그럼, 미안한데 그것 좀 해줄래?"

나는 말문이 막힌 채 남자의 얼굴을 쳐다봤다. 남자는 실없이 웃더니 말했다.

"그게, 손이든 입이든 좋으니까 잽싸게 부탁 좀 하자. 혼수상태에서도 몽정은 한 것 같은데 역시 그것만으로는 성에 안 차거든.

그러니 부탁 좀 할게."

"……그, 그건."

"못하겠어?" 남자는 목소리에 힘을 줬다. "너 말이야, 좀 전에 뭐라 그랬지? 그게 도리라고 하지 않았나? 괜찮으니까 얼른 하라고."

마음이 거대한 프레스기에 찌부러져 산산이 흩어져버린 느낌이었다. 세상이 모두 절망의 색으로 물들고 내 손에는 재와 먼지만이 남았다. 끝없이 새카만 그림자가 나를 뒤덮었다.

남자는 주저앉은 채 꼼짝하지 않는 나를 향해 위협했다. "어서 하라니까?" 그 목소리에 나는 반사적으로 일어나 침대로 다가갔다.

싫다. 절대 그런 짓은 하고 싶지 않다. 그런 짓, 할 수 있을 리가 없다. 하지만 나는 이 남자를 망가뜨리고 2년이라는 시간을 빼앗았다.

그건 틀림없는 사실이다. 주저리주저리 변명을 늘어놓은들 조금도 변하지 않는 사실이다. 나는 이 사람의 2년을 빼앗았다. 그만큼의 시간이라면 사람은 뭔가를 이루어낼 수도 있을 것이다. 이 남자가 그 시간을 유효하게 사용했을지 여부는 별개로 하더라도 2년은 너무 긴 시간이다. 일수로 따지면 730일, 시간으로는 17,520시간. 나는 제멋대로 남자의 인생을 끊어내서 쓰레기통에 처박아버렸다.

도저히 용서받을 수 없는 일이다.

그러니 속죄해야 한다.

나는 침대 옆으로 다가가 남자의 허리까지 덮여 있던 이불을 천천히 벗겨냈다. 얇은 환자복을 입은 남자의 하반신이 모습을 드러냈다. 나는 입술을 깨물고 감정을 억눌렀다. 아무 생각도 하지 마. 생각해서는 안 돼. 내 손은 얼어붙은 것처럼 서서히 격렬하게 떨렸다. 손뿐만이 아니었다. 다리도 입술도 가슴도 마음도, 모든 게 절망을 드러내 보이듯 거세게 떨려 왔다.

나는 남자의 바지에 손을 댔다. 그 순간, 눈에서 끝없이 눈물이 흘러나왔다. 눈을 깜빡일 때마다 한 방울, 두 방울, 세 방울. 마치 비가 내리기 시작하는 것처럼 이불 위로 눈물 자국이 생겨났다.

네 방울, 다섯 방울, 여섯 방울.

분했다. 정말 분했다. 단짝 지카를 죽음으로 몰아넣은, 이 세상에서 가장 증오하는 남자에게 이런 짓을 해야만 한다는 게 너무 억울했다.

나는 나도 모르게 모든 걸 낙관적으로만 생각하고 있었다. 악기점의 피아노가 고쳐졌다는 걸 알았을 때 이 남자가 깨어날 거라는 사실도 충분히 예상했다. 무엇보다도 가장 먼저 그 사실이 내 머리를 스쳤다. 그런데 하필 그 시점에서 나는 무심코 이런 생각을 하고 있었다. 인성까지 곪을 대로 곪은 '그 남자'일지라도 2년 동안의 혼수상태를 거쳤으니 그때와는 다른 사람이 되어 있지 않을까. 어떤 근거나 이유도 없었다. 그냥 그렇게 생각하고 있었다. 냉정하게 생각하면 그럴 리가 없는데. '지카는 죽었어. 그러니 남겨진 우리가 열심히 살아가야만 해. 그런 의미에서 나랑 사귀지 않을래?' 이 남자의 시간은 그 어처구니없는 대사를 던진 뒤부터 멈춘 상태였으니까.

오늘이라는 날은 이 남자에게 여전히 그날의 다음 날일뿐이었다.

나는 그만 오열이 터져 나올 것 같았다. 억눌렸던 울음이 새로운 울음을 부르더니 꼭꼭 담아뒀던 마음의 말이 역류를 시작했다. 울분과 후회, 눈물과 울음이 멈추지 않았다.

"……못 해요." 나는 들릴 듯 말 듯 중얼거렸다. "미안해요. 못 하겠어요."

남자는 건조하게 혀를 차더니 침대 위에 있던 내 손을 난폭하게 뿌리쳤다.

"뭐야 그게. 그런 태도라면 나도 흥이 깨지는 건 마찬가지야. 느닷없이 훌쩍대며 우는 꼴이라니. 뭐, 좋아. 다음에 하라고. 일단 지금은 눈에 거슬리니까 그만 방에서 꺼져줄래?"

나는 고개를 떨군 뒤 바닥에 놓아둔 핸드백을 들고 일어서서 재빨리 병실을 빠져나왔다. 복도를 뛰쳐나오자, 그 앞을 스쳐 지나가는 간호사가 뭐라고 말을 건 듯했지만 내 귀에는 들리지 않았다. 지금은 혼자 있고 싶었다. 병원 안을 걷는 내내 눈물이 멈추지 않았다.

조금 전까지만 해도 나는 그 남자가 눈을 떴으니 모든 문제가 해결되었다는 착각에 휩싸여 있었다. 그러나 정반대였다. 남자가 눈을 뜬 순간 내 인생은 더욱 어둡고 괴로운 막다른 길로 굴러떨어질 뿐이었다. 지카가 돌아올 리도 없을뿐더러 남자는 평온한 나날을 살아갈 테지. 그리고 난 피아노를 포기한 채 남자에게 사죄해나갈 것이다.

눈물이 끊임없이 흘러내리면서 마치 헨젤과 그레텔이 표적으로 남긴 빵처럼 복도에 내 궤적을 그리며 흔적을 남겨갔다. 나는 복도 중간에 멈춰선 채 핸드백 안에서 손수건을 꺼냈다. 눈가를 누르며 눈물을 닦으려고 했을 때였다.

문득 이변을 깨달았다.

손수건이 피부에 와 닿는 감촉에서 뭔가 약간의 이상함이 느껴졌다. 손수건의 부피가 평소보다 조금 두툼하면서 늘어난 것 같은 위화감이었다. 나는 우는 것도 잊고 손수건을 천천히 펼쳐봤다.

그러자 손수건 사이에서 종이 한 장이 팔랑거리며 바닥으로 떨어졌다.

종이는 춤추듯이 우아하게 날다가 부드러운 여운을 동반하며 데코 타일 바닥에 소리 없이 착지했다. 종이가 허공에 머문 시간은 꽤 길어서, 내 눈에는 조금 부자연스러울 만큼 인상적이었다. 나는 바닥에 떨어진 메모지 비슷한 종이를 집어 들었다. 네 번 접힌 부분을 편 뒤 거기에 적힌 문장을 읽었다.

순간 나는 말을 잃었다.

그건 마치 혹독하게 추운 마을에 기적 같이 찾아온 따스한 햇볕처럼 내 마음을 씻어주고 녹여주며 부드럽게 감싸 안았다. 어두운 물밑에 가라앉아 탁해진 영혼을 퍼 올려서 부드러운 담요에 감싼 뒤 육지로 인도해가는 느낌이었다. 눈에서 다시 커다란 눈물방울이 끝없이 흘러넘쳤다. 아무리 쏟아내도 결코 마르는 일 없이, 눈물은 내 모든 것을 정화해갔다.

나는 무너지듯이 바닥에 무릎을 꿇은 채 눈물로 흐려진 시야

속에서 문장을 다시금 눈에 새겼다. 절대 사라지지 않도록 마음 깊은 곳에 강하게 새겨 넣었다.

지금 다시 떠올려 봐도 네가 연주한 피아노곡은 최고였어. 주제넘은 말이지만 그토록 훌륭한 연주를 그만두는 건 손해라고 봐. 솔직히 난 그렇게 생각해. 네게도 나름의 신념이 있겠지만, 굳이 말을 보태자면 네가 말하는 '과실(過失)'은 그저 '정당방위'였을 뿐이야. 혹시라도 재판에 회부된다 해도 결코 처벌될 리 없어. 필요 없는 부분까지 부담을 지면서 '좋은 사람'으로 있으려는 건 무척이나 어리석은 짓이야. 넌 전혀 잘못한 게 없으니까. 그러니 좀 더 거만해져도 돼.

네가 피아노를 치지 않으면 손해 보는 인간은 있을지언정 이익을 얻을 인간은 한 명도 없을 것 같은데? 너 역시도 분명 다시 피아노를 치고 싶을 테니까.

아무쪼록 피아노 연주를 멈추지 말아 주세요. 진심으로 부탁합니다.
7월 27일 에자키 준이치로

"……에자키."

나는 무심코 소리 내어 중얼거리며 메모지를 품에 꼭 안았다. 고마워, 에자키. 정말이지 넌…… 참 이상한 사람 같아.

레종전자의 지바미나토 공장에서 손수건을 빌려줬을 때 에자키는 꼭 세탁해서 돌려주겠다고 말했다. 약속대로 그는 호텔에 돌아오자마자 세면대로 향하더니 거뭇해진 손수건을 양손으로 비벼 빨기 시작했다. 몇 차례 헹궈내서 겨우 얼룩이 빠지자 이번에는 드라이어로 손수건을 말렸다. 너무 열심이어서 미안해진 나는 젖은 상태로 돌려줘도 괜찮다고 말해봤지만, 그는 다 말려서 돌려주겠다며 한사코 작업을 멈추지 않았다. 그렇게 되돌려 받은 손수건이었다.

상대가 연상이든 윗사람이든 누구에게나 시종일관 반말을 해대던 에자키. 그런 그가 남긴 최후의 한 문장.

아무쪼록 피아노 연주를 멈추지 말아 주세요. 진심으로 부탁합니다.

나는 엉망진창이 된 얼굴로 울면서도 무심코 미소를 짓고 있었다.

복도에 엎드려 계속 울고 있는 나를 발견한 간호사가 걱정스러운 듯 내 어깨에 손을 올렸다. "괜찮니? 무슨 일 있어?" 나는 내 얼굴을 들여다보며 말을 거는 간호사에게 손수건으로 얼굴을 감싼 채 몇 번이나 오른손을 흔들며 괜찮다는 걸 어필했다. 그런데도 간호사는 다시 걱정스러운 듯 말을 걸었다.

"진짜 괜찮아? 어디 몸이라도 안 좋은 거니?"

나는 코를 한 번 훌쩍인 뒤 오열의 틈을 비집고 나오듯 대답했다.

"고맙습니다. 이제 정말 괜찮아요…… **지금 막** 괜찮아졌어요."

나는 비틀거리면서도 자리에서 일어나 살짝 주름진 스커트 밑단을 폈다. 재차 눈물을 닦은 뒤 손수건을 가방에 집어넣었다. 나는 코를 훌쩍이며 305호실로 이어지는 복도를 돌아봤다.

좀 더 거만해져도 돼.

그래도 될까, 에자키.

나는 자신이 없었다. 그저 듣기 좋은 조언을 귀에 담은 채 득달 같이 달려드는 것뿐은 아닐까. 형광등에 모여드는 날벌레처럼 내 욕구를 채워주는 대답을 주체성 없이 받아들이려는 건 아닐까. 그렇다면 어떻게 해야 하지. 나는 어떻게 하면 좋을까, 에자키.

'분명 그런 걸 우리가 알 수는 없어.'

에자키가 말을 잇는다.

'너무 선택하기 어려운 반반의 문제라면 명문대 학생이 오든 초등학생이 오든 정답을 맞힐 확률은 딱 50퍼센트야. 이걸 소극적 선택이라 따져 물어도 반론은 못 해. 하지만 난 이걸로 괜찮다고 생각해. 네가 다시 생각해본 뒤 찾아낸 대답이라면 **거기에도 동조할 가치가 충분히 있다**고 생각해.'

나는 크게 심호흡한 뒤 고개를 끄덕였다. 어쩌면 내 결론은 너무 제멋대로일지도 모른다. 비논리적일지도 모른다. 그리고 무엇보다도 분에 넘치도록 거만한 건지도 모른다.

하지만 난 선택을 했다. 결정을 내렸다.

나는 간호사에게 재차 고맙다고 인사한 뒤 흘렸던 눈물을 더듬으며 305호실로 되돌아갔다. 조용한 복도에 내 발소리가 당당하게, 개선을 축복하는 박수 소리처럼 울려 퍼졌다. 나는 나약한 나를 구석에 처박아버리고 당당히 가슴을 펴고 걸었다. 머릿속에서는 피아노 연주가 시작되었다. 곡명은 쇼팽의 「영웅」이었지만 연주법은 구로사와 사쓰키의 것이었다.

305호실에 당도하자 나는 주저 없이 문을 활짝 열었다. '그 남자'가 불쾌한 표정으로 나를 노려봤다.

"거슬리니까 꺼지라고 했을 텐데?"

나는 크게 숨을 들이마신 뒤 말을 꺼냈다. 그 목소리는 병원 안에서 내뱉기엔 너무 컸다. 305호실은 내 목소리로 가득 찼다. 미처 방 안에 남지 못한 목소리는 아낌없이 창 너머로 튀어 나갔다. 어릴 때부터 차분하다는 말을 들어온 나로서는 틀림없이 인생 최대의 발성이었다. 나는 남자의 눈을 보며 소리쳤다.

"아까 했던 말은 취소할래요! ⋯⋯난 그쪽을 용서하지 않을 거야. 그리고 여긴 두 번 다시 오지 않을 거야. 다시는 그쪽과 만나지 않을 거야!"

남자의 당황한 표정은 아랑곳하지 않은 채 나는 강한 어조로 말을 쏟아낸 뒤 그대로 병실을 떠났다. 좀 전에 나를 걱정해준 간호사가 병실에서 새어 나온 큰소리에 놀라 복도에 서 있었다. 나는 간호사에게 고개를 까딱 숙이며 말했다. "큰소리를 내서 정말 죄송합니다."

간호사는 놀란 표정으로 눈을 깜빡이며 대꾸했다. "조, 조심히 돌아가렴." 나는 다시 고개 숙여 인사한 뒤 곧장 복도를 직진했다.

내가 간과한 건지도 모르지만 돌아오는 복도에서는 더 이상 내 눈물의 흔적이 보이지 않았다. 분명 눈물은 증발해서 공기 속으로 사라졌겠지. 내 망설임이 머나먼 세계로 사라져간 것처럼. 내 결의가 허공으로 날아오른 것처럼.

분명 그럴 것이다. 그렇게 생각하고 싶었다.

나는 병원을 나와 서둘러 목적지로 향했다. 오늘은 정말이지 여러 장소를 왔다 갔다 하는 날이라는 생각에, 걸으면서도 조금 기분이 이상해졌다. 그런데도 전혀 피곤하지 않았다. 지금 나의 모든 행동은 내 삶에서 필수 불가결하며 나를 구성해나가는 중요한 과정인 셈이다. 그런 각오에 이끌리듯 순식간에 걸음이 빨라졌다. 이어폰을 끼지 않은 채 떠들썩한 거리를 걷고 있으니, 마치 즉석에서 결성된 고적대의 행진곡이 내 마음 속에 기분 좋게 울려 퍼지는 느낌이었다.

역에서 조금 벗어나자 주위의 풍경에 녹색이 많아지면서 거리에서 들려오는 인공적인 소음도 자연의 소리로 바뀌어 갔다.

매미 소리, 새소리, 나뭇잎이 내는 소리와 바람 소리.

병원을 나와 십 분쯤 걸었을까. 목적지인 어느 집에 도착했다. 고요한 주택가에 우두커니 서 있는 하얀 외벽의 2층짜리 단독주택. 나는 흐트러진 호흡을 가다듬지도 않고 곧장 인터폰을 눌렀다. 맥 빠진 벨소리가 울린 뒤 한때 내가 수없이 들어왔던, 특유의 마녀 같은 걸걸한 목소리가 들려왔다.

"누구세요?"

그 목소리에서 전해지는 표현할 길 없는 그리움과 온기에 마음이 떨려왔다. 나는 숨을 삼킨 뒤 말했다.

"아오이에요. 2년 전에 선생님께 레슨을 들었던 아오이 시즈하입니다."

"어머……." 진심으로 놀란 듯한 목소리였다. "잠깐만 기다려요. 지금 열어줄게."

얼마 지나지 않아 현관이 열렸다. 선생님은 거의 2년 전 모습 그대로였다. 어깨까지 흘러내리는 볼륨 있는 백발 머리에, 나이를 드러내듯 깊게 새겨진 팔자주름. 그런데도 또렷한 눈썹과 힘 있는 눈매에서 여전히 위엄과 풍격이 느껴졌다. 연주할 때를 제외하고 늘 끼는 휘황찬란한 반지들. 틀림없는 선생님이었다.

"저, 저기…… 선생님."

내가 입을 떼자 선생님은 오른손을 살짝 내게 내밀었다.

"일단 들어오렴. 이야기는 그 뒤에 듣도록 하자꾸나."

선생님은 나를 집 안으로 들였다.

실내의 분위기도 내가 다니던 때와 거의 바뀌지 않았다. 넓은 현관에 넓은 복도, 넓은 거실에 넓은 부엌. 모든 공간을 마음껏 활용하여 설계한 여유 있는 집이다. 선생님은 이 집에 혼자 산다. 청소는 정기적으로 전문업자에게 맡기는 모양이었다. 유리세공의 정교한 장식들이 방 곳곳에 놓여 맑고 깨끗한 분위기를 연출하고 있었다.

선생님은 내게 테이블 앞에 앉으라고 권한 뒤 부엌으로 향했다.

"커피뿐인데 괜찮을까?"

"고맙습니다."

선생님은 가만히 고개를 끄덕이더니 포트에 담긴 커피를 따랐다. 선생님은 한여름이라도 뜨거운 음료만 마셨다. 차가운 음료가 예술적 감성을 퇴화시켜버리기라도 하는 것처럼.

선생님은 커피 두 잔을 테이블 앞에 내려놓고 내 맞은편에 앉았다.

"자, 아오이." 선생님의 말투는 상당히 여유로운 편이었다. "이제 이야기를 들어볼까?"

"다시 피아노를 치고 싶어요." 나는 분명하게 대답했다. "다시 예전처럼 피아노를 가르쳐 주세요. 음대에 가고 싶어요."

선생님은 깍지 낀 양손을 테이블 위에 살짝 올렸다. 손가락 사이의 반지들이 서로 꽉 밀착되어 있었다.

"그건 무척 기쁜 일이구나. 넌 재능을 타고났으니까. 그런 네가 피아노를 향한 열정을 되찾았다니, 지도자로서 크게 환영의 뜻을 표하지 않을 수 없겠는데. 그렇지만……." 선생님은 한숨을 내쉬었다. "피아노 기술은 날것과 같단다. 보관을 게을리하면 썩어서 순식간에 퇴화하고 말지. 그건 강물이 흐르는 것보다도 빠르단다. 죽음의 방문처럼 피하기도 힘들고. 공백기가 상당했을 텐데?"

"연습할게요. 몇 시간이든 며칠이든 몇 년이든 필사적으로 연습할게요."

"좋아." 선생님은 웃었다. "세월이 지났어도 열정만은 잃지 않은 듯하니 다행이구나. 커피를 마시고 나서 바로 테스트해 볼까?"

우리는 커피를 다 마신 뒤 그랜드피아노가 놓인 레슨실로 이동했다. 너무도 반가운 그 방의 풍경에 가슴이 터질 것 같았다. 나는 돌아왔다. 이 방에, 이 공간에, 피아노가 있는 세계에.

"그럼 좋아하는 곡을 연주해보렴. 그 한 곡으로 네 기술이 얼마나 녹슬었는지 파악해보자꾸나."

선생님은 독이 든 사과처럼 야릇한 미소를 지으며 내게 연주를 재촉했다.

나는 세차게 고개를 끄덕인 뒤 양손을 건반에 올렸다. 물론 연주곡은 이미 정해졌다. 좀 전에 요시다 아저씨의 악기점에서 연

주하려 했던 '그 곡.'

나는 머리꼭지부터 발끝까지 온몸을 연주 모드로 전환했다. 실로 오랜만에 시도하는 피아노 연주가 코앞이라는 생각에, 몸 안의 혈액이 끓어오를 만큼 흥분감을 느꼈다. 나는 몸을 파도처럼 휘청거리며 첫 음을 누를 타이밍을 예측했다. 최초의 한 음으로 모든 게 결정된다. 나는 세심한 주의를 기울이면서 지극히 대담하고 힘 있게, 오른손으로 건반을 세차게 내리쳤다.

쇼팽 연습곡 10-12 「혁명」—혁명의 에튀드

내리치듯이 격렬한 오른손의 고음과 생명처럼 약동하는 왼손의 아르페지오, 음 하나하나를 선정하듯이 밟는 섬세한 페달.

곡 자체는 천천히 연주하더라도 대략 2분에서 3분 남짓의 길이밖에 되지 않는다. 그건 마치 나의 지난 5일의 시간을 재현하는 것이기도 했다. 인생이라는 기나긴 여정에 비교하면 5일이라는 시간은 너무 짧다. 마찬가지로 2분이라는 시간도 한없이 짧다. 하지만 확실히 거기에는 '혁명'이 존재한다. 무언가가 붕괴하고 탄생한다.

시대와 인간과 정신의 한 절정.

「혁명」의 마지막 피아노 음을 마치자 선생님은 "가혹한 연주로구나" 하고 말했다.

"오른손의 움직임이 과장돼서 안정감이 없어. 게다가 페달을 밟는 힘이 떨어지는데. 음이 질척질척 탁해져. 이래서야 안 되겠는데. ……하지만,"

선생님은 웃었다.

"마치 쇼팽이 치고 있는 것 같더구나."

나는 흥분이 완전히 가라앉지 않은 상태에서 머리를 숙였다.

"고맙습니다."

"네가 없던 최근 2년 동안 나도 퍽 심심했단다. 그 점을 너도 크게 반성해줬으면 좋겠구나. 내일부터는 스파르타식으로 갈 거야."

정신을 차려 보니 난 여전히 눈물을 흘리고 있었다. 피아노를 치던 감촉이 손에 생생하게 남았다. 서서히 전해지는 마비처럼 아릿한 피부감각이 나를 충족시켰다. 다시 피아노를 칠 수 있다. 이제 피아노를 쳐도 된다.

나는 선생님에게 다시 한번 고개를 숙였다.

"지도 잘 부탁드립니다."

내 혁명의 막이 올랐다.

에자키.

너와 연락처를 교환하지 않은 걸 진심으로 '다행'이라 생각해.

지카와 '그 남자'의 사건으로 난 내게 **두 가지 벌**을 내렸다고 말했었지. 그 말 기억나?

첫 번째 벌은 당연히 이거였어.

'앞으로는 절대 피아노를 치지 않겠다는' 것. 그런데 두 번째는 뭔지 결국 말하지 않았지.

스스로에게 내린 패널티였던 두 번째 벌은 바로 이거였어.

'앞으로의 인생에서 절대 **사랑**은 하지 않을' 것.

지카에게 상처를 주고 그 애의 몸을 망쳐버린 원인이었던 '사랑'이라는 걸 알고 나서, 난 그걸 내 삶에서 쫓아내기로 결심했어. '사랑 따위는 하지 않겠다'는 벌칙은 사실 내게 그야말로 가벼운 형벌이었지. 어쨌든 난 그런 화려한 세계와는 분리되어 떨어진, 다른 세계의 주인이라고 자부했으니까.

너와의 만남 덕분에 난 첫 번째 벌칙에서 해방됐어. 그 점에 대해 난 후회하지 않아. 어쨌든 이건 내가 내린 결단이니까.

하지만 두 번째 벌만큼은 계속 유효한 채로 두고 싶어. 한꺼번에 벌을 두 개나 무용지물로 만들어 버리는 건 조금 뻔뻔한 것 같거든.

에자키. 넌 지금 뭘 하고 있을까.

아무쪼록 아프지 말고 늘 몸 건강하길 바랄게.

언젠가 어딘가에서 다시 만나기를.

에자키 준이치로

눈을 떴을 때 시각은 이미 정오를 지나 있었다. 나는 졸린 눈을 비비며 침대에서 일어나 그대로 책상으로 향했다. 아무리 잠에서 깨기가 힘들고 몸이 납덩이처럼 무거운 아침일지라도 반자동적으로 행해온 아침 루틴이다. 나는 아직 완전히 깨어나지 않은 머리를 흔들면서 지극히 무의식에 가까운 단계에서 수첩을 열고 볼펜을 오른손에 쥐었다. 하지만 당연히 예언은 내려오지 않았다. 처치 곤란인 듯한 볼펜 끝으로 책상을 세 번쯤 두드린 뒤에야 예언이 끝났다는 사실이 떠올랐다.

이제 나는 '평범하지 않은' 인간이 아니다.

세상의 많은 인간처럼 사전에 전혀 예고되지 않은 백지의 하루를 맞이할 수 있다. 그야말로 상쾌한 기분이었다.

나는 평소처럼 폴로셔츠와 청바지 차림으로 아무도 없는 집을 나와 혼자 찻집으로 향하려 했다. 그러다 문득 선물을 챙겨야 한다는 생각에 그걸 손에 들고 현관을 나섰다. 샌들은 평소보다 거친 마찰음을 냈다.

"어이, 마스터. 에자키 소년의 귀환이야."

내가 가게 문을 열자 밥이 커다란 목소리로 말했다. 마스터는 뭔가 작업 중이었는지 카운터 안에서 웅크리고 있자가 자리에서 일어나더니 나를 향해 평소처럼 인사했다.

"어서 오세요."

나는 가게 안으로 들어가 문을 닫은 뒤 잠시 찻집 실내를 바라봤다. 짙은 갈색으로 통일된 바닥과 의자, 카운터, 회전을 계속하는 축음기, 명칭도 용도도 알 수 없는 골동품 같은 소품들, 그리고 자욱하게 풍겨오는 깊고 그윽한 커피 향. 마스터와 밥.

"뭘 멍청히 서 있는 거야, 에자키 소년. 아니면 뭐야, 여행을 다녀오더니 소소한 것에도 애정을 느끼게 된 건가."

나는 코웃음을 치며 대답했다. "그럴지도 모르지."

밥이 갈색 미소를 띠었다. "오호라, 이거야말로 상당히 여유 넘치는 대답인데? 여행 선물이 기대되는군."

내가 밥의 옆에 앉자 마스터는 말없이 더블 에스프레소를 내밀었다. 찻잔과 컵이 맞닿으며 울리는 쨍그랑 소리가 향수를 자극했다. 밥의 말대로 감각이 본의 아니게 어느 정도 예민해진 건지도 모른다. 나는 컵을 들고 막 추출한 에스프레소를 조용히 마셨다. 최근 5일 동안 몇몇 장소에서 커피를 마실 기회가 있었지만 역시 마스터가 끓여주는 커피야말로 최고라는 사실을 내 오감이 인정했다. 좀 더 말을 보태자면 이것이야말로 커피이며, 다른 건 지극히 커피에 가까운 다른 음료인 것처럼 느껴지기까지 했다. 나는 커피를 마시면서 재차 일상을 실감했다.

"에자키 소년, 그나저나 여행은 어땠나?"

나는 컵을 찻잔 받침에 내려놓았다. "꽤 **자극적**이었지. 가치관도 상당히 바뀌었고."

"오호라." 밥은 만족스러운 듯 몇 번이나 깊이 고개를 끄덕였다. "그야말로 너답지 않은데? 어쨌든 느낌이 좋아."

밥은 블렌드 커피를 맛이라도 보듯 살짝 마시더니 만면에 미소를 띠었다. 커피 맛에 대한 평가로 보이기도 했고, 내 발언에 대한 표정으로도 보였다. 그런 밥의 낙천적인 태도를 보고 있자니 웃음을 참을 수가 없었다. 대체 왜 내가 이 5일 동안 여행하는 처지가 되었는지 이 괴짜는 전혀 모르고 있었다. 하긴, 이젠 그가 이런 괴짜로 살아가는 사정에 그늘이 있다는 걸 알게 됐지만.

"원래 이건 내 여행이 아니라 **당신의 여행**이었지. 당신이 나한테 '아들'이니 뭐니 하는 바람에 이렇게 된 거라고."

나는 밥의 거뭇한 옆얼굴을 향해 말을 건넸다. 그는 갈피를 잡을 수 없다는 듯 얼굴을 찌푸리면서 입가를 일그러뜨렸다.

"대체 무슨 말인지 모르겠군."

"이건 내 문제가 아니라 당신의 문제였답니다, 사장님."

"흐음." 밥은 생각하는 게 귀찮아졌는지 정색하듯 원래의 표정으로 돌아오더니 그야말로 대충 얼버무리듯 말했다. "이런, 폐를 끼쳤군. 미안하게 됐어, 에자키 소년." 적당히 상황을 넘기려는 모습을 보니 그는 역시나 괴짜라고 단언할 수밖에 없었다. 나는 커피를 한 모금 마시며 목을 축인 뒤 밥을 향해 입을 열었다.

"뭐, 뜻밖에도 이 기회에 인생의 방향성이 보이긴 했지. 당신한 테는 감사하고 있어. 그야말로 스릴 넘치고 흥분감을 느낄 수 있는 세상을 발견했으니까."

"오호." 밥은 나쁜 계략을 떠올린 것처럼 히죽 웃었다. "이거야 원, 다녀오기 전과는 영 딴사람이 되었잖아. 그토록 굳어있던 사고가 이렇게까지 풀어질 줄이야. 여행이 상당히 자극적이었나 보군."

"어느 정도는." 나는 이렇게만 대답했다.

"자, 그래서 대체 어떤 학문에 흥미를 갖게 됐다는 거지?"

"학문?" 그렇게 반문하자마자, 내가 아카데믹 엑스포에 다녀온 걸로 되어 있다는 사실을 기억해냈다. 뭐라 대답해야 할지 망설이는데 밥이 오른손 검지를 세웠다.

"잠깐 기다려보라고, 내가 한번 맞춰보지. 에자키 소년의 성격을 고려했을 때 가장 유력한 건 '철학'이나 아니면……."

"미안한데……."

"아냐, 기다려보라니까. 아무 말 하지 않아도 맞춰볼 테니 안심하라고. 그런데 역시 에자키 소년은 철학보다도 실용적인 학문 쪽에 흥미를 보일 것 같단 말이지. 그렇다면 경영학, 법학, 아니면……."

"밥. 미안하지만 공부할 마음은 없어."

"이런." 밥이 눈을 휘둥그레 떴다. "이건 뭐 담담하게 충격적인 발언을 하는군. 이봐, 대체 어떻게 된 거지?"

"별거 없어. 공부에 거부감을 가지고 있는 건 여행에 나서기 전부터 일관된 생각이었잖아? 세상의 표면을 어루만지는 것처럼 따분한 작업에 힘을 쏟는 건 이제 넌더리가 나. 그것보다 더 재미난 것을 발견했다고."

"오호, 그럼 들어볼까. 그 재미난 게 뭐지?"

나는 조금 뜸을 들인 뒤 대답했다.

"도박이야."

"세상에." 밥은 깜짝 놀랐다. "무슨 뚱딴지같은 소리야, 에자키 소년. 이 여행에서 노름에 투신하기라도 한 건가?"

나는 고개를 끄덕이며 대답했다. "비슷해."

"흐음." 밥은 한숨을 내쉬며 팔짱을 낀 뒤 찌푸린 눈으로 나를 바라봤다. "에자키 소년, 혹시라도 그런 건가? '예언'을 활용해서 사기 비슷한 짓을 하는 방법으로 앞으로의 삶에서 대승을 거두려는, 뭐 그런 궁리인 거야?"

"반대야, 밥." 나는 대답했다. "실은 어제부터 예언이 들리지 않게 되었거든. 그래서 도박에 마음이 끌린다고 해야 할까."

그러자 밥은 찌푸리고 있던 표정을 조용히 풀더니 흥미진진한 시선을 내게 던졌다. "설명을 들어봐야겠는데."

"예전에도 말했지만, 내 인생은 너무 빤해. 이대로 산다면 아마 난 적당히 우수하고 그럭저럭 유복하고, 또 그 나름대로 행복한 편찻값 58 언저리쯤 되는 생애를 보내게 되겠지. 그런 삶에 대해 난 절반쯤 절망하고 있었어. 어쨌든 그런 '중상위' 같은 인생을 보내봤자 거기에는 모험도 없고 굴곡도 없고 위험도, 위기도, 스릴도, 활기도 없잖아. 그런 나날 속에서는 **신세계의 심벌즈는 울리지 않으니까.**"

밥은 고개를 끄덕였다. 나는 말을 이었다.

"실은 얼마 전에 난 당신이 말한 대로 '예언'을 이용해서 도박을 했어. 그것도 조금 **색다른** 트럼프 게임이었지. 하지만 솔직히 말해서, 실제로 게임을 시작하기 전까지 패배하리라는 걸 가정조차 하지 않았어. 마치 물에 뜬 고무공을 쥐는 것처럼 안일하게 생각했지. 애쓰지 않아도 거기에 있는 '승리'를 그저 거머쥐기만 하면 됐으니까. 만에 하나 실패하더라도 손에 겨우 물방울이 묻는 정도일 테니 그리 커다란 피해도 아닐 거라 생각했어. 그야 '지금껏 내 인생이 너무 안정적'이었으니까. 마음 어딘가에서 난 신성불가침한 무언가의 보호를 받고 있다는 착각을 하고 있었던 거야. 그건 사회일지도 모르고 부모일지도 모르고 어쩌면 '예언'일지도 몰라. 아무런 근거도 없었지만 분명 지지 않을 거라고, 잘 모르겠지만 아마 패자는 되지 않을 거라고 여겼어. 내 감각은 어딘가 마비되어 있었지. 난 그런 단순한 걸 이제야 깨달았어. 실내에서 사육되어온 동물처럼 위험이나 공포를 모른 채 살아왔던 거야. 그러니 태평하게 정신론을 늘어놓거나 감흥 없는 일상에 어긋난 싫증을 느끼고 있었지. 그런데⋯⋯."

"도박에 투신해서 각성했다는 뜻인가?"

"맞아." 나는 대답했다. "긴장을 풀면 어김없이 패배했고, 한 걸음 헛디디면 나락 끝까지 떨어졌지. 그건 설령 '예언'이 있어도 마찬가지였어. 도박은 가장 알기 쉬운 형태로 그걸 내게 실감하게 해줬지. 꽤 나쁘지 않은 느낌이었어. 위기의 관문을 통과해나갈 때마다 경보 비슷한 심벌즈 소리가 온몸으로 느껴졌지. 그건 가장 기분 좋은 소리였고, 듣고 있으면 구원받는 느낌이었어. 난 그렇게 생각해. 기나긴 인생 전체를 보는 게 아니라 그저 다음 카드 한 장에 모든 걸 내맡기는, 그런 찰나성에 격하게 흥분돼. 난 그런 세계에 투신해보고 싶어. 또 그런 충동을 억누를 자신도 없고."

내 이야기가 끝나자 밥은 어쩐 일인지 단숨에 커피를 마셔버렸다. 이 커피는 급류의 폭포를 내려가듯 기세 좋게 밥의 몸속으로 흡수되어 순식간에 컵에서 사라졌다. 축음기에서 흐르는 음악이 바뀌더니 또 거기에 동반하듯 커피 향도 한층 진해졌다. 밥은 컵을 찻잔에 내려놓고 냅킨으로 입가를 닦은 뒤 입을 열었다.

"고등학생의 입에서 장래의 꿈이 도박꾼이라는 말을 듣게 될 줄이야. 퍽 참신하군. 어쩌면 젊음이 준 선택일지도 모르고." 밥은 양 볼을 추켜올렸다. "하지만 에자키 소년이 처음 보인 능동적인 선택이군. 일단은 무조건 환영해야겠어. 그게 네게는 심벌즈 소리였단 말이지. 훌륭하군, 상당히 훌륭해. 인생이라는 게 어디에서 무슨 일이 일어날지 알 수는 없어. 게다가 시야를 넓게 가지라고 평소 외쳐온 건 그 누구도 아닌 나니까. 네가 뭘 시작하려는 꿍꿍이인지는 모르겠지만 그게 뭐든 말릴 마음은 털끝만큼도 없어. 좋을 대로 여기저기 머리를 들이밀어 보라고. 무슨 일이든……."

"**그 나름대로** 참가해보는 건 중요하니까."

"지당한 말씀." 밥은 만족스러운 듯 웃었다. "그런데 에자키 소년. 아까부터 신경 쓰였는데, 그 튼튼해 보이는 가방은 뭐지?"

밥의 시선을 따라가니 거기에는 내가 가져온 007가방이 카운터 위에 놓여 있었다. 나는 퍼뜩 그 사실이 떠올라 말을 꺼냈다.

"아 참, 당신에게 선물이 있어."

그러자 밥은 소년처럼 눈동자를 반짝였다. "오오. 이거 참 기대되는데. 누군가에게 선물을 받는 것만큼 설레는 일도 없지."

나는 가방을 밥의 앞으로 쭉 밀었다. "당신, 남동생에게 꽤나 착취당했다지?"

내 말을 듣는 순간, 밥은 지금껏 본 적 없는 어리둥절한 표정을 지었다. 마치 뇌의 회로 몇 개를 강제로 절단당한 것처럼 힘없이 입을 연 채 멍하니 나를 바라보고 있었다. 하지만 잠시 후 정신을 차렸는지 그는 감탄한 듯이 웃었다.

"이거야 원……. 에자키 소년, 놀라운데. 어디에서 그런 정보를 입수한 거지?"

나는 질문에 답하지 않은 채 조용히 가방을 가리켰다.

"열쇠는 걸려있지 않으니 열어보라고."

밥은 동요하는 것 같기도 하고, 쓴웃음을 짓고 있는 것 같기도 하고, 어쩌면 여유로워 보이는 것 같기도 했다. 그야말로 애매모호한 표정으로 가방에 손을 대더니 물림쇠를 하나하나 정성스레 제거하고 기세 좋게 가방을 열었다.

"……소년. 이게 뭐지?"

나는 솔직하게 털어놨다. "본 그대로 돈이야. 아마 3,000만 엔 정도는 될걸."

밥은 이제 무엇에도 눈 하나 깜짝하지 않기로 결심했는지 신문이라도 보고 있는 듯한 표정으로 지폐뭉치를 바라봤다. "어디에서 난 거야?"

"당신 남동생한테 등쳐냈어. 원래는 당신 돈이잖아? 그러니 당신에게 돌려주는 게 순리지. 원래 주인에게 되돌려줘야지."

밥은 여전히 말없이 지폐뭉치를 바라보고 있었다.

"마음대로 써도 돼. 그 정도면 자그마한 사업 하나쯤은 시작할 수 있지 않을까?"

"사업……이라." 밥은 웃으면서 말했다. 그러더니 수염의 감촉을 확인하는 것처럼 슥슥 뺨을 문지르고 조용히 눈을 감았다. "에자키 소년, 자세히 묻지는 않겠어. 그건 왠지 굉장히 멋없는 행동처럼 느껴져서 말이야. 이거 참, 그래도 그렇지. 이런 날이 올 줄은…… 정말 언제 무슨 일이 일어날지 모르겠군."

"심벌즈가 언제 울릴지 모르는 거지."

"지당한 말씀." 밥은 득의양양하게 웃은 뒤 가방을 닫았다. "참고로 에자키 소년, 정말 이 돈을 내 남동생한테서 등쳐온 건가?"

"당연하지." 나는 대답했다.

밥은 한쪽 눈을 찡긋하고 음침하게 웃었다. "그렇다면 사양하지 않고 이 돈을 받겠어. 그래도 되겠나? 어릴 적부터 난 사양이라는 걸 모르고 자라서 말이야."

나는 그다운 말투라고 생각하며 크게 고개를 끄덕였다. "물론이야, 좋을 대로 쓰라고."

"그렇다면," 밥은 가방을 마스터에게 내밀었다. "이 돈 전부를 이 가게에 기부하겠어."

평소 표정 변화가 거의 없는 마스터는 어렴풋이 동요하는 기색을 내비치며 컵을 닦던 손을 멈췄다. 그러더니 저의를 묻는 것처럼 말없이 밥을 바라봤다. 변함없이 밥은 화통한 미소를 짓고 있었다.

"마스터, 나는 이 가게에 늘 신세를 지고 있잖나. 조금 은혜를 갚는 거니까 사양하지 말라고."

막 남에게서 받은 걸 곧장 다른 사람에게 양도하는 모습은 언젠가 본 적이 있는 듯한 광경이었지만 나는 그저 묵묵히 밥을 지켜봤다. 그의 행동은 늘 그렇듯 잘 이해할 수 없었다. 어떤 논리를 끌어와도, 어떤 분석을 시도해 봐도.

"본인을 위해 사용하지 않아도 괜찮겠어?" 나는 물었다.

밥은 살짝 고개를 가로저었다. "에자키 소년. 네가 도박을 하는 중에 심벌즈 소리를 들은 것처럼 난 이 찻집에서 심벌즈 소리를 들었어. 이미 더는 바라는 게 없어. 매일 여기에서 커피를 마시며 마스터와 에자키 소년과 이야기를 나눌 수만 있다면 그 이상은 딱히 필요한 게 없다는 생각이 드는군. ……다만, 모처럼 기부한 거니 한 가지쯤 마스터에게 대가를 요구해볼까."

밥이 마스터를 올려다보자 그는 살짝 경계하는 표정이었다. 조금 귀를 기울이면 마스터가 침을 삼키는 소리가 들릴지도 모른다. 어쨌든 밥의 요구가 터무니없이 악질적일 가능성도 부정할 수는 없다.

마스터는 한번 헛기침을 한 뒤 물었다. "어떤 요구이십니까?"

"미안하지만…… 마스터." 밥이 말했다. "앞으로는 블렌드 커피의 가격으로 에자키 소년과 같은 더블 에스프레소를 마시게 해주지 않겠나?"

내가 웃자 마스터도 웃고 밥도 웃었다.

커피 향이 가게 안 구석구석으로 스며들며 모든 것을 따뜻하고 다정하게 감쌌다. 이 공간만큼은 무엇에도 잠식당하지 않는 세 사람만의 성역이었다. 나는 식기 전에 다시 에스프레소를 마셨다.

"아 참, 에자키 소년. 너도 뭔가 마스터에게 요구를 하라고. 원래는 네가 가져온 돈이니까."

나는 조금 고민하다가 가게 안에 좋아하는 음악을 틀어달라고 부탁했다. 마스터가 어떤 곡을 원하는지 물었다. "쇼팽이 좋아." 나는 대답했다.

"에자키 소년답지 않은데. 축음기에서 듣는 피아노곡이라, 그것도 나쁘지 않지." 밥은 수긍한 듯 고개를 끄덕였다.

시간은 눈이 내리는 것처럼 천천히 흐르고, 찻집 안에는 독자적 세계가 펼쳐졌다. 이 공간은 재미를 전혀 찾을 수 없으면서도 무료하지 않았다. 모든 것이 갖춰져 있었다.

"그런데 에자키 소년. 이 찻집 이름이 뭔지 알고 있나?" 밥이 물었다.

"이름? 그런 게 있었나?"

"물론이지. 하긴, 나도 불과 나흘 전에 알았지만 말이야."

"이름이 뭔데?"

"'블랑쉬'라더군."

추시계 종소리가 울리고 뭔가 기억 하나가 떠오르려고 한다.

블랑쉬라. 그렇군. 운명 같은 이름이네.

나는 아득히 먼 피아노 선율에 귀를 기울였다.

사에구사 논

딩동 소리가 울리자 나는 날아오르듯이 현관으로 향했다. 남동생은 늘 나의 쿵쾅거리는 발소리에 쓴소리를 했었지만, 거기에 신경 쓸 겨를은 없었다.

그러든지 말든지. 나는 기세 좋게 현관문을 활짝 열었다. 거기에는 예상대로 작업복 차림의 청년이 서 있었다.

"안녕하세요. '세이조 가구'에서 왔는데요, 주문하신 물건이 도착했습니다."

나는 기다리고 있었다는 말과 함께 그를 집 안으로 들인 뒤 내 방으로 안내했다. 그리고 **그것**을 설치할 장소를 열심히 설명했다. 어쨌든 내가 그리던 비전과 완전히 동떨어진 물건이 완성되는 건 싫으니까 손을 놓고 있을 수는 없었다. 나는 손짓과 발짓을 마구 섞어가며 청년이 완벽하게 이해할 때까지 수없이 설명을 반복했다. 그리고 드디어 모든 걸 이해한 그는 자기에게 맡겨달라는 듯 엄지를 척 세웠다. 나 또한 같은 포즈를 되돌려준 뒤 거실에서 침착하게 책을 읽기로 했다. 나머지는 프로에게 맡겨두는 편이 좋으리라. 어떤 일이든 전문가에게 맡기는 게 제일이다.

"그럼 또 찾아주세요."

두 시간 후, 나는 석양을 바라보듯 따스한 미소로 청년의 등을 배웅했다. 당신의 작업은 완벽했어요.

방으로 돌아온 나는 그 광경에 무심코 넋을 잃었다. 이 얼마나 탐나는 모습인지. 참으로 아름답다. 지나칠 만큼 아름답다.

내가 이렇게나 흥분하고 있는 대상은, 그토록 내 방에 설치하고 싶었던 책장이었다.

무려 세 개. **세 개씩이나** 설치했다.

내 얼굴은 그 생각만으로도 다시 헤벌쭉 풀어지고 만다. 벽면을 따라 늘어선 키 높은 책장과 회전기능이 탑재된 잡지꽂이, 그리고 인테리어 디자인이 돋보이는 유리 전시장. 그야말로 만족스러운 쇼핑이었다.

"누나, 이거 얼마야?"

나는 등 뒤에서 들려온 초치는 목소리에 점도 높은 걸쭉한 움직임으로 뒤돌아봤다. 어쩐지 벙찐 표정의 바보 같은 남동생을 향해 자비롭게 정성껏 설명해줬다.

"대략 8만 엔 정도. 동생아, 어떠니? 실제 책 수용량과 조형미만 봐도 그야말로 훌륭한 '코스트 퍼포먼스' 아니니?"

남동생은 찌푸린 표정으로 관자놀이를 벅벅 긁었다. "누나, 뭔가 수상한데."

"흥." 나는 바보 같은 남동생의 말을 일축했다. "약간의 투자가 결실을 이뤄서 임시 수입이 생겼단다. 그 일부를 이렇게 구체적인 물건으로 변환시킨 거지. 동생아, '동양의 대부호' 같은 이 몸의 통장 잔고가 어느 정도일 것 같니?"

"몰라." 남동생은 진심으로 귀찮다는 듯이 말했다. "2만 엔 정도 아냐?"

"으하하하. 무지는 죄란다, 이 애처로운 동생아. 일단 그 물기 적은 뇌에 영양 공급을 좀 하렴. 그럼, 용돈을 하사해주지. 양서를 사겠다는 조건이야."

나는 남동생에게 거금 2만 엔을 내밀었다. 그러자 남동생은 마치 무쇠 팔 아톰의 초판본을 발견한 것처럼 감동한 표정으로 눈동자를 반짝이더니 순식간에 내 앞에 무릎을 꿇었다.

"누나, 진짜 2만 엔 줄 거야?"

"책을 사겠다고 약속하는 거지?"

"아니."

"우왓!"

남동생은 내게서 돈을 낚아채더니 닌자처럼 재빨리 현관을 뛰쳐나갔다. 나는 그 어리석은 인간의 뒷모습을 바라보며 한숨을 내쉬었다. 뭐, 좋은 쪽으로 생각하자. 잔고는 넘칠 만큼 있으니까.

바깥의 햇빛은 번쩍번쩍 흉악해 보였지만 공기가 투명해서 비교적 쾌적한 날씨였다. 집에서 나오자마자 곧장 스이도바시 방면으로 걸어갔다. 태어나서 쭉 살아온 낯익은 이 풍경도, 이런저런 사정을 알게 된 지금에는 달리 보였다.

집을 나와 5분쯤 걸었을 무렵 그 공원에 도착했다. 초등학생 시절 내가 매일같이 드나들며 법에 저촉될 만큼 친구들과 메뚜기를 잡던 곳. 꺅꺅 소리 지르며 전력 질주로 범인 잡기 놀이에 열중했던 곳. 그리고 독서를 하던 샷짱과 만날 수 있었던 곳.

중학생이 된 이후 발길은 뜸해졌을지언정 공원의 분위기는 어느 것 하나 바뀌지 않은 채 당시 그대로였다. 자그마한 부지에 벤치와 그네가 각각 하나 있었다. 주변에는 잡초만이 무성해서 전혀 관리가 되고 있지 않다는 걸 알 수 있었다. 당시와 똑같았다. 나는 샷짱이 늘 있던 벤치에 앉아서 하늘을 올려다봤다. 그러나 너무 강렬한 햇빛에 기가 꺾여서 곧장 시선을 아래로 돌렸다. 마치 까만 페인트로 그려놓은 것처럼 땅바닥에 내 그림자가 선명히 떠 있었다. 시험 삼아 나는 등을 쭉 펴고 책을 읽을 때처럼 동작을 취해봤다.

흐음. 그림자만으로는 어쩐지 샷짱처럼 보이는 것 같기도 하네.

나는 잠시 벤치의 감촉을 즐기다가 일어나 다시 걷기 시작했다. 이 공원은 그저 지나는 길에 들러본 것뿐이다. 본래 목적지는 다른 곳이었다.

이번의 자그마한 여행이 끝난 뒤 화재가 있었던 샷짱의 집 주변 사원과 공원묘지 등 몇 군데에 전화를 걸어보았다. 혹시 샷짱이 어딘가에 매장되어 있지 않을까 생각하면서. 아니나 다를까, 어느 철도를 따라 자리한 자그마한 절에 샷짱의 유골이 안치되어 있다는 사실을 알게 되었다. 정보를 얻을 수 있었던 건 상당한 행운이나 마찬가지였다. 사인이 무엇이든 관례에 따라 구로사와 고스케도 유골을 안치하긴 해야만 했겠지.

그리하여 나는 전철을 갈아타고 그 절로 향했다.

절은 무척 아늑했다. 미리 알아본 정보대로 부지 면적이 상당히 작았다. 절 안에 세워진 묘비의 수도 10개 남짓뿐이었다. 흐음, 어쩐지 의외인걸. 그런 생각을 하고 있는데 나를 발견한 스님이 인사를 하며 이쪽으로 다가왔다. 내가 인사를 하고 목적을 말하자 스님은 친절히도 삿짱의 유골이 안치된 곳으로 안내해주었다. 자갈을 밟을 때마다 들리는 메마른 소리가 신기하게도 죽음의 냄새를 연상시켰다.

'구로사와 가의 묘'라고 새겨진 칠흑의 묘비는 매끄러운 광택을 띠며 햇빛을 반사하고 있었다. 묘비 속에는 삿짱의 유골이 안치되어 있을 것이다. 나는 입술을 꽉 깨물었다.

지금껏 삿짱의 죽음이란 건 어디까지나 전해 들은 정보에 지나지 않았다. 어쩌면 물적 증거 같은 명확한 증거 하나 없이 그저 '그럴싸한' 울림으로 받아들였을 뿐이다.

지금은 이렇게 내 눈앞에 '묘비'라는 알기 쉬운 형태로 죽음이 단순하게 명시되고 있었다. 물론 '구로사와 집안의 묘'라고 적혀 있으니 이건 아마도 삿짱 개인의 묘가 아니라 선조 대대로 이어진 것이겠지. 이것만으로는 구로사와 집안의 '사쓰키'의 죽음을 완벽히 증명한다고는 볼 수 없다. 하지만 난 이 광경만으로도 충분히 삿짱의 상실을 실감했다. 여기에는 확실한 죽음이 존재하고 있었다.

삿짱. 당신은 정말 죽어버렸군요. 나는 마음속으로 중얼거렸다.

샷짱이 자주 인용하던 데카르트는 무엇이든 '결단'이라는 걸 중요하게 여겼다고 한다. 데카르트에 따르면, 한창 사고하는 인간은 숲의 한 가운데에 머무는 상태나 마찬가지다. 따라서 사고의 숲에서 벗어나기 위해서는 반드시 '나아가야만' 한다. 거기에 머무르는 한 우리는 영원히 길을 잃고 헤매는 숲의 주인인 셈이다. 숲에서 벗어나기 위해서는 어느 방향을 선택하든 무조건 앞으로 나아가야 한다. 그리고 한번 결정한 진로는 바꾸지 말아야 한다. 그건 부주의하게 또 다른 망설임을 낳고 마니까. 결국 나아가기만 한다면, 그게 어떤 선택이든 우리는 숲의 중심에서 반드시 멀어질 수 있다. 숲의 출구에 가까워질 수 있는 것이다.

분명 샷짱은 그런 자신의 선택을, 신념을 따른 거겠지.

지금의 나는 샷짱에게 독선적으로 '왜 상담해주지 않은 거죠?' '그토록 괴로웠다면 내게 속내를 털어놨어야죠' 따위의 무책임한 말은 할 수 없다. 샷짱은 스스로 선택하고 자신을 믿으며 살아왔으니까.

〈나는 생각한다, 고로 존재한다.〉

샷짱은 급진적인 회의주의 아래에서 자기 인식과 자기 결정만을 가장 신뢰하고 있었다. 나는 그런 샷짱을(그 행동의 옳고 그름과는 별개로) 역시 자랑스럽게 생각한다. 지금의 나는 샷짱이 없었다면 완성되지 않았을 테니까.

'노 샷짱, 노 논짱'인 셈이다.

나는 다시 눈물이 쏟아지려는 걸 참으며 조용히 웃었다. 그리고 미리 집에서 만들어온 종이학을 가방에서 꺼내 묘비에 올려놓았다. 묘비는 묵묵히 햇빛을 반사하고 있었다.

이제 손가락으로 책은 읽을 수 없다.

지금까지 손가락으로 읽었던 막대한 양의 서적은 아직 머리에 한 글자 한 구절 새어 나오지 않은 채 남아 있지만, 새로운 서적을 추가하는 건 불가능하게 되었다. 그래도 괜찮다. 이게 본래 있어야 할 모습이니까. 역시 책은 시간 의 흐름과 함께, 혹은 함께 살아가는 것처럼 읽어야 한다.

삿짱의 일기를 손가락으로 읽은 덕분에 내 기억 깊은 곳에는 삿짱 그 자체가 뿌리내렸다. 그녀는 내 몸의 일부가 되어 내게 죽음이 찾아올 때까지 살아있을 것이다. 나는 삿짱과 함께 있다. 그것으로 충분하다.

삿짱. 나는 지금부터 서점에 가려고 해요. 약간의 임시 수입이 생겼거든요. 어깨에 힘껏 힘을 넣고 머리에 띠를 꽉 동여매고 마음껏 돈을 쓰고 오려고요. 모처럼 책장도 들여놨으니까요. 이젠 참고서도 꼭 사야 해요. 4년 전에 삿짱이 이런 편리한 힘을 준 덕분에 난 전혀 공부를 안 했거든요. 이과 과목을 제외한 대부분은 교과서와 참고서만 재빨리 머릿속에 넣어두면 무적이었으니까요. 이제 손가락으로 책을 읽지 못하게 되었으니 학업 면에 있어서 좀 초조한 마음이 드는 게 사실이에요. 미리 대학 수준의 참고서까지 읽어놨더라면 좋았을 텐데. 정말이지 어리석었어요. 그 유명한 에도시대의 경제학자 니노미야 손토쿠도 〈인간이란 태어나서 배우지 않으면 태어나지 않은 것과 같다〉라고 말씀하셨으니, 애초에 인생에서 공부는 불가결한 거겠죠.

"하하하." 나는 웃으며 미처 참지 못했던 눈물을 닦았다.

"삿짱. 분명 당신 뜻대로 우리는 여기저기 부지런히 뛰어다녔어요. 그 수상한 기계도 확실히 파괴했고 당신의 일기도 읽을 수 있었어요. 당신의 메시지도 잘 받았어요."

'거짓말을 해서 미안해.

제멋대로 굴어서 미안해.

마지막까지 좋은 언니로 있어 주지 못해서 미안해.'

"삿짱. 내게 당신은 최고로 멋지고 '쿨'한 언니였어요. 걱정할 필요는 조금도 없어요. 그러니까…… 아무 걱정 하지 말고 편히 쉬세요. 망령이 되어서까지 우리 앞에 나타나면 안 돼요."

느닷없이 강한 바람이 불어와 묘지에 놓아두었던 종이학이 날아갔다. 나는 허둥지둥 학을 주워 가방에 다시 넣었다.

"이건 아무래도 다시 가지고 갈게요. 어차피 비가 오면 쪼글쪼글해질 테고 사찰 관계자한테도 폐를 끼칠 것 같으니까요."

내 말에도 역시 묘비는 묵묵부답이었다.

나는 가능한 한 밝게 웃으며 절을 떠났다.

전철을 타고 신주쿠로 향했다. 물론 목적지는 저번에 갔던 대형 서점이었다. 안으로 들어가 평소처럼 품평을 하는데 일기장 코너가 시야에 들어왔다.

흐음. 나는 시큰둥하게 그중 하나를 집어 들었다.

앞으로는 나도 일기를 써야겠다.

갑작스러웠지만 확고하게 마음을 굳혔다.

일기를 쓴다는 건 문장을 낳는 일이다.

문장을 남긴다는 건 누군가에게 말을 선물하는 일이다.
누군가의 말을 읽는다는 건 그 사람과 대화하는 일이다.

대화를 한다는 건 잊지 않는 일이다.

나는 옅은 미소를 지으며 다시 책의 숲으로 깊숙이 나아갔다.
숲은 어디까지고 끝없이 이어져 있었다.

오스가 슌

나는 그녀의 등을 확인한 뒤 무심코 방긋 웃고 말았다. 거기에는 확실한 대답이 있었으니까. 내가 5일 동안 여행한 이유, 내가 구로사와 사쓰키에게 선택된 이유, 내가 앞으로 입에 올릴 대사, 그리고 거기에 대한 반응. 어쩐지 조금 비겁한 느낌도 들었지만 어쩔 수 없다. 나는 오늘도 마찬가지로 나일 수밖에 없으니까.

도서관 안은 평소처럼 무척 조용했다. 드문드문 사람의 모습이 보였고, 이따금 페이지 넘기는 소리와 누군가의 조심스러운 발소리 외에 소리다운 소리는 존재하지 않았다. 공기는 상온에서 숙성된 서적들이 뿜어내는 묵직한 향기로 가득 차 있어서, 호흡할 때마다 여기가 도서관이라는 사실을 실감케 했다. 도서관 예절에 익숙해진 나는 가능한 한 발소리를 내지 않으려 주의하면서 야요이에게 다가갔다.

야요이는 의자에 앉아 책을 읽고 있었다. 여기서는 무슨 책인지 알 수 없었지만 크기로 봐서는 상당히 커다란 책이었다. 야요이는 책상 위에 책을 펼쳐놓고 내려다보듯이 읽고 있었다. 양손을 가지런히 무릎 위에 올리고 있는 모습이 왠지 모르게 예절 바르게 보여서 귀여웠다.

나는 살짝 야요이의 어깨를 두드리며 말을 걸었다. "야요이."

그러자 그녀는 내 손가락에서 강력한 정전기라도 느낀 것처럼 "꺅!" 소리를 냈다. 놀란 나머지 몸을 떨면서 크게 당황한 채 내 쪽을 돌아봤다.

"……어? 앗, 어머, 오, 오스가? 어떻게 여기에, 아니, 그……그, 그런 뜻이 아니라."

야요이는 안절부절못하더니 얼굴이 빨개졌다. 그녀가 너무 격렬히 동요한 덕분에 내심 긴장됐던 마음이 조금 나아졌다. 자그마한 그 목소리도 도서관 안에서는 금세 주위의 이목을 끌었다. 주위 사람들이 책에서 고개를 들고 이쪽으로 눈길을 보내는 게 느껴졌다. 야요이는 그런 시선을 깨달은 건지 아닌지, 허둥지둥 말을 골라 겨우 입 밖으로 꺼냈다.

"그……그게, 어, 어서 와."

"다녀왔어." 나는 작게 웃으며 물었다. "뭐 읽어?"

하지만 야요이는 아무런 대답도 하지 않은 채 그저 얼굴을 붉히며 머뭇머뭇 아래만 내려다봤다. 내가 의아해하며 책상 위에 놓인 책을 들여다보니, 아름답게 정렬한 새들의 모습이 페이지를 가득 채우고 있었다. 쇠찌르레기, 잿빛쇠찌르레기, 분홍찌르레기, 유럽찌르레기. 흐음.

말없이 그걸 보고 있었더니 그제야 야요이가 작게 대답했다.

"……조, 조류도감."

도서관 안에서는 너무 길게 대화하기도 눈치가 보이는 데다가 소곤소곤한 목소리로는 이야기가 잘 진척되지 않을 듯했다. 나는 밖으로 나가자고 말했다. 야요이는 상황 파악이 되지 않은 듯 갈팡질팡하면서도 내 제안을 흔쾌히 받아들이고는 익숙한 손놀림으로 책을 서가에 돌려놓은 뒤 도서관을 나섰다. 그녀가 이 도서관 단골이라는 사실을 쉽게 짐작할 수 있었다.

우리는 도서관을 나와 정처 없이 14번 국도 방면을 향해 걷기 시작했다. 딱히 목적지도 없었던 탓에 우리의 발걸음은 거북이처럼 느릿느릿했다. 어디로 향하는지는 침묵한 채 서로를 슬쩍슬쩍 살피며 앞으로 나아갔다.

"새를 좋아해?" 내가 물었다.

야요이는 고작 그런 질문에도 마치 인생의 큰일을 당한 사람처럼 당황해하며 말을 더듬었다.

"그, 그게…… 그러니까……." 그러더니 양손을 꼼지락꼼지락하면서 겨우 대답했다. "시, 싫어하지는…… 않아."

"조류도감을 보고 있었다는 건 꽤 좋아한다는 뜻 아냐?"

야요이는 고개를 획획 세차게 저었다. "가, 가끔 보는 것뿐이라서……. 그, 그것보다."

그녀는 넘칠 듯한 머뭇거림을 억누르며 내게 질문하기 시작했다.

"어, 어떻게 도서관에 온 거야?"

"아까 네 외삼촌이랑 외숙모께 여쭤봤어. 늘 도서관에 있다고 그러시던데?"

그 말을 듣고 놀랐는지 야요이의 입이 떡 벌어졌다. 빨간 신호에 걸린 우리는 그 자리에 멈춰 섰다.

"넌 책을 좋아해?"

그녀는 다시 고개를 가로저었다.

"벼, 별로……. 그냥 도서관은 조용해서 시간도 잘 가니까……."

"그렇구나……." 외삼촌의 말대로다. "언니와는 안 닮았나 보네."

"응?"

"아무것도 아냐."

오늘 아침 나는 혼자 야요이의 집으로 향했다. 상점가를 벗어난 곳에 자리한 그녀의 집은 비교적 오래되지 않은 2층짜리 목조주택이었다. 이제껏 한 번도 그 집에 간 적은 없었지만, 여기가 '야요이의 집'이라는 것은 막연히 알고 있었다. 중학교 때부터 동급생이었으니까. 의식하지 않아도 그런 정보는 자연스레 기억하게 된다.

이번에 구로사와 사쓰키와 구로사와 고스케에 관한 일련의 사건을 매듭지은 뒤, 나는 내가 호출된 이유의 '정답을 확인'할 필요가 있었다. 마카베 야요이가 구로사와 고스케의 딸이자 구로사와 사쓰키의 여동생이라는 사실은 알았다. 하지만 왜 여동생인 야요이는 성이 '마카베'이고 언니인 사쓰키는 '구로사와'인 걸까. 두 사람 사이에 대체 무슨 일이 있었던 걸까. 무엇보다 왜 '내'가 구로사와 사쓰키, 즉 누아르 레버넌트의 부름을 받은 걸까. 수수께끼는 여전히 산더미처럼 쌓여있었다.

야요이에게 문자를 보낸 뒤 집에 찾아갈까도 생각했지만, 이번에 이야기를 나누고 싶은 상대는 그녀의 외삼촌이나 외숙모 쪽이었다. 그래서 실례라는 걸 잘 알면서도 약속도 없이 야요이의 집에 찾아갔다.

내가 긴장한 얼굴로 인터폰을 누르자 곧 야요이의 외숙모인 듯한 사람의 목소리가 들렸다.

"네, 누구시죠?"

두근두근 고동치는 심장 소리에 나는 더욱 긴장되었다. 어떻게든 목소리를 쥐어짜서 사정을 꽤 요약하여(형편에 맞게 바꿔가며) 설명했다.

"저는 야요이의 동급생인 오스가라고 합니다. 제 친구 중에 구로사와 사쓰키라는 여자애의 초등학교 시절 동급생이 있는데요. 그 친구가 '구로사와 사쓰키의 여동생이 네 친구인 마카베 야요이가 아니냐'고 물으며 다양한 증거를 함께 제시해 왔어요. 저도 처음에는 반신반의했는데 그러한 증거를 검증해나갈수록 야요이가 사쓰키의 여동생이라는 생각이 들었습니다. 마카베 씨도 바쁘실 테고 정말 막무가내식의 방문이라는 것도 알지만, 괜찮으시다면 꼭 그간의 사정을 이야기해주시지 않겠어요?"

내가 봐도 상당히 이해하기 힘든(그리고 수상한) 설명이라고 생각했는데, 내 말을 들은 야요이의 외숙모는 인터폰 너머로 순순히 맞장구를 치더니 주저 없이 나를 집 안으로 들였다. 외숙모는 거실 소파로 나를 안내한 뒤 시원한 보리차를 내왔다.

"곧 남편을 불러올 테니 잠시 기다려 주겠니?"

"갑자기 찾아와서 죄송해요. 신경 써주셔서 고맙습니다."

그러자 외숙모는 사람 좋은 웃음을 지어 보였다. "괜찮아. 남편도 분명 기꺼이 이야기해줄 거야."

야요이 외숙모의 말투는 무척이나 다정했고, 성가신 방문객인 내게도 싫은 내색을 전혀 하지 않았다. 그 순간 상당히 낙관적인 생각이 들었다. 부모님은 안 계시더라도 이런 분위기의 외숙모 밑에서 자란다면 야요이는 분명 행복하게 지낼 수 있을 거라고.

나는 소파에 앉은 채 거실을 두리번두리번 둘러봤다. 여기가 야요이의 집이구나. 그렇게 생각하자 심장이 쿵쿵 뛰었다. 그런데 자세히 살펴보니 거실 주변에는 야요이의 존재를 느낄 만한 물건이 전혀 보이지 않았다. 깔끔한 찬장이 있는 카운터 식의 부엌, 목제로 된 전화 받침대와 대형 텔레비전, 부드러운 소파에 흠집 하나 없는 테이블. 모든 것들이 평범한 가정의 거실 풍경(우리 집보다는 압도적으로 유복해 보였지만)이었다. 하지만 야요이의 개인 물건만은 눈에 띄지 않았다. 거기에서 약간 위화감을 느끼면서도 한편으로는 다 그런 법이라며 그냥 받아들이기로 했다.

잠시 후 2층에서 외삼촌이 내려왔다. 외삼촌은 외숙모와 마찬가지로 굉장히 친절해 보였다. 불필요한 소리를 내지 않으려는 신중한 걸음걸이나 늘 웃고 있는 듯한 상냥한 눈, 사각형 안경을 비롯한 복장까지, 모든 게 외삼촌의 훌륭한 인품을 드러내고 있는 것처럼 보였다.

"어서 와요, 야요이의 외삼촌이에요."

나는 허둥지둥 자리에서 일어나 인사했다. 외삼촌을 마주하니,

왠지 모르게 상견례라도 하러 온 것 같은 기분이 들며 쓸데없이 들떴다. 다행히 외삼촌의 부드러운 미소 덕분에 서서히 평정을 되찾았다. 나는 조금 전에 인터폰 너머로 외숙모에게 설명했듯 재차 사정을 요약해서 이야기했다. 그러자 외삼촌은 눈을 감은 채 그리움이 뒤섞인 미소를 슬며시 짓더니 안경을 벗고 눈두덩을 눌렀다.

"미안하군. 잠시 누님 생각이 나서." 외삼촌은 다시 안경을 썼다.

"어디까지 이야기하는 게 옳은지는 모르겠지만. 그래, 이야기할 수 있는 데까지는 해보지. 어차피 오늘은 휴일이라 종일 한가하니까."

외삼촌이 내게 들려준 이야기는 이러했다.

외삼촌의 친누나인 '마카베 유미'는 오래전에 굉장히 정열적인 사랑을 했다고 한다. 외삼촌이 말하길, 마카베 유미는 공부든 운동이든 각 방면에서 상당한 실력을 겸비했으며 외모 또한 아름다웠다고 했다.

"누님한테 전해달라며 친구들한테 러브레터를 받아온 적도 있었지. 참 성가셨어."

그 정도로 인기가 많았던 모양이다. 어쨌든 마카베 유미는 조금 지나치다고 할 만큼 잘난 사람이었다(외삼촌은 '추억으로 미화된 걸지도 모른다'는 말도 덧붙였다). 그녀는 이른바 학교의 마돈나로, 남자들에게는 주목의 대상인 동시에 그림의 떡이었다. 성적이 우수하고 명랑하며 쾌활한 성격에 용모가 수려한 마돈나는 어떤 남자도 쳐다보지 않았다.

그녀 입장에서 주변 남자들은 어딘가 성에 차지 않았던 걸까. 아니면 아직 사랑할 시기가 아니었던 걸까. 어쩌면 뭔가 다른 요인이 있었던 걸까. 그 이유가 무엇이었는지 (외삼촌으로서는) 알 수 없었다. 어떤 이유에서든 그녀는 대학에 들어갈 때까지 연애와는 무관한 생활을 보내고 있었다.

그러다 마카베 유미가 사랑에 빠졌다.

상대는 대학에서 알게 된 남자였다. 이름은 '구로사와 고스케'. 원래 연애와는 인연이 없던 세계에서 살아온 그녀는 그 반동을 즐기듯이 그에게 빠져들었다고 한다.

"매일 집에 돌아오자마자 그 구로사와 씨라는 사람이 얼마나 멋있는지 이야기해주는데, 정말이지 참기 힘들었지. 누나의 연애에 관심을 보일 남동생이 어디 있다고 말이야. 집에 전화가 걸려오면 누님은 부리나케 전화기로 달려갔어. 그리고 누구보다도 먼저 수화기를 들었지. 상대가 구로사와 씨가 아니면 수화기를 내팽개쳐버리고, 구로사와 씨면 그대로 끝도 없이 수다를 떨었어. 당시에 난 그런 누님에게 질려버렸어."

마카베 유미와 구로사와 고스케는 수년의 교제를 거친 끝에 당연한 귀결처럼 드디어 결혼에 골인한다. 두 사람은 각자의 본가를 뛰쳐나와 동거를 시작했다.

"남매라고는 해도 결국은 타인이야. 누님과 구로사와 씨, 두 사람의 세세한 관계에 대해 나는 알 수 없지. 그렇지만 결혼해서 얼마간은 무척 순조로워 보였어. 통화할 때마다 누님의 목소리는 매번 신나 있었으니까."

그들은 두 사람만의 시간을 즐겼고 그들만의 공간을 사랑했다.

곧이어 두 사람 사이에 아이가 생겼다. 여자애였다.

"뭐, 태평하게도 태어난 달의 이름을 붙이기로 했던 모양이야."

그리하여 구로사와 사쓰키*가 세상에 태어난다.

아이가 태어난 뒤 두 사람만의 공간은 필연적으로 세 사람의 것으로 변해 갔다. 어디에서나 볼 수 있는 평범한 세 가족을 이룬 것이다.

"그리고 그다음 해에 또 여자애가 태어났지. 연년생이었어. 원래는 9월에 태어났는데 아무래도 '나가쓰키**'라는 이름은 어감이 나쁜데다가 별로 귀엽지 않았지. 하지만 누님은 이왕이면 자매끼리 통일감을 주고 싶어 했어. 그래서 과감히 거짓으로 바꾼 탄생월로 이름을 지어준 거야. 어느 달을 골랐는지는 너도 아는 그대로란다." 그렇게 **구로사와** 야요이***가 세상에 태어난다.

외삼촌은 사쓰키부터 야요이의 탄생에 이르기까지는 항상 아등바등하는 나날이었다고 말했다. 날마다 두 사람은 아이를 기르기 위한 환경 조성이나 이런저런 뒷바라지로 분주했다. 연이은 임신과 출산은 정열적인 사랑을 하고 있던 두 사람을 상징하듯 순식간에 흘러갔다.

"그러다 둘 사이에 결정적인 불화가 생겼지."

구로사와 고스케는 **아이를 사랑하지 않았다.**

---

*   음력 5월을 뜻함

**   음력 9월을 뜻함

***   음력 3월을 뜻함

"이 부분만은 개인의 감정이다 보니 어떤 식으로도 설명하기가 힘들구나. 어쨌든 구로사와 씨는 두 딸을 전혀 사랑할 수 없었어. 돌봐줄 마음도 없었을뿐더러 오히려 밤에 우는 일이 잦던 시절에는 울부짖는 아기의 뺨을 사정없이 때리기도 했다더군."

구로사와 고스케가 왜 아이에게 애정을 가질 수 없었는지는 모른다. "내 멋대로의 추측이지만 말이야." 외삼촌은 서론을 꺼낸 뒤 이렇게 말을 이었다. "분명 구로사와 씨는 아내인 유미밖에 사랑할 수 없었던 거야. 그녀는 그에게 전부였지만 아이는 전혀 필요 없는 존재였지. 오히려 둘만의 생활을 방해하는 원흉처럼 보였을지도 몰라. ……물론 동정은 할 수 없어. 부모가 훈육 이외의 목적으로 아이에게 손찌검을 하다니, 절대 있어선 안 돼. 애초에 나와 아내 사이에는 자식이 없지만."

외삼촌은 조금 슬픈 듯이 웃었다.

"다시 이야기로 돌아가지. 구로사와 씨의 행동을 용납할 수 없었던 누님은 사쓰키가 세 살이 되었을 때 이혼을 결심했어."

구로사와 사쓰키가 세 살이고 구로사와 야요이가 두 살 때였다.

너무 어린 자식을 거느린 이혼이었다. 결혼해서 성을 구로사와로 바꿨던 구로사와 유미는 다시 마카베 유미로 돌아왔다.

"그런데 구로사와 씨가 고집스레 이혼을 거부했어. 조금이라도 이혼 이야기가 대화에 오르면 무릎을 꿇고 누님에게 애원했지. '난 반성하고 있어. 앞으로는 딸들과도 잘 지내도록 노력할게'라면서."

구로사와 고스케가 아무리 듣기 좋은 말을 늘어놓았다 해도 어린 딸을 향해 폭력을 휘두르고 모든 육아를 마카베 유미에게 떠넘긴 건 기정사실이었다. 정상 참작의 여지는 전혀 없었다. 외삼촌은 그렇게 생각하고 있었다. 그러나…….

"누님은 역시 구로사와 씨를 좋아했던 거야. 사랑하는 자식에게 심한 짓을 하든 인간적인 면에서 결함을 느끼든, 평생에 한 번뿐인 대단한 사랑을 해온 상대니까. 간단히 끊어내기가 힘들었겠지."

그리하여 마카베 유미는 구로사와 고스케의 말을 믿고 실낱같은 희망을 걸어보기로 했다. 그녀는 재결합의 가능성을 암시하는 조건 하나를 구로사와 고스케에게 제안했다.

"누님은 사쓰키를 구로사와에게 맡기기로 했지."

마카베 유미는 그 이유에 대해 외삼촌 부부를 포함한 친척들 앞에서 다음과 같이 설명했다고 한다.

'난 남편이 딸에게 했던 비정한 행동을 용납할 수 없어요. 마치 물건을 다루듯이 난폭하게 대하고 때로는 제멋대로 폭력을 휘두르는 것도 마다하지 않았죠. 그런 모습들은 무엇보다도 내 마음에 깊고 날카로운 상처를 입혔어요. 하지만 아직은 남편을 완전히 미워할 수가 없어요. 마음 깊은 곳에 잠자고 있는 남편의 다정함은 누구보다도 내가 잘 아니까요.

난 아직 남편을 믿고 싶어요.

그래서 난 사쓰키를 남편에게 맡기기로 했어요. 여자에게 있어서…… 다시 말하면 엄마인 내게 딸이라는 존재는 내 배 아파가며 낳은 **분신**과도 같아요. 사쓰키와 야요이는 내 딸인 동시에 나 자신의 **일부**이기도 해요. 그런 존재를 남편에게 맡긴다는 건 커다란 용기가 따르는 결단이었어요. 난 남편을 믿고 싶었으니까요.

만약 3년 후 남편이 사쓰키를 훌륭하게 키워낸다면 그이와 다시 합치고 싶어요. 반대로 그이가 여전히 사쓰키에게 극악무도한 짓을 한다면 3년까지 기다리지 않고 곧장 사쓰키를 데려온 뒤 그대로 구로사와 고스케와의 관계를 정리할 생각이에요.

다시 말하지만 딸은 내 **분신**이에요. 그러니 남편이 날 사랑한다면 분명 딸에게도 사랑해줄 거라 믿어요.

왜냐하면 **딸은 나 자신이니까**요.'

그리하여 언니인 사쓰키는 구로사와 고스케에게, 동생인 야요이는 마카베 유미에게 맡겨져 각자 다른 인생을 시작하게 되었다.

과연 3년 동안 구로사와 고스케는 딸인 사쓰키에게 애정을 가지고 대했을까. 잔인하게도 현실은 심판의 기회조차 부여하지 않았다.

두 사람이 별거를 시작한지 2년만에 마카베 유미가 병으로 세상을 떠나버렸다.

"사실 누님은 태어날 때부터 '심방중격 결손증'이라는 선천성 심장질환을 앓고 있었단다. 하지만 누님이 초등학교에 입학할 무렵에는 부끄럽게도 가족 모두가 그 사실을 잊어버렸지. 아까도 말했듯이 누님은 공부뿐만 아니라 운동에도 문제없이 평균 이상의 성적을 냈으니까. 증상이 나타나지 않으면 자연 치유된 거나 다름없다고 알려진 병이었으니, 다들 병이 다 나은 줄 알고 완전히 방심하고 만 거야."

그러나 마카베 유미는 죽어버렸다.

"의사로부터 병의 원인을 들었는데, 의심의 여지 없이 출산에 의한 심장질환의 악화라는 거였어. 원래 출산이라는 게 혈액 계통에 상당한 부담을 주는 모양이더군. 지병이 있던 누님이 그걸 두 해 연속으로 이어갔으니……. 무리한 게 탈이 되어 그렇게 된 거겠지."

3년 후라는 제안은 당연히 무효가 되어버렸다. 사쓰키는 그대로 구로사와 고스케 밑에서 자라고, 야요이는 마카베 유미의 남동생인 외삼촌이 도맡았다.

"우리 집은 아이가 없었으니까. 누님의 자식이기도 해서 기쁘게 야요이를 맡았지. 아내도 흔쾌히 찬성해줬단다."

그렇게 세월이 흘러 우리가 살아가는 현재에 이르렀다.

나는 이야기를 듣는 동안 필연적으로 구로사와 고스케의 얼굴을 떠올렸다. 바깥 경치가 한눈에 보이던 레종전자 본사의 최상층에서 마주한, 지적으로 보이던 중년 남자. 어딘가 현실과 동떨어진 가치관을 지닌 불가사의한 인물. 어디까지나 이건 나의 개인적인 억측일지도 모르지만, 아마 구로사와 고스케는 마카베 유미의 죽음이 '출산' 때문이라고 받아들인 듯했다. 그것은 무엇보다도 중요한 사실이었고, 더 말하자면 그것이야말로 모든 것의 계기였다고 할 수 있을지도 모른다.

"그런데 야요이는 어디에 있나요?" 나는 외삼촌에게 물어봤다.

조금 전부터 한 시간가량 이 집에 머무르고 있었지만 야요이의 모습이 전혀 보이지 않았다. 처음에는 2층에 있는 자기 방에 틀어박혀 있는 건가, 따위의 근거 없는 망상을 품고 있었는데, 2층에서는 아무런 소리도 나지 않았다.

내 질문에 외삼촌은 조금 머쓱한 표정을 했다.

"야요이는…… 지금 외출 중이란다."

"외출이요?"

"뭐랄까…… 야요이는 그리 집에 있고 싶어 하지 않아."

"어째서요?"

외삼촌은 뜸을 들이듯 입술을 한번 깨문 뒤 대답했다.

"그 애 나름대로 신경을 써주고 있는 거겠지. 슬프게도 나나 아내나 결국 그 애의 '부모'는 아니니까. 몇 년이 지나도 어디까지나 외삼촌과 외숙모일 뿐이지. 야요이 입장에서 우리 부부에게 받은 은혜는 '부모에게 받는 보답 없는 사랑'이 아니라 '타인에게 받는 미안한 것'이 되어버리는 거겠지. 그러니 그 애는 가능한 한 우리에게 폐를 끼치지 않고 돈도 들게 하지 않는 길만 선택하려고 해. 그래서 공립 고등학교로 진학했고, 학원에도 다니고 싶어 하지 않는단다. 뭔가 선물이라도 해주려고 하면 비교적 저렴한 걸 요구하고, 어떻게든 아르바이트를 하려고 하지. 오늘 같은 경우도 집에 있으면 우리가 이것저것 신경을 써주게 되니까 일부러 외출한 거란다. 이 부분만은 우리도 어찌할 수 없었어. 역부족이었지."

그 말을 듣자 야요이에 관한 한 가지 사실이 떠올랐다.

그녀는 누구보다도 빨리 학교에 오고 가장 늦게 교실을 나섰다. 그건 야요이가 자신의 외로움을 드러내려는 가장 알기 쉬운 신호였을지도 모른다. 기묘하게도 언니인 구로사와 사쓰키처럼 야요이도 가장 먼저 등교하고 가장 나중에 하교했다. 나는 그걸 이상한 습관이라며 속 편하게 생각하고 있었다.

내가 평범한 나날을 누리고 있을 때도 야요이는 외삼촌과 외숙모에게 폐를 끼치지 않기 위해 독립적으로 살아가고자 했다. 그렇게 생각하자 내가 무척 한심하게 느껴졌다. 그런 감정이 버터처럼 몸 깊은 곳으로 스며들었다.

"그런데 넌, 야요이의 남자친구인가?"

"네?" 갑작스러운 질문에 나는 나도 모르게 동요하고 말았다. "아, 아뇨……. 그, 그런 사이는 아니에요."

"그렇군." 외삼촌은 안도의 표정을 지었다. "그거 다행이구나. 만약 야요이에게 남자친구가 생긴다면 난 보호자로서 따귀라도 한대 때려줄 생각이었거든. '우리 애에게 무슨 짓이냐'라면서 말이지."

온화해 보이는 외삼촌 입에서 나온 그 말에 나는 조용한 전율을 느꼈다. 하지만 섣불리 경솔한 말을 꺼낼 분위기가 아니었다. 나는 장단을 맞추려는 듯 어색하게 웃었다. 그러자 외삼촌도 따라서 소리 높여 웃기 시작했다. 어느새 거실 안에는 두 사람의 웃음 소리가 정감 있게 서서히 울려 퍼졌다. 따뜻한 분위기의 웃음이 한바탕 지나가자 외삼촌은 원래의 온화한 미소를 되찾으며 내게 말했다.

"야요이는 항상 집 근처 역 앞의 도서관에 있단다. 그 애랑 만날 약속이 있다면 이 말을 좀 전해주겠니? '좀 더 외삼촌과 외숙모에게 기대라'고 말이야. 우리가 아무리 말해봤자 그리 순순히 받아들여 주지 않을 테니까."

"알겠어요. 전해둘게요." 나는 조용히 웃으며 말했다. 그 후 나는 외삼촌 부부에게 감사 인사를 하고 마카베 자택을 나왔다.

우리는 신호가 파란색으로 바뀌자 다시 정처 없이 걷기 시작했다. 나도 야요이도 여전히 걷는 속도가 느릿느릿했다. 하지만 이 정도의 속도도 괜찮다고 생각했다. 지난 5일 동안 무척이나 방대한 양의 정보와 이야기가 마치 매스게임처럼 내 주위를 정신없이 달려갔다. 이제는 조금 여유를 부려도 괜찮지 않을까.

기본적으로 야요이는 바닥을 보며 걷고 있었는데 이따금 시간에 신경이 쓰이는지 내 얼굴을 힐끔힐끔 쳐다봤다. 그러다 나와 시선이 마주치면 마치 나쁜 짓을 하다 들킨 사람처럼 당황해서 시선을 아래로 돌렸다. 역시나 얼굴을 붉은 초롱불처럼 빨갛게 물들이면서.

나는 무심코 웃고 말았다. 분명 내가 아닌 누구라도 미소를 지었으리라. 그러한 모습은 보호본능을 불러일으킬 뿐만 아니라 자그마한 동물이 뿜어내는 천진난만한 사랑스러움과 닮아 있었으니까.

"마, 마실 거…… 사, 사도 될까?" 야요이가 불쑥 물었다.

"물론이지." 내 대답에 야요이는 조금 미안한 듯 웃으며 길가의 자판기로 달려갔다. 자판기 앞에 선 그녀는 어느 학교에 진학할지 고민하는 것처럼 신중하게 음료를 고르기 시작했다. 여기에서 내가 음료수를 사줬다면 상당히 멋졌겠지만 가난한 자의 애처로운 주머니 사정이 발목을 잡았다. 이번 여행을 다녀온 뒤 수중에 있는 돈은 거의 제로에 가까워졌다. 나는 작게 한숨을 내쉬며 음료를 고르는 야요이의 등을 바라봤다.

"85." 나는 소리 내어 말해봤다.

음료를 고르던 야요이가 내 쪽을 돌아봤다. 그러더니 고개를 갸우뚱하며 내 반응을 살폈다.

"편찻값 85가 가능하다고 생각해?" 나는 언뜻 종잡을 수 없는 질문을 던져봤다.

그녀는 크게 당황하면서도 허공을 바라본 채 잠시 생각한 뒤 자신 없는 목소리로 대답했다.

"모, 모르겠지만…… 없지 않을까? 모의고사 종류에 따라 다르겠지만……. 역시 그렇게 높은 표준편찻값은 들어본 적도 없고……."

"그렇겠지." 나는 대답했다. "아마 불가능하겠지."

"……응." 내 불가사의한 질문에 야요이는 고개를 갸웃하다가 다시 자판기 쪽으로 고개를 돌리고 음료를 고르는 데 열중했다. 그런 그녀의 등을 계속 뚫어져라 바라봤다.

에자키는 카지노에 다녀온 다음 날부터 예언이 들리지 않게 되었다.

논은 삿짱의 일기를 읽고 난 뒤부터 손가락으로 책을 읽을 수 없게 되었다.

아오이 누나는 공장의 거대한 기계를 파괴해버리자 더는 아무것도 파괴할 수 없게 되었다.

각자 목표하는 바가 있었고 그것을 완수하자마자 평범하지 않던 능력은 썰물처럼 조용히 사라졌다. 역시나 굉장히 흥미롭다.

나는 야요이의 등을 바라보며 말을 걸었다.

"외삼촌과 외숙모가 그러시더라. 네가 좀 더 기대길 바란다고."

매번 그러듯 야요이는 움찔 몸을 떨었지만 이쪽을 돌아보지는 않았다. 뭔가 자기 안의 엄격한 규칙에 따르는 것처럼 뒤돌아선 상태로 대꾸했다.

"지, 지금도 충분히 의지하고 있는데."

"좀 더 그러길 바라신대."

"……흐, 흐음." 야요이는 동요를 억누르는 듯한 목소리를 냈다. 강한 척하려는 것 같기도 하고 어리광을 부리는 것 같기도 한 그 울림이 무엇을 뜻하는지 알 수 없었지만 굉장히 복잡한 의미를 내포하며 공기를 진동시켰다.

나는 오랫동안 가슴 깊은 곳에 지니고 있던 말을 지금 여기에서 꺼내야 할지 망설였다. 개인적으로는 좀 더 분위기 있는 곳에서 '매너'를 갖춰 말하고 싶었지만 그런 계획도 어딘가 어색하게 느껴졌다. 나답게 하는 편이 좋지 않을까. 그런 생각이 내 마음을 움직였다.

"저기, 야요이."

"으, 응."

야요이의 대답은 어딘가 방어 태세와 비슷했다. 외삼촌과 외숙모에 대해 언급할지도 모른다고 생각하는 모양이었다. 하지만 나는 그녀의 예상에서 조금 벗어난 말을 했다.

"자격도 안 되지만, 나한테 기대도 돼."

"뭐?" 야요이는 놀란 나머지 뒤돌아선 채 굳어버렸다.

나는 말을 이었다.

"뭐랄까, 넌 부모님이 안 계시니까 어릴 적부터 쭉 혼자 살아가고 있는 듯한 착각을 느꼈을지도 모르잖아. 하지만 육친이니 뭐니 그런 시시한 건 신경 쓰지 마. 외삼촌이든 외숙모든…… 아니면 그다지 힘이 안 될지도 모르지만, 이런 나한테라도 기대도 되니까. 누구나 많든 적든 타인과 함께 협력하면서 살아가야 하잖아. 자기에게 부족한 부분은 남에게서 빌리고, 남이 부족하다고 생각하는 부분은 내가 보충해주는 거지. 어디서 들은 것 같은 이야기이고 조금 촌스러운 대사이긴 하지만."

"고, 고마워……." 야요이가 말했다. "하, 하지만 외삼촌이나 외숙모에게, 거기다 너한테까지 폐를 끼칠 수는 없는데……. 어, 어느 정도는 스스로 해나가야 한다고 새, 생각하니까……."

야요이는 말끝을 흐리더니 그제야 음료 하나를 골라 버튼에 손을 댔다.

"난 '비일상'에서 '일상'을 봤어."

"무, 무슨 말이야?" 야요이가 물었다.

"얼마 전까지 난 잠깐 여행을 다녀왔잖아. 그런데 여행 도중에도 늘 생각한 건 역시 '일상'에 대해서였어. 내가 매일 다니는 이 거리와 학교, 친구, 엄마, 그리고 야요이. 물론 계속 그랬던 건 아니지만, 어쨌든 그런 것들이 하나하나 머릿속을 스쳐 지나갔지. 그런 와중에도 퍼뜩 정신을 차려 보면 결국 난 널 생각하고 있더라." 나는 야요이의 반응을 살피며 말을 이었다. "너랑 플라네타륨을 보러 갔을 때뿐만이 아냐. 생각해 보면 중학교 시절부터 난 너와 다양한 시간을 함께 보내고 있었어. 자리가 옆이어서 반 활동을 같이 하기도 했고, 3학년 때는 함께 보건위원이 되기도 했고, 수학여행의 담력 테스트 때도 같은 팀이었어……. 어쨌든 여러 추억이 떠올랐지. 난 그게 일상인 것 같은 느낌이 들었어. 너라는 존재에 대해 잠시 멈춰서 천천히 다시 생각해보는 기회를 좀 더 빨리 가졌어야 했는데. 저기…… 그러니까 내 말은…… 뭐랄까."

문득 논의 말이 머릿속을 스쳐 지나갔다.

〈그게 영혼의 숏구침이라면 어찌하여 말을 꾸미는가.〉

맞다. 늘 나는 조금 답답한 경향이 있었다. 이런 상황에서는 깔끔하게 마음을 전해야만 한다. 숏구치는 영혼에 덕지덕지 붙인 수식어를 전부 떼고 벌거벗은 진실만으로 부딪혀야 한다.

야요이가 자동판매기 버튼을 누르는 소리가 들렸다.

나는 천천히 숨을 들이쉬고 신중하게 말을 꺼냈다.

"널 좋아해."

철커덕 소리를 내며 밀크티 캔이 출구에 부딪혔다. 난폭하게 느껴지던 충격음이 어딘가로 사라지자 정적이 우리 주위를 지배했다. 저마다의 원소가 사전에 협의라도 한 듯 침묵하기로 결정하고 세상을 진공 상태로 바꿔놓았다.

내가 말없이 반응을 기다리고 있는데 야요이가 소리 없이 몸을 숙이더니 지면에 웅크리는 듯한 자세를 취했다. 처음에는 자판기 출구에서 밀크티를 꺼내려고 그러는 줄 알았는데 아무래도 그게 아닌 모양이었다.

야요이는 양 무릎에 얼굴을 묻고 그대로 몸을 떨며 조용히 울기 시작했다. 코를 훌쩍이는 듯한 소리와 오열이 뒤섞이며 내 귀에 닿았다.

나는 허둥지둥 야요이 곁으로 달려가 어떤 말을 해야 할지 망설였다.

"미, 미안. 역시 좀 놀랐지? 그러니까 내 말은, 나한테 기대도 괜찮다, 그런 뜻이었어…… 그러니까…… 그게."

야요이에 버금갈 정도로 기어들어 가는 내 목소리에 그녀는 평소보다 더욱 가냘픈 목소리로 말했다. "고마워." 그리고 야요이는 오열이 잦아들기를 충분히 기다린 뒤 말을 이었다.

"기뻐……. 괴, 굉장히 기뻤어."

야요이는 자신의 감정을 정확히 전달하기 위해 열심히 눈물과 갈등하며 솔직한 기분을 털어놓았다. 부끄러움을 많이 타고 낯을 가리며 곧잘 긴장하면서도 열심히 감정을 표현하고 있었다. 그런 반응에 나는 무척 기뻤을 뿐만 아니라 조금 미안한 마음도 들었다.

미안해, 야요이. 사실 네가 기뻐할 거라는 걸 난 왠지 모르게 알고 있었어. 도서관에서 네 등을 봤을 때부터.

나는 무언의 사죄를 하면서 오열이 멎을 때까지 그녀의 등을 가볍게 어루만졌다. 마치 등에 떠 있는 '85'라는 숫자를 귀여워하는 것처럼.

지난 5일 동안 난 뭘 했을까?

물론 내가 했던 일을 모두 열거해보면 나름대로 꽤 될지 모른다. 하지만 현실적으로 내가 모두에게 기여한 일은 그리 많지 않았다.

카지노에서 이긴 일이나 열쇠와 기계를 파괴한 일, 정보와 일기를 해독한 일은 모두 내가 할 수 없는 임무였다. 내게 부여된, 왠지 평화롭기만 한 힘은 그 진가를 보여 주지 못한 채 결국 5일 간의 일정을 끝내고 말았다. 사실 그렇다. 대체 어떻게 이 힘을 유효하게 사용할 수 있단 말인가? 다시 생각해봐도 전혀 짐작이

가지 않았다.

그렇다면 발상을 바꿔보는 거다.

나는 나머지 세 사람과 달리 여행이 끝난 뒤에도 능력이 사라지지 않았다. 여전히 사람의 등에서 숫자가 보인다. 실제로 야요이의 외삼촌에게선 '61', 야요이의 외숙모에게선 '54', 그리고 야요이에게선 '85'라는 수치가 내 눈에 선명하게 보였다. 아직도 난 '평범하지 않은' 상태인 셈이다.

그 이유는 뭘까?

아마도 아직 난 구로사와 사쓰키의 요구를 **달성하지 않은 것** 같았다. 결국 내가 정말로 협력해야만 했던 건 지난 5일 동안이 아니었다. 그 목소리가 말하는 **그때**라는 건 그 기간이 아니었던 것이다.

내게는 아직 봐야 할 숫자가, 등이, **행복**이 남아 있었다. 그렇다면 그건 누구의 등일까. 그런 촌스러운 질문은 이제 필요 없다. 너무 명백하니까.

85라는 편찻값은 있을 수 없다.

아까 야요이는 그렇게 말했다. 나 역시 같은 생각이다. 애초에 편찻값이라는 건 상대평가다. 세상에는 몇 십억의 사람들이 살아가고 있으며 저마다 행운에 대한 성적표가 있을 테니 아무리 생각해도 '85'라는, 무척이나 큰 숫자를 개인이 얻을 수 있을 리 없다.

레종전자 본사에 가던 길에 논은 내게 이렇게 말했다.

'만약 **행복**이라는 것이 오빠에게는 수치로 가시화된다면 그건 분명 누군가가 **그 수치를 자의적으로 설정하고 있다**는 말이 돼요.'

즉 누군지도 모를 이가 **자의적**으로 숫자를 설정하고 있다는 말이다. 그것도 나와 함께 있을 때만. 나는 그만 고개를 절레절레하며 웃고 만다.

구로사와 사쓰키는 자신의 목적을 달성하기 위해 네 사람을 골랐다.

첫 번째는 중학교 시절의 둘도 없는 단짝이자 스승과 제자 같은 관계였던 사에구사 논.

두 번째는 피아노 콩쿠르에서 만난, 존경하고 선망하면서도 질투의 대상이었을지 모를 아오이 시즈하.

세 번째는 구로사와 고스케의 형과 알고 지내는 에자키 준이치로.

그렇다면 왜 네 번째는 나일까? 그걸 스스로 정의 내리는 건 그야말로 촌스러운 짓이다.

나는 야요이에게 '좋아한다'고 고백했다. 하지만 그건 지극히 불공정한 고백이었다. 원래대로라면 상대의 기분을 모르기 때문에 불확실하고 두근거리는 상태로 갈등하기 마련이다. 어떤 대답이 되돌아올까. 사랑을 얻을 수 있을까. 호되게 차이는 건 아닐까. 그런 생각을 하면서 전진과 후퇴를 반복해야 한다. 그러나 나의 경우는 달랐다. 참으로 비겁하기 짝이 없다.

구로사와 사쓰키는 내게 이렇게 말하고 있었다.

'야요이의 행복이 절대 끊어지지 않게 해주세요. 그리고 그것에 대해 협력을 거부한다면 당신은……'

그러면 난 어떻게 되는 걸까.

앞으로 난 그런 걱정을 하면서(실은 그리 걱정하지 않지만) 살아가게 되겠지. 야요이 등의 숫자가 결코 낮아지는 일이 없도록 하면서. 설령 그녀가 꿋꿋해 보인다 해도 자연스레 등에서 드러나는 메시지를 놓치는 일이 없도록. 나는 계속 야요이의 곁에 있어야만 한다. 그것이야말로 구로사와 사쓰키가 말하는 '협력'의 전모였다.

물론 내게 그건 전혀 고통스러운 일이 아니었다.

오히려 대환영이랄까.

누구의 부탁 때문이 아니라 솔선해서 야요이의 곁에 있어 줄 거니까.

나는 야요이를 좋아한다. 그러니 안심하세요.

누아르 레버넌트 씨.

난 밀크티를 꺼내서 야요이에게 슬며시 건넸다.

✦

똑똑 두 번 문을 노크했다. 그러자 옆집 다나카 씨(남편 쪽)가 문을 열어줬다.

"오, 슌. 어쩐 일이야?"

다나카 씨는 휴일이라 방심한 탓인지 무지의 검정 티셔츠에 칠부바지 차림의 흐트러진 모습을 하고 있었다. 그런데도 미소가 무척 산뜻해서 평소처럼 발랄한 인상을 줬다. 나는 인사를 한 뒤 단도직입으로 물었다.

"부인과 둘이서 레종전자 모니터에 참가한 적이 있으세요?"

다나카 씨는 잠시 생각해보다가 크게 고개를 끄덕였다. "아, 있어. 시나가와 빌딩에서 했었는데, 어떻게 안 거야?"

"부인이 캠페인에서 받은 핸드백을 들고 있어서요."

"아하, 그거. 슌, 별걸 다 보네." 다나카 씨는 조금 당황스러운 듯 웃었다.

그러나 그 웃는 얼굴과 대조적으로 역시 나는 마음이 무거워졌다. 아마도 그건 결국 **그런 것이기 때문**이다.

"마지막에 사탕을 받았을 텐데, 드셨어요?"

다나카 씨는 다시 생각하더니 대답했다. "응, 먹었어. 빨간 사탕이었지."

그의 경쾌한 대답은 예기치 않게 내 마음을 무겁게 짓누르며 얼음보다도 차가운 냉기를 불러왔다. 나는 덜컥 내려앉은 마음을 애써 억누르면서 그의 눈을 똑바로 바라봤다.

"아이를 갖고 싶으세요?"

"하하하." 다나카 씨는 웃었다. "느닷없이 무슨 말이야?"

"상당히 진지한 질문이에요."

"글쎄, 우리 공주님은 늘 아이를 갖고 싶다고 노래 부르지만, 나로서는 뭐…… 반반이랄까. 아이가 있으면 즐거울 것 같고, 없으면 없는 대로 좋을 것 같기도 하고."

나는 고개를 끄덕인 뒤 종이봉투에 들어 있던 '파란 사탕'을 꺼냈다.

"지금부터 제 말을 완전히 믿어주실 수 있으세요?"

처음에는 약간 장난으로 받아들이던 다나카 씨는 곧 나의 말투가 심각하다는 걸 파악한 모양이었다. 그의 얼굴에서 미소는 사라졌고, 표정은 분명 진지해졌다.

"좋아, 이야기해봐." 다나카 씨가 말했다.

"이 봉투에 든 사탕을 먹으면 아마 높은 확률로 아이가 생길 거예요. 반대로, 안 먹으면 무슨 일이 있어도 절대 아이를 가질 수 없을 거고요."

"상당히 가혹한 이야기인데."

"맞아요. 저도 그렇게 생각해요." 나는 말했다. "만약 이 사탕을 먹은 뒤 아이가 생겼다고 해도 부모인 두 사람에게는 잔혹하고 엄중한 대가가 따를지도 몰라요. 그러니 절대 가벼운 마음으로는 먹지 말아 주세요. 근거도 이론도 말씀드릴 수는 없어요. 그저 이건 이런 거라고 받아들여야 해요. 솔직히 말해서 완전히 거짓말처럼 들릴 거라는 건 알아요. 하지만 믿어주셔야 해요……. 그러실 수 있겠어요?"

"그런 걸로 해두지."

"그건 안 돼요." 나는 강한 어조로 말했다. "전부 믿어주셔야 해요. 절대 가벼운 마음으로 이 사탕을 먹지 않겠다고 약속해주세요."

다나카 씨는 눈을 감고 고개를 끄덕였다. "마치 우라시마 다로*같군. 알았어. 전부 믿을게. 네가 그렇게까지 진지하게 이야기하는 모습은 처음 보기도 하고."

다나카 씨는 봉투를 받아들고 내게 간단히 인사를 한 뒤 뒤돌아 방으로 들어갔다. 그 순간까지도 나는 내가 한 일에 자신이

---

* 거북이를 도와준 대가로 용궁에 초대받아 호화롭게 지내다가 집에 돌아와 보니 이미 수백 년의 세월이 흐르고 말았다는 일본 설화의 주인공

없었다. 이렇게까지 할 필요가 있었을까. 쓸데없는 짓을 해버린 건 아닐까. 역시 지금이라도 다시 사탕을 뺏어버리는 게 좋지 않을까. 그런 고민이 머리 주변을 빙글빙글 배회하고 있었다.

다만 자그마한 사실 하나를 덧붙이자면, 문이 닫히는 찰나에 엿본 다나카 씨의 등에는 '62'라는 숫자가 떠 있었다.

나는 생각을 멈추고 조용히 눈을 감았다.

'추악한 인간에게서 추악한 아이가 몇 명이고 태어나지. 그러한 순환이야말로 이미 **인간**이 아닌 거야. **인간답지 않은** 거지.'

지금 생각하면 구로사와 고스케의 이 말에는 자학의 의미가 담겨 있었던 것 같다. 분명 그는 사랑에 매달리는 스스로를 추하다고 여겼던 거겠지.

나는 그 말이 틀렸다고 생각하고 싶었다.

그렇지 않으면 구로사와 사쓰키는 말할 것도 없고, 야요이도, 그리고 똑같이 아빠가 없는 나 자신도 추악하다고 긍정하는 셈이 되니까.

인간답지 않다. Being alive as a HUMAN.

호텔에서 보낸 5일의 여정이 끝나고 누아르 레버넌트의 지난 4년이라는 시간도 막을 내렸다. 앞으로도 내 삶은 이어질 것이다. 나는 누구보다도 인간답게 살아가야만 한다. 자기 자신의, 혹은 그 밖의 무수한 이들의 정당성과 존재 이유를 증명하기 위해.

회상

논이 휴대폰을 꺼내더니 큰소리로 제안했다. 체크아웃 시간이 될 때까지 소소한 시간을 보내고 있던 방 안으로 기운찬 논의 목소리가 울려 퍼졌다.

"조금 멋진 '아이디어'가 생각났어요. 한번 들어볼래요?"

소파에 앉아 느긋하게 쉬고 있던 논 이외에 우리 세 사람은 일제히 목소리가 들리는 쪽을 돌아봤다. 나는 조금 의심스럽다는 태도로, 아오이 누나는 진심으로 흥미진진하다는 표정으로, 에자키는 약간 귀찮아 보이는 표정으로 각자 논을 바라봤다. 모두의 시선이 자기에게 집중되자 논은 만족스러운 표정으로 싱긋 웃으며 목소리에 힘을 줬다.

"이번엔 모두의 연락처를 지워보는 게 어때요?"

"뭐?" 무심코 반응을 보인 쪽은 나와 아오이 누나였다.

"왜 그런 영문을 알 수 없는 짓을……" 나는 재차 말을 덧붙였다.

그러자 논은 허풍스럽게 한숨을 쉬더니 서양인처럼 양손을 펼쳐보였다. "뭐, 센스 없는 오스가 오빠는 이해가 안 될지도 모르겠네요. 이런, 실례. 하지만 이건 무척이나 아름다우면서 멋진 '아이디어'라고요." 논은 일부러 헛기침을 했다. "우리가 만난 건 흔히 있는 우연의 연속도 아니고, 잠깐의 착오에 의한 것도 아니고, 하물며 SNS의 덕도 아니에요. 어디까지나 우리는 '삿짱'의 계획에 따른 우여곡절과 무수한 필연, 불가사의를 헤쳐서 여기에 모인 거예요. 그런데 말이죠. 그런 마법 같은 만남을 거쳐 왔는데 휴대폰 전화번호부에 떡 하니 '오스가 오빠'라는 이름이 등록되어 있는 건 왠지 모르게 너무 멋이 없잖아요. 그렇지 않나요? 딱히 오스가 오빠의 연락처를 휴대폰에 남겨두기 싫어서 그러는 게 아니에요. 이건 그저 주관적인 '멋', '멋없음'에 대한 이야기에요."

논의 말에는 이상하게도 묘한 설득력이 있었다. 확실히 듣고 보니 그러는 쪽이 왠지 멋질 것 같다는 생각도 들었다. 이른바 평생에 단 한 번뿐인 인연 같다고나 할까.

"난 딱히 상관없어." 에자키가 말했다. "어차피 휴대폰도 없으니까."

"나도 좋아." 아오이 누나도 말을 이었다. "그러는 편이 조금 드라마틱하기도 하네."

두 사람의 긍정적인 반응에 논은 만족스러운 듯 몇 번이나 고개를 끄덕였다. 그러더니 나를 향해 도전적인 시선을 보냈다.

"오스가 오빠는 어때요?"

"나도 찬성이야." 내가 대답했다. "논의 말에도 일리가 있어 보이거든."

"오호호." 논은 의외라는 듯한 표정을 지은 뒤 활짝 웃었다. "그럼 만장일치로 법안 가결이네요. 좋은 일은 서두르라고 했으니 지금 바로 서로의 연락처를 지우도록 하죠."

그리하여(에자키를 제외한) 우리는 각자 묵묵히 휴대폰을 조작해서 연락처를 삭제했다. 휴대폰에서 아오이 누나의 이름과 논의 이름이 사라졌다. 나는 조작을 마치고 조용히 휴대폰을 닫았다. 탁 소리가 우리 사이의 종언을 알리는 것처럼 감회롭게 울렸다. 우리는 서로의 얼굴을 바라보며 작게 웃었다.

"완벽하네요." 논은 감탄했다. "이렇게 하는 편이 계속 꿈같기도 하고 극적이니까요. 언젠가 재회하는 날에는 분명 커다란 감동이 우리를 다시 감싸 안을 거예요."

"가능하면 다음엔 즐거운 일로 만나고 싶어." 아오이 누나가 말했다.

"게다가 좀 더 알기 쉬운 이유였으면 좋겠군." 에자키도 말을 보탰다. "수수께끼 풀이는 역시 피곤하니까."

"맞는 말이야." 나는 말했다. "좀 더 어깨에 힘을 빼고 시종일관 웃을 수 있는 그런 일로 우연히 재회하고 싶어."

우리는 호텔을 나와 각자의 길을 향해, 삶을 향해, 일상을 향해 돌아갔다. 내 인생에서 가장 농후했던 5일의 시간이 끝났다. 앞으로는 기나긴 인생이 막을 열 것이다. 언젠가 논과 에자키와 아오이 누나와 다시 만날 날이 올까.

만날 수 있었으면 좋겠다고, 나는 간절히 바란다.

함께 보낸 시간은 짧았지만 모처럼 만날 수 있었던 소중한 친구이자 동료이자, 누군가의 말을 빌리면 동지가 아닌가. 언젠가 분명 만날 날이 오겠지.

게다가 또 무슨 일이 생긴다면 아마 우리는 다시 소집될 것이다. 그 목소리를 들은 뒤 티켓을 받고 어딘가의 박람회장에서 다시 모일지도 모른다. 어쩐지 그런 기분이 들었다.

언제든 우리는 다시 모일 가능성이 있다고.

구로사와 사쓰키, 누아르 레버넌트로부터.

그런 날을 기대하면서(조금 두려워하면서) 하루하루를 보내야지.

애초에 아무 일도 일어나지 않는 게 가장 좋겠지만…….

무소식이 희소식이라는 말도 있으니까. 나는 조금은 가벼워진 휴대폰을 손에 쥔 채 전철 좌석에 몸을 파묻고 잠을 청했다. 전철이 기분 좋게 흔들리며 내 몸을 깊은 잠의 바닥으로 유도했다. 마치 망령이 내 정신을 어둠 속으로 끌고 가는 것처럼. 어쩌면 내가 모르는 진실의 세계로 초청하는 것처럼.

정신을 차리면 나는 어느새 깊은 잠에 빠져든 상태일 것이다. 그런 꿈속에서 한숨 섞인 목소리로 속삭이겠지.

"편히 주무세요, 누아르 레버넌트."

저자 후기

데뷔 이래 두 번째 작품인 《플래거의 방정식》부터는 제가 쓴 책을 다시 읽어본 적이 있지만, 데뷔작인 이 작품만큼은 단 한 번도 다시 펼쳐보지 않았습니다. 아마 여러 의미에서 두려웠던 것 같습니다. 내용이 시시하게 느껴지면 당연히 기분이 좋지 않을 테고, 최근작보다 재미있게 느껴져도 역시 찝찝할 테니까요. 어느 쪽이든 좋을 게 없어 보여서 책장을 펼치지 못했습니다. 어떻게 보면 작품과의 대치를 피해온 셈인데, 이번 문고본 재출간을 앞두고 더는 그럴 수 없어서 2012년에 초판 발행된 이후 처음으로 당당히 저의 데뷔작인 이 작품을 다시 훑어봤습니다.

작품의 완성도에 관한 판단은 독자 여러분께 맡기겠지만, 솔직히 놀랐습니다.

제 책을 양서라고 판단할 용기나 오만함은 없습니다. 다만, 〈모든 양서를 읽는 건 과거의 사람과 대화를 나누는 것과 같다〉라는 말이 십 년 가까운 세월이 흐른 뒤 제게 되돌아왔다는 점 때문에 놀란 것입니다. 또한 대략적인 작품의 줄거리는 잊을 수 없지만, 그 디테일은 완전히 망각했기 때문에 더욱 놀랐습니다. 제가 쓴 작품인데도 마치 딴 사람이 쓴 듯한 느낌이 참으로 기묘해서 저는 예전의 자신과 대화하게 되었습니다.

지금은 공식 사이트가 폐쇄되어 열람할 수 없지만, 작품 발표에 맞춰 독자 분들에게 제가 보낸 코멘트는 다음과 같았습니다.

내가 '읽고 싶어지는' 소설을 쓴다. 혹은 '자기 취향의' 소설을 쓴다. 그것이야말로 모든 이야기의 출발점이었을 테지만, 정작 완성하고 보니 제 작품인 이상 저는 이 소설을 '순수한 독자'로서 객관적으로 즐길 수 없다는 걸 깨달았습니다. 이 무슨 비극일까요. 그것이 너무 분해서, 이런 제 마음을 달래기 위해서라도 아무쪼록 이 소설을 여러분이 읽어주시면 감사하겠습니다.

이제 정식으로 '순수한 독자'가 된 저는 이 작품의 행간 곳곳에서 젊은 시절 제가 품었던 탐욕을 살짝 엿보았습니다. 작품을 발표할 수 있고 과거의 저와 대화를 나눌 수 있었으니 진심으로 행복한 일을 하고 있다는 실감도 들었습니다.

집필 당시에 대해서는 무엇 하나 정확히 기억할 수 없습니다. 다만 이 데뷔작만으로는 끝내고 싶지 않다, 무조건 다음 작품들을 세상에 내놓겠다는 강한 의지에 불탔던 것만큼은 확실한다. 그래서 당시 책의 말미에 수록한 저자 후기에 의도적으로 '앞으로도' 잘 부탁드린다고 썼던 일이 지금도 생생히 떠오릅니다. 몇 번이고 포기할 뻔했는데, 지금까지 지지해주신 독자 여러분께 진심으로 감사드립니다. 앞으로도 계속 책을 통해 여러분과의 대화가 완성되기를 바랍니다. 기회를 얻은 이상 온 힘을 다해 새로운 작품을 써나가야겠다고 다짐해봅니다.

앞으로도 잘 부탁드립니다.

아사쿠라 아키나리

옮긴이 양지윤

우연히 읽은 요시모토 바나나의 소설에 매료되어 번역가의 길로 들어섰다. 도서관 사서로 일하면서도 단골 동네 책방을 수시로 들락날락할 만큼 책과 책방을 좋아한다. 글밥 아카데미를 수료한 후 바른번역 소속 번역가로 활동하고 있다.《앞으로의 책방 독본》,《빨강 머리 앤이 가르쳐준 소중한 것》,《여기는 커스터드, 특별한 도시락을 팝니다》,《외모 대여점》등을 우리말로 옮겼다.

누아르 레버넌트 2

초판 2023년 7월 19일 1쇄
저자 아사쿠라 아키나리
옮긴이 양지윤
디자인 전여원
ISBN 979-11-983859-2-5　03830

출판사 북플라자
주소 서울시 강남구 논현동 118-13 5층
홈페이지 www.bookplaza.co.kr

영화 판권, 오탈자 제보 등 기타 문의사항은 book.plaza@hanmail.net으로 보내주세요. 잘못된 책은 구입하신 서점에서 교환해 드립니다.